ESCH VERLAG
Potsdam – Graz

Besuchen Sie uns im Internet:
www.esch-verlag.de

TODESFALLE PARADIES
Birgit Bongers
Verlag: © ESCH-Potsdam-Graz
ISBN: **978-3-943760-00-2**
E mail: info@esch-verlag.de
Lektorat: **Christine Lier**
Cover: www.autoren-service.com

Bibliografische Information der Deutschen Nationalbibliothek: Die Deutsche Nationalbibliothek verzeichnet diese Publikation in der Deutschen Nationalbibliografie; detaillierte bibliografische Daten sind im Internet über http://dnb.d-nb-nb.de abrufbar.
Printed in Germany

Mein aufrichtiger Dank gilt Frank Schätzings Frau Sabina, die mich als erste Leserin der Geschichte ermutigt hat, diese auch zu vollenden.

Birgit Bongers

TODESFALLE PARADIES

ESCH VERLAG
Potsdam / Graz

MICK LEHMINGER, KOMMISSAR, SOMMER 2007

Nicht nur ihm gefiel nicht, was er sah, es würde auch sonst niemanden geben, dem dieses Gesicht gefallen könnte - Hoffnungslosigkeit und Leere. Fast kein Wangenfleisch, graue Haut, Tränensäcke und Bartstoppeln. Dann diese Augen! Diese Augen sprachen Bände. Sie lagen tief in den Höhlen, waren blass-blau und wässrig. Seine geschundene Seele, seine Sucht, die er nicht bezwingen konnte, mit einem Wort, sein ganzes Elend und aller Schmerz lagen in diesen Augen.

Es war fünf Uhr morgens, als er seinen Blick vom Spiegel, dem eine Säuberung mit Sicherheit nicht geschadet hätte, abwandte und sekundenlang ins ebenso dreckige Waschbecken starrte. Ihm graute. Er fasste, zum wiederholten Mal, einen Entschluss:

»Heute, nur einen Tag lang, verweigere ich mich der Flasche.«

Der Entschluss war unumstößlich, wie an jedem Tag, und wie an jedem Tag würde er sich kaum eine halbe Stunde an den guten Vorsatz halten. Es war wie mit der schon oft geplanten Entziehungskur. Immer war etwas dazwischen gekommen, meist sein schwacher Wille. Er redete sich ein, es nicht tun zu können, weil er sich sonst auf der Dienststelle outen würde. Ein lauer Vorwand, denn von der Putzfrau bis zum Polizeidirektor wusste jeder Bescheid. Er lächelte sich sarkastisch zu.

»Mein Gott, Mick, was bist du für ein Arschloch ... nicht einmal einen einzigen Tag ...«

Er ahnte nicht, was sich in Kürze mit einem Telefonat ändern würde. Nein, nicht Micks Elend, das war schon Legende, sondern die Tragödie, die, unsäglich traurig und schmerzhaft, tiefe Einblicke in die menschlichen Abgründe offen legte. Noch hatte er keine Ahnung, was auf ihn zukam, und wie das sein Dasein verändern würde.

Vorerst aber legte er sich noch einmal ins Bett. Es war nicht die Zeit, um endgültig aufzustehen. Irgendwann zwischen Mitternacht und zwei Uhr morgens war er in den Schlaf gefallen, angezogen, auf der Couch – an mehr konnte er sich nicht erinnern.

Das lärmende Telefon, der Wecker, der mit dem neuesten Song von Simply Red loslegte, das war zu viel. Er verstand kein Wort von dem, was aus dem Hörer kam – also legte er auf und bemühte sich, in die Gänge zu kommen. Zunächst ließ die Musik seiner Lieblingsband auf einen erträglichen Tag hoffen. Soweit ein Säufer einen solchen haben konnte. Er wälzte sich auf den Rücken und verschränkte die Arme hinter dem Kopf, zog dabei die Knie an und versuchte, die ersten Sonnenstrahlen dieses Morgens, die auf das Bett schienen, zu genießen. Lange würde es nicht mehr dauern, bis die Dunkelheit das Aufstehen zusätzlich vergällen würde. Dabei fand er ohnehin kaum Schlaf. Diese trüben Tage im Herbst und Winter bedrückten immer seine Seele. Für die nächste Woche war spätsommerliches, schönes Wetter angesagt, und er beschloss für den Moment, sich am Riemen zu reißen und sich zu erheben. Er war längst zu der Erkenntnis gelangt, dass er jeden Tag hasste, und den, der jeweils begann, am meisten.

Er warf die Decke zurück und ließ sich noch einen Moment von den Sonnenstrahlen wärmen. Zehn Minuten gab er sich noch, bevor er sich widerwillig erhob, um sich den täglichen Pflichten zu stellen.

Allerdings war ihm klar, dass er ohne Job in der Gosse gelandet wäre. Acht Jahre lang hatte er die Nächte und manchen Tag hier zusammen mit Katharina verbracht. Wie oft hatten sie sich auf diesen Matratzen geliebt, an Tagen, die ähnlich waren wie dieser. Auch da hatte die Sonne ihre nackten Körper beschienen, wenn sie Haut an Haut den Morgen genossen. Später saßen sie bei duftendem Kaffee beisammen und alberten herum. Sie hatten sich immer was zu sagen. Er erinnerte sich, wie sie oft und heftig gestritten hatten, um dann am Abend stundenlang schweigsam nebeneinander zu liegen, bis einer von ihnen aufgab. Meist war er es gewesen. Minuten später waren sie wieder ein Herz und eine Seele. Sie lag dann mit dem Kopf an seiner Schulter, hatte einen Arm und ein Bein um ihn geschlungen und konnte ihm nicht nahe genug sein. An diesen Tagen ließen sie Gott und die Welt draußen und liebten sich bis zur völligen Erschöpfung, beseelt von dem Gedanken, einander niemals zu verlieren.

Immer die gleichen Empfindungen waren es, die in seinem Kopf Karussell fuhren, während er mit der Kaffeetasse in der Hand durch das Küchenfenster nach draußen starrte. In seinen Garten, in dem das Unkraut allmählich die Oberhand gewann. Lange konnte er so nicht mehr weiter machen, nicht mit dem Garten, nicht mit seinem Leben.

Den gebrauchten Kaffeefilter warf er in den überquellenden Abfalleimer und machte sich missmutig für die Arbeit fertig. Nachdem er eiskalt geduscht hatte, war er wach. Er schlüpfte in seine Jeans, zog sich ein T-Shirt über und kramte seine schwarzen Doc Martens unter dem Bett hervor. Katharina hatte immer Wert auf sein Äußeres gelegt. Zwar war er nie ein eleganter Mann gewesen, aber seine Kleidung entsprach immer den zeitlichen Anforderungen. In letzter Zeit hatte er sich nichts Neues gegönnt, und die einst modischen Hemden waren es nicht mehr.

Er betrachtete sich im Spiegel seines Kleiderschrankes und war nicht unglücklich - auf den ersten Blick. Einen zweiten riskierte er nicht. Sein dunkles Haar war an den Schläfen ergraut und strähnig, aber das störte ihn nicht. Er rasierte sich nur noch einmal in der Woche, und aufgrund dessen zierten zwischen den Rasuren schwarze Bartstoppeln sein markantes Kinn. Alles in allem konnte er sich noch sehen lassen.

Etwas zu blass vielleicht. Öfter ins Freie und das Rauchen aufgeben. Die Flasche freilich, die hatte Vorrang, was das Aufgeben anlangte. Er nahm den vollen Aschenbecher von seinem Nachttisch und stellte ihn in der Küche ab.

Während eine weitere Zigarette zwischen seinen Lippen landete, zog er im gesamten Haus die Rollläden hoch und warf im Stehen noch einen kurzen Blick in die Tageszeitung. Nun war es endgültig Zeit zum Aufbruch. Er nahm noch eine tiefgekühlte Packung Lasagne aus dem Gefrierschrank und warf sie zum Auftauen auf die Küchenzeile. Das musste zum Abendessen reichen. Vor zehn würde er ohnehin nicht zu Hause sein, alleine schon, um sich den Anblick des leeren Hauses zu ersparen. Vielleicht würde er bei Veronika vorbei schauen. Sie war eine Bekannte aus Trier, bei der er in den vergangenen Monaten des Öfteren seinen sexuellen Frust abgeladen hatte, und sie verlangte nichts dafür. Vor allem störte es sie nicht, wenn er mit einer Fahne ankam. Wenn er mit ihr zusammen im Bett lag, erkannte er sich selbst nicht mehr wieder. Wie ein Tier fiel er über sie her und nahm sie immer wieder hart und rücksichtslos, während er die Hände unter ihrem Körper zu Fäusten ballte. Dabei versuchte er, an nichts anderes zu denken, als an ihre prallen Brüste. Wenn er sich bei ihr abreagiert hatte, beschlichen ihn manchmal Skrupel, weil er sie so animalisch benutzt hatte. Einmal hatte seine Manneskraft versagt, weil er an Katharina gedacht hatte. Sie hatte ihn angesehen und gemeint:

»Hast wohl ein bisschen zu viel intus, Cherie!«

»Ja, du hast recht«, brummte er, während sie mit ihren geschminkten Lippen versuchte, ihn doch noch standfest zu machen, und als er wieder zu Hause war, kam die ganze Verzweiflung der letzten Zeit in ihm hoch, und er betrank sich bis zur Besinnungslosigkeit. Das kam selten vor. Normalerweise hörte er auf, wenn er seinen Pegel erreicht hatte. Wer ihn nicht kannte, der hätte guten Glaubens behauptet:

»Der Mann ist nüchtern.«

Er konnte für Veronika nichts empfinden und litt selbst darunter. Wenn sein schlechtes Gewissen ihn plagte, brachte er ihr Blumen vorbei, aber er wusste, dass sie darauf eigentlich keinen Wert legte. Sie war genauso ausgebrannt wie er selbst, doch ihre Beziehung ging nicht einmal so tief, dass sie sich gegenseitig das Herz ausschütteten. Sie redeten nie viel miteinander. Ihnen ging es nur um außergewöhnlichen Sex, und den praktizierten sie.

Mit der Aussicht und Hoffnung auf ein paar Stunden Abwechslung am Abend mit Veronika nahm er seine Lederjacke von der Garderobe und verließ das Haus. Sein alter Volvo sprang erst beim dritten Versuch an. Auf dem Weg zum Präsidium hielt er kurz beim Bäcker, kaufte sich zwei Wecken und betrat einige Minuten später das triste Polizeigebäude in Trier. Der Beamte hinter dem Schalter im Eingangsbereich tippte zur Begrüßung an den Rand seiner Kappe. Es herrschte Betriebsamkeit im Haus. Ein Kollege kam ihm auf der Treppe entgegen, im Schlepptau ein paar Jugendliche.

»Angenehme Nacht gehabt, Mick?«, Günter grinste mit Verschwörermiene.

»Geht so. Liegt etwas Besonderes an?«

»Ach was, du kennst doch den Laden. Außer diesen Pennern hier habe ich nichts zu bieten.«

Günter zeigte ungeniert mit dem Finger auf die Jungs, die mit zerrissenen Jeans dem Lauf der Dinge entgegen sahen.

»Sprayer! Haben sich am Bahnhof die neue Mauer ordentlich vorgenommen. So ein Scheiß.«

Der eine Jugendliche zeigte den Stinkefinger, aber Mick ließ sich nicht provozieren.

»Wartet ab, meine lieben Freunde, auch ihr findet euren Meister – und wenn es unsere neue scharfe Amtsrichterin ist!«

Was sollte er auch tun? Sobald die vier wieder auf der Straße waren, würden sie ohnehin mit ihrer unerlaubten Tätigkeit fortfahren. Mick klopfte Günter im Vorbeigehen auf die Schulter.

»Bleib hart, mein Freund, auch dieser Tag geht vorbei.«

Sein Büro sah genauso aus, wie er es verlassen hatte. Ein paar Akten lagen auf dem Schreibtisch. Haftnotizen klebten an seinem Bildschirm, und den abgestandenen Kaffee wollte offensichtlich auch niemand mehr. Zuerst öffnete er das Fenster, um den Dunst der Zigaretten vom Vortag zu mildern. Es stank erbärmlich.

Das Telefon schellte aufdringlich. Nach dem dritten Läuten griff er zum Hörer.

»Lehminger.«

»Hey Mick, bist du schon im Dienst?«

Lea, seine hübsche Kollegin, war dran.

»Na klar, Schätzchen. Was gibt es?«

»Ich habe etwas für dich. Hast du Zeit?«

Leas Stimme klang fröhlich wie immer. Sie gehörte zu den Personen, die nicht nur attraktiv, sondern auch gut drauf waren. Micks Hand tastete nach der Flasche. Im unteren Fach des Schreibtisches wurde er fündig. Während er telefonierte, stärkte er Geist und Seele.

»Dann mach dich auf den Weg nach Kyllburg. Dort ist auf einem Dachboden eine Leiche aufgetaucht. Aber lass dir Zeit. Das Opfer liegt seit Jahren dort. Ich habe die Jungs von der Spurensicherung schon aufgescheucht. Die werden vor Ort sein und auf dich warten.«

Mick betrachtete ungläubig den Hörer. Eine Leiche in Kyllburg? So etwas hatten sie schon lange nicht mehr.

»Okay, ich fahre in ein paar Minuten los. Ist etwas Näheres bekannt?«

»Nein, nicht viel. Der Anruf ging vor ein paar Minuten ein. Die Frau, die am Telefon war, ist gestern dort eingezogen. Sie klang ziemlich aufgeregt und sprach von einem Skelett, über das sie fast gestolpert wäre.«

»Ich bin schon unterwegs.«

Mick warf den Hörer auf die Gabel, schnappte sich seine Jacke und verließ den Raum.

DAS MÄDCHEN RAMONA / SOMMER 1997

Ein kleines blondes Mädchen mit dünnen Zöpfen trottete nach Hause. Die ganze Schule hatte hitzefrei bekommen. Mit ihrem verschlissenen Turnschuh kickte sie eine leere Coladose vor sich her. »Wimsti, Wamsti, Wumsti!«, murmelte sie vor sich hin. Immer und immer wieder. Ein alter Mann schaute ihr verwundert nach.

Wimsti, Wamsti und Wumsti waren früher ihre Freundinnen gewesen. Sie bestanden nur in ihrer Fantasie und hatten sie lange Zeit begleitet. Mit ihnen verbrachte sie ihre Freizeit und konnte sich ausweinen. Aber die drei hatten sie eines Tages verlassen. Das Mädchen fand keinen Trost mehr in den Gesprächen mit ihnen und hatte sie schließlich zum Teufel gejagt. Nur die Namen spukten noch immer in ihrem Kopf, und bei jeder passenden und unpassenden Gelegenheit kamen sie ihr in den Sinn und über die Lippen.

Sie überquerte einen Feldweg, eine Abkürzung zu ihrem Zuhause, das keines war. Die Sonne war unerträglich. Ramona trug knielange Shorts und ein gelbes, viel zu enges T-Shirt. Auf dem Shirt prangte der Aufdruck »Mallorca«. Auch deswegen war sie heute wieder gehänselt worden. »Wamsti auf Malle!«, hatten ein paar Jungs ihr zugerufen und ihr dabei hart in die Kniekehlen gestoßen. Sie wehrte sich schon lange nicht mehr. Sie hatte keine Chance. Irgendwann würde sie es ihnen heimzahlen. Ihre Verbitterung wuchs täglich.

In Gedanken versunken hatte sie die ersten Häuser ihrer Siedlung erreicht. Ihr nass geschwitztes T-Shirt war nach oben gerutscht, ihr Bauch quoll über die Hose und bewegte sich gleichmäßig zu ihren Schritten. Plötzlich hörte sie ein leises Fiepen, kaum wahrnehmbar. Ramona hielt inne. Was war das? Die Straße vor ihr war wie ausgestorben, nur ein paar Mülltonnen standen wie einsame Gestalten am Wegesrand.

Ramona lauschte angestrengt. Da war es wieder! Ein leises, aber deutliches Maunzen. Doch woher kam dieses Geräusch? Es klang wie das klägliche Wimmern eines Welpen oder Kätzchens. Von plötzlichem Eifer erfasst, begann sie zu suchen. Wenn es sich wirklich um ein kleines Tier handelte, musste sie es unbedingt finden. So ein kleines Wesen konnte bei diesen Temperaturen unmöglich ohne Hilfe überleben. Beim nächsten Klageton hörte Ramona genauer hin, und nun wusste sie, woher das Geräusch kam. Neben ihr, etwas abseits an einem weißen Gartenzaun abgestellt, stand eine graue Restmülltonne. Der Deckel war geschlossen, aber der dumpfe Ton war eindeutig aus diesem Container gekommen. Entsetzt sah das Mädchen auf den Deckel. Wie heiß musste es im Inneren sein! Höchste Eile war geboten. Was würde sie erwarten, wenn sie den Deckel öffnete? Ihre Neugier siegte. Sie ließ noch ein mutiges »Wimsti, Wamsti, Wumsti« hören, dann ergriff sie den Deckel und klappte ihn zurück. Vorsichtig wagte sie einen Blick in die dunkle Tonne. Was sie dort sah, erschütterte sie. Ganz unten in der Tonne, auf einer stinkenden Schicht von Küchenabfällen, lag ein geschlossener Karton, aus dem das Wimmern drang. Fest entschlossen beugte sich Ramona in den stinkenden Kübel und zog die Schachtel heraus. Vorsichtig stellte sie sie auf den schmalen Wiesenstreifen neben dem Weg. Seufzend ging sie in die Hocke und ließ sich auf dem Boden nieder. Mit zitternden Händen öffnete sie den Pappbehälter. Drei kleine Kätzchen lagen in dem engen Gefängnis. Zwei davon bewegten sich nicht mehr. Ihr Fell war stumpf, und ihre Augen gebrochen. Voll Grauen sah das Mädchen auf die kleinen Tiere, denen der Tod schon zugesetzt hatte. Das dritte Kätzchen lebte noch. Es war winzig, schwarz, bis auf die kleinen weißen Pfoten, und es versuchte, die verklebten Augen zu öffnen, was nicht ganz gelang.

Mit Tränen in den Augen strich Ramona über das dünne Fell des Tieres, immer darauf bedacht, die beiden toten Körper nicht zu berühren. Ihre Gedanken drehten sich im Kreis. Sie musste dieses Kätzchen retten und wollte es behalten. Schon immer war ein eigenes Tier ihr größter Wunsch gewesen. Ein Tier, das sie für sich alleine haben würde. Aber die Eltern waren dagegen. Vor ein paar Jahren hatte sie von ihrem Opa, der im Nachbarort eine kleine Landwirtschaft betrieb, zu Ostern zwei goldgelbe Küken geschenkt bekommen.

»Die darfst du alleine großziehen!«, hatte Opa ihr versprochen.

Ganz stolz war sie mit den Küken nach Hause gekommen, aber ihre Eltern hatten einen Mordsterror gemacht. Vater, der schon zu Mittag betrunken war, hatte schließlich zugestimmt, um seine Ruhe zu haben. »Bis sie groß sind!«, waren seine Worte gewesen. Ramona ahnte nicht, was das bedeutete. Liebevoll hatte sie sich um die Tiere ge-

kümmert.
Eines Tages, als sie von der Schule nach Hause kam, brutzelten ihre Lieblinge im Backofen. Erst hatte sie es nicht geglaubt. Sie war mit tränenblinden Augen nach draußen gerannt, aber der kleine Stall war leer.
»Was dachtest du denn, was man mit Hühnern macht, wenn sie groß sind?«, hatte ihr Vater voll Spott gefragt. Die Mutter schwieg und schüttelte ob ihrer Naivität den Kopf. Ramona war in ihr Zimmer gelaufen und hatte stundenlang geweint. Sie hasste ihren Vater, ihre Mutter, und sie hasste vor allem sich selbst. Sie hasste alles an sich. Ihre Unbeholfenheit, ihr Aussehen und ihre Unfähigkeit, in der Schule mit den anderen mitzuhalten. Sie war dumm, das wusste sie. Irgendwie überstand sie die Tage, die angefüllt waren mit dem Spott der Mitschüler und der Lieblosigkeit der Eltern. Nur nicht denken! Verdrängen, um zu überleben.
Irgendwann hatte sie begonnen, ihre Fingernägel abzubeißen, bis Blut kam. Der Schmerz tat ihr seltsamerweise gut, und wenn der Kummer groß war, kam auch die Sehnsucht, sich selbst zu quälen. Ihre kleine Schere half ihr dabei. Fasziniert beobachtete sie, wie das Blut aus der Wunde sickerte und eine dunkle Spur auf ihrem Arm hinterließ. Ihren Eltern war es egal, zumindest kommentierten sie die Verletzungen nie, falls sie sie überhaupt bemerkten. Ramona zog sich immer mehr zurück. Lebte in ständiger Angst vor allem und jedem und blendete den alltäglichen Wahnsinn aus.
Das Maunzen des kleinen Tieres weckte sie aus ihrer Lethargie. Die Vorstellung, Verantwortung für dieses kleine Wesen zu tragen, ließ sie aufleben. Sie war zwölf Jahre alt und groß genug, um auf das Kätzchen aufzupassen, zumindest hoffte sie das. Sie hielt nicht viel von ihren Fähigkeiten. Jedenfalls durften ihre Eltern nichts mitkriegen. Sie musste ein Versteck finden, es gab eine Menge davon im Haus.
»Na, dann komm mal her, du süßes Ding. Ich werde immer gut für dich sorgen und dich lieb haben«, flüsterte Ramona dem zitternden Winzling zu und drückte ihn liebevoll an sich. »Meine kleine Bibi.«
Wie dünn das Kätzchen war! Sie konnte durch das Fell die Knochen fühlen. Kleine Knochen, die sich zerbrechlich anfühlten. Bibi wehrte sich ein bisschen, aber sie war zu schwach für eine ernste Gegenwehr. Ramona hielt sie eine Weile in der Hand, bevor sie ihre Schultasche öffnete, ein paar zerfranste Bücher und Hefte zur Seite räumte und dann an deren Stelle die kleine Katze vorsichtig in die Tasche legte. Sie beeilte sich, nach Hause zu kommen, und lief den Rest des Weges, so schnell sie konnte.
In der baufälligen Garage ihrer Eltern fand sie schließlich ein geflochtenes Körbchen.

»Hier kannst du dich ausruhen. Wenn die Luft rein ist, bringe ich dich auf den Dachboden. Dort ist Platz, und ich kann jeden Tag mit dir spielen. Da findet dich niemand.«

Ramona drückte ein vorsichtiges Küsschen auf den kleinen Katzenkopf, stellte das Körbchen in die hinterste Ecke der Garage, schloss die Tür und begab sich auf den Weg ins ungeliebte Elternhaus. Heute war alles nicht mehr so schlimm, sie hatte ihre Bibi.

Vater und Mutter saßen am Tisch und aßen.

»Jetzt beeil dich ein bisschen, es wird ja alles kalt!«, meckerte der Vater, der in Shorts und Unterhemd am Tisch saß. Vor sich die obligatorische Bierflasche. Mutter hing wie immer devot an seinen Lippen.

»Wie siehst du nur wieder aus?«

Mutters anklagender Blick musterte Ramona von oben bis unten.

»Natürlich bist du wieder total verdreckt.«

Ramona warf den Eltern einen vernichtenden Blick zu und verschwand im Badezimmer. Nachdem sie sich den Schmutz aus dem Gesicht gewaschen hatte, betrachtete sie ihr Spiegelbild.

»Ich muss nur abnehmen, dann wird alles gut.«

Tatsächlich hatte sie große, dunkelbraune Augen mit seidigen Wimpern. Sie öffnete ihre Zöpfe und strich sich mit der Hand über das fettige Haar, das bis auf die Schultern reichte. Oft war sie einfach zu bequem, um sich zu waschen. Aber daran konnte sie schließlich etwas ändern. Jetzt, da sie die kleine Katze besaß, sah das Leben freundlicher aus. Bibi würde sie lieben. Alle anderen taten es nicht.

Als sie sich endlich an den Tisch setzte, holte die Mutter die Pfanne vom Herd und stellte sie auf den Esstisch. Schon wieder Rührei mit Speck. Zum dritten Mal diese Woche. Ramona verachtete das fette Zeug, aber es gab immer nur das, was der Vater wollte. Ohne eine Miene zu verziehen, nahm sie die bereitliegende Gabel und schob sich lustlos ein paar Bissen von dem fetten Speck in den Mund. Limonade stand ebenfalls da; durstig trank sie die Flasche halb leer.

»Kein Wunder, dass du immer dicker wirst!«

Die Mutter riss ihr die Limo aus der Hand.

»Ein Glas Wasser tut es auch.«

»Ich mag aber kein Wasser, und immer gibt es nur diesen Mist!«

Sie wusste nicht, woher sie den Mut für diese Worte nahm. Die väterliche Reaktion auf Widerspruch war ihr schmerzlich bekannt.

»Du kannst ja auswärts essen, wenn es dir nicht schmeckt.«

Mutters Hals färbte sich rot, und Ramona beobachtete fasziniert die dicke Vene, die dort bedrohlich anschwoll.

»Du bist selber dick!«, raunte Ramona leise. Der Vater, der bisher geschwiegen hatte, warf seiner Frau einen spöttischen Blick zu.

»Ramona ist zwar nicht ganz richtig im Kopf, aber wo sie Recht hat, hat sie Recht. Ihr seid beide eine Zumutung. Ich verfluche den Tag, an dem ich mich auf euch eingelassen habe!«

Er setzte die Flasche an, und während er trank, lief ihm das Bier die Mundwinkel hinunter, rann über seinen verschwitzten Hals und sorgte für einen nassen Fleck auf dem Unterhemd.

Das Mädchen merkte, wie sich die Tränen der Verzweiflung und des Ekels in seinen Augen sammelten. Das eben so mühsam aufgebaute Selbstvertrauen schmolz wieder dahin. So war es immer. Sie war ungeliebt, und ihre Eltern wären froh, wenn es sie gar nicht gäbe.

Sie schluckte, legte ihr Besteck auf den Teller, straffte die Schultern und beschloss, an etwas anderes zu denken.

Es wurde Abend, bis Doris und Robert sich nach erreichter Promillegrenze endlich vor dem Fernseher ausbreiteten. Die beiden Sofas, auf denen sie Tag für Tag vor dem laufenden Apparat einschliefen, waren durchgelegen. Die Mutter hatte ein paar alte Decken über die abgewetzten Stellen geworfen. Die gesamte Einrichtung des ehemals hübschen Hauses war abgewohnt, nur der ultramoderne Fernseher nicht. Auf ihn konnten die Eltern nicht verzichten. Er war das wirkungsvollste Schlafmittel. Normalerweise hasste Ramona die Abende, an denen die Eltern betrunken vor sich hin schnarchten, aber heute war es anders. Nachdem das lang ersehnte Geräusch aus dem Wohnzimmer drang, schlich sie hinaus.

Vorsichtig betrat Ramona die Küche, holte ein Gefäß aus dem Schrank und goss etwas Milch hinein. Auf Socken verließ sie leise die Wohnung, und mit einer Taschenlampe in der Hand machte sie sich auf den Weg in die Garage. Geräuschlos schob sie sich durch den Türspalt und schaltete die Taschenlampe an. Dem dünnen Lichtstrahl folgend, schlich sie in die hintere Ecke, in der unverändert das Körbchen stand. Als der Lichtstrahl das Kätzchen traf, erhob sich Bibi und maunzte leise.

»Ja, da freust du dich. Jetzt gibt es endlich etwas zu fressen.«

Behutsam stellte Ramona die Schale neben das Körbchen, und sofort schlabberte die kleine Zunge begierig die Milch.

»So ist es gut. Jetzt wird es dir bald besser gehen. Gleich bringe ich dich in dein neues Zuhause. Du wirst sehen, wir beide werden uns prächtig verstehen.«

Nachdem die Schale leer war, ließ sich das kleine Wesen erschöpft fallen. Doch zum Ausruhen und Schmusen war keine Zeit.

Der Dachboden des Hauses lag über dem ungenutzten Obergeschoss. Es roch muffig, war dunkel und stickig, die Hitze unerträglich. Als Ramona an die Stelle kam, an der sich die Treppe zum Dachboden befand, musste sie diese mit einer Stange herunterziehen. Die Scharniere knirschten, als die Leiter sich nach unten bewegte. Ramona lauschte angestrengt, aber niemand schien etwas gehört zu haben. Mit dem Körbchen in der linken und der Taschenlampe in der rechten Hand betrat sie vorsichtig die durchgetretenen Stufen. Schritt für Schritt schlich sie nach oben.

»Gleich haben wir es geschafft, Bibi. Dann bist du in Sicherheit.«

Der aufgewirbelte Staub reizte die Atemwege und brannte in den Augen. Zum Glück war eine der Dachschindeln kaputt, sodass wenigstens etwas Licht vom Vollmond herein schien. Ramonas Herz klopfte wie verrückt, und Schweißperlen standen ihr auf der Stirn, als sie diesen beängstigenden Ort betrat.

Der Raum war riesengroß. So hatte sie ihn nicht in Erinnerung. Angst befiel sie, umklammerte sie. Panik griff nach ihr. Überall stand Gerümpel herum, und unter dem schwächer werdenden Schein der Taschenlampe bemühte sich Ramona, nirgendwo anzustoßen. Ihre Augen hatten sich mittlerweile an die Dunkelheit gewöhnt. Trotz der Angst tastete sie sich vorwärts. Etwas in ihr wehrte sich dagegen, weiter zu gehen. Links neben ihr stand ein alter Schrank mit geöffneten Schubladen und defekter Glastür. Auf der Ablage lag eine Stoffpuppe mit verdrehten Armen, die von Schimmel bedeckt war.

Sie bahnte sich den Weg, vorbei an einer uralten Wiege. Die Matratze darin war mit Stockflecken übersät. War das vielleicht ihre eigene Wiege gewesen? Ramona schauderte bei dem Gedanken, in diesem stinkenden Ding gelegen zu haben.

Eine Holzkiste, an deren geöffnetem Deckel alte Karnevalskostüme hingen, stand zu ihrer rechten Seite, und eine Clownsmaske aus Plastik lag grinsend davor. Sie wäre beinahe darüber gestolpert. Zwei alte Betten waren in Einzelteile zerlegt und an die Wand gestellt worden. Im hinteren Teil des Raumes befand sich ein kleines Dachfenster. Oval, mit einem Metallrahmen und einem Bügel zum Öffnen in der Mitte. Diffuses Licht drang durch die blinde Scheibe. Unter diesem Fenster wollte sie das Lager für die kleine Katze herrichten. Sie lief gebückt unter den schrägen Dachbalken durch und erreichte endlich die verborgene Ecke. Hier lagen sogar alte Decken, aus denen sie ein Bett für Bibi bereiten konnte. Vorsichtig stellte sie den kleinen Korb auf den Boden.

Aus den Decken hatte sie schnell ein kleines Viereck gefaltet. Ramona war stolz auf sich. Sie brauchte nur noch etwas, um das Versteck ausbruchsicher zu machen.

Ein Stapel Bretter lag in einer Ecke. Ramona ging in die Hocke, schob den Arm weit nach vorne und versuchte, ein Brett herauszuziehen.»Wimsti, Wamsti, Wumsti«, machte sie sich unbewusst Mut. Was war das? Ihre Hand hatte etwas Weiches ertastet. Sie nahm die Taschenlampe, die noch ein letztes Mal zum Leben erwachte. Im trüben Schein sah sie das Gesicht einer Frau.

Ramona stand wie erstarrt. Ein warmer Bach lief an ihren Schenkeln hinunter, plätscherte über die Schuhe und hinterließ eine Pfütze zwischen den Füßen. Wie betäubt schaute sie auf die im Schatten liegende, leblose Gestalt. Ein seltsames Grauen stieg in ihr auf. Sie wollte schreien, brachte aber nur ein hilfloses Stöhnen hervor. Ramona stolperte ein paar Schritte zurück und stieß sich dabei hart an der Ecke eines alten Fernsehers. Der Schmerz ließ sie aus ihrer Betäubung erwachen. Nichts wie weg, war ihr einziger Gedanke. In Panik ließ sie die Taschenlampe fallen, drehte sich um und kletterte schnell zur Luke. Beinahe hätte sie auf der Leiter das Gleichgewicht verloren, aber sie schaffte es schließlich nach unten. Zitternd schob sie die Treppe zurück und stieß mit dem Eisenstab den Verschluss ins Schloss.

Erschöpft blieb sie einen Moment stehen und versuchte, ihren rasenden Puls zu beruhigen, indem sie mehrmals tief ein- und ausatmete. Ansonsten tat sie, was sie immer tat: Sie verdrängte. Schaltete das Denken aus. Sie wusste nur, niemand durfte ihrer Bibi schaden.

Wie in Trance schlich sie in ihr Zimmer und ließ sich auf ihr Bett fallen.»Wimsti, Wamsti, Wumsti, Wimsti, Wamsti, Wumsti«.

Nachdem sie am anderen Morgen aus schrecklichen Träumen erwacht war, kam ihr das gestrige Erlebnis völlig unwirklich vor. Nur, dass sie noch angezogen und die Hose nass war, passte nicht in das Schema. Sie blieb zu Hause, und da die Eltern nie nach ihr schauten, fiel das nicht auf. Es würde ohnehin hitzefrei geben. Ein Druck im Magen zeugte davon, dass es ihr nicht gut ging. Das Gefühl kannte sie.

Erst gegen Mittag ergab sich eine Gelegenheit, auf den Dachboden zu steigen. Das Mädchen schob alle schrecklichen Gedanken beiseite und machte sich auf den Weg. Schneller als gestern hatte sie die Leiter heruntergelassen und betrat, diesmal nicht im gespenstischen Dunkel, den Dachboden. Tatsächlich sah im fahlen Tageslicht alles nicht mehr so bedrohlich aus. Sie huschte vorbei an der Kiste mit den Karnevalskostümen und gab dabei der hässlichen Clownsmaske einen Tritt, sodass diese laut in eine andere Ecke schoss. Das Geräusch machte ihr Mut. Ganz hinten hörte sie das Kätzchen leise miauen. Sie bog um die Ecke und stand vor dem alten Fernseher. Ungläubig starrte Ramona auf das Bild, das sich ihr bot. Schweiß lief ihr den Rücken hinunter, und trotz der unerträglichen Hitze fror sie. Die junge Frau lag nach wie vor auf dem Rücken, wobei sie ihr rechtes Bein in einem unnatürlichen Winkel abspreizte. Sie trug hellblaue Jeans, braune Lederstiefel und ein weißes Shirt. Auf den ersten Blick sah es aus, als schliefe sie. Erst beim zweiten Hinsehen bemerkte Ramona die getrocknete Blutlache zwischen ihren Beinen. Die engen Jeans waren bis zur Hälfte der Oberschenkel dunkel verfärbt. Ein ekliger Geruch stieg Ramona in die Nase.

Sie betrachtete die Leiche, ohne dass sie etwas fühlte. Die Frau trug langes blondes Haar, das seinen Glanz verloren hatte. Der Mund war weit geöffnet, und die Augen waren trüb. Aus ihrem Mundwinkel war ein mittlerweile getrockneter, blutiger Speichelfaden bis auf den Fußboden gelaufen. Ein paar Schmeißfliegen versuchten unablässig, sich in den Augenwinkeln der Toten niederzulassen. Fasziniert konnte Ramona den Blick nicht abwenden. Nach einiger Zeit beschloss sie, zu gehen. Das Kätzchen hatte sie vergessen.

Beim Abendbrot war alles wie immer. Ramona saß in Gedanken versunken am Tisch und reagierte kaum auf ihre Umgebung.

Von diesem Tage an war alles anders. Der Rest ihres gepeinigten und kranken Geistes zog sich mehr und mehr zurück und ließ sie allein in einer Welt, aus der es kein Entkommen gab.

MICK LEHMINGER 2007

Eile schien nicht geboten. Diese Leiche erforderte kein Rasen und kein Blaulicht. Manchmal hupte ein Wagen hinter ihm. Es kümmerte ihn nicht. Wenn es jemand eiliger hatte, sollte er ihn doch überholen.

Die Gleichförmigkeit der Straße ließ seine Gedanken abschweifen – zu Katharina. Noch immer konnte er ihr Schicksal nicht akzeptieren. Er hatte den Knoten in ihrer Brust zuerst ertastet. An einem Morgen, an dem sie, schnurrend wie ein Kätzchen, im Halbschlaf in seinen Armen lag. Liebevoll hatte er ihren Hals geküsst und die Hände tastend unter ihr Oberteil gleiten lassen. Sie hatte wundervolle, perfekte Brüste, und nichts tat er lieber, als diese zu berühren. Sanft strich er über die runde Oberfläche und fühlte den Warzenhof. Als sie auch davon nicht erwachte, wurde er ungeduldig. Er griff fester zu und massierte das Fleisch mit kreisenden Bewegungen. Sie lächelte – sie stellte sich schlafend, das kleine Luder. Ein unterdrücktes Lachen war die nächste Reaktion, und dann öffnete sie die Augen. In diesem Moment fühlte er den Knoten, der von nun an ihr beider Leben bestimmen sollte. Zuerst schob Katharina seine Bedenken lässig beiseite und versuchte, seine tastenden Hände in eine andere Richtung zu lenken, dorthin, wo sie sie jetzt besser gebrauchen konnte. Aber er ließ sich nicht ablenken. Ihm war jede Lust vergangen, und schon an diesem Morgen befürchtete er, dass bald nichts mehr so sein würde, wie es war.

Erst eine Stunde später, unter der Dusche, bemerkte auch sie die Verdickung in der rechten Brust. Die Zeit danach hatte er wie einen

Albtraum in bleibender Erinnerung. Sie hatten noch am gleichen Tag gemeinsam den Frauenarzt aufgesucht. Nach einer ersten vorläufigen Untersuchung wirkte der Mediziner besorgt. Die Zuversicht, die er auszustrahlen versuchte, war aufgesetzt. Dass sie auch schwanger war und das Kind auf jeden Fall verlieren würde, das erfuhr vorerst nur Mick.

Der Arzt schlug eine sofortige Operation vor, die seiner Meinung nach nicht mehr aufgeschoben werden durfte. Auf dem OP-Tisch war nach einem Schnelltest die Diagnose klar. Der Tumor war bösartig und hatte bereits die Lymphknoten der rechten Achselhöhle angegriffen. Als Katharina wach wurde, fuhr sie mit der Hand über ihr Krankenhausnachthemd und wusste Bescheid. Auch die Lymphknoten im Achselbereich hatte man entfernt, und sie konnte den rechten Arm nicht mehr schmerzfrei bewegen. Und das war nicht alles, was das Schicksal ihnen abverlangte. Die Chemotherapie vertrug Katharina schlecht. Sie erbrach sich, und Übelkeit wurde ihr ständiger Begleiter. Sie magerte drastisch ab. Dass ihr die Haare ausfielen, war nur ein unbedeutendes Detail. Sie war physisch und psychisch am Ende.

Als weitere Bestrahlungen erforderlich wurden, weil bei der nächsten Untersuchung wieder Metastasen im Brustgewebe festgestellt wurden, gab es bald keine Hoffnung mehr, und sprachlos nahmen sie ihr Schicksal hin. Danach war alles schnell gegangen. Eine weitere Chemotherapie lehnten beide ab, stattdessen verlebten sie einen letzten Urlaub. Doch den mussten sie früher abbrechen, weil Katharina zusehends verfiel. Mick pflegte sie, aber als sie kein Wort mehr sprach, blieb ihm nichts anderes übrig, als sie auf Anraten der Ärzte in ein Hospiz zu bringen und in jeder freien Minute ihre Hand zu halten, bis die Erlösung kam.

Ob er wollte oder nicht, für ihn musste das Leben weiter gehen. Mit einem leisen Aufstöhnen lehnte er sich in seinem Sitz zurück und verdrängte diese immer wiederkehrenden Erinnerungen. Nachdem der Nachrichtensprecher seine Neuigkeiten verkündet hatte, befreite er sich mit einem Dreh vom Radio. Es würde ein langer Tag werden, und seine Kollegen wussten, dass er auch heute wieder der Letzte sein würde, der am späten Abend sein Büro verließ – mit ein Grund, warum sie sein Laster tolerierten. Einige ungelöste, banale Fälle stapelten sich auf seinem Schreibtisch. Bei der Kripo Trier geschah nichts Sensationelles. Ein paar Autodiebstähle, eine versuchte Vergewaltigung, ein misslungener Einbruch und eine junge Frau, die sich aus Liebeskummer von einer Brücke gestürzt hatte, traurig und unsinnig. Er selbst hatte auch über diesen Weg nachgedacht.

Katharina arbeitete als Grundschullehrerin, und wenn sie beide Dienst hatten, fiel das morgendliche Zusammensein kurz aus. Trotzdem hatten sie diese Stunde des Tages genossen und sich ein ausgiebiges Frühstück gegönnt. Seit er allein war, würgte er lediglich eine Scheibe Toast hinunter. Allein zu essen hatte ihm nie Spaß gemacht. Ein bitteres Lächeln umspielte seinen Mund. Früher war er nicht nur ein leidenschaftlicher Feinschmecker, sondern auch ein brillanter Koch gewesen. Katharina war gerade mit dem Studium fertig, als sie sich kennenlernten. Vom Kochen hatte sie keine Ahnung. Er aber verbrachte Stunden am Herd mit der Zubereitung der üppigsten Gerichte.

Er legte zu – sie blieb schlank. Nach ihrem Tod war sein Bauch von selbst verschwunden, und die Liebe zum Kochen ebenso. Oft hielt er nur an der Frittenbude und schob sich eine Currywurst rein, wenn ihn der Hunger plagte, oder er zwang sich am Abend dazu, ein Tiefkühlgericht zu essen.

Entsetzt trat er im letzten Moment auf die Bremse. Eine rüstige Oma drohte zornig mit ihrem Schirm – er hatte einen Zebrastreifen übersehen. Jetzt hatte ihn die Gegenwart wieder.

SORMOVA / RUSSLAND 1997

An der Stelle, an der sich die mächtige Wolga den Strom Oka einverleibt, treffen sich im Winter auch der sibirische Frost und die eisige Kälte der pannonischen Tiefebene. In den Wintermonaten war hier das Zuhause von Väterchen Frost, zumindest der Sage nach. Einige Frachtschiffe kämpften sich träge durch die meist eisfreie Mitte der riesigen Wasserader. Die Flussschifffahrt war die Lebensader von Nischni Nowgorod.

Wenn im März die Eisschollen auf der Wolga brachen, hörte es sich an wie Kanonendonner – die Einheimischen konnte dieser Lärm nicht mehr erschrecken. Nur die Veteranen erinnerte das Getöse an die Stalinorgeln im Großen Vaterländischen Krieg. Im Sommer hingegen beherrschten Insekten aller Arten und riesige Staubwolken den Oblast. Moskitos und Gelsen saugten sich an Mensch und Tier mit Blut voll und übertrugen Infektionen. Keine menschenfreundliche Gegend, und trotzdem wuchs dort im Laufe des letzten Jahrhunderts eine Millionenstadt heran: Nischni Nowgorod.

Sormova, ein kleiner Vorort, sah vor hundert Jahren nicht anders aus als heute – Armut ist zeitlos. Man wäre versucht, zu behaupten: Hier zelebriert die Zarenzeit ihre Renaissance.

Von der nahen Großstadtatmosphäre war nichts zu spüren. Es gab kaum Leben auf den lehmigen, nun zu starrem Eis gewordenen Straßen. Die Menschen hier waren durchwegs arm und wohnten in heruntergekommenen Holzhütten. Der Mittelpunkt dieser dürftigen Behausungen war im günstigsten Fall ein gemauerter Ofen, der heimelige Wärme verbreitete. Die meisten Bewohner hatten Holzbänke rund um diesen Ofen gebaut, auf denen sie abends mit der ganzen Familie saßen und sich die geschundenen Rücken wärmten. Hier wurde meist auch geschlafen, und die Kinder konnten zusehen, wie ein neues Geschwisterchen entstand. Man teilte sich die Bänke und den Boden unmittelbar davor. Wegen der Feuchtigkeit, die so wie die Kälte immer und überall war, wurde die Wäsche nie richtig trocken. Es roch stets muffig und nach Schimmel.

Oft wohnten an die zehn und mehr Personen in so einem Holzhäuschen, das kaum sechzig Quadratmeter umfasste. Man lebte gemeinsam mit mehreren Generationen unter einem Dach. Geregelte und vor allem auch einigermaßen gut bezahlte Arbeit gab es selten. Es sei denn, man hatte einen Job in der nahen Stadt. Den zu erhalten, war mit einem Obolus mitunter möglich. Dafür verschuldeten sich manche über Jahre hinaus. Aber selbst dieses zweifelhafte Glück hatten nur wenige. Es war ein Teufelskreis im Mütterchen Russland, ein Mütterchen, das so gar nichts für seine Kinder tat. Der Rest lebte von ein bisschen Anbau hinter den Häusern. Die Bessergestellten hielten sich zusätzlich noch ein paar Schweine und einige Hühner. Zumindest wuchs in den Sommermonaten Obst und Gemüse auf dem fetten Schwemmboden wie Unkraut und ernährte die Menschen.

Anders war es bei Darja, Irina und Olga. Die Schwestern waren Vollwaisen und hatten so gut wie gar nichts. Selbst der Garten um das Haus, das sich schon ein bisschen neigte, als ob es sich zur Ruhe begeben wollte, war so klein, dass es unmöglich war, etwas anzubauen. Eine betagte Babuschka aus der Nachbarschaft brachte ab und zu ein paar Kartoffeln und runzelige Karotten. Die drei Mädchen waren auf die Fürsorge des Staates angewiesen – ein erbärmliches Los im größten Land der Erde.

Darja, mit ihren siebzehn Jahren die älteste, war kaum in der Lage, für ihre jüngeren Schwestern zu sorgen. Dem Inventar des Hauses war das biblische Alter auf den ersten Blick anzusehen. Nur ein Fernseher stach sofort ins Auge. Dieses Gerät hatte ein Oligarch aus der Stadt spendiert – allerdings nicht ganz selbstlos. Die Mädchen mussten dafür in Heimarbeit für seine Textilfabrik nähen oder im Herbst Filzstiefel fabrizieren. Die vorgegebenen Stückzahlen waren so hoch, dass dieses Gerät zwar ständig in Betrieb war, jedoch niemand Zeit hatte, sich dem ohnehin bescheidenen Programmangebot zu widmen.

Die spärliche Unterstützung vom Amt erlaubte es ihnen, wenigstens das Nötigste zu kaufen. Olga und Irina waren 12 und 15 Jahre alt und besuchten die Schule. Immerhin gab es dort zu Mittag gratis abwechselnd Soljanka oder Boretsch. Darja hatte die Schule gezwungenermaßen im letzten Jahr abgebrochen, um die beiden Jüngeren nach dem plötzlichen Tod der Eltern zu versorgen. Eigentlich hatte sie davon geträumt, zu studieren, doch daran verschwendete sie keinen Gedanken mehr. Es gab Wichtigeres zu tun. Essen musste besorgt werden, das Feuer im Ofen musste brennen, und das winzige Haus sollte sauber sein. Die restliche Zeit ging ohnehin für die »Bezahlung« des Fernsehgerätes drauf.

Wenigstens die beiden jüngeren Mädchen sollten ihre Schule abschließen können; das hatte sich Darja, die abends oft noch in der eisigen Waschküche stand, geschworen. Olga, die seit dem Tod der Eltern traumatisiert war, half ihr dabei und übernahm nach der Schule die eine oder andere Aufgabe im Haushalt. Oft saß sie aber nur stumm da und reagierte auf nichts. Darja fand keine Möglichkeit, ihrer kleinen Schwester zu helfen. Die Verantwortung lastete schwer auf ihr. Ab und zu sah jemand vom Jugendamt vorbei, um die Verhältnisse zu überprüfen. Die Beamten hatten kaum Möglichkeiten, zu helfen. Die atmeten schon auf, wenn sie ihr Gehalt bekamen. Jedenfalls waren diese Leute froh, wenn sie das Elend nicht länger sehen mussten, und so fielen diese nutzlosen Besuche meist kurz aus. Sie interessierten sich nicht wirklich für die Probleme der Mädchen.

Den letzten Sommer überstanden die drei ganz gut. Es gab genug zu essen, und die Tage und Nächte waren einigermaßen warm. Doch dieser Winter ging an die Grenze der Belastbarkeit. Olga war wieder krank geworden, und für einen Arzt hatten die Mädchen kein Geld. Die Poliklinik aufzusuchen war zwar möglich, aber zwecklos. Wer in dieser an sich kostenlosen Einrichtung ohne ein »Geschenk« für das Personal vorsprach, fand sich in einer endlosen Warteschleife wieder.

»Darja, wir müssen uns wegen Olga etwas einfallen lassen«, appellierte Irina immer wieder an die ältere Schwester.

»Olga ist schon wieder krank. Sie hustet, hat Fieber und fantasiert im Schlaf. Gibt es denn gar nichts, was wir tun können?«

Die Ältere schüttelte verzweifelt den Kopf.

»Ich weiß auch nicht mehr weiter. Seit Mama und Papa nicht mehr da sind, geht einfach nichts mehr seinen richtigen Weg.«

Heimlich wischte sie sich eine Träne von der Wange. Aber sie durfte sich keine Schwäche anmerken lassen. Sie war die Älteste und musste unbedingt Optimismus verbreiten, davon war sie überzeugt.

»Ich werde mir etwas überlegen«, versprach sie.

»Wenigstens ein bisschen Abwechslung, bitte Darja! Ich möchte so gerne einmal in die Stadt. Das letzte Mal waren wir mit den Eltern da, und das ist schon so lange her. Können wir nicht ein einziges Mal ins

Kino gehen?«, bettelte Irina eindringlich.

»Lass uns schlafen gehen und uns einen schönen Film erträumen. Vielleicht ist ja eines Tages wirklich ein Kinobesuch möglich.«

Überzeugt klang die Stimme der Älteren nicht, denn ein Besuch in Nischni Nowgorod lag in weiter Ferne. Allerdings, wenn sie zu Fuß gehen würden, dort hinten über die große Brücke an der Moskovskoye Chaussee, das müsste mit ein bisschen gutem Willen möglich sein. Sie würden sich zumindest einmal in der Stadt umsehen können.

»Ich werde sehen, ob ich etwas tun kann... wenn ich nur wüsste, was und wie!« Darja erhob sich müde, um sich in dem kleinen Badezimmer bettfertig zu machen. Sie schloss die Tür hinter sich, um sich an dem weißen, frisch geschrubbten Becken notdürftig zu waschen. Sie warf einen Blick in den Spiegel. Was sie sah, war das traurige Gesicht eines Mädchens, dem das lange blonde Haar strähnig auf die Schultern fiel. Eigentlich fand sie sich aber ganz ansehnlich. Sie hatte ein hübsches Gesicht, mit den für Slaven typischen, hochstehenden, markanten Wangenknochen. Allmählich entdeckte sie auch ihre fraulichen Seiten. Mit ihren vollen Lippen formte sie einen Kussmund und drehte sich langsam hin und her, um sich ausgiebig zu betrachten. Zwar war sie sehr dünn, hatte aber doch eine recht nette Figur mit langen Beinen, einem aufrechten Oberkörper und zierlichen kleinen Brüsten. Würde sie irgendwann einmal einen Jungen kennenlernen? Einen, der ihr ein besseres Leben bieten konnte? Davon wollte sie heute Nacht träumen, denn so langsam erwachten in ihr die Sehnsüchte, die Mädchen in ihrem Alter nun mal zu eigen sind. Als sie den Schmutz des Tages abgewaschen hatte, schlüpfte sie in ihr langes leinenes Nachthemd. Irina schlief. Sie hatte sich auf der Ofenbank ausgestreckt und die Decke über die Ohren gezogen. Auf der anderen Seite lag Olga, sie fieberte immer noch. Im Schlaf stöhnte sie leise und bewegte rhythmisch ihre Beine, als ob sie laufen würde. Darja holte eine weitere Decke und machte es sich auf dem Fußboden vor der Ofentür bequem. Hier war es warm, und wenn sie Glück hatte, würde die Glut bis zum Morgen anhalten. Ihre letzten Gedanken galten den Eltern und dem Jungen, dem sie demnächst begegnen wollte. Dann würde sie mit ihm und ihren Schwestern weggehen von hier. Weit weg von diesem beklagenswerten Ort, in dem das Überleben ein täglicher Kampf war. Sie ahnte nicht, dass ihr Traum bald Realität werden sollte, und schon gar nicht, auf welche Art und Weise.

In der Nacht träumte sie tatsächlich, zwar nicht von dem netten Jungen, sondern von ihren Eltern. Sie sah sich wie früher mit ihnen zusammensitzen, draußen, im kleinen Garten. Es war Sommer, und Mutter hatte selbst gemachte Limonade in Krügen aufgetischt. Diese war knallrot und schmeckte nach Sommer. Zum Abendessen gab es gebratenes Huhn mit gerösteten Kartoffelecken.

Soweit sie sich zurückerinnern konnte, waren die Sommermonate in ihrer Kindheit herrlich gewesen. Sie hatten zwar nicht zu den besser gestellten Einwohnern von Sormova gehört, aber sie besaßen ein eigenes Haus und sogar ein kleines Auto. Vater und Mutter hatten einen eigenen Friseursalon am Ende der Straße, und es fehlte ihnen eigentlich an nichts. Sie waren bescheidene und zufriedene Menschen und verbrachten ihre Freizeit zusammen. Wenn das Wetter es zuließ, machten sie sonntags Ausflüge an den Strand der Wolga. Es war eine unbeschwerte Zeit gewesen, und sie erinnerte sich gerne daran. Manchmal saßen sie stundenlang am Flussufer und betrachteten die Schiffe, die majestätisch durch die Fluten pflügten. Mutter hatte immer einen Picknickkorb dabei, und über einem Feuer drehten sich Holzspieße mit Fleisch oder Fisch. Sogar jetzt, wenn sie nur daran dachte, stieg ihr der Duft in die Nase.

Gelegentlich waren sie in der Stadt gewesen und hatten ein Kino besucht. Da liefen Filme aus dem richtigen Leben, mit Schauspielern, die in eleganter Kleidung an schönen Orten ihr Dasein genossen. Oft hatte Darja danach in ihrem Bett gelegen und an diese fremde Welt gedacht, die sie so gerne erobern wollte. Als ihre Eltern im letzten Jahr mit ihrem Kleinwagen frontal gegen einen LKW gerast waren, zerplatzten diese Träume und lösten sich in Luft auf. Doch die Sehnsucht nach der großen, weiten Welt war geblieben. Seitdem hatte es außer Verzicht nicht mehr viel im Leben der Mädchen gegeben. Hilflos waren sie zurück geblieben, in einem Land, das den Sozialismus abgestreift und den Turbokapitalismus übergezogen hatte. Nur Geld und Korruption regierten. Alles war anders geworden in diesem einen Jahr, doch das Leben ging weiter. Unerbittlich und ohne auf die Bedürfnisse und Schicksale allein gelassener Kinder Rücksicht zu nehmen.

Oleg Sergejewitsch Tarassow war 26 Jahre alt, groß, pockennarbig, skrupellos und braun gebrannt – kein Wunder, wenn er nicht mit seinen Kumpels in der Kneipe saß, verbrachte er die Zeit im Solarium. Das pechschwarze Haar trug er mit Gel glatt zurückgekämmt, und ein kleiner, ausdrucksstarker Bart zierte sein Kinn. Das alles spiegelte den verwegenen, mutigen Abenteurer wieder. Mit seinem teuren, blank polierten, schwarzen Mercedes machte er die Gegend um die Stadt unsicher. Immer war er auf der Suche nach neuen Abenteuern, und kein noch so illegales Geschäft war ihm zu schmutzig. Sein Lebenselixier war Geld – vor allem jenes der anderen. Arbeit im herkömmlichen Sinn war nicht seine Domäne. Er schmückte sich gern mit den schönsten Mädchen der Stadt und kannte jede Bar. Kaum etwas erinnerte noch daran, dass es sich um die Geburtsstadt von Maxim Gorki handelte, oder dass Sacharow hier die Zeit seiner Verbannung verbrachte und Nischni Nowgorod einmal eine geschlossene Stadt war, die man nur mit einem Propusk (Passierschein) verlassen oder betreten konnte.

Oleg ließ es sich gut gehen. Angst musste er nicht haben. Er schmierte die Bullen, und so konnte er es sich auch erlauben, unter den Augen der Milica mit 130 Sachen über die Molitowskibrücke zu rasen. Die Polizei stoppte ihn nur, um den Schein zu wahren, und Oleg planierte solche Lappalien mit ein paar Scheinchen, die er stets leger aus einem Bündel zog. Im armseligen Sormova kannte ihn niemand, und so löste er bei seinem ersten Auftritt im Ort ein Raunen aus. Es war März geworden, und der nahende Frühling schickte seine ersten Boten. Er war mit offenem Verdeck über die Brücke gebraust. An der Tankstelle sah er sie zum ersten Mal und wurde sofort aufmerksam. Die groß gewachsene, hübsche Blondine sah zu ihm herüber, als er sich lässig an die Beifahrertür lehnte.

»Eine Dorfschönheit hier am Ende der Welt«, murmelte er vor sich hin, während er in der linken Hosentasche nach seinem Portemonnaie fischte. Seine Gedanken jedoch waren schon bei dem Mädchen – und dem Geld, das sie bringen konnte. Sein Jagdinstinkt war erwacht. In seinem Kopf formte sich schon ein Plan, wie er an sie herankommen und sie schließlich ihrer endgültigen Verwendung zuführen konnte. Er fand sein Vorhaben nicht unmenschlich, im Gegenteil, schließlich hatte das unerfahrene Ding hier ohnehin keine Zukunft. Schlechter konnte es für sie nicht werden ... also warum irgendwelche abstrusen Gedanken verschwenden? Ein Gefühl, das für Oleg ohnehin ohne Bedeutung war, außer wenn es um ihn selbst ging. Um sich brauchte er sich inzwischen nicht mehr zu sorgen. Er hatte seinen Weg gemacht und war überzeugt, dass er niemals mehr auf die Schattenseite des Lebens fallen konnte – nicht er.

Darja kam vom Einkaufen, und ihr Weg führte an der Tankstelle vorbei. Sie schleppte einige Tüten mit Lebensmitteln nach Hause. Gestern war Zahltag gewesen, es hatte etwas Geld für die Näherei gegeben, und sie wollte den Kühlschrank füllen. An der Tankstelle fiel ihr Oleg natürlich auf, insbesondere die Original Levis Jeans, die sie bisher nur aus der Kinowerbung kannte. Dann sah sie seine Hände – die Finger waren mit großen, sichtlich wertvollen Ringen überladen. Sie sah nur das Gold und die Edelsteine, das Auto und die Jeans – und diesen welterfahren wirkenden Mann. Er wusste ganz genau, was sie sah – er las in ihren Gedanken und lächelte über ihre Naivität.

Darja nahm ihn genauer in Augenschein und konnte die Augen nicht von seinem Wagen lassen. Welcher Außerirdische hatte sich hierher verirrt? Fasziniert ließ sie den Blick über diese unwirkliche Szene gleiten. Oleg schloss lässig den Tankdeckel und ging der verunsicherten Darja mit ein paar Schritten entgegen.

»Na Mädchen, soll ich dir helfen? Komm, gib schon her.«

Ohne ihre Reaktion abzuwarten, nahm er die Einkaufstaschen und verstaute alles im Kofferraum seines Luxusschlittens.

»Steig ein und sag mir, wo es lang geht.«

Darja starrte ihn ratlos an. Hatte er sie gemeint? Es musste so sein, schließlich waren es ihre Sachen, die in seinem Kofferraum lagen. Scheu ließ sie den Blick von seinen schwarzen Stiefelspitzen aufwärts in sein verwegenes Gesicht gleiten. Wie in Trance bewegte sie sich und setzte sich schließlich in den Wagen.

Darja wandte schüchtern den Kopf zur Seite, aber Oleg war der verräterische Glanz in ihren Augen nicht entgangen. Hier würde er leichtes Spiel haben, und sie war genau das, was er suchte.

»Gefallen dir meine Jeans?«

Er war wie selbstverständlich zum Du übergegangen.

»Ist echt. Aus Amerika. Wenn du willst, schenke ich dir auch eine. Würde dir bestimmt hervorragend stehen, bei deiner Figur.«

Sofort wehrte Darja ab: »Das kann ich nicht annehmen!«

Doch der alte Fuchs ließ sich nicht abwimmeln.

»Natürlich kannst du das, und wenn ich dich so ansehe, du könntest sie doch auch dringend gebrauchen, oder nicht?«

Beschämt sah sie an sich hinunter. Wie ärmlich sie aussah!

»Ja, schon, aber ich möchte das wirklich nicht.«

Ihre Ablehnung klang lahm, und das war nicht zu überhören.

»Ach was, mach dir keine Gedanken. Sag mir, wo du wohnst, und ich bringe dir eine vorbei. Kannst mir ruhig trauen, oder sehe ich wie ein Verbrecher aus?«

»Nein. Entschuldigung, so war es nicht gemeint.«

Darja wurde immer unsicherer. Dennoch begann sie, das Gespräch zu genießen. Noch nie hatte sich ein Mann für sie interessiert.

»Wie heißt du denn?« Er sah sie zärtlich an, und langsam schmolz ihr Widerstand unter seinem Blick dahin.

»Darja. Ich wohne im letzten Haus dieser Straße. Da hinten, vor dem kleinen Wäldchen.«

Oleg nickte siegesgewiss und fuhr bis zur Straße, die zum kleinen Wald führte. Direkt vor dem Haus wollte er absichtlich nicht halten.

»Okay Darja, wenn du mir nicht traust, dann geh mal schön alleine nach Hause. Aber mein Versprechen gilt, und du darfst es mir nicht abschlagen. Schon morgen bringe ich dir eine nagelneue Levis vorbei. Ohne Gegenleistung, versprochen.«

Sie nahm die Tüten entgegen und eilte davon.

»Dann bis bald!«, rief er ihr noch hinterher, bevor er sich in seinen Wagen fallen ließ und mit quietschenden Reifen an ihr vorbei schoss.

»Welch ein knackiger Hintern!«

Ein Mädchen, aus dem sich mit etwas Hilfestellung noch etwas machen ließ – spann er seine Gedanken weiter. Er betrachtete sein Gesicht im Rückspiegel und strich sich siegesgewiss über die Haare.

Darja ging nicht nach Hause, nein, sie schwebte dahin. Welch ein Mann, und er hatte sich tatsächlich für sie interessiert! Zwar glaubte sie nicht an das, was er versprochen hatte, aber sie war auf eine seltsame Weise erregt. Ihren Schwestern erzählte sie nichts von diesem Zwischenfall, sie würden ihr ohnehin nicht glauben.

Am Abend saßen die drei zusammen in ihrer kleinen Küche.

Olga hatte sich in letzter Zeit erholt. Sie sprach zwar immer noch nicht, aber hin und wieder lächelte sie gedankenverloren vor sich hin. Vielleicht würde doch noch alles gut werden.

»Ich glaube, dass es uns bald wieder richtig gut geht.«

Darja sah ihre beiden Schwestern verstohlen an.

»Wie meinst du das?«, Irina war aufmerksam geworden.

»Ach, ich weiß auch nicht genau. Ist nur so ein Gefühl.«

»Seit wann kann man sich darauf verlassen? Mir ist noch nichts aufgefallen, was besser geworden wäre.«

Missmutig kaute Irina auf einem Apfel herum. Sie hatte die Schuhe ausgezogen und die Füße unter sich gezogen.

»Vergiss es, war nur ein Gedanke.«

Darja wollte sich nicht entmutigen lassen und stand auf, um die schmutzigen Teller zum Spülbecken zu tragen.

In der Nacht träumte sie von dem jungen Mann. Sie sah sich mit ihm gemeinsam an einem Swimmingpool liegen. Er hielt ihre Hand, und er hatte sie für den Abend in ein Restaurant eingeladen. Um sie herum lagen attraktive Frauen mit ihren reichen Männern und ließen es sich gut gehen. Er hatte nur Augen für sie und erfüllte ihr jeden Wunsch. Als sie am Morgen erwachte, verspürte sie bei dem Gedanken an ihn ein leichtes Kribbeln im Bauch.

»Ich glaube, ich bin ein bisschen verliebt«, sagte sie später zu ihrem Spiegelbild. Die ersten Sonnenstrahlen hatten ihr gut getan. Sie war nicht mehr so blass, wie noch vor einigen Wochen, und ihr Haar war nicht mehr stumpf. Warum sollte sich dieser junge Mann nicht für sie interessieren? Im gleichen Augenblick schob sie diesen Gedanken wieder beiseite. Es gab sicher bereits ein Mädchen für ihn. So, wie er aussah, war er bestimmt nicht mehr alleine. Sie dachte an seinen schwarzen Mercedes und fragte sich, wie er zu diesem tollen Schlitten gekommen sein mochte.

Auch sonst schien es ihm recht gut zu gehen, seine Kleidung war erlesen und teuer. Überdies hatte er den Charme eines Kavaliers. Bestimmt hatte er nicht auf ein Mädchen wie sie gewartet. Aber warum wollte er ihr dann eine so teure Hose schenken? Der Mut verließ sie augenblicklich wieder, als sie an ihre Hosen und Röcke dachte, die sie seit Jahren trug.

»Hör auf zu fantasieren«, tadelte sie sich selbst.

Am frühen Abend holte sie Olga ab, die sich am Morgen hatte überreden lassen, ein Spiel ihrer Schulmannschaft anzusehen. Als sie am Fußballplatz ankam, stand ihre kleine Schwester allein abseits der Anderen hinter dem Zaun. Sie war wohl noch nicht so weit, wieder Kontakte zu anderen Kindern zu knüpfen. Immer war sie die Außenseiterin, und Darja schmerzte der Anblick der Kleinen so, dass sie einen Stich im Herzen spürte. Dünn und knochig stand Olga da, den grauen Rock bis über die Knie, mit hängenden Schultern, und ihr Pferdeschwanz bewegte sich leicht im Wind. Ihr kleines Gesicht war blass, und sie hatte dunkle Ringe unter den Augen. Sie brauchte dringend bessere Nahrung, um wieder richtig auf die Beine zu kommen. Wie anders war Irina! Stark wie ein Baum, ließ sie sich von niemandem etwas gefallen. Sie hatte immer ein Widerwort auf den Lippen. Für Darja war es nicht so leicht, die Jüngere in Schach zu halten. Irina würde ihren Weg gehen.

»Komm, meine Kleine, lass uns nach Hause gehen.« Olga huschte ein kleines Lächeln über das Gesicht, als sie ihre Schwester sah, aber ihre Lippen blieben verschlossen. Sie schob ihre Hand in die der Schwester, und so gingen sie nach Hause.

»Ich werde dir etwas Schönes kochen.«

Olga schüttelte nur den Kopf. Appetit hatte sie so gut wie nie, immer stocherte sie lustlos in ihrem Essen herum. Es würde bestimmt noch Jahre dauern, bis sie den Tod der Eltern verkraftet hatte.

Darja sah es von weitem. Am Griff ihrer Haustür hing eine Plastiktüte. War es das, worauf sie im Geheimen hoffte? Sie beschleunigte ihren Schritt und zog Olga hinter sich her. Vorsichtig nahm sie die Tüte in die Hand, getraute sich aber nicht, sie zu öffnen. Neugierig warf sie einen Blick hinein. Was sie sah, ließ ihr Herz klopfen.

»Geh schon mal vor, Olga.« Sie konnte die Spannung nicht mehr aushalten und griff schließlich in die Tragetasche. Das durfte doch nicht wahr sein! Die dunkelblaue Jeans kam zum Vorschein, und sie trug tatsächlich ein Schild der Marke Levis. Die Hose war nagelneu und fühlte sich verdammt gut an. Da war noch etwas anderes in der Tasche. Sie holte ein kleines, hübsch verpacktes Päckchen heraus, an dem eine kleine Karte baumelte.

Ich hoffe, sie passt dir, aber noch mehr hoffe ich, dass wir uns bald wiedersehen. Viele Grüße, Oleg.

Befand sie sich in einem Traum, oder war das, was sie erlebte, tatsächlich Wirklichkeit? Ungläubig hielt Darja das kleine Päckchen hoch, um schließlich vorsichtig dieses wunderschöne, mit roten Herzchen bedruckte Papier zu öffnen. Heraus kam ein kleines, schwarzes Kästchen, auf dem wiederum ein Zettel klebte.

Damit du noch schöner wirst, als du sowieso schon bist.

Aufgeregt ließ sie den Deckel aufklappen. Auf einer Palette befanden sich mehrere kleine Töpfchen mit buntem Puder. Es war Make-up in den aufregendsten Farben. Darja stand fassungslos und beäugte die Kostbarkeiten ehrfürchtig. So etwas hatte sie noch nie besessen.

Bevor sie die Haustüre öffnete, ließ sie alles wieder in der Tüte verschwinden. Sie wollte ihr Geheimnis mit keinem teilen, schon gar nicht mit der wissbegierigen Irina, die sie in der Küche werkeln hörte. Zuerst wollte sie sich alles in Ruhe ansehen. Sie blickte über die Schulter und suchte aufmerksam die nähere Umgebung ab, aber von Oleg keine Spur. Wann hatte er die Tüte gebracht? Im Moment war sie froh, dass sie nicht hier gewesen war. Mit Sicherheit wäre sie vor Verlegenheit im Boden versunken.

Erst am Abend, als sie alleine im Badezimmer stand, wagte sie es, die Tüte noch einmal auszupacken. Staunend betrachtete sie die wertvollen Schätze. Es dauerte noch eine Weile, bevor sie sich entschließen konnte, die Jeans anzuprobieren. Vorsichtig, so als könnte sie den Stoff beschädigen, stieg sie in die Hosen und zog sie hoch. Die Jeans passte wie angegossen. Sie saß eng am Körper und umschloss ihre schlanken Beine. Darja drehte sich vor dem Spiegel hin und her, und es verschlug ihr die Sprache. Die Hose verlieh ihr eine perfekte Figur. Woher konnte dieser geheimnisvolle Mann wissen, welche Größe für sie die richtige war? Als sie sich so ansah, machte ihr Herz einen Sprung, und die Schmetterlinge in ihrem Bauch tanzten Samba. Ja, sie war verliebt! Mit dieser für sie großen Geste hatte Oleg ihr Herz erobert. Sie war glücklich und bekam rote Wangen, als sie am Abend Irina dann doch von dem Geschenk erzählte. Lange hätte sie es sowieso nicht für sich behalten können, denn sie wollte die Jeans ja schließlich auch tragen.

Irina starrte ungläubig auf die Beine der Schwester und war erst recht sprachlos, als Darja ihr schließlich die Geschichte erzählte.

»Und du hast sonst nichts von diesem Typen gehört? Er ist wirklich nicht wieder aufgetaucht und hat nur diese Tüte an die Tür gehängt? Was will der denn von dir? Es kommt doch nicht einfach einer daher gelaufen und macht dir teure Geschenke!«

»Doch, glaub mir, so und nicht anders ist es gewesen. Ich hoffe, dass ich ihn wiedersehe. Er ist so süß, und er sieht tollkühn aus. Außerdem fährt er ein schickes Auto.« Misstrauisch beobachtete Irina die Schwester, die in der neuen Jeans durch das Zimmer tanzte.

»Sei bloß vorsichtig! Wer weiß, was der im Schilde führt.«

Doch Irinas Bedenken prallten an Darja ab. Sie wollte sich ihre Freude nicht nehmen lassen und glaubte jetzt an ein besseres Leben.

In den nächsten Tagen tat sich nichts, und Darja ließ nichts unversucht, um diesen Mann wiederzufinden. Sie ging auf der Dorfstraße auf und ab. Nichts. Die Enttäuschung war groß, und sie wurde immer ungeduldiger. Wollte er sie wirklich nur beschenken? Spielte er bloß mit ihr? Er hatte doch auf der kleinen Karte von einem Wiedersehen geschrieben. Was war, wenn er sich nie wieder melden würde?

Doch Oleg war gerissen. Er wusste genau, dass er sie mit seiner Zurückhaltung nur noch gefügiger machen würde. Und genau das war seine Absicht. Er musste sie nur lange genug zappeln lassen, dann würde sie ihm aus der Hand fressen.

Er wartete geschlagene zwei Wochen, bevor er eines Abends bei den drei Mädchen vor der Tür stand. Eine kleine Dünne öffnete ihm, sah ihn sprachlos an und verschwand in der Küche. Darja und Irina aßen am Küchentisch zu Abend. Den beiden Mädchen blieb fast das Essen im Halse stecken, als er unbeirrt eintrat.

»Hallo zusammen. Ich wollte nur mal nachsehen, ob die Hose passt.« – Seine Worte klangen wie Balsam, und Darja war nicht in der Lage, sich zu erheben. Ihr zitterten die Knie.

»Ich dachte schon, du würdest dich nie wieder sehen lassen«, krächzte sie ihm entgegen.

»Ich habe dir doch versprochen, wieder zu kommen, und meine Versprechen halte ich. Ich hatte geschäftlich im Ausland zu tun, aber jetzt bin ich wieder da. Na komm, lass dich mal ansehen.«

Darja, die die besagte Jeans jeden Tag trug, erhob sich unsicher.

»Toll siehst du aus, wirklich toll!«

Irina beobachtete wortlos die Szene.

»Ich kann nicht lange bleiben. Ich habe heute noch einen wichtigen Termin. Eigentlich wollte ich mal mit dir essen gehen, aber jetzt sehe ich, dass du nicht alleine bist.« Er hatte die Hände in die Hüften gestemmt und betrachtete neugierig die bescheidene Wohnung.

»Ja, ich habe noch zwei jüngere Schwestern.«

Entschuldigend sah Darja hinüber zu Irina, die stumm dasaß.
»Das ist ja noch besser. Dann lade ich euch alle drei zum Essen ein. Habt ihr Lust?«
»Na klar, wir kommen mit.« Irina nickte begeistert.
»Wir waren schon lange nicht mehr essen. Das wäre echt toll.« – Oleg lächelte in ihre Richtung.
»Dann ist alles geklärt. Wie wäre es, wenn ich euch morgen Abend abhole, und wir fahren in die Stadt?«
Die beiden Mädchen waren sofort einverstanden. Welche Aussichten! Oleg trat näher und küsste Darja auf die Wange.
»Dann bis morgen und schlaft gut!« Schon war er verschwunden.
Darja und Irina saßen perplex am Küchentisch, nur Olga war aufgestanden und tat so, als ob nichts gewesen wäre. Darja war noch tiefrot im Gesicht und befühlte die Stelle, die Oleg geküsst hatte.
»Mein Gott, was für ein Mann! Der hat bestimmt Geld ohne Ende. Wir wären ganz schön blöd, wenn wir sein Angebot nicht angenommen hätten. Wenn du mit ihm gehst, wird er uns sicher etwas von seinem Reichtum abgeben, meinst du nicht auch?«
»Ach Irina, auf sein Geld kommt es doch nicht an.«
»Ja, aber sei ehrlich, wäre es nicht schön, wenn es uns wieder gut gehen würde? Geld hat noch niemandem geschadet. Auch Olga und ich würden davon profitieren. Und wir haben es weiß Gott verdient. Lass den ja nicht wieder laufen! Er könnte unsere Rettung sein.«
Irinas Stimme war laut und bestimmend.
»Ich freue mich jedenfalls auf morgen, und wenn du ihn nicht willst, kannst du ihn gerne mir abtreten.«
»Was? Jetzt halt aber die Luft an, du bist fünfzehn und viel zu jung für einen Freund. Lass uns abwarten, was der morgige Abend bringt. Ich freue mich ja auch, aber ich kann es noch gar nicht glauben.«
Darja fühlte sich wie eine richtige Frau. Alles in ihr, was bisher geschlummert hatte, wurde mit einem Mal geweckt. Die Hormone hatten ihr Spiel begonnen. In der Nacht schlief sie kaum und zählte die Stunden, bis sie den geliebten Mann wiedersehen würde. Ihre Gedanken waren kühn, und sie erkannte sich selbst nicht wieder.
Oleg bewohnte in einer Satellitensiedlung eine schicke Mietwohnung. Die Einrichtung war in schwarz und weiß gehalten. Er saß auf einem Ledersofa, hatte die Schuhe ausgezogen und die Füße in einem Teppich vergraben. Der Fernseher lief, und er wartete auf seine Freunde, die er auf ein Fläschchen eingeladen hatte. Es gab eigentlich immer etwas zu feiern, aber heute war ein besonderer Anlass.
Bei seinem Besuch in Sormova hatte er gecheckt, dass die Blonde auf ihn stand. Ihr Blick war nicht von seinen Lippen gewichen, und

er hatte die Röte in ihrem Gesicht bemerkt. In diesem Fall würden ihn keine Probleme erwarten. Nicht nur ein Mädchen hing an seiner Angel, sondern gleich drei! Die beiden anderen waren jung, aber er wusste, dass es dafür einen interessanten Markt gab. Die Mädels würden die Kasse zum Klingeln bringen. Mit den Kumpels würde er einen Plan entwickeln, wie man dieses Geschäft am besten unter Dach und Fach bringen könnte.

Konstantin, Juri und Michail waren mit allen Wassern gewaschen und hatten Verbindungen nach West-Europa. Hier blühte der Markt mit russischen Mädchen, und viel Geld wechselte bei diesem Handel die Besitzer. Schon oft hatten die vier Männer junge Frauen in den Westen geschleust und dabei kräftig abgesahnt.

Oleg, der attraktivste des Quartetts, war immer damit beauftragt, die Herzen der Mädchen zu erobern, den Rest würden die anderen erledigen. Ihm war es egal, was nach dem Verkauf aus den jungen Dingern wurde. Er sah nur seinen Profit. Das Beste an dieser Sache in Sormova war zweifellos, dass die drei Schneeglöckchen offenbar anhanglos waren. Es war niemand da, der ihm in die Quere kommen könnte. Ideale Voraussetzungen. Oleg war in Gedanken versunken, als es an der Tür klingelte. Er stand auf und drückte den Summer. Während er wartete, sah er in den Spiegel und lächelte sich an. Der nahende Triumph ließ seine Augen strahlen, und er war bester Laune, als seine Freunde kamen.

»Lasst euch nieder, ich habe gute Nachrichten.«

Juri schwenkte übermütig eine Sektflasche über dem Kopf.

»Lass hören, Kumpel. Ist dir die Kleine an den Haken gegangen?«

»Nicht nur das, es kommt noch besser.«

Oleg legte ein bedeutungsvolles Schweigen ein.

»Nun raus mit der Sprache. Erzähl schon.«

Konstantin schlug der Flasche mit einem Krummsäbel gekonnt den Hals ab und ließ die Flüssigkeit in die Gläser laufen. Michail zündete eine Zigarette an und machte es sich auf dem Sofa bequem.

»Ja, Alter, spann uns nicht auf die Folter. Was hast du erreicht, und vor allem, wann kann die Sache starten? Ich könnte einen warmen Regen vertragen.«

»Nun mal langsam, Freunde. Ich werde noch einige Zeit brauchen, bis ich am Ziel bin. Ihr wisst doch, ich mache keine halben Sachen. Die Mädchen müssen freiwillig mitkommen. Alles andere würde uns nur Probleme bereiten. Ich will euch nicht länger hinhalten. Also, die zwei jüngeren sind zwölf und fünfzehn Jahre alt, und meine Auserwählte wird bald achtzehn. Wenn ich mich nicht täusche, und das tue ich eigentlich selten, sind alle drei noch frisch.«

Die Freunde waren aufmerksam geworden.

»Das wäre ein Ding, lupenreine Diamanten bringen den besten Preis. Aber dann musst du natürlich auch die Finger von ihr lassen, Oleg.« Juri warf seinem Partner einen verschwörerischen Blick zu.

»Natürlich werde ich das, schließlich will ich den Preis nicht ruinieren. Ich werde sie nicht bumsen – klar! Aber du Juri, DU musst dich zusammenreißen, besonders, was die beiden Kleineren angeht. Ich kenne deine Vorliebe für die jungen Dinger.«

»Ach, nun sei doch nicht so fotzenneidig! So ein bisschen einreiten würde ich sie gerne. Der Markt ist schlecht geworden, und es wird immer schwerer, an die ganz Kleinen heranzukommen.«

Juri leckte sich über die Lippen und strich sich mit der Hand durchs strähnige Haar. Seine sexuelle Vorliebe stempelte ihn auch bei Freunden als pervers ab.

»Was du an dieser Kinderfickerei findest, werde ich nie verstehen. Noch nicht einmal Titten haben die. Du bist einfach krank im Kopf.«

Michail ließ sich seinen Unmut deutlich anmerken, obwohl auch er vor nichts zurückschreckte.

»Hört auf mit der Spinnerei. Es dreht sich nicht um Gelüste, sondern um Kohle, und davon verspreche ich mir einen Batzen. Ich werde euch jetzt erst einmal erklären, was ich genau vorhabe.«

Oleg streckte die Füße aus und trank aus der Flöte. Die drei sahen ihn gespannt an.

»Die Kleine ist noch nicht soweit. Ich werde ihr zeigen, was das Leben zu bieten hat. Volles Verwöhnprogramm. Essen gehen, Kino, scharfe Klamotten und so weiter. Ich werde die Schwestern mit einbeziehen. Wenn ich sie soweit habe, dann erzähle ich ihr von meiner Tante in Deutschland und werde sie auf das Leben in Glanz und Schimmer einstimmen. Der Hinweis auf die Verantwortung für ihre Schwestern erledigt den Rest. Also, gebt mir ein paar Wochen zum Garen.«

»Ok, was ist unser Part?«

»Als Erstes müsst ihr neue Papiere für die Mädels besorgen. Konstantin, das ist wie immer dein Bereich. Juri und Michail, ihr kümmert euch um den Transport und nehmt Kontakt mit drüben auf. Wenn ihr alles geklärt habt, treffen wir uns wieder. Und haltet eure Klappen, besonders wenn ihr besoffen seid.«

Als Oleg ein paar Stunden später leicht angesäuselt in seinem Bett lag, ließ er den Tag Revue passieren. Alles schien gut zu laufen, die Kleine hatte zweifellos angebissen, und auf seine Kumpels war Verlass. Er würde noch einmal genau recherchieren, ob es irgendwelche Tanten oder Onkels gab, die ihm eventuell in die Quere kommen könnten. Entspannt sah er seinem nächsten Urlaub entgegen. Er plante einen Trip in

die Südsee. Endlich einmal ausspannen können, das war sein Traum. Er war gestresst, und es wurde Zeit für Erholung.
Eigentlich war er ein ganz normaler Junge gewesen. Seinen Eltern war es finanziell gut gegangen. Sogar ein Studium hatten sie ihm ermöglicht. Im dritten Semester verliebte er sich jedoch in ein schwedisches Fotomodell, das er auf einer Party kennengelernt hatte. Sie war groß, blond und ließ ihre unendlich langen Beine gerne bewundern. Was sie aber auch hatte, das war ein mieser Charakter. Sie war seine erste große Liebe, und sie hatte ihn ausgenutzt, wo sie nur konnte. Jeden, aber auch wirklich jeden Rubel hatte er investiert, um sie zu erobern. Sie war sechs Jahre älter als er und hatte ihm so den Kopf verdreht, dass er nicht mehr denken konnte. Als er vor lauter Anspannung beim ersten Mal keinen hoch kriegte, hatte sie ihn ausgelacht.

»Du musst mir schon etwas mehr bieten als dieses jämmerliche Cocktailwürstchen.« Sie hatte seinen zusammengeschrumpften Penis leicht angehoben und kritisch begutachtet, bevor sie in schallendes Gelächter ausgebrochen war. Er spürte die Schamröte noch monatelang auf seinen Wangen brennen. Sie wurde eine große Nummer auf dem Laufsteg. Hin und wieder konnte man sie sogar im Fernsehen bewundern. Der Hass auf sie fraß ihn von innen her auf. Eine Zeit lang versuchte er, sie zurückzugewinnen, aber sie nannte ihn bloß einen Versager.

»Wenn du bei mir keinen Ständer kriegst, bei wem dann?«, spottete sie zynisch. Das war ein Schock für den fast noch pubertären Jungen – und den überwand er nicht.

Er brach sein Studium ab und versuchte sich eine Zeit lang als Fotograf. Doch das misslang. Das Selbstbewusstsein verließ ihn im selben Tempo, wie der Hass auf Frauen wuchs. Eines Tages hatte er sich nicht mehr beherrschen können. Als diese schwedische Hure für Aufnahmen in der Stadt posierte, verfolgte er sie. Getarnt mit einer Wollmütze, schüttete er ihr Salzsäure ins Gesicht. Nie wieder sollte sie für einen anderen Mann lächeln – und das war mit der entstellten Visage auch nicht mehr möglich.

Zum damaligen Zeitpunkt hatte er Glück. Es gelang ihm tatsächlich, unerkannt zu entkommen. Er zitterte noch stundenlang in seinem Zimmer. Selbst erschrocken über die Tat, die er begangen hatte.

Die Sache ging noch ein paar Wochen durch die Presse, doch niemand wurde auf ihn aufmerksam. Man vermutete hinter dem Anschlag die Tat eines Geistesgestörten. Nachdem die Polizei wochenlang erfolglos recherchiert hatte, landete die Akte im Keller. Eine Frau war in Russland eben nicht allzu viel wert. Magdalenas Stern verglühte am Modehimmel. Eines Tages hatte er dann erfahren, dass sie wieder in ihre Heimat zurückgekehrt war. Für sie war Oleg so unwichtig gewesen, dass sie ihn noch nicht einmal als Täter in Betracht gezogen hatte. Seine Irrelevanz war seine Rettung gewesen.

Er hatte weiter gelebt und weiter geatmet, obwohl er anfangs dachte, diese Demütigung würde ihn umbringen. Irgendwann kam er wieder auf die Beine, doch sein Herz war jetzt hart. Gefühle kannte er nicht mehr, und es dauerte nicht lange, bis er jene Männer kennenlernte, die so dachten wie er. Für sie galten Frauen nichts und waren nicht mehr wert, als für einen Krämer die Stoffballen im Lager.

Sex hatte er erst nach zwei Jahren wieder mit einer Hure, die gut seine Mutter hätte sein können. Diese Dame schenkte ihm sein Selbstwertgefühl wieder, indem sie all ihre Körperöffnungen in den Dienst der guten Sache stellte. Seitdem sah er Frauen nur noch auf diesem Level. Als die Clique der vier Männer festgestellt hatte, dass sich mit jungen Mädchen viel Geld verdienen ließ, hatte Oleg endlich seine wahre Berufung gefunden.

Darja ahnte nichts, als sie dem nächsten Tag entgegen fieberte. Sie glaubte an die großen Gefühle und war überzeugt, dass sie den Mann gefunden hatte. Dass er genug Geld hatte, machte die Sache noch angenehmer. So konnte sie ihre Träume vielleicht verwirklichen.

In erster Linie jedoch war sie von seiner Herzenswärme angetan. Noch nie hatte ihr jemand solche Geschenke gebracht. Auch bei ihm musste die Liebe wie ein Blitz eingeschlagen haben, eine andere Erklärung hatte sie für seine Großzügigkeit nicht. Warum sollte nicht auch ein Mädchen wie sie einmal Glück haben?

Die Stunden des nächsten Tages zogen sich endlos dahin, aber irgendwann wurde es dann doch Abend. Die drei hatten sich, so gut es eben ging, hübsch gemacht. Olga trug bunte Kniestrümpfe zu ihrem grauen Rock, und Darja hatte ihr eine rote Schleife ins Haar gebunden.

Irina hatte sich wie immer so angezogen, wie sie wollte, konnte es sich aber nicht verkneifen, den hellblauen Lidschatten aus der wertvollen Schatulle ihrer Schwester dick auf ihre Augenlider aufzutragen. Darja hatte zwar getobt, aber es ließ sich nicht mehr ändern. Die Zeit drängte, und Irina betrachtete sich triumphierend im Spiegel.

»Wenn du dich nicht schminkst, ist das deine Sache. Ich mache es auf jeden Fall«, erklärte sie schnippisch.

Darja trug die neuen Jeans und eine hellblaue Bluse aus der Zeit, als ihre Eltern noch lebten. Die hatte sie im Schrank aufgehoben für einen Tag wie diesen. Ihr Haar, das mittlerweile bis zum Po reichte, war frisch gewaschen und mit einem Stirnband zurück genommen, sodass ihr hübsches Gesicht zur Geltung kam. Sie war zufrieden mit sich, und die Vorfreude auf diesen Abend rötete ihre Wangen.

»Nimm etwas Farbe für die Lippen«, schlug Irina vor.

»Nein, ich gehe so, wie ich bin, und kann mir nicht vorstellen, dass Oleg mit einer Frau, die wie ein Harlekin angemalt ist, ausgehen möchte. Er ist ein anständiger Mann.«

»Was glaubst du denn, warum er dir den Kram geschenkt hat?«

Die Diskussion nahm ein jähes Ende, als endlich, mit einer Stunde Verspätung, Olegs Reifen auf dem Kies vor dem Haus knirschten. Er stieg noch nicht einmal aus, sondern drückte lediglich auf die Hupe.

Darja verschlug es die Sprache, als sie ihn so lässig da sitzen sah. Sein schwarzes Haar saß perfekt, seine Hand mit dem goldenen Ring lag auf dem Lenkrad, und zur Feier des Tages hatte er seine schwarze Lederjacke gegen ein anthrazitfarbenes Jackett getauscht. Darunter trug er ein schneeweißes Hemd, so wie man es nur im Fernsehen sah.

Irina wollte sofort auf den Beifahrersitz springen und hatte die Tür schon aufgerissen.

»Nein, junge Dame, dieser Platz ist für deine Schwester gedacht, und ich hoffe, dass sie noch oft hier sitzen wird.«

Oleg lächelte charmant und zeigte seine schneeweißen Zähne.

»Ja, schon gut, habe ich mir schon gedacht.«

Irina war zwar ein bisschen eingeschnappt, ließ sich aber widerstandslos auf den Rücksitz gleiten. Nur Olga stand verlegen, mit dem Daumen im Mund, vor der Karosse.

»Komm ruhig, meine Kleine. Ich tue dir nichts, und ich glaube, es wird Zeit, dass du etwas zu essen bekommst.«

Als die drei im Wagen saßen, ergriff Oleg wieder das Wort.

»Ich habe mir gedacht, euch in ein chinesisches Restaurant einzuladen. Ich kenne den Besitzer und habe einen Tisch reservieren lassen. Was ist, mögt ihr Chinesisch?«

»Das ist doch bestimmt teuer, und ich weiß nicht, ob wir das überhaupt annehmen können.«

»Ach Darja, natürlich können wir das annehmen, jetzt rede bloß keinen Mist.« Irina machte ihrem Unmut laut Luft.

»Deine Schwester hat recht. Ich hätte euch nicht eingeladen, wenn ich es mir nicht leisten könnte. Lasst es euch gut gehen.«

Oleg hatte die Bedenken zerstreut. Langsam konnte Darja sich entspannen. Vorsichtig befühlte sie mit ihren Fingern den weichen Ledersitz unter sich. Oleg fuhr schnell und nahm schnittig jede Kurve. Einmal berührte sie dabei seinen rechten Arm. Sie erschrak heftig, und die Stelle brannte wie Feuer. Ihre Hände wurden feucht, und sie schwieg verlegen.

In der Stadt herrschte reger Verkehr, und es war schwierig, einen Parkplatz zu finden. Doch Oleg kannte sich aus. Er war hier groß geworden und kannte jede auch noch so kleine Seitenstraße.

Das Restaurant besaß ein uriges Ambiente. Auf jedem Tisch brannte eine kleine Lampe auf bunten Deckchen, und Kellner eilten geschäftig hin und her. Der Chef persönlich empfing sie und brachte sie an einen bereits gedeckten Tisch, auf dem in einer kleinen Vase eine rote Rose stand. Oleg rückte für Darja den Stuhl zurecht.

»Eine schöne Rose für eine schöne Frau. Bitte setz dich.«

Sprachlos nahmen die Mädchen ihre Plätze ein. Selbst Irina hielt ausnahmsweise den Mund. Es dauerte nicht lange, da wurde schon das Essen serviert. Der Einfachheit halber hatte Oleg für alle das Gleiche bestellt: Knusprig gebratene Ente in einer höllisch scharfen Soße, mehrere Schalen Reis, und dazu wurde heißer chinesischer Wein kredenzt. Selbst Olga hatte Appetit und nahm sich einmal nach. Wie lange hatten sie nicht mehr so gut gegessen, und der Reiswein gab den Ausschlag, dass auch Darja sich mehr und mehr entspannte.

Oleg ließ sie nicht aus den Augen und versuchte immer wieder, in ihre blauen Augen zu tauchen. Irina war die Einzige, die völlig unbeschwert zu sein schien. Ihr Mund stand nicht still, und sie plapperte nach dem zweiten Becher Wein unermüdlich immer weiter, während Olga schweigend ihren Teller leerte und nur hin und wieder heimlich den Mann ihr gegenüber musterte.

Oleg amüsierte diese Situation, und er genoss den Abend auf seine Weise. Ihm entging nichts. Selbstverständlich erfuhr er, was er wissen wollte. Dass es keine Verwandten und Bekannten gab, hatte Irina ihm schon erzählt, ebenso wie die Geschichte über den Tod der Eltern und über das ärmliche Leben, das die Drei führten. Bei ihr hatte er sein Ziel schon erreicht. Die mittlere der Schwestern schien ihm voll und ganz zu vertrauen. Mit der Kleinen war eh nichts anzufangen, und seine Angebetete schmolz unter seinem Blick wie Butter in der Sonne. Was wollte er mehr? Nach zwei Stunden hatte er genug erfahren und fing an, sich zu langweilen. Es wurde Zeit, die Vorstellung zu beenden. Schließlich hatte der Abend noch etwas anderes zu bieten, als diese Hühner hier. Als er bezahlt hatte, drängte er zum Aufbruch.

»Ich werde euch jetzt besser wieder nach Hause fahren, schließlich muss Olga morgen zur Schule. Aber wir können einen so schönen Abend gerne wiederholen.«

Seine Stimme klang energisch, und niemand widersprach.

Zu Hause angekommen, schickte er die beiden Jüngeren ins Haus. Darja wurde rot, aber in der Dunkelheit sah das niemand. Als sie endlich alleine waren, legte Oleg behutsam die Hand auf Darjas Schulter.

»Du Arme, ihr habt es nicht leicht im Leben. Die Sache mit euren Eltern tut mir echt leid, und wenn ich darf, würde ich euch gerne helfen. Ein bisschen Unterstützung könnt ihr sicher gebrauchen.«

Er drückte der verdutzten Darja einen Geldschein in die Hand.
»Hier, mein Engel, davon gehst du morgen so richtig für euch einkaufen. Ihr müsst etwas Anständiges zu essen im Haus haben.«
Das Mädchen schaute entsetzt auf die Banknote.
»Das kann ich auf keinen Fall annehmen«, stotterte sie unsicher, »du hast schon so viel für uns bezahlt.«
»Jetzt sei nicht albern, natürlich wirst du das nehmen. Denk doch bitte auch an deine Schwestern. Ich will nur, dass es euch einigermaßen gut geht. Ich habe dich gern und möchte noch so vieles für euch tun. Also schlag mir diese Kleinigkeit nicht ab.«
Seine Stimme duldete keinen Widerspruch. Er gab Darja einen kleinen Klaps auf den Oberschenkel.
»Und jetzt ab mit dir. Es wird Zeit. Ich wünsche dir eine angenehme Nacht. Wenn du Lust hast, kannst du ja mal an mich denken.«
Darja war sprachlos. Hatte sie mehr erwartet? Vielleicht einen Kuss? Aber Oleg machte keine Anstalten.
»Wann sehen wir uns denn wieder?«, fragte sie mutig.
»Ich weiß es noch nicht, aber ich werde mich rechtzeitig bei dir melden. Beim nächsten Mal können wir ins Kino gehen. Nur wir beide. Was hältst du davon?«
Oleg war zum Abfahren bereit.
»Das wäre großartig. Im Kino war ich ewig nicht mehr, und an dich denken werde ich bestimmt.«
Er griff über sie hinweg und stieß die Beifahrertür auf. Es blieb ihr nichts anderes übrig, als zu gehen. Gerne hätte sie noch ein bisschen mit ihm geplaudert, doch ehe sie sich versah, stand sie schon auf der Straße und sah seinen immer kleiner werdenden Rücklichtern nach.
Im Schlaf überschlugen sich ihre Gedanken. Wollte er nun etwas von ihr oder nicht? Sie war unsicher. Auf der einen Seite war er so großzügig, auf der anderen Seite begegnete er ihr kühl. Welch ein seltsamer Mensch. Er hatte noch nicht einmal versucht, sie zu küssen, obwohl sie so darauf gehofft hatte. Aber sie gab sich dem Glauben hin, dass er ein zu anständiger Mann war, der nichts überstürzen wollte. Ihre Sehnsucht brannte heiß in ihrem Herzen, und ein wohlig warmes Gefühl ließ sie schließlich in einen unruhigen Schlaf gleiten. Es war erlösend, sich ein bisschen geborgen zu fühlen.
Es dauerte zehn lange Tage, bis Oleg sich meldete, und Darja war krank vor Verlangen. Sie fand keine Ruhe und verlor sich immer mehr in sinnlosen Tagträumereien. Nur mit Mühe konnte sie ihren täglichen Pflichten nachkommen. Ihre Gedanken glitten immer wieder zu Oleg. Als er endlich an ihre Tür klopfte, wurden ihre Knie weich, und sie brachte vor Aufregung kaum ein Wort hervor. Oleg ging leger über ih-

re Unsicherheit hinweg, küsste sie auf die Stirn und betrat wie selbstverständlich das Haus.

»Wo warst du denn nur so lange? Ich habe so auf dich gewartet«, stammelte sie ihm leicht vorwurfsvoll entgegen.

»Nun ja, mein Fräulein, ich habe schließlich noch etwas anderes zu tun. Geld verdient sich ja schließlich nicht von selbst, und du willst doch sicher auch, dass ich dir später etwas bieten kann, oder nicht?«

Er legte die Hände auf ihre Schultern und sah sie tadelnd an.

»Entschuldige, daran habe ich gar nicht gedacht. Ich hatte nur Angst, dass du nicht mehr kommen würdest.«

»Dummerchen, ich habe dir doch versprochen, dass wir ins Kino gehen, und das wollte ich heute mit dir tun. Was ist, hast du Lust?«

Darjas Bedenken schmolzen dahin, und ihre leichte Verstimmtheit war wie weggeblasen.

»Klar habe ich Lust, und wie!«

Oleg lachte leise über ihre nicht verborgene Begeisterung.

»Na dann los, worauf warten wir noch?«

Er nahm ihre Hand und zog sie hinter sich her.

»Ich bin für eine Weile weg«, konnte sie gerade noch rufen, als sie sah, dass Irina sich schon hoffnungsvoll näherte.

Ihr: »Ich will aber auch mit«, war hinter der schon geschlossenen Tür kaum noch zu verstehen.

Auf der Fahrt schwiegen sie. Darja hatte in wilder Entschlossenheit ihre Hand auf seinen Oberschenkel gelegt, doch Oleg reagierte nicht. Er warf ihr lediglich einen kurzen Blick zu, den sie weder als Ablehnung noch als Zustimmung deuten konnte. Also ließ sie ihre Hand einfach liegen und hoffte auf eine kleine Geste von ihm.

»Mein Gott, ist die Kleine scharf, die kann es ja kaum noch abwarten«, dachte Oleg nur. Hoffentlich kam sie ihm nicht zu nahe, denn auf so etwas hatte er nun gar keine Lust. Sicherlich wollte er ihr ein wenig einheizen, das gehörte zum Geschäft, aber nach mehr stand ihm nicht der Sinn. Kurz vor der Stadt konnte sie das Schweigen nicht mehr ertragen.

»Wann nimmst du mich mit in deine Wohnung? Ich würde so gerne einmal sehen, wie du lebst.«

Betroffen sah er sie an.

»Damit sollten wir uns noch Zeit lassen. Wie sieht es denn aus, wenn ein so junges Mädchen mit einem Mann auf sein Zimmer geht?«

»Ach Oleg, so jung bin ich nicht mehr. Ich werde bald achtzehn, und es wäre schön, wenn wir einmal alleine sein könnten.«

»Natürlich wäre das schön, aber bis du volljährig bist, werden wir das bleiben lassen. Glaub mir, das wird auch mir schwerfallen, aber du willst mich doch sicher nicht in Schwierigkeiten bringen. Schließlich muss ich auch auf meinen Ruf achten.«

Darja, in ihren Gefühlen verunsichert, nahm die Hand von seinem Bein und schwieg wieder. Sie war froh, als sie endlich in der Stadt ankamen, und nach einer langen Parkplatzsuche betraten sie das Kino. Es war ein großes Kino, und eine Menge Leute saß schon im Saal. Die Vorschau auf die kommenden Filme lief, und sie suchten sich ihren Platz. Als Hauptfilm wurde »Jurassic Park« gezeigt, und Oleg konnte sich wenigstens bei den gruseligen Szenen dazu aufraffen, ihre Hand zu halten.

Vom Film bekam Darja nicht allzu viel mit, zu sehr war sie damit beschäftigt, ihrem Geliebten nahe zu sein. Sie genoss seine Berührungen und konnte es immer noch nicht richtig glauben, hier mit ihrem Traummann zu sitzen. Immer wieder streichelte sie mit ihren Fingern über seinen Handrücken und versuchte dabei, näher zu rutschen. Mit einem leichten Unwohlsein nahm Oleg ihre Bemühungen zur Kenntnis. Er würde heute nicht darum herumkommen, sie zu küssen, wenn er das Mädchen bei der Stange halten wollte. Sie hatte ihren Kopf an seine Schulter gelegt. Wie einfältig diese jungen Dinger doch waren. Schon beim Händchenhalten kollabierten sie fast. Oleg lächelte belustigt, versuchte aber nicht weiter, ihre Annäherungsversuche abzuwehren. Seufzend legte er ihr schließlich den Arm um die Schulter und zog sie ganz nah zu sich heran. Er roch ihr Haar, und für einen kurzen Moment hatte er Mitleid mit ihr. Mitleid wegen all dem, was ihr noch bevorstehen sollte. Er würde ihre Träume zerstören müssen, aber schließlich war er kein Philanthrop, sondern Geschäftsmann.

Als sie zwei Stunden später wieder vor ihrer Haustür standen, er hatte den Motor abgestellt und sich ergeben im Sitz zurückgelehnt, war Darja schon fast auf seinen Schoss geklettert.

»Bist du denn auch ein bisschen verliebt in mich?«, fragte sie und schlang die Arme um seinen Hals.

»Na klar bin ich verliebt in dich, weshalb sonst würde ich mit dir ausgehen? Wir dürfen aber nichts überstürzen, das muss klar sein.«

Er versuchte, ihre Hände von seinem Nacken zu lösen, aber schließlich sah er keinen Ausweg mehr. Sie würde sein Auto nicht verlassen, bevor er sie nicht geküsst hatte. Widerwillig nahm er ihren Kopf zwischen seine Hände und stieß ihr hart und lustlos die Zunge in den Mund. Sie aber ließ sich nun nicht mehr bremsen. Leidenschaftlich erwiderte sie seinen Kuss. Ihre Lippen waren heiß, und sie wollte gar nicht mehr aufhören. Laut nach Luft schnappend konnte er sie endlich von sich rücken.

»Hey, willst du, dass ich ersticke? Ich bekomme keine Luft mehr.«

»Es ist so schön, mit dir zusammen zu sein, und ich kann eigentlich nicht genug davon bekommen.«, lachte sie unbekümmert.

»Okay, okay, aber für heute reicht es«, er schob sie auf ihren Sitz.

»Sag mal, bist du eigentlich noch Jungfrau? So wie du ran gehst, hast du doch bestimmt schon Erfahrungen gemacht.«

Darja wurde trotz ihres Übermutes wieder verlegen.

»Na ja, ich habe nur ein paar Mal in der Schule einen Jungen geküsst, aber das ist lange her. Aber das, was du meinst, habe ich noch nicht getan. Ich denke, dafür muss man den Richtigen finden.«

Sie machte eine kurze Atempause.

»Mit dir würde ich es gerne tun.«

Ihre Wangen waren hochrot, und sie sah ihn erwartungsvoll an.

»Langsam, wir kennen uns erst kurz, du willst doch nicht mit der Tür ins Haus fallen. Dafür haben wir noch ein ganzes Leben Zeit.«

Oleg hatte seine Worte mit Bedacht gewählt, und er hatte die richtige Wahl getroffen.

»Ein ganzes Leben, meinst du das ernst? Das wäre wunderbar.«

Darja rutschte aufgeregt auf ihrem Sitz herum. Sollten sich alle ihre Träume verwirklichen?

»Natürlich ein ganzes Leben lang, oder hast du etwa vor, mich irgendwann zu verlassen?«

Er kniff ihr leicht in die Wange und sah sie strafend an.

»Nein, nie. Das verspreche ich dir.«

»Na also, mein Mädchen, und jetzt gehst du brav nach Hause, bevor ich hier bei dir noch völlig den Verstand verliere. Beim nächsten Treffen können wir Zukunftspläne schmieden, was hältst du davon?«

Darja nickte begeistert. Es hatte ihr die Sprache verschlagen. Oleg nutzte die Gelegenheit, um wiederum über sie hinweg zu greifen und die Autotür zu öffnen. Wie beim letzten Mal fand sie sich auf der Straße wieder und sah seinem Wagen nach. Kein Abschiedskuss, und keine Verabredung. Trotzdem schwebte sie wie auf Wolken ihrer Haustür entgegen. Noch lange, nachdem sie sich ausgezogen hatte, spürte sie seinen Kuss und gab sich ganz dem wohligen Gefühl hin, demnächst Olegs Ehefrau zu sein. Sie sah sich in einer Hochzeitskutsche zur Kirche fahren, und ihr weißer Schleier wehte im Fahrtwind. Sie wollte sich diesem Mann hingeben, und zwar mit Haut und Haaren. Leicht beschämt stellte sie fest, dass sie es nicht mehr erwarten konnte, mit ihm zu schlafen, und ihr ungeduldiges Herz hüpfte aufgeregt.

Wiederum dauerte es ganze sechs Tage, bis er wieder von sich hören ließ. Sechs Tage, die Darja wie eine Ewigkeit erschienen. Als sie am Mittwoch vom Einkaufen kam, sah sie ihn schon von Weitem vor der Haustüre sitzen. Es war ein warmer Tag, und er hatte es sich auf dem Rasen vor dem Haus bequem gemacht. Irina hatte ihn natürlich schon längst entdeckt und rannte aufgeregt mit Getränken und Keksen zwischen ihm und dem Haus hin und her. Sie war sehr bemüht, ihn bei Laune zu halten. Als er Darja kommen sah, sprang er auf und lief ihr entgegen, um ihr die schweren Taschen abzunehmen.

»Eigentlich mag ich es gar nicht, auf ein Mädchen zu warten«, rief er ihr entgegen. »Du musst also etwas ganz Besonderes sein.«

Darja versuchte, sich zu verteidigen, aber er winkte ab und fiel ihr ins Wort.

»Na egal, es ist ein schöner Tag, und ich will mich nicht ärgern. Was meinst du, sollen wir in die Stadt fahren? Ich würde dir gerne ein paar Klamotten kaufen. Wenn du in Zukunft mit mir ausgehen willst, musst du schon etwas an dir ändern. So wie du immer aussiehst, kann ich mich mit dir unmöglich sehen lassen. Zieh erst einmal diesen fürchterlich langen Rock aus und schminke dich ein wenig, damit ich mich mit dir zeigen kann. Schließlich habe ich das Zeug nicht gekauft, damit es herumliegt.«

Das Mädchen schaute an sich hinunter. Oleg hatte recht, so konnte sie nicht in die Stadt fahren. Wie hätte sie aber ahnen können, dass er ausgerechnet heute kommen würde!

»Gib mir fünf Minuten, dann bin ich fertig.«

Sie drückte ihm einen Kuss auf den Mund und lief ins Haus.

»Beeile dich, ich habe nicht ewig Zeit.«

Oleg hatte schlechte Laune, und die ließ er sie spüren. Er hatte schon seit einiger Zeit nichts mehr verdient, und es wurde Zeit, dass er diese Sache in trockene Tücher bekam. Mit seinen Freunden hatte er zusammengelegt, um die Mädchen einigermaßen auszustatten. In ihren alten Fummeln würde er sie ungern weitergeben. Schließlich hatte er einen Ruf zu verlieren, er war bekannt dafür, dass er immer gute Ware lieferte. Da musste man eben investieren. Auch für die beiden jüngeren Schwestern musste das Nötigste angeschafft werden.

Als Darja aus der Haustür kam, schaute er auf die Uhr.

»Na, das hat länger als fünf Minuten gedauert, aber jetzt siehst du wenigstens lichttauglich aus. Ich denke, Ludmilla wird dir zeigen können, wie man sich richtig schminkt. Du hast doch ein hübsches Gesicht und musst nicht wie eine graue Maus herumlaufen.«

»Aber das ist alles nicht so wichtig, die Hauptsache ist doch, dass wir zusammen sein können.« Sie sah ihn verliebt von der Seite an, und Oleg beschloss, sich nicht weiter dazu zu äußern.

In der Stadt angekommen, betrat er wenig später mit ihr eine kleine Boutique, die von außen zwar schmuddelig aussah, aber anscheinend viel zu bieten hatte. Eine üppige Brünette mit knallroten Lippen und hautengen schwarzen Lederhosen fiel Oleg um den Hals. Sie küsste ihn hemmungslos auf den Mund.

»Hallo, mein Prinz, dass du dich wieder bei mir sehen lässt, womit habe ich denn das verdient?«

Ihre Stimme klang verrucht, und Darjas Augen blieben an ihrem gewagten Ausschnitt haften. Im Zusammenhang mit ihrem unübersehbaren Vorgebirge bekam das Wort Ausschnitt eine tatsächlich elementare Bedeutung. Die großen Brustwarzen zeichneten sich deutlich durch den dünnen Stoff ab, aber das schien ihr anscheinend nichts auszumachen, im Gegenteil, sie presste ihre Melonen unverschämt gegen Olegs Hemd.

Qualvolle Eifersucht nagte in Darja, und sie hasste diese Frau. Anscheinend schien sie Oleg gut zu kennen, denn dieser wirbelte sie herum und kniff sie mit beiden Händen in den Allerwertesten. Dieses Weib genoss das sichtlich.

»Hey, du Lustmolch, Finger weg von meinem Arsch. Du weißt doch, welche Folgen das hat.«

Sie schüttelte warnend ihre Mähne, bevor sie ihrerseits Oleg durch das dünne Hemd in die Brustwarze kniff. Darja beobachtete besorgt die Szene. Wo war sie denn hier hineingeraten? Ein mulmiges Gefühl nahm von ihr Besitz. Was für Leute kannte ihr Freund? Sie war jetzt schon froh, wenn sie diesen Laden wieder verlassen konnte. Aber selbst ihr abweisender Blick irritierte die Beiden nicht.

»Wen hast du uns denn da mitgebracht?«

Diese Schlampe musterte Darja ungeniert von oben bis unten.

»Ganz hübsch, die Kleine, aber ein bisschen unscheinbar.«

Sie nahm Darja bei der Hand und drehte sie um sich selbst.

»Was ist, Ludmilla, können wir für meine kleine Freundin etwas Passendes finden? Sie hat doch ganz gute Ansätze.«

Oleg hatte fürsorglich seinen Arm um Darja gelegt.

»Zeig uns doch was Schönes. Was richtig Reizvolles.«

Ludmilla ließ sich das nicht zweimal sagen. Ein paar Minuten später sah Darja auf einen Berg kurzer Röcke und knapper Oberteile.

»Das kann ich doch niemals tragen«, dachte sie bei sich, schwieg aber ergeben. Oleg würde schon wissen, was ihr am besten stand. Er nötigte sie, einen knallroten engen Rock anzuprobieren, der ihr noch nicht einmal bis zur Mitte der Oberschenkel reichte. Dazu wählte er ein schwarzes Top ohne Träger mit Glitzersteinen am tiefen Halsausschnitt. Als sie sich so im Spiegel sah, schämte sie sich, die Umkleidekabine zu verlassen. Doch Oleg pfiff anerkennend, und auch Ludmilla konnte ihre Begeisterung kaum zügeln.

»Nun sieh einer an, was man aus einer grauen Maus machen kann. Du siehst richtig scharf aus. Jetzt fehlen nur noch ein paar hochhackige

Schuhe. Hier, die schwarzen würden hervorragend passen.«

Darja überhörte die „graue Maus" und schlüpfte in die hohen Dinger. Sie wagte zu bezweifeln, dass sie damit überhaupt gehen konnte. Eines stimmte allerdings: Sie sah umwerfend aus.

»Noch ein wenig Sonnenbank auf die Beine, dann ist es perfekt.«

Ludmilla klemmte sich eine Zigarette zwischen die Lippen und kramte beflissen noch ein paar Kleidungsstücke hervor. Zum Schluss stand Darja mit drei Plastiktüten da. Oleg bezahlte die Rechnung.

»Kannst froh sein, dass du einen so großzügigen Freund hast.«

Ludmilla umarmte Darja kurz, um sich dann ausgiebig von deren Gönner zu verabschieden.

»Lass dich wieder sehen, mein Schatz, und wenn du mal nichts vorhast, du weißt ja, wo du mich findest.«

Sie formte einen Kussmund und drückte ihre Lippen auf Olegs Mund.

»Lass das, du siehst doch, dass ich in festen Händen bin.«

Er warf einen verschwörerischen Blick in Ludmillas Ausschnitt, blinzelte ihr zu und zog die konsternierte Darja auf die Straße.

»Nein, sag nichts, Liebes, ich weiß selbst, dass Ludmilla unmöglich ist, aber sie hat die geilsten Klamotten der ganzen Stadt, und wenn du ehrlich bist, musst du doch zugeben, dass du unglaublich sexy aussiehst.«

Darja nickte wankelmütig – die Kleider gefielen ihr, Ludmilla nicht.

»Wie diese Ludmilla sich an dich rangeschmissen hat! Wie kann man sich so benehmen?«

»Ach Liebes, nimm doch nicht alles so tragisch. Sie ist eine Nutte, nichts weiter. Man kann ein bisschen Spaß mit ihr haben, kein Grund zur Eifersucht. Du wirst dich doch nicht mit so einer vergleichen. Da bist du doch ein ganz anderes Kaliber, und ich bin unglaublich stolz auf dich. Du siehst wirklich toll aus in den Klamotten und musst sie jetzt immer tragen, wenn wir ausgehen.«

Darja schob ihre Zweifel beiseite. Eigentlich stimmte ja, was er sagte. Sie küsste ihn zärtlich auf die Wange, und er legte den Arm um sie. Sie würden ein zauberhaftes Paar sein, dessen war sie sich sicher.

»Morgen werde ich dich zu Mittag abholen. Ich habe einen Freund, der bestechende Aufnahmen schießt. Bring deine neuen Sachen mit, dann wirst du selbst sehen, was in dir steckt. Ich sehe deine Begeisterung schon jetzt. Diese Bilder sind mein Geburtstagsgeschenk, und du kannst sie in deinem Zimmer aufstellen. Wenn du das hinkriegst, verspreche ich dir, dich am Abend mit in meine Wohnung zu nehmen. Das hast du dir doch so sehr gewünscht.«

Darjas Puls beschleunigte sich, und ihr Blutdruck stieg an.
»Oh ja, das wäre super. Danke.« .
»Ich weiß, ich weiß«, lachte Oleg.
Daraus letzte Zweifel verschwanden, als sie am Abend eine Modenschau vor ihren Schwestern machte. Irina war dermaßen begeistert, dass sie laut applaudierte, als sie ihre Schwester in den kurzen Röcken sah.
»Mensch Darja, da hast du dir einen tollen Typen ausgesucht. So einen hätte ich auch gerne, und noch lieber hätte ich all diese tollen Sachen. Du siehst aus wie eine Königin.« Sogar Olga konnte sich ein Lächeln abringen.

Bei dem angesagten Shooting am nächsten Tag fühlte sich Darja unglaublich anziehend. Ludmilla hatte sie geschminkt und ihr die Haare auf dicke Wickler gedreht. Als sie für die ersten Bilder fertig war, erkannte sie sich selbst kaum wieder. Ihr blondes Haar fiel ihr in langen, weichen Locken über die Schulter, und mit schwarz geschminkten Augen und pink nachgezogenen Lippen sah sie richtig verwegen aus. Ihre etwas blasse Haut war mit leicht glänzendem, braunem Puder abgedeckt worden. Zu Anfang fühlte sie sich etwas unwohl in dieser Maskerade, aber als Oleg seine Begeisterung kaum zügeln konnte und sie zu immer mutigeren Posen aufforderte, änderte sich dieser Zustand. Sie taute richtig auf und begann, die Blicke der Kamera zu genießen. Wie oft hatte sie sich gewünscht, wie eine Schauspielerin auszusehen. Diese Bilder würde sie ewig aufbewahren.

»So musst du bei unserer Hochzeit aussehen, mein Liebling, dann wirst du die hinreißendste Braut Russlands sein.«

Olegs Worte machten sie zum glücklichsten Menschen des Universums. Selbst wenn sie sich ihr Hochzeitskleid anders vorgestellt hatte.

Wie versprochen nahm er sie am gleichen Abend mit in seine Wohnung. Auf den hohen Schuhen stöckelte sie etwas wackelig hinter ihm die Treppe hoch, doch die Aussicht auf einige Stunden mit ihrem Geliebten ließen sie die Schmerzen vergessen. Sprachlos sah sie sich um. Welch exquisiten Geschmack er doch hatte! Noch nie im Leben hatte sie so edle Räumlichkeiten gesehen, geschweige denn betreten. Sekt stand in einem Kübel bereit, und gierig trank sie aus dem Glas, das Oleg ihr reichte. Schon nach den ersten Schlückchen spürte sie die wohltuende Wirkung des Alkohols und wurde immer übermütiger.

Heute wollte sie ihn verführen, das hatte sie sich fest vorgenommen. Sie hatte einen Blick auf sein breites, mit schwarz-weißen Fellen belegtes Bett werfen können, und war überzeugt davon, dass auch er es wollte. Sie trat von hinten an ihn heran und begann, ihm das Hemd aufzuknöpfen.

»Ich möchte mit dir schlafen, Oleg«, raunte sie erregt in sein Ohr, doch er stand nur steif da.

»Lass das, Kleine, du hast mir versprochen, bis zu deinem Geburtstag vernünftig zu sein.«

Er nahm ihre Hände von seiner Brust und versuchte, sie abzuwehren. Doch so einfach gab sie sich nicht geschlagen.

»Nun komm schon, sei kein Moralapostel, auf die zwei Wochen kommt es nicht mehr an.«

Ehe er sich versah, hatte sie sich bis auf die Unterwäsche ausgezogen und sich auf seinem Bett ausgestreckt.

»Darja, gleich werde ich richtig böse. Ich werde dich nicht berühren. Hör auf, dich so anzubiedern und zieh dich wieder an.«

Das Mädchen war entsetzt, und Tränen der Enttäuschung über diese Zurückweisung brannten in ihren Augen. Was war nur los mit ihm? Er liebte sie doch und wollte sie heiraten, wie konnte er da nur so reagieren? Für einen kurzen Moment tat sie ihm leid, doch er durfte hier auf den letzten Metern nichts mehr vermasseln. So legte er sich neben sie und strich ihr zärtlich über den Rücken.

»Weißt du, ich bin streng orthodox erzogen, und es ist bei uns üblich, dass man ein unberührtes Mädchen heiratet. Ich renne zwar nicht dauernd zu den Popen, aber ein paar Dinge sind haften geblieben. Lass uns doch dieses Erlebnis für später aufbewahren. Ich möchte lieber mit dir ein paar Pläne für die Zukunft machen.«

Sie stimmte ihm traurig zu.

»Okay, wenn du meinst.«

Um sie nicht ganz zu verprellen, hatte er sich das Hemd ausgezogen und sich dazu herabgelassen, ihre kleinen Brüste zu streicheln. Sie lag bewegungslos in seinem Arm und sah ihn nur an. Ihre Blicke hingen an seinem muskulösen Oberkörper, und es kam ihm vor, als wolle sie seinen Anblick in sich aufsaugen. Doch Oleg fiel dieser Verzicht nicht schwer. Darja entsprach in keiner Weise seinem Typ, viel zu mager und viel zu jung. Er liebte richtig harten, perversen Sex, und den würde er heute Nacht noch erleben, denn Ludmilla hatte ihm gestern ein eindeutiges Angebot gemacht. Wenn er hier fertig war, würde er noch auf einen kurzen Besuch bei ihr vorbei schauen. Die Vorfreude auf Ludmillas Spezialität bescherte ihm ein angenehmes Ziehen im Unterleib. Sie lag dann zwischen seinen Beinen, massierte kurz sein Glied und zog die Vorhaut zurück. Dann beträufelte sie die Eichel mit schwerem, armenischem Cognac, um schließlich mit Zunge und Lippen ans Werk zu gehen. Er musste an etwas anderes denken. Sonst vergaß er, mit wem er hier im Bett lag.

»Weißt du, mein Liebling, wir sollten von hier weggehen. Weg aus diesem unfreundlichen Land. In West-Europa würde es uns bestimmt besser gehen. Was denkst du?«

Darja wirkte überhaupt nicht erschrocken.

»Ich würde mit dir bis ans Ende der Welt gehen. Aber es geht dabei nicht nur um mich. Ich hab die Verantwortung für meine Schwestern, und die kann ich nicht zurücklassen. Das leuchtet dir doch ein?«

»Na klar, für wen hältst du mich? Keine Frage, die würden wir mitnehmen. Denkst du etwa, ich wäre herzlos? Die beiden sind mir doch ans Herz gewachsen. Ich werde mir was einfallen lassen, damit wir alle vier glücklich werden. Darauf kannst du dich verlassen.«

Darja schmiegte sich überglücklich in seinen Arm. Sie kannte den viel gepriesenen Westen nur aus dem Kino und stellte sich ein Leben dort einfach wunderbar vor. Wenn er dann noch an ihrer Seite war, was sollte sie mehr vom Leben erwarten? Heute, hier an diesem Abend, legte sie ihr Schicksal bereitwillig in seine Hände.

Als sie ein paar Stunden später alleine in ihrem Bett lag, ahnte sie nicht, dass die am Morgen geschossenen Bilder per E-Mail in Richtung Deutschland unterwegs waren. Das Internet-Inserat: »Russische Schneeköniginnen suchen Fotoaufträge in Deutschland«, hatte schon ein paar Minuten nach dem Absenden sein Ziel erreicht. Der deutsche Kontaktmann kannte die verschlüsselten Worte und machte sich bereits am Folgetag an die Arbeit, Werbung für sein neues Geschäft zu machen. In einigen Supermärkten in Luxemburg, nahe der deutschen Grenze, erschienen Tage später folgende Hinweise in Form von kleinen Zetteln am Schwarzen Brett hinter der Kasse.

»Neuwertige Mädchenbetten, drei verschiedene Modelle, noch nicht benutzt, suchen neue Besitzer! Lieferung in 4-6 Wochen möglich. Preis: Verhandlungssache.«

Es gab einige potenzielle Kunden, die seit Monaten darauf warteten, ein Mädchen zu entjungfern, um sie anschließend an andere Kunden weiter zu vermieten. Sie machten diese jungen Dinger mit brutalen Misshandlungen gefügig, um sie danach auf den Strich zu schicken. Oftmals hatte so ein Mädchen bei diesen Spielchen sein Leben gelassen, darum war es wichtig, dass seine Herkunft nicht nachvollziehbar war.

Oleg war selig. Während seine Auserwählten friedlich in ihren Betten von einer rosigen Zukunft träumten, tobte er sich mal wieder bei der drallen Ludmilla so richtig aus. Sie ließ keine Wünsche bei ihm offen und war zu jedem noch so perversen Spielchen bereit. Ausgesaugt und erschöpft fuhr er in dieser Nacht noch leicht angetrunken nach Hause. Für den nächsten Tag hatte er einen weiteren Besuch in Sormova geplant. Er durfte nicht mehr allzu viel Zeit verlieren, denn seine Liquiditätslage war bereits angespannt.

Darja konnte es kaum glauben, als er schon am folgenden Abend an ihrer Haustür klopfte. Sie fiel ihm um den Hals und küsste ihn stürmisch.

»Wie schön, dich zu sehen. Ich habe gerade gekocht. Hast du nicht Lust, mit uns zu essen? Es gibt Gemüsesuppe und frisches Brot.«

Am Tisch saßen die beiden anderen Mädchen und Irina sah ihn herausfordernd an.

»Ja komm, leiste uns Gesellschaft. Darja kann echt gut kochen.«

Selbst Olga rutschte aufgeregt auf ihrem Stuhl herum und sah ihn bewundernd an.

»Na klar kann ich zum Essen bleiben. Ich habe heute Abend nichts vor, und es trifft sich gut, dass ihr alle drei beisammen seid. Ich habe nämlich etwas Wichtiges mit euch zu besprechen. Es geht um eure Zukunft.«

Er rückte sich einen Stuhl zurecht, und Irina holte einen weiteren Teller aus dem Schrank. Er schüttelte sich leicht, nachdem der Geruch der heißen Kohlsuppe in seine Nase gestiegen war, aber er wollte nichts verderben. Lustlos nahm er ein paar Löffel zu sich, während die erwartungsvollen Blicke der Mädchen an seinen Lippen hingen.

»Nun sag schon, was los ist.« Irina bettelte mit vollem Mund.

»Okay, wie ihr vielleicht schon gemerkt habt, bin ich in eure Schwester verliebt. Ich spiele mit dem Gedanken, Darja zu heiraten.«

Die Älteste wurde knallrot, nickte jedoch zustimmend, als sie die erstaunten Blicke der beiden anderen sah.

»Das ist ja toll, hattet ihr schon Sex?«

Darja wand sich und sah ihre Schwester strafend an.

»Das geht dich gar nichts an«, versuchte sie einzuwenden, aber Oleg fiel ihr ins Wort.

»Schon gut, Irina, ich weiß, dass du schrecklich neugierig bist, aber darum geht es nicht. Ich wollte mit euch meine Pläne durchsprechen, und dabei geht es nicht um Sex. Ich mache mir Gedanken, was aus euch wird, wenn ich mit Darja verheiratet bin. Ihr werdet sicher einsehen, dass ich nicht hier zu euch in dieses Haus ziehen kann.«

Die Mädchen sahen einander enttäuscht an. Sogar Olga zog einen Schmollmund.

»Aber ich kann euch allen ein weiteres Leben in dieser Hütte hier auch nicht mehr zumuten. Ihr habt wahrlich Besseres verdient, und ich möchte euch ein Leben in Würde ermöglichen. Hier in Russland sehe ich dazu keine Möglichkeit. Ich bin Geschäftsmann und viel im Ausland tätig. Dort habe ich Beziehungen, und die kann ich für uns alle nutzen.«

Er machte eine Pause und schob sich etwas Brot in den Mund.

»Was soll das heißen? Wo sollen wir denn hin?« Irina war blass geworden. Konnte diese Göre nicht einfach den Mund halten?

»Jetzt hört euch doch mal an, was ich vorhabe.«

Oleg hob die Stimme und legte den Löffel beiseite.

»Die Schwester meines Vaters lebt in Deutschland. Sie hat dort ein großes Haus in einer kleinen Stadt. Sie ist seit Jahren alleine. Dort könnten wir alle für eine Zeit lang wohnen, bevor ich für uns etwas Eigenes gefunden habe. Ihr könntet weiter die Schule besuchen, und Darja hätte die Chance, das Abitur nachzuholen, um anschließend zu studieren. Das hat sie sich doch immer gewünscht, und ich möchte alles tun, um ihr diesen Wunsch zu erfüllen. Schließlich möchte ich eine erfolgreiche Frau an meiner Seite haben.«

Die drei Mädchen gafften sich jetzt mit offenem Mund an.

»Ich weiß noch nicht einmal, wo Deutschland ist, und die Sprache kenne ich auch nicht, wie soll ich da die Schule besuchen?«

Darja äußerte diese Bedenken mit besorgtem Gesicht.

»Daran habe ich gedacht, mein Liebling. Mach dir keine Sorgen, es gibt eine russische Schule, und die deutsche Sprache kann man bekanntlich lernen. Ihr habt dort alle Möglichkeiten, den Menschen geht es viel besser als hier. Jeder hat Arbeit und ein Einkommen. Man kann sich alles kaufen, es gibt dort nichts, was es nicht gibt. Ich hatte mir gedacht, dass Irina vielleicht Reiten lernen könnte, und Olga dürfte bestimmt einen kleinen Hund besitzen. Das würde ihr sicher gut tun.«

Die Kleine klatschte begeistert in die Hände. Sie sagte zwar kein Wort, aber Darja ging das Herz auf, als sie die Freude in den Augen ihrer kranken Schwester sah. Vielleicht gab es auch einen Arzt in Deutschland, und bald könnte sie wieder wie früher sein.

Irina hatte ihren Stuhl umgedreht und vollführte wilde Reiterspiele auf ihrem imaginären Pferd.

»Das wäre toll, Oleg. Meinst du denn, wir würden in einem fremden Land zurechtkommen?«

Oleg wischte ihre Bedenken beiseite.

»Na klar, ihr seid doch intelligente Mädchen, und ich bin ja schließlich auch noch da. Ich kann sogar ein bisschen Deutsch. Es wird uns allen gefallen, da bin ich mir sicher. Was meinst du Darja, würdest du mit dem Mann deiner Träume wirklich bis ans
andere Ende der Welt gehen?«

Oleg sah das Mädchen verschwörerisch an.

»Wenn du wirklich meinst, dass alles so wird, wie du es beschreibst, würde ich gerne mitkommen. Aber lass uns noch etwas Zeit. Wir wollen doch sicher vorher noch heiraten und ein großes Fest feiern.«

Oleg strich sich eine schwarze Haarsträhne aus dem Gesicht und nahm Darjas Hand in die Seine.

»Sei nicht so voreilig, mein Liebling. Wir können auch in Deutschland heiraten. Meine Tante würde sich freuen, wenn sie uns ein tolles Fest ausrichten könnte. Ich habe übrigens schon mit ihr telefoniert und sie über unsere Pläne in Kenntnis gesetzt. Sie ist ganz gespannt darauf, meine zukünftige Frau zu sehen, und kann es kaum erwarten, dass wir kommen. Ich werde von dort aus meine Geschäfte weiter führen.«

Darjas Zweifel schmolzen wieder einmal dahin.

»Wann soll es denn losgehen?«, fragte sie erwartungsvoll.

Oleg stand auf und umarmte sie glücklich.

»Ich wusste, dass du ja sagen würdest. Wenn wir hier alles erledigt haben, könnten wir das Land verlassen. Wir dürfen auf keinen Fall warten, bis es wieder kalt ist. Das würde unsere Reise erschweren. Du weißt doch, wie eisig die Winter hier sind.«

Darja nickte zustimmend. Schon der Gedanke, es in Zukunft in einem gut geheizten Haus etwas wärmer zu haben, war sehr verlockend, und Olga würde dort bestimmt nicht mehr so oft krank sein.

»Ich bin einverstanden. Schließlich muss ich an meine Geschwister denken. Ich hoffe, es wird ihnen in Deutschland besser gehen.«

Ihre Begeisterung war geweckt, und übermütig tanzten die Geschwister Hand in Hand um den Tisch herum, auf dem die Kohlsuppe langsam erkaltete.

Oleg triumphierte und rieb sich unbemerkt die Hände. Dieser Schritt war geschafft. Jetzt musste er nur noch handeln, bevor die Drei es sich wieder anders überlegten.

»Also, meine Damen, dann werde ich jetzt mal nach Hause fahren und alles in die Wege leiten. So eine weite Reise muss schließlich geplant werden. Wir brauchen auf jeden Fall ein gutes Auto.«

Darja schlief unruhig in dieser Nacht. Sie träumte von dem fremden Land, das so weit von ihrer Heimat entfernt war, und sie hatte niemanden, mit dem sie über ihre Zweifel sprechen konnte. Sie sah jedoch ein, dass ein weiteres Leben hier in Sormova für vielleicht noch viele Jahre sehr beschwerlich sein würde. Schon der erste Winter nach dem Tod der Eltern hatte sie enorme Kräfte gekostet, und sie hatte das große Bedürfnis, sich endlich an eine starke Schulter zu lehnen. Während sie so ihren Gedanken nachhing, quälten Oleg ganz andere Sorgen.

Die Männer saßen in der Wohnung in Nischni Nowgorod beisammen. Der Fernseher lief im Hintergrund, und sie hatten gemeinsam eine Flasche Wein getrunken.

»Das hört sich doch alles ganz gut an. Das lässt auf eine Menge

Kohle hoffen.« Konstantin trank seinen Wein in einem Zug aus und sah die drei anderen hoffnungsvoll an.

»Wann willst du der Kleinen denn sagen, dass du nicht mitkommst?« Michail traf den wunden Punkt. Oleg würde natürlich nicht mit nach Deutschland kommen. Aber er hatte die berechtigte Befürchtung, dass Darja streiken würde, wenn sie erfuhr, dass lediglich drei fremde Männer sie begleiten würden. Auf keinen Fall durfte das Unternehmen im letzten Moment scheitern. Dieses Problem kannte Oleg, es wäre nicht das erste Mal, dass ein Mädchen im letzten Moment absprang. Diesmal würde er noch eine extra Sicherung einbauen – er lobte sich wegen seines genialen Einfalls, der nur einen Dollar kostete.

»Lass Kumpel. Ich weiß, was wir tun – keine Sorge. Schließlich glauben diese naiven Dinger alles. Darja vertraut mir, und die anderen auch.«

»Ja, wir haben gehört, dass die Drei dir aus der Hand fressen.«

Juri nickte enthusiastisch. Der alte Transportwagen mit den verdunkelten Scheiben im hinteren Teil war überholt worden und stand startklar vor seiner Tür.

Niemand würde ein Verbrechen vermuten, wenn die drei Schwestern freiwillig mitkamen. Jede besaß, dank Konstantin, gültige Papiere. Oleg musste sich nur noch eine Vollmacht von Darja ausstellen lassen, damit er das Haus in Sormova verkaufen konnte. Nächste Woche wurde sie achtzehn, und dann stand dem nichts im Wege.

Die Mädchen waren nachhaltig instruiert, mit niemandem über ihre Ausreise zu sprechen. Ein gewisses Restrisiko würde bleiben. Besonders der geschwätzigen Irina war auf diesem Gebiet nicht zu trauen. Oleg würde man nichts beweisen können, und seine dubiosen Freunde kannte hier niemand. Doch um die Zukunft brauchte man sich nicht zu sorgen, das Geschäft boomte, und die Nachfrage war dementsprechend. Im Rotlichtmilieu war das Männerquartett genauso bekannt wie bei den Pädophilen, die nicht genug Nachschub bekommen konnten. Sie hatten Kontaktmänner an der polnischen Grenze, die für ein paar Green-Bucks gerne die Ahnungslosen spielten und so auch nicht schlecht dabei verdienten.

Darjas 18. Geburtstag kam schneller, als sie dachte, und Oleg hatte sein Versprechen gehalten und ihr ein wunderschönes Foto rahmen lassen. Darauf war sie in verführerischer Pose zu sehen, und am Abend nach einem fantastischen Tag fand dieses Bild einen Ehrenplatz neben ihrem Bett. Sie würde es mit nach Deutschland nehmen und sich damit immer an die Zeit erinnern, als sie noch in Russland in ihrem kleinen Haus gewohnt hatte. Obwohl sie jetzt volljährig war, war es ihr immer noch nicht gelungen, den geliebten Mann zu verführen. Dafür hatte sie bei einem Notar die Vollmacht für den Hausverkauf unterschreiben dürfen.

Was hatte er für einen Grund, so zurückhaltend zu sein? Zwar waren sie in ein tolles Restaurant gegangen und vertilgten sauteuren Krebs, aber in seine Wohnung wollte er sie nicht wieder mitnehmen. Nur im Auto küssten sie sich ein bisschen, aber ihr Feuer war nicht auf ihn übergesprungen. Sie hatte im dunklen Wagen erfolglos versucht, ihn zu erregen, aber der Baum des Lebens war nicht gewachsen. Wie merkwürdig er doch war. War sie nicht reizvoll für ihn? Dabei hatte sie ihr Bestes gegeben. Sie hatte sich schick gemacht und aufwendig geschminkt, aber sein Interesse an ihrem Körper konnte sie nicht wecken.

»Wenn wir in Deutschland sind, wird das anders werden. Ich bin einfach überarbeitet und habe momentan keinen Sinn für so etwas. Jetzt quälen mich auch noch diese Gnome vom Finanzamt. Diese korrupten Schweine wollen mich berauben«, versuchte er sich zu entschuldigen, doch seine gekonnt vorgetragene Erklärung klang lahm in Darjas Ohr. Schließlich aber glaubte sie ihm – was blieb ihr auch anderes übrig? Es wurde wirklich Zeit, dass er die Kleine abschieben konnte, bevor sie argwöhnisch wurde. Sie ließ sich kaum noch bändigen und stellte ihm immer wieder neue Fragen. Sie wollte ihre Schwestern ordnungsgemäß in der Schule abmelden, und es war schwer, sie davon abzuhalten. Er musste mit immer neuen Versprechungen aufwarten, damit sie Ruhe gab.

Doch auch diese letzten Tage vergingen, und an einem Aprilmorgen war es soweit. Die Mädchen hatten ein paar Sachen gepackt, viel hatten sie ohnehin nicht, und standen nach endlosen Trödeleien endlich fertig vor der Tür. Darja hatte das Haus sorgfältig verschlossen und Oleg die Schlüssel gegeben. So stiegen sie dann erwartungsfroh in seinen Mercedes und fuhren los.

Nach ein paar Kilometern bog der Mercedes jedoch statt auf die Autobahn in ein Waldstück ab. Darja sah sich erstaunt um. Vor ihnen stand ein hellgrauer Transporter mit dunklen Scheiben, an der Fahrertür lehnte lässig ein junger Mann, den sie noch nie gesehen hatte.

»Was ist los? Was machen wir hier?«

Arglos sah sie Oleg an, dessen schwierigste Aufgabe gerade bevorstand.

»Es ist mir was dazwischen gekommen, mein Schatz.«

Darja konnte ihren Schrecken kaum verbergen.

»Was meinst du damit?«

Sie war ganz blass geworden, und auch Irina schwieg unsicher.

»Ich habe noch ein wichtiges Geschäft zu erledigen. Außerdem habe ich eine Vorladung vom Finanzamt – da geht es um Hunderttausend, das muss ich erledigen!«

Ein tiefer Seufzer unterlegte seine Sorgen.

»Leider kann ich heute noch nicht mit euch fahren, aber ich werde in spätestens zwei Wochen nachkommen. Ich habe meine Freunde gebeten, euch sicher ans Ziel zu bringen.«

Aus dem Augenwinkel beobachtete er Darjas Reaktion. Wie erwartet, war sie zutiefst entsetzt.

»Scheiß Weiber«, dachte er noch, da legte sie auch schon los.

»Kommt gar nicht infrage, ich werde nicht ohne dich fahren. Auf gar keinen Fall.«

Sie sah entschlossen aus, und die ersten Tränen rannen bei allen drei Mädchen.

»Weißt du, wie lange man für Hunderttausend malochen muss? Abgesehen davon, es ist eine Vorladung! Ich muss da erscheinen. Nun schau dir an, was du mit der Kleinen gemacht hast. Warum vertraust du mir nicht? Wenn ich sage, ich komme in zwei Wochen nach, dann kannst du dich darauf verlassen. Wir brauchen das Geld aus diesem Geschäft, und ich kann es nicht einfach sausen lassen, nur weil du jetzt sentimental wirst. Denk an deine Zukunft. Ich lasse dich nicht im Stich, das verspreche ich.«

Oleg gab sein Bestes, doch Darja wollte sich nicht damit abfinden.

»Tu das nicht, lass uns jetzt nicht alleine. Wir kennen deine Freunde nicht, und ich habe Angst, dass wir uns nie wieder sehen.«

Oleg musste massiver werden. Er packte Darja an den Schultern und zwang sie, ihn anzusehen.

»Jetzt werde endlich vernünftig! Es geht nicht nur um dich. Auch meine und die Zukunft deiner Schwestern steht auf dem Spiel. Ich bin kein Dukatenscheißer, und unser Leben will bezahlt werden. Ich kann nicht alle Kosten auf meine Tante abwälzen. Die ist auch nicht auf Goldtalern gebettet. Also reiß dich jetzt zusammen und tu, was ich dir sage!«

Olegs Augen waren schmal geworden, und sie sah die aufkommende Wut darin.

»Entschuldige bitte, du hast recht. Ich habe für einen Moment wirklich nur an mich gedacht, aber ich habe Angst, dich zu verlieren. Das musst du doch verstehen.«

Darja beschloss, tapfer zu sein.

»Natürlich verstehe ich dich. Du ahnst ja nicht, wie gerne ich jetzt an eurer Seite bleiben würde, aber glaube mir, es geht nicht anders. Die Reise nach Deutschland ist teuer, und ihr habt ja alle drei keinen einzigen Rubel. Überleg einmal, welche Verantwortung auf mir lastet! Da kann ich doch ein bisschen Entgegenkommen verlangen.«

Darjas Blick war schuldbewusst. Natürlich hatte er Recht. Sie benahm sich kindisch.

»Oleg, versprich mir, dass du so schnell wie möglich zu uns kommst!«

Sie sah ihn bittend an. Er musste noch ein letztes Mal tief in seine Trickkiste greifen.

»Darja Saizewa! Ich, Oleg Sergejewitsch Tarassow, verspreche dir bei meinem Leben, in spätestens zwei Wochen nach Deutschland zu kommen und dich zu meiner Frau zu machen. Vertrau mir.«

Vor Rührung verlor Darja vollkommen die Fassung und lag schluchzend an seiner Brust. Er hatte sein Theater gut gespielt. Dabei hatte er seinen Trumpf noch gar nicht ausgespielt.

»Ist in Ordnung. Wenn du willst, werden wir jetzt fahren.«

Er versuchte, ihre Hände von seinem Hals zu lösen.

»So kenne ich mein Mädchen. Du wirst sehen, es wird alles gut, und jetzt wollen wir die Jungs nicht länger warten lassen.«

Er stieg aus und holte die Sachen der Mädchen aus dem Wagen.

»Kommt mit, ich stelle euch meinen Freunden vor.«

Die Männer waren ausgestiegen und kamen ihnen entgegen.

»Das sind Juri, Michail und Konstantin, meine Freunde. Ich werde eure Gesundheit in ihre Hände legen. Sie werden dafür sorgen, dass ihr sicher in Deutschland ankommt.«

Oleg schlug sich mit der flachen Hand an die Stirn.

»Bin ich ein Idiot, das hätte ich bald vergessen.«

Er zog einen dicken Umschlag aus seiner Hosentasche, der mehrmals mit Klebeband verschlossen war, aber an einer aufgerissenen Ecke war zu erkennen, dass es sich um ein dickes Bündel Banknoten handelte.

»Unser gemeinsames Startkapital. Frauen werden an der Grenze nicht durchsucht, bitte nimm das Geld für uns mit nach Deutschland. Am besten steckst du es vor der Grenze in deinen Slip.«

Darja war wie vor den Kopf gestoßen. So eine Menge Geld, und Oleg vertraute es ihr an, als sei es die Zeitung von gestern! Jetzt war ihr Argwohn besänftigt, ja sie schämte sich wegen ihres Misstrauens. Kein Wunder, bei so einem Vermögen!

Die Mädchen schüttelten schüchtern die Hände der Männer und musterten sie vorsichtig. Juri hatte nur Augen für die kleine Olga, und Oleg warf ihm einen bösen Blick zu.

»Nicht wahr, das werdet ihr doch?«

»Klar, Oleg, mach dir um die Mädels keine Sorgen. Die sind bei uns in den besten Händen. Wir werden sie sicher abliefern, und wenn wir Glück haben, sind wir in einer Woche zurück.«

Oleg half den beiden Jüngeren beim Einsteigen, während Darja immer noch unentschlossen neben ihm stand.

»Es wird Zeit, mein Liebling. Du musst einsteigen, ihr habt noch einen langen Tag vor euch. Michail hat ein Handy, und wir werden miteinander telefonieren, so oft es mir möglich ist.«

Er klopfte Darja aufmunternd auf die Schulter und umarmte sie ein letztes Mal, bevor er sie mit ein bisschen Nachdruck in den Wagen schob. Sie sah ihn an wie ein verwundetes Tier und weinte lautlos. Aber Oleg streichelte und tröstete sie.

»Macht es euch bequem«, meinte Konstantin.»Hinten ist Platz genug, und wenn etwas sein sollte, klopft ihr an die Scheibe. Wir fahren bis Moskau und legen dort eine Pause ein. Das sind ungefähr 450 Kilometer, das müsstet ihr durchhalten. Dann gehen wir essen, und anschließend fahren wir weiter Richtung Minsk. Brote und Limo sind im Wagen.«

»Werden wir irgendwo übernachten?«, fragte Darja schüchtern.

»Leider ist das zeitlich unmöglich. Wir stehen unter Druck und können keine Zeit verplempern. Ihr werdet euch mit dem Schlafen auf der Bank abwechseln müssen. Wir drei sitzen vorne und wechseln uns beim Fahren ab. Wenn wir Glück haben, benötigen wir etwa 40 Stunden. Also macht euch auf eine lange Reise gefasst. Aber das geht vorbei, und ihr seid bald im Land eurer Träume. Sobald Oleg sich meldet, werde ich dir Bescheid geben, Darja. Aber bis dahin hätten wir gerne unsere Ruhe, denn wir versuchen, auch zu schlafen. Also macht es gut!«

Er zog die Schiebetür zu. In dem kleinen Raum gab es an der rechten Wand eine Liege, auf der Decken und Kissen lagen. Gegenüber befanden sich zwei Sitze, ebenfalls mit Decken ausgestattet. Eigentlich war es ganz bequem, wenn auch einfach. Durch das kleine Fenster zum Fond des Wagens konnten sie die drei Männer sehen. Endlich setzte sich der Wagen in Bewegung. Es war gegen Mittag, am späten Nachmittag würden sie Moskau erreichen. Olga, die immer noch schnell ermüdete, bekam als Erste den Schlafplatz zugewiesen. Die erste Stunde sprach niemand. Zu beklemmend war die Situation.

»Hoffentlich wird alles gut gehen. So richtig traue ich den Männern nicht über den Weg. Was meinst du, Darja?«

»Wir müssen Oleg vertrauen, schließlich sind es Freunde von ihm. Sie sind mir zwar auch ein bisschen unheimlich, doch lass uns besser nicht weiter darüber nachdenken.«

Wie geplant erreichten sie Moskau gegen fünf. Alle drei mussten dringend zur Toilette und konnten es kaum abwarten, bis der Wagen endlich in einem Vorort vor einer Kneipe zum Stehen kam. Wieder war es Konstantin, der die Tür öffnete.

»Kommt raus, wir halten hier Rast. Ihr könnt essen, euer Geschäft erledigen und euch die Beine vertreten, dann geht es weiter.«

Mit steifen Gliedern verließen die Mädchen das Auto und folgten den Männern in die Gastwirtschaft. Anscheinend kannte man die Typen hier, denn die Bedienung begrüßte sie überschwänglich.

»Ich habe einen Tisch für euch frei gehalten.«

Juri nickte und bestellte sich ein großes Bier mit hundert Gramm Wodka. Nachdem sie Platz genommen hatten, wurde das Essen serviert. Es gab Gulasch und Spaghetti. Es schmeckte wirklich gut. Olga bekam trotzdem keinen Bissen hinunter, sie stocherte nur lustlos in ihrem Teller herum. Da ging Konstantin in die Küche und kam mit einem Schnitzel für Olga zurück, davon aß sie mehr als die Hälfte. Durch diese Geste war der Bann irgendwie gebrochen.

»Darf ich mit Oleg telefonieren?«, bat Darja.

»Nicht so hitzig, junge Dame, die Liebe muss noch ein bisschen warten. Oleg wird dich anrufen. So ist es ausgemacht.«

Michail lachte unbekümmert und widmete sich seinem Bier. Darja beschloss, zu schweigen und nicht wieder nach einem Gespräch mit ihrem Geliebten zu fragen. Er würde sich melden, wenn er Zeit hatte. Nach einer knappen Stunde brachen sie auf. Gerade, als sie wieder einstiegen, läutete Konstantins Handy! Oleg. Die Verbindung war zwar furchtbar, aber Darja war überglücklich und beruhigt. Es schien sich alles zum Guten zu wenden.

»Wir werden die Nacht durchfahren. Wenn eine von euch muss, bitte klopfen. Aber wirklich nur dann, wenn es nötig ist.«

Konstantin verschloss die Tür, und sie nahmen die größte Etappe in Angriff. Sie waren jetzt seit sechs Stunden von zu Hause fort. Irina war mit dem Schlafen an der Reihe und verkroch sich unter den Decken. Sie schlief sofort ein.

Bei Tagesanbruch legten sie wieder eine Pause ein. Als sie aus dem Wagen kletterten, sahen sie nur ödes Land. Keine Menschenseele weit und breit, vertrocknete Wiesen, und hier und da ein einsamer Baum. Ein kleiner Bach gurgelte durchs Land, sonst war nichts zu hören. Es war ein herrlicher Morgen.

»Wo sind wir jetzt?« Darja sah sich neugierig um.

»Hier sagen sich ja die Wölfe gute Nacht.«

»Wir haben Minsk links liegen gelassen und fahren jetzt Richtung Polen. Wir müssten bald die Grenze erreichen, dann haben wir etwa die Hälfte der Strecke hinter uns. In Deutschland werden wir morgen früh ankommen, und dann ist es nicht mehr weit bis zum Ziel.«

Konstantin sah Darja missmutig an, und sofort bereute sie, überhaupt eine Frage gestellt zu haben. Ohne Zweifel hatten die Männer in der Nacht reichlich getrunken, das roch sie. Außerdem hatten sie eine anstrengende Fahrt hinter sich, und dementsprechend war ihre Laune. Michail ergriff das Wort.

»Wir werden hier ein bisschen rasten. Setzt euch auf die Wiese.«

Er griff in seine Jackentasche und holte ein goldenes Zigarettenetui heraus. Nachdem er sich eine Kippe angesteckt hatte, griff er sich ein Kissen aus dem Wagen, warf es auf die Erde und ließ sich darauf nieder. Die beiden anderen Männer hatten sich ein Stück vom Wagen entfernt und unterhielten sich rauchend. Die drei Mädchen schwiegen.

Es konnten nur ein paar Minuten vergangen sein, als eine laute Diskussion entbrannte. Die Geschwister hörten nur Wortfetzen.

»Lass die Scheiße, du Spinner.«

»Ich kann machen, was ich will!«

Genau in diesem Moment erhob sich Olga, lief ein paar Schritte bis zum nächsten Baum und hockte sich dahinter, um ihre Blase zu entleeren. Von nun an überschlugen sich die Ereignisse. Konstantin schüttelte wütend den Kopf und ließ Juri stehen.

»Schaff die zwei Mädels ins Auto. Er lässt sich nicht davon abbringen. Er will die Kleine, und zwar jetzt.«

Michail reagierte schnell und griff nach den Armen der Schwestern.

»Los, in den Wagen mit euch.«

Er stieß Darja und Irina fluchend vor sich her und warf sie auf die Rampe des Autos. Sie waren zu keiner Gegenwehr fähig.

»Lass sie ruhig zusehen, dann lernen sie etwas für ihre Zukunft. Kann nicht schaden.«

Juri ging ruhig und bedächtig auf Olga zu, die sich wieder erhoben hatte. Sie sah ihm entgegen und ahnte nichts. Michail hatte die beiden Mädchen in den Schwitzkasten genommen. Seine Arme umklammerten deren Hals wie Stahlseile.

Erst jetzt ahnten sie, was geschehen würde. Darja versuchte, laut zu schreien, bekam jedoch keine Luft, denn Michail drückte fester zu. Sie hatte Angst um Geld und Leben. Natürlich, diese Verbrecher wollten ihr Olegs Kapital rauben! Aber sie würde sich mit allem, was möglich war, wehren. Doch es kam ganz anders – niemand interessierte sich für den wertvollen Umschlag.

Irina sah sich fassungslos um. Juri hatte Olga erreicht und mit einem Griff auf den Boden geschleudert. Dort blieb sie liegen und starrte in sein verschwitztes Gesicht. Mit seinem rechten Fuß hielt er sie am Boden, während er sich seine Hose runter zog. Sein erigierter Penis wippte im Takt zu seinen Bemühungen.

»Stell dich jetzt nicht an. Es passiert dir nichts Schlimmes. Ich werde dir nur zeigen, was dich in Deutschland erwartet, du kleine Nutte. Ein gutes Pferd muss eingeritten werden. Na komm, mach die Beine breit und lass sehen, was du da hast.«

Er lachte diabolisch. Anscheinend fanden die Kumpane jetzt auch Gefallen an dieser Perversität. Konstantin klatschte in die Hände.

»Pass auf Alter, dein Riemen wird sie auseinanderreißen.«

Jetzt lachten alle drei, während Irina mit aller Macht versuchte, sich aus Michails Griff zu befreien, doch der Mann war stärker.

»Lass sie los, du Schwein!«, brüllte sie verzweifelt. Juri wurde dadurch nur angestachelt.

»Ja, schrei nur, meine Kleine, gleich bist du dran.«

Juri hatte sich mit seinem Körper auf Olga geworfen und ihr brutal die Beine gespreizt. Als er hart zustieß, hörte Darja nur eines, den spitzen, gellenden Schrei der kleinen Schwester, die seit vielen Monaten keinen Laut mehr von sich gegeben hatte.

»Hättest Gleitmittel nehmen sollen für die kleine Fotze.«

Konstantin war begeistert und hüpfte aufgeregt um die beiden herum, während Juri wie ein Wahnsinniger zustieß.

Irgendwie schaffte Irina es, sich loszureißen. Bevor Michail reagieren konnte, schnappte sie ein Messer aus dem Proviantkorb und rannte auf den keuchenden Mann zu.

Es spielte sich alles im Zeitraffer ab, keiner konnte reagieren.

»Pass auf, Alter!«, konnte Michail gerade noch rufen, doch da steckte die Klinge des Messers bereits in Juris Rücken. Er stöhnte kurz auf und versuchte, hinter sich zu greifen, als das Peitschen eines Schusses die Stille zerriss. Darja strampelte wie verrückt mit den Beinen, konnte sich jedoch nicht befreien. Michail hatte ihr die Arme auf den Rücken gedreht und starrte wie hypnotisiert auf die Szene. Das letzte, was Darja sah, bevor eine gnädige Ohnmacht sie erlöste, waren die hochgerissenen Arme von Irina, die dann zusammenbrach. Einen Augenblick herrschte beklemmende Stille.

»Scheiße, Scheiße, Scheiße!«, hörte sie Michail neben sich wie durch einen Nebel flüstern, dann wurde es endgültig dunkel um sie.

Ein paar Minuten später holte das Grauen sie ein. Sie erwachte durch einen schneidenden Schmerz am linken Handgelenk. Zuerst wusste sie nicht, wo sie sich befand. Dumpf drangen die Motorengeräusche an ihr Ohr. Ein lautes Stöhnen neben ihr ließ sie die Augen öffnen. Langsam kehrte die Erinnerung zurück. Wo waren ihre Schwestern? Mit ihrer ganzen Kraft versuchte sie, sich aufzurichten, wurde jedoch wieder auf die Liege gedrückt. Konstantin hockte neben ihr und schlug ihr unvermittelt ins Gesicht.

»Bleib ja liegen, du dreckige Hure. Eine schöne Scheiße habt ihr uns eingebrockt.«

Erst jetzt registrierte sie, dass ihre Hände und Füße an die Liege gefesselt waren. Sie versuchte, zu schreien, doch Konstantins Hand verhinderte auch das.

»Halt das Maul, du Miststück, sonst kannst du den anderen gleich in die Hölle folgen.«

Sie schwieg eingeschüchtert und sah sich um. Neben ihr auf dem Boden lag in einer Blutlache Juri. Er stöhnte laut und wälzte sich hin und her. Ach ja, der Messerstich. Nun fielen ihr die letzten Details wieder ein. Mit einem verzweifelten Blick suchte sie nach ihren Schwestern, doch sie war mit den beiden Männern allein.

»Wo sind Olga und Irina?« Eigentlich wollte sie die Antwort gar nicht hören.

»Sie sind tot! Und wenn du nicht parierst, wirst du auch verrecken. Ihr verfluchten Nutten, warum seid ihr hysterisch geworden? Dass alles hätte nicht passieren müssen, wenn ihr nicht so einen Zirkus aufgeführt hättet. Habt ihr etwa wirklich gedacht, wir bringen euch ins Schlaraffenland? So dämlich könnt ihr doch nicht sein!«

»Ich will Oleg sprechen«, versuchte Darja ein letztes Mal, ihr Schicksal abzuwenden.

»Oleg, Oleg! Was glaubst du eigentlich, wer du bist, du gottverdammter Bauerntrampel? Dachtest du im Ernst, der würde sich für dich interessieren? Oleg hat dich längst vergessen, und auch du wirst bald nicht mehr an ihn denken.«

Juri stöhnte laut, während Blut aus der Wunde floss.

»Sieh dir nur an, was ihr angerichtet habt. Sollte Juri es nicht schaffen, dann gnade dir Gott. Das Einzige, was ich dir wünsche, ist, dass du noch Jungfrau bist, denn sonst bekommen wir für dich nur ein paar Rubel.«

Konstantin sah sie verächtlich an, und Darja wurde mit einem Schlag bewusst: Sie waren Mädchenhändlern zum Opfer gefallen. Olegs Worte waren Lügen gewesen. Alles war nur geschehen, um sie gefügig zu machen. Als Darja die ganze Tragweite des Geschehens erfasste, fing sie an zu schreien. Sie schrie und schrie und schrie. Selbst Konstantins schlagende Hand konnte sie nicht zum Verstummen bringen.

»Anscheinend willst du es nicht anders.«

Sie spürte, wie der Ärmel ihrer Bluse hochgeschoben und ihr Arm auf die Liege gedrückt wurde. Einen Moment fühlte sie, wie ihr eine kalte Flüssigkeit gespritzt wurde, dann glitt sie ab in eine andere Welt.

DEUTSCHLAND / FRÜHJAHR / 1997

Es musste eine Ewigkeit vergangen sein, bis sie erwachte. Herausgerissen aus dem Koma öffnete sie die Augen. Alles an ihr schmerzte. Der Kopf dröhnte, und unzählige Hämmerchen schlugen permanent auf ihren Schädel ein. Sie konnte sich kaum bewegen und versuchte erneut, ins Vergessen zu gleiten. Doch etwas unangenehm Kaltes zwischen ihren Beinen holte sie wieder zurück. Verzerrte Stimmen drangen an ihr Ohr.

»Da habt ihr Glück gehabt. Sie ist noch Jungfrau.«

Darja hörte Instrumente klappern. Ein weiteres Mal öffnete sie die Augen. Was sie sah, ließ ihren Atem gefrieren. Sie lag auf einem schmalen Tisch, die Schenkel gespreizt, und die Waden lagen erhöht in schmalen Schalen. Zwei Männer hatten den Blick auf ihren entblößten Unterleib gerichtet, und einer davon, der mit der fremden Stimme, hatte ihr ein Instrument dort hineingeschoben, wo sie am empfindlichsten war.

»Das Hymen ist unverletzt, da wird sich Christian freuen. Wir haben sie für die Party übernächsten Samstag vorgesehen. Was wir dann mit ihr machen, müssen wir später entscheiden.«

»Warum hast du sie denn so zugerichtet?«

Jetzt erst erkannte Darja Konstantin, dessen eiskalte Augen ihr ebenfalls ungeniert zwischen die Beine stierten.

»Ach, frag besser nicht. Sie hat gebrüllt, und als es Juri schlechter ging, ist sie mir auf die Eier gegangen.«

Obwohl Darja nicht richtig wach war, wusste sie nun, was ihr bevorstand. Doch ihre Hirnwindungen wollten sich gegen diese Tatsache wehren. Allein, es half nichts. Alles hatte sie verloren. Ihr Elternhaus, ihre Schwestern, den Glauben an die Liebe und die Zuversicht auf ein besseres Leben. Wenn sie jetzt nur in ihrem windschiefen Häuschen in Sormova mit ihren Geschwistern, die sie mit ins Unglück gestürzt hatte, sitzen könnte! Was hätte sie dafür gegeben!

Sollten sie doch mit ihr machen, was sie wollten. Schlimmer, als es ihr bisher ergangen war, konnte es nicht mehr kommen. Es konnte, Darja ahnte noch nicht, wozu Menschen fähig waren.

Das kalte Licht zwischen ihren Beinen wurde entfernt, und man half ihr beim Aufstehen. Sie sah die Blutergüsse an ihren Armen und Beinen, doch es war ihr egal. Mit leerem Blick ließ sie sich in ein Zimmer führen, in dem sie sich auf dem kleinen Bett zusammenkauerte. Bald würde sie bei Olga, Irina und ihren Eltern sein.

Es vergingen Tage, während denen sie hin und wieder geweckt wurde. Man zwang sie, etwas zu sich zu nehmen. Ansonsten ließ man sie in Ruhe. Immer wieder gab man ihr starke Medikamente, die sie in einen traumlos-weichen Schlaf fallen ließen. Die wenigen Minuten, die sie bei Bewusstsein erlebte, sah sie nur eine Person, eine dicke, unansehnliche Frau. Sie wurde von ihr gewaschen, zur Toilette geführt, und die Frau schmierte auch ihre schmerzenden Hämatome mit einer Salbe ein. Wenn das erledigt war, musste sie essen und bekam danach endlich eine weitere Dosis Schlafmittel. Sie wusste, diese Tabletten bedeuteten Vergessen, und das war das Einzige, was sie herbei sehnte.

Gelegentlich sprach die Frau sie an. Verstehen konnte sie die fremde Sprache jedoch nicht. Sie vermutete, dass sie in Deutschland war. Der Raum, in dem sie hauste, war spartanisch eingerichtet: ein schmales Bett, ein Tisch mit Stuhl und ein Kleiderschrank. Ein abgetretener Kokosläufer lag auf dem Linoleumboden. Kein Fenster ermöglichte einen Blick ins Freie. Nur wenn die Frau hereinkam, brannte für kurze Zeit eine nackte Glühbirne, die an zwei Drähten von der Decke baumelte.

An einem Morgen war alles anders. Nachdem die dicke Babuschka sie gezwungen hatte, eine Tasse Tee zu trinken, bekam sie nicht wie gewohnt ihr Schlafmittel. Stattdessen wurde ihr das Nachthemd über den Kopf gezogen, und sie wurde nackt in ein Badezimmer geführt. Die Frau wusch ihr die Haare und badete sie in einem duftenden Schaumbad. Anschließend rasierte sie ihr die Schamhaare ab.

Darja begriff, was das bedeutete. Sie spürte, wie eine unbeschreibliche Angst von ihr Besitz ergriff. Dunkel erinnerte sie sich an die Gespräche der Männer bei der Untersuchung. Die Frau sprach beruhigend auf sie ein. Sie zupfte ihr die Augenbrauen und trug eine dicke Schicht Make-up auf. Darja ließ alles schweigend über sich ergehen.

Nun musste Darja ein weißes Kleid anziehen, das am Kragen mit Pelz besetzt war. Sie bekam eine Perlenkette umgelegt, und zum Abschluss wurden ihre Lippen mit einem zartrosa Lippenstift nachgezogen. Jetzt fiel Darja auf, dass sie keine Unterwäsche trug, lediglich lange lachsfarbene Strümpfe reichten ihr bis zum Oberschenkel.

Nach einer Weile kam ein Fremder zu ihr. Er war im mittleren Alter und hatte einen Schnauzer, den er an den Seiten hoch gezwirbelt hatte. Sein eleganter Anzug spannte in der Mitte über einem ausgeprägten Wohlstandsbauch. An den Fingern trug er goldene Ringe, und seine Lederschuhe waren auf Hochglanz poliert. Anscheinend war er angetan von Darja. Sein Atem roch nach Whisky und schwerem Tabak. Selbst sein Parfum konnte das nicht überdecken. Das Mädchen drehte angewidert den Kopf zur Seite. Er griff mit seiner manikürten Hand unter ihr Kinn und zwang sie, ihn anzusehen.

»Hübsch siehst du aus, meine Kleine. Rosie hat wieder ihr Bestes gegeben. Ich bin davon überzeugt, dass wir mit dir einen herrlichen Tag verbringen werden.«

Er drehte Darjas Kopf hin und her und schnupperte an ihrem Haar.

»Ich bin Christian. Heute wird ein Fest steigen, und du, mein Schatz, bist der Hauptgewinn. Ich glaube, ich werde selbst auch mitsteigern.«

Er schlug ihr mit der flachen Hand auf den Hintern und grinste.

»Zur Aufheiterung gibt es jetzt etwas zu trinken.«

Er reichte ihr ein Glas mit einer trüben Flüssigkeit.

»Es ist zwar kein Champagner, aber die Wirkung wird dir behagen.«

Mit einem strengen Blick forderte er sie zum Trinken auf. Darja trank und stellte fest, dass das Zeug nicht schlecht schmeckte.

»Rosie, wenn der Drink wirkt, kannst du sie rüber bringen. Die Ersten sind eingetroffen, und es ist gut, wenn wir ihnen allen den Mund wässrig machen. Bei dem Anblick werden sie kaum knausern.«

Er küsste Darja auf die Wange, bevor er den Raum verließ.

Die Wirkung der Partydroge ließ nicht lange auf sich warten. Zuerst verspürte sie leichten Schwindel, der sich jedoch schnell legte. Nach ein paar Minuten bekam Darja das Gefühl, neben sich zu stehen. Sie sah sich in dem weißen Kleid vor dem Spiegel stehen und fing zu lachen an. Eigentlich war das Leben gar nicht so schlecht. Ihr Spiegelbild lachte zurück, und sie sah ein fremdes Gesicht. Eine junge Frau blickte sie an. Sie hob die Arme und drehte sich verzückt um die eigene Achse. Olga, Irina und selbst Oleg hatten abgedankt.

Es wurde Zeit. Rosie führte Darja in einen Salon. Die Fenster waren mit Samtvorhängen bedeckt, die Wände mit Brokat bespannt, und kunstvoll ziselierte Messingleuchten spendeten warmes Licht. Das Mädchen sah sich verblüfft um. Alles hier glitzerte und glänzte. An verschiedenen Stehtischen standen distinguiert gekleidete Männer.

Als sie das Mädchen sahen, klatschten sie und raunten sich Unverständliches zu. Junge Frauen in kurzen Röcken trugen barbusig Getränke hin und her. Darja sah sich um, sie fühlte sich beschwingt.

Es waren ungefähr dreißig Männer anwesend, die sie ungeniert anstarrten. Einer zwinkerte ihr zu und griff sich dabei obszön an die Hose, die sich verdächtig wölbte. Ein Discjockey in engen Lederhosen war für die Musik zuständig. Über das Mikrofon kündigte er an:

»Hier kommt der Höhepunkt des Tages. Unsere jungfräuliche Schneekönigin. Möge der Gewinner der Erste sein und uns alle an seinem Glück teilhaben lassen! Also, meine Herren, die Zeit läuft, aber erst gegen zehn ist es soweit. Bis dahin können Gebote bei mir abgegeben werden. Wer wird also der Glückliche sein? Wir sind gespannt. Aber bis dahin wollen wir feiern. Die Nacht ist noch jung.«

Nun stellte er die Musik lauter. Alle lachten und sparten nicht mit Applaus, während sich die Blicke an Darjas Ausschnitt festsogen. Man hatte sie auf einen erhöhten Stuhl gesetzt, der in der Mitte des Raumes stand. Sie sah nicht, dass dieser Stuhl nach hinten verstellbar war, und auch nicht die Metallstützen, mit denen sie bereits bei der Untersuchung Bekanntschaft gemacht hatte.

Einer nach dem anderen flanierte an ihr vorbei, um sie in Augenschein zu nehmen. Hände griffen nach ihrem Haar, andere langten ihr ohne Hemmungen ins Dekolleté. Roederer Cristall floss in Kaskaden, und die Stimmung erklomm bedächtig ihren Höhepunkt. Das Buffet wurde eröffnet und sogleich geplündert. Die Musik wurde lauter und lauter. Wie von einem anderen Stern beobachtete Darja das Geschehen. Hinter ihr stand Rosie und wachte, dass ihr keiner zu nahe kam. Schon war das Mädchen geneigt, zu glauben, dass das alles war, was man ihr zumutete: sitzen und sich bewundern lassen. In diesem Moment fiel ihr der Umschlag mit dem Geld ein – wo war der geblieben? Sie beschloss, Rosie zu fragen, obwohl ihr längst klar war, dass das sinnlos war. Wut und Trauer überfielen sie. War Oleg von seinen Freunden getäuscht worden? Vielleicht dachte er, sie wäre bei seiner Tante. Warum hätte er ihr sonst solch ein Vermögen anvertraut? Ein Hoffnungsschimmer, dann war der klare Moment wieder vorbei.

Gegen neun begann das eigentliche Spektakel: die Versteigerung. Die Droge in Darjas Blut verlor allmählich ihre Wirkung, und sie fühlte sich unwohl. Die Männer brüllten Angebote in Richtung Mikrofon. Krawatten wurden gelöst und achtlos weggeworfen. Die jetzt völlig nackten Serviererinnen hatten alle Hände voll zu tun. Jegliche Hemmungen waren gefallen, und schließlich auch die Entscheidung. Das Höchstgebot lag bei 20.000 Mark, es wurde mit dem Hammer besiegelt. Tosender Applaus belohnte den reichen, vielleicht vierzigjährigen Gewinner. Er war klein, aber durchtrainiert und muskulös. Aufwendige Tätowierungen bedeckten seine nackten Arme. Sein kahl rasierter Kopf glänzte im Licht, während er mit nacktem Oberkörper im Rausch zur Musik tanzte und sich vor Darja produzierte. Er kostete seine Situation aus, während die anderen ihn anstachelten.

»Fick sie endlich, bevor du ganz besoffen bist!«, schrie einer der Umstehenden derb.

»Lass uns nicht so lange warten, wir wollen auch noch ran. Auch wir haben bezahlt, und nach dir gehört sie uns!«, rief ein anderer. Endlich war es soweit. Der Glatzköpfige stand nun in der Unterhose vor ihr und holte sein Glied heraus. Spannende Stille beherrschte die Szenerie, sogar die Musik schwieg. Langsam wurde der Stuhl nach hinten gekippt. Rosie zog das Kleid an Darjas Hüften hoch und legte ihre Beine in die Schalen.

Das Mädchen schloss die Augen und versuchte, an etwas anderes zu denken, was ihr nicht gelang. Alles Weitere zog wie ein Film an ihr vorbei. Eine Zeit lang stand der muskulöse Mann noch vor ihr und glotzte ihr zwischen die Beine, bevor er in sie eindrang. Immer und immer wieder rammte er in ihren Unterleib. Sie versuchte, zu schreien, doch ihre Stimmbänder streikten.

Als er sich endlich abwandte und ein mit ihrem Blut beflecktes Tuch in die Luft hielt, kannte die Hysterie der Männer kein Ende. Das Mädchen bemerkte nicht, wie viele sich noch an ihr vergingen. Sie konnte sie nicht mehr zählen, denn sie wurde von einer gnädigen Ohnmacht erlöst.

Rosie benötigte drei Tage, bis sie sicher sagen konnte, dass Darja überleben würde. Ihr Kreislauf war zusammengebrochen, und immer wieder fiel sie in eine komaähnliche Bewusstlosigkeit. Ihr geschundener Körper blutete, und ein paar Mal stand ihr Leben auf der Kippe. Dem Himmel sei Dank, dass das Mädchen nichts mehr von dem mitbekommen hatte, was die Männer ihr noch im Laufe der Nacht angetan hatten. Rosies Aufgabe war es, sie wieder aufzupäppeln. Sie war schon öfter Zeugin gewesen, als so ein Mädchen bei einer Party ihr Leben gelassen hatte.

ROBERT / HERBST 1997

Robert war ein einfacher Mann, dessen Leben in Monotonie verlief. Mit seinen 33 Jahren hatte er an Attraktivität bereits verloren. Aufgewachsen war er in einem kleinen Dorf in der Eifel, unweit von Bitburg. Seine Kindheit unterschied sich von der Kindheit anderer Kinder. Sein Vater, ein stattlicher Mann mit welligem Haar, war selbstständig und betrieb eine Firma, die Spielautomaten an Gaststätten vermietete. In den Fünfzigern lief das Geschäft wie geschmiert.

Seine Mutter hieß Vera und war das Begehrenswerteste, was die Gegend zu bieten hatte. Groß und schlank, mit einer atemberaubenden Wespentaille. Sie hatte honigblondes Haar, das im Sonnenschein wie Stroh leuchtete. Sie trug es meist offen, und es fiel ihr weich über die Schultern. Robert erinnerte sich daran, wie sie mit ihrer Hand immer wieder die lästigen Strähnen aus dem Gesicht strich. Dabei erhöhte meist ein bezauberndes Lächeln ihre Ausstrahlung. Robert vergötterte seine Mutter, und sie ihn ebenfalls. Er wurde eifersüchtig, wenn andere Männer sie nur ansahen.

Als kleiner Junge saß er oft stundenlang hinter ihr auf dem Sofa und vergrub sein Gesicht in ihrem Haar oder spielte damit. Wenn sie ihn dann liebevoll in die Arme nahm, war Robert das glücklichste Kind der Welt. Seinen Vater belustigte dieser Anblick zunächst.

»Übertreibst du es nicht mit deiner Liebe zu ihm?«, fragte er sie, wenn er abends mit seiner Frau im Bett lag, aber sie hatte nur unbekümmert abgewinkt.

»Ach, lass mich doch, Volker. Er ist das Beste, was wir haben.«

Als Robert sechs Jahre alt war, wurde die Mutter schwanger. Er beobachtete mit Argusaugen, wie ihr Bauch anschwoll. Die Erklärung, er würde eine Schwester bekommen, stürzte ihn in Verzweiflung.

»Ich will keine Schwester«, schrie er erbost.

Er war nicht bereit, die Liebe seiner Mutter zu teilen. Tage und Nächte verbrachte er damit, zu überlegen, wie er dem Baby schaden könnte. Aber es fiel ihm nichts ein, und als die kleine Emma dann geboren wurde, kannte seine Wut keine Grenzen mehr. Er tobte so heftig, dass die Eltern ihn kaum beruhigen konnten.

»Robert, jetzt reiß dich zusammen. Werde endlich vernünftig, du bist doch trotzdem Mamas Liebling, und jetzt hat dich noch jemand lieb, dein kleines Schwesterchen.«

Es half alles nichts. Der Vater wurde allmählich richtig böse und eilte zu Emma, um sie auf den Arm zu nehmen, während die Mutter den tobenden Robert beruhigte.

Der versuchte, in Momenten, in denen er sich unbeobachtet wähnte, das Baby zu piesacken, indem er es an den Haaren zog oder in den Bauch boxte. Das sah der Vater einmal und ließ Robert deswegen nicht mehr aus den Augen. Die Mutter war nach Emmas Geburt begehrenswerter denn je, und besonders schlimm war es für Robert, wenn die Kleine gestillt wurde. Seine Eifersucht war grenzenlos, und die Beziehung zum Vater wurde schlechter. Der Vater erkannte, dass der Junge Hilfe brauchte und sein Verhalten abnorm war, aber die Mutter war anderer Meinung.

Sie verstand Robert und verteidigte sein Verhalten als normale Eifersucht unter Geschwistern. Bald hatte Robert begriffen, dass Emma keine Konkurrenz für ihn war. Mutter liebte ihn mehr als sie, zudem war die Kleine ein anstrengendes Wesen. Sie schrie stundenlang und brachte die Mutter zur Verzweiflung. Dann nahm sie Robert in den Arm und wiegte ihn hin und her. Er kuschelte sich dann an ihre Brust und vergrub sein Gesicht in ihrem Ausschnitt.

»Mein Liebling, du bist doch mein einzig wirklicher Schatz.«

Sie küsste ihn dann auf den Mund, und Robert war für einen Moment wieder glücklich.

Im Laufe der ersten zwei Jahre spitzte sich die Situation drastisch zu, denn die Liebe der Mutter zu ihrer kleinen Tochter starb. Emma erwiderte die fehlende Aufmerksamkeit mit Geschrei und wurde eine kleine Tyrannin. Roberts Vater missfiel die ganze Geschichte so, dass es immer öfter zum Streit kam, denn er erkannte, dass das Benehmen des kleinen Mädchens ein hilfloser Versuch war, Vera auf sich aufmerksam zu machen. Es war ein regelrechter Kampf um die Liebe der Mutter entbrannt.

»Wie kannst du die Kleine so vernachlässigen?«, fragte er, als er nach Hause kam und Emma unversorgt vorfand. Seine Frau schwieg und zog Robert in ihre Arme. Schließlich gab der Vater auf, schüttelte traurig den Kopf und bedachte Robert mit eisigem Blick – wissend, dass der Junge schuldlos an diesem Zustand war.

Der genoss solche Augenblicke sehr. Er hatte kein Mitleid mit seiner Schwester. Sie würde ihm niemals seine Mutter wegnehmen, dafür würde er sorgen. Er erwiderte den zornigen Blick des Vaters trotzig und vergrub sein Gesicht wieder in Mutters Ausschnitt.

»Ihr seid krank«, murmelte dieser, bevor er mit Emma auf dem Arm den Raum verließ.

Er reichte schließlich die Scheidung ein und klagte auf das Sorgerecht für Emma. Die Mutter war einverstanden. Kurze Zeit später hatte Volker eine neue Bleibe gefunden. Emma war eine kleine Schönheit geworden. Sie hatte das gleiche lange Haar wie die Mutter und den gleichen Stolz in den Augen. Triumphierend hatte sie mit ihrem Vater Hand in Hand, bepackt mit ein paar Koffern, schließlich das Haus verlassen.

»Ihr werdet sehen, wohin eure krankhafte Beziehung führt«, waren des Vaters letzte Worte.

Robert war froh über diese Entwicklung, denn endlich hatte er seine Mutter für sich allein – den Vater vermisste er nicht sonderlich. Er war jetzt zehn Jahre alt und fühlte sich als richtiger Mann. Er unterstützte Vera, wo er konnte, und schlich den ganzen Tag um sie herum. Freilich war er zu jung, um zu begreifen, dass mit seiner Mutter etwas nicht stimmte. Selbst als sie ihn eines Tages mit zu sich ins Bett nahm, dachte er sich nichts Besonderes dabei. Er genoss es, neben ihr zu liegen und ihre weiche Haut zu spüren. Es dauerte ein paar Wochen, bis das Seltsame begann. Wenn er abends kurz vorm Einschlafen war, bemerkte er, wie Mutter ihre Hand in seine Schlafanzughose schob. Es war ein angenehmes Gefühl, und er empfand nichts Falsches daran – im Gegenteil. Manchmal, wenn er noch wach war, durfte er ihre Brüste anfassen und küssen. Sie stöhnte dann laut und drängte sich nah an ihn heran.

So ging es ein paar Jahre lang, und für Robert war es selbstverständlich geworden, den Körper der Mutter abends im Bett zu berühren. Tagsüber dachte er zwar darüber nach und fragte sich, ob andere Jungs das auch tun würden, aber Unrecht empfand er nie. In der Schule war er ein Außenseiter. Gingen seine Freunde gemeinsam ins Kino oder auf den Fußballplatz, zeigte er an solchen Unternehmungen kein Interesse. Für ihn gab es nur sein Zuhause, wo er mit dieser wunderschönen Frau, die nebenbei seine Mutter war, eine seltsame Beziehung pflegte.

»Du bist richtig langweilig«, hörte er von seinen Klassenkameraden, und bald wurde er nicht mehr beachtet.

Die Geschichte nahm ein Ende, als Robert einen Tag nach seinem sechzehnten Geburtstag von der Schule nach Hause kam.

Das Haus wirkte verlassen, als er seinen Schlüssel ins Schloss steckte. Er betrat mit einem merkwürdigen Gefühl den Hausflur und ahnte Böses. Während er nach seiner Mutter rief, ging er durch die Wohnung. Es war niemand da. Nur auf dem Tisch im Wohnzimmer brannte eine kleine Lampe. Darunter befand sich ein schmales Kuvert mit einem Brief. Vorsichtig öffnete er den Umschlag und las:

»Mein liebster Schatz,
nun bist du fast erwachsen, und es wird Zeit für mich, dich gehen zu lassen. Ich weiß, ich habe unrecht an dir getan und werde dieses Unrecht zeit meines Lebens nicht mehr tilgen können. Ich habe lange über meinen Entschluss nachgedacht, aber wenn aus dir ein richtiger Mann werden soll, muss ich dich verlassen, ob ich nun will oder nicht. Glaub mir, meine Entscheidung ist mir sehr schwer gefallen, und ich liebe dich über alles. Aber gerade deswegen gibt es keine andere Möglichkeit. Ich hoffe, es ist noch nicht zu spät, und du wirst auch ohne mich ein beschauliches Leben führen können. Such dir ein nettes Mädchen, mit dem du glücklich wirst. Leider kann ich das Geschehene nicht rückgängig machen, aber das, was uns verbunden hat, war nicht richtig. Auf der Rückseite dieses Umschlages findest du die Adresse eines Mannes vom Jugendamt. Ich werde ihn heute noch bitten, sich um dich zu kümmern. Etwas Geld habe ich auch für dich da gelassen. Möge Gott mir verzeihen!
In Liebe
Deine Mutter«

Robert drehte den Brief noch mehrmals ratlos hin und her, bevor ihm die Tränen kamen. Achtlos ließ er dieses Schreiben auf die Erde fallen und vergrub sich im Bett, bis es draußen dunkel wurde.

Als Klaus Hansen vom Jugendamt Bitburg spät abends bei ihm klingelte, hatte man seine Mutter schon gefunden. Sie hatte sich im nahe gelegenen Park an einem Baum erhängt. Kinder hatten die Leiche entdeckt und die Polizei alarmiert.

Der Junge kam nicht dazu, über sein Elend nachzudenken. Nun stand er unter der Obhut des Jugendamtes. Für ein Kinderheim war er zu alt, und Herr Hansen setzte sich dafür ein, dass er einen Platz in einem Haus für betreutes Wohnen bekam. Dort wohnten junge Männer, die, ähnlich wie er, alleine dastanden. Sein Vater, dem es geschäftlich immer noch blendend ging, kam für die Unterkunft auf, wollte jedoch keinen Kontakt pflegen.

Robert trauerte um seine geliebte Mutter, und an irgendwelchen Mädchen, die ihm hier und da über den Weg liefen, zeigte er kein Interesse. Das Jugendamt besorgte ihm eine Lehrstelle als Schreiner. Entgegen seiner anfänglichen Abneigung gegen den Job stellte er nach einiger Zeit fest, dass die Arbeit Spaß bereitete. In seiner Freizeit begann er, für seine Mitbewohner kleine Möbelstücke zu fertigen und setzte seine Fähigkeiten bei Reparaturarbeiten im Haus ein. Sein Ausbildner war ein gemütlicher Mann, der es gut mit ihm meinte. Zwar redete Robert nicht viel, aber seine Aufgaben erfüllte er gewissenhaft.

»Bist ein guter Junge«, wurde er mehr als einmal gelobt.

Entgegen anderer Gefühle war seine sexuelle Begierde keineswegs mit dem Tod der Mutter gestorben, und wenn er abends in seinem Bett lag, schlugen seine Gedanken die wildesten Kapriolen. Bald war er im Besitz von Pornoheften, die er stundenlang studierte, um sich vor dem Einschlafen selbst Erleichterung zu verschaffen.

Als er achtzehn Jahre alt war, nahmen ihn ein paar Freunde mit zu einer Nutte, die ihren Lebensunterhalt im Saunaklub verdiente. Sie war eine dralle Frau. Obwohl er sich vor ihr ekelte, weil sie nicht einmal ansatzweise an die Schönheit seiner Mutter heranreichte, ließ er sich von ihr in die Geheimnisse der körperlichen Liebe einweihen. Sie machte ihren Job gut, und nach kurzer Zeit war Robert über alles im Bilde, was es auf diesem Gebiet gab. Die Besuche bei ihr wurden zu seinem wöchentlichen Ritual, auf das er nicht mehr verzichten wollte. Ein Gespräch hatte zwischen den beiden nie stattgefunden, lediglich wenn er seine Kleidung auszog, sagte sie zu ihm: »Bist so gut gebaut, mein Kleiner. Ich habe echt eine Menge Spaß mit dir.«

Als er seine Lehre beendet hatte, durfte er in der Firma seines Ausbilders weiter arbeiten. Die Auftragslage war gut, und er verdiente so manche Mark nebenbei. Eines Tages machte der Chef ihm ein verlockendes Angebot.

»Ich kenne da ein altes Haus in Kyllburg, das wir für wenig Geld mieten und renovieren könnten. Es gehört einem Zuhälter aus Köln, der sich abgesetzt hat. Wenn wir es ordentlich herrichten, wäre er bereit, es dir für eine geringe Miete zu überlassen. Verkaufen will er es nicht. Aber vorerst könntest du dort wohnen, oder willst du bis an den Rest deines Lebens in dieser Männer-WG bleiben?«

Robert war einverstanden und seinem Chef dankbar dafür, dass dieser ihm einen Weg in ein besseres Leben ebnete.

Die nächsten Monate waren hart. Robert arbeitete Tag und Nacht in seinem zukünftigen Haus und erhielt jede Menge Unterstützung aus seiner Firma. Seine Mutter hatte ihm Geld hinterlassen, und er bekam die Materialien zum Einkaufspreis. So entstand nach und nach ein gemütliches Zuhause. Robert zog Holzdecken ein und verlegte sündhaft teuren Parkettboden. Das kleine Häuschen sollte ein richtiges Schmuckstück werden. Sein Chef Jürgen staunte nicht schlecht, als er eines Tages in dem liebevoll hergerichteten Haus stand. Selbst der Garten war gepflegt, der Rasen gemäht, und Blumenstauden standen vor einem Jägerzaun.

»Na siehst du, Junge, jetzt hast du es geschafft, und wenn du einmal die richtige Frau gefunden hast, kannst du hier deine eigene kleine Familie gründen.«

Robert sagte nichts dazu. Seit dem Tod seiner Mutter hatte er keine wirklichen Gefühle mehr für ein Mädchen gehabt, aber alleine bleiben wollte er auch nicht. Irgendwie sehnte er sich doch nach der gewissen Geborgenheit, die eine Familie bieten konnte. Er dachte an seine eigene Kindheit zurück, als er noch in der Sicherheit seines Elternhauses aufgehoben war.

So kam es, dass er eines Tages Doris kennenlernte. Er wohnte seit einiger Zeit in seinem Haus, aber die Abende waren einsam. Jürgen war ihm Chef und Freund in einer Person geworden, der hin und wieder zu Besuch kam, und mit dem er sich die Zeit vertrieb.

Doris war die Tochter eines Landwirtes, auf dessen Hof sich Robert regelmäßig mit Verschiedenem eindeckte. Sie bediente dort im Hofladen und verkaufte außer Eiern selbst angebautes Gemüse und Obst. Sie hatte blondes Haar, das ihn in gewisser Weise an das seiner Mutter erinnerte. Sie war nett und stets freundlich. Den großen Geist hatte sie nicht gepachtet, und Robert ertappte sie dabei, dass es ihr oft schwerfiel, die paar Posten seines Einkaufs zu addieren. Mit der Zeit stellte er fest, dass sie Interesse an ihm zeigte, denn sie steckte ihm bei jedem Besuch ein kleines Extra in seine Tüte. Mal fand er ein kleines Stück Schokolade in Herzform, ein andermal Marzipankartoffeln oder eine Extraportion Äpfel.

Irgendwann hatte sie begonnen, sich zu schminken, wenn sie wusste, dass er zum Einkaufen kam. Sie bemalte sich die Lippen in einem knalligen Rot und trug Lidschatten. Außerdem wurde sie verlegen. Eines Tages sprach sie ihn an.

»Wo wohnst du?«, war das Einzige, was sie hervorbrachte. Ihre Unsicherheit berührte ihn in einer angenehmen Weise, und obwohl er es nicht vorhatte, begann er, ihr Interesse zu erwidern.

»Ich habe in Kyllburg ein Haus gemietet. Das habe ich renoviert. Es ist recht nett geworden, und wenn du willst, zeige ich es dir.«

Sie wurde rot und himmelte ihn an. Robert betrachtete ihren voluminösen Vorbau und spürte ein Kribbeln in der Leistengegend.

»Nächste Woche werde ich volljährig, dann könnten wir meinen Geburtstag bei dir feiern. Ich würde uns etwas zu essen machen und eine Flasche Sekt ausgeben.«

Mutig hatte sie diesen Vorstoß gewagt, und Robert hatte nach kurzem Zögern zugesagt.

»Ein Nümmerchen in Ehren kann mir keiner verwehren«, sagte er zu sich selbst und machte sich siegesgewiss auf den Heimweg.

Sie kam wie vereinbart und brachte einen kleinen Korb mit Lebensmitteln sowie die versprochene Flasche mit. Verlegen stand sie in seiner Küche und sah sich um.

»Schön hast du es hier, richtig schön.«

»Ja, nicht wahr? Komm, setz dich und lass uns etwas trinken.«

Robert holte Gläser aus dem Schrank, und schon nach dem ersten Glas hatte sie rote Ohren.

»Sag, bist du nicht einsam hier so alleine?«

Sie setzten sich zusammen auf das Sofa, wo sie nach dem zweiten Glas Sekt immer näher an ihn heranrückte.

»Im Moment bin ich ja nicht allein. Wenn so ein liebes Mädchen bei mir sitzt, kann ich ja kaum einsam sein.«

Auch Robert wurde leichtsinnig. Nach ein paar Minuten saß Doris bereits auf seinem Schoss und küsste ihn wild.

Sie ließen den Korb mit den mitgebrachten Sachen auf dem Tisch stehen und fanden sich in Roberts Bett wieder. Sie war nicht unerfahren, doch das störte Robert nicht.

»Du bist ganz gut im Bett, wohl ein Naturtalent, was?«

Doris sah ihn stolz an. Später lagen sie noch beieinander.

»Es wäre toll, wenn du mein Freund sein könntest«, raunte sie ihm noch ins Ohr. Robert wusste nicht, was er von dieser Beziehung halten sollte. Eigentlich war sie nicht die Traumfrau, die er sich für sein Leben vorstellte. Die Entscheidung, ob sie die Richtige war, wurde ihm abgenommen. Hektisch platzte sie ein paar Wochen später ins Haus und eröffnete ihm hysterisch:

»Meine Periode ist ausgeblieben!«

Robert fiel die Farbe aus dem Gesicht. Er sah sie nur an und schüttelte den Kopf.

»Wie ist das möglich? Du hast doch gesagt, du nimmst die Pille.«

Sie blickte verlegen auf ihre Fingernägel.

»Weißt du, ich wollte dich so unbedingt an diesem Abend.«

Wie konnte sie so leichtfertig über sein Schicksal entscheiden?

»Und wie hast du dir das jetzt gedacht? Wir sind beide noch so jung, und wir kennen uns erst seit ein paar Wochen.«

»Ich weiß, Robert, aber ich kann doch nichts dafür. Ich habe es nicht gewollt, das musst du mir glauben!«

Er sah ihren Schafsblick und war bereit, ihr zu vertrauen.

Sie sah ihn flehentlich an, und ein paar dicke Tränen zogen helle Spuren durch ihr Make-up.

»Sag bitte, dass es nicht so schlimm ist. Wir können heiraten und immer zusammenbleiben. Das wollten wir doch, oder nicht?«

»Wir werden eine Lösung finden«, murmelte er. So hatte er sich das nicht vorgestellt. Aber Doris ließ nicht locker. Sie setzte ihn darüber in Kenntnis, dass ihre Eltern sehr streng waren und bestimmt keine andere Lösung zuließen, und zu einer Abtreibung ließ sie sich nicht überreden.

Hatte er gedacht, sich vielleicht doch noch mal aus ihren Klauen winden zu können, so war er auf dem Holzweg. Am Tag darauf klingelte sie Sturm an seiner Haustür. Sie war in Begleitung ihres Vaters, der ohne Begrüßung ins Haus polterte.

»Na, da habt ihr ja etwas Schönes angerichtet. Konntest du dich nicht beherrschen und die Finger von meiner Tochter lassen?«

Doris Wangen leuchteten rot, und ihre Augen waren vom Weinen geschwollen. Sofort schlug sie sich auf Roberts Seite.

»Lass Robert in Ruhe, Papa. Er ist ja schließlich nicht alleine schuld.« Sie sprach hektisch und ließ Robert nicht aus den Augen.

»Nicht wahr, mein Schatz, du wirst mich nicht im Stich lassen?«

Der Vater warf ihm böse Blicke zu, und Robert saß in der Falle.

»Nein, natürlich nicht. Wenn du das Kind unbedingt haben willst, dann bekommst du es. Ich werde dafür aufkommen.«

»Was?«, schrie der Vater aufgebracht.

»So etwas werde ich in unserer Familie nicht dulden. Ein Bastard! Das kommt nicht infrage. Ich erwarte von dir, dass du Doris zu deiner Frau nimmst. Vor Gott und vor dem Gesetz. Keine Diskussion!«

Doris sah ihn flehentlich von der Seite an.

»Ich könnte zu dir ziehen, du hast genug Platz. Dann wären wir eine richtige Familie. Wenn es sein muss, kann ich ja noch Geld auf Vaters Hof dazu verdienen.«

Robert fragte sich, womit er das verdient hatte. Statt eines lockeren Lebens stand ihm die Heirat mit einem Familienclan bevor. Wenn er erst an den kleinen Schreihals dachte, wurde ihm ganz anders.

Roberts Schicksal war nicht mehr abzuwenden. Zwei Wochen später zog Doris mit Sack und Pack bei ihm ein. Robert war unglücklich, doch für Doris hing der Himmel voller Geigen. Sie plante eine aufwendige Hochzeit und bemühte sich, den Zukünftigen mit ihrer Begeisterung anzustecken.

»Denk an all die schönen Jahre, die uns bevorstehen. Ich werde immer für dich da sein.«

Die Heirat fand zwei Monate später statt. Zahlreiche Angehörige seiner Doris waren anwesend, er konnte nur seinen Chef und dessen Frau einladen. Bei der Feier schnatterten die Frauen mit Doris um die Wette. Sie wurde mit Ratschlägen überschüttet. Robert blieb abseits. Er war eben nur der Erzeuger des Kindes.

An dem Abend betrank er sich hemmungslos. Doris schleppte ihn nach Hause und ließ sich glückselig neben ihn fallen.

In den nächsten Tagen begann der Alltag. Die Arbeit musste weitergehen, schließlich hatte er eine Familie zu ernähren. So schreinerte und zimmerte Robert wie ein Besessener. Er war froh, wenn er tagsüber auf seine Arbeitsstelle entfliehen konnte und nicht dem Gezeter und Geplapper seiner Angetrauten ausgesetzt war. Dass Doris als Hausfrau absolut nichts taugte, stellte sich gleich heraus. Unter dem Vorwand, sich schonen zu müssen, rührte sie keinen Finger im Haus, und kochen konnte sie auch nicht. Wenn er Glück hatte, gab es Pfannkuchen oder Spinat mit Bratkartoffeln. Damit waren die Kochkünste seiner Frau erschöpft.

Oft fuhr Robert nach seiner Arbeit bei Jürgen vorbei. Dort gab es etwas Vernünftiges zu essen, und er war willkommen. Doris schien alles zu haben, was sie zum Glücklichsein benötigte. Nach wie vor himmelte sie Robert an und wollte die Finger nicht von ihm lassen, wenn er abends müde neben ihr im Bett lag.

»Komm, lass uns Liebe machen«, forderte sie ungeduldig. Doch Roberts Verlangen nach ihr erlosch rasch.

»Kannst du nicht einmal an etwas anderes denken?«

Robert versuchte, ihre Hand aus seiner Hose zu ziehen, doch sie blieb immer hartnäckig und ließ ihn nicht eher in Ruhe, als bis er sie zufriedengestellt hatte.

Als sie im sechsten Monat schwanger war, hatte sie bereits enorm an Gewicht zugelegt, und besorgt beobachtete er, wie sie vor dem Fernseher hemmungslos Chips in sich hinein stopfte.

»Mein Gott, Doris, wie soll das mit dir weitergehen? Wenn du nicht aufpasst, gehst du vollkommen aus dem Leim.«

Sie quittierte seine Bemerkung mit ein paar Tränen, und bald hatte Robert es aufgegeben, sie zur Vernunft zu bringen. Auch ihre Körperpflege ließ im Laufe der Zeit zu wünschen übrig. Manchmal traf er sie noch im Nachthemd an, wenn er vom Dienst kam. Robert ließ das alles über sich ergehen und zog sich zurück. Aus lauter Frust fraß sie regelrecht und wurde entsprechend dicker. Aus der ehemals recht ansehnlichen Frau war eine übergewichtige, ungepflegte Matrone geworden.

Robert konnte nicht verstehen, wie ein so junges Mädchen sich so gehen lassen konnte. Allerdings vermittelte sie selbst nach wie vor einen glücklichen Eindruck, und nichts erschütterte sie.

Über das Baby wurde so gut wie nicht gesprochen. Robert interessierte sich ohnehin nicht dafür, und ihr schien ein Gespräch allem Anschein nach nicht notwendig. Wäre ihr riesiger Bauch nicht gewesen, niemals hätte Robert geglaubt, dass sie schwanger war. Gegen Ende der Schwangerschaft war sie so behäbig geworden, dass er ihren Anblick nur noch beduselt ertragen konnte. Er bemühte sich nach wie vor, das Haus in Ordnung zu halten, und arbeitete am späten Nachmittag oftmals im Garten, um dann wie tot ins Bett zu fallen. Er hatte sein Leben verwirkt. So sehr er sich abmühte, er fand keinen Ausweg aus diesem Elend.

Der Tag, an dem einem Vater eine Tochter geboren wird, sollte im Leben eines Mannes ein Tag der Freude sein, aber Robert empfand überhaupt nichts.

Ungerührt schaute er auf dieses kleine pausbäckige Wesen, das mit zusammengekniffenen Augen erbost zu jammern begann, als er einen Vorstoß wagen wollte und das Händchen ergriff. Er zog sich sofort zurück und überließ das Baby seiner Frau. Ab jetzt erfüllten Geschrei und der Geruch von nicht gewechselten Windeln sein Haus.

Doris kümmerte sich mehr schlecht als recht um Ramona. Sie tat ihre Pflicht, aber kein Jota mehr. Manchmal tat ihm das Baby leid, wenn es schreiend in seinem Bettchen lag, und Doris sich nicht von der Flimmerkiste abwandte. Aber das war auch alles, was er empfand. Mit ein paar Flaschen Bier ließ sich das Elend leichter ertragen, und Robert ertappte sich dabei, dass er dem Alkohol zusprach. Auch seine Frau sagte nicht »nein« zu einem Gläschen am Abend, und so wurde der tägliche Frust langsam zur Routine. Aus der Bredouille wurde so eine Bouteille. Hatte Robert anfangs so viel Freude an seinem schönen Haus gehabt, so kümmerte er sich jetzt kaum mehr darum.

Kurz nach der Geburt wollte Doris Sex. Eines der wenigen Dinge außer Essen und Trinken, für die sie ein Bedürfnis zeigte. Abends im Bett rollte sie sich dicht neben Robert und führte seine Hand zwischen ihre Beine. Doch Robert verweigerte sich, zumal ihm der Anblick von Doris Körper (nebst Odeur) eine Gänsehaut bescherte, wie kein Gruselfilm es vermocht hätte. Sie war aufgedunsener denn je, und ihr Gesicht pickelig. Selbst mit den besten Vorsätzen konnte Robert sich nicht mehr dazu bewegen, sie auch nur anzufassen. Oft weinte sie dann vor Verzweiflung, aber das war nicht sein Bier. Sollte das alles sein, was ihm noch vom Leben geblieben war? Ihr »Ich will mit dir schlafen« ignorierte er, indem er sich wortlos auf die Seite drehte.

So begann er eines Tages, seine Besuche im Saunaklub wieder aufzunehmen. Er war ein junger Mann, und seine sexuellen Triebe waren stärker denn je. Wenn er zu Hause schon nicht auf seine Kosten kam, musste er eben bezahlen. Der Club »Das Paradies« wurde zu seinem zweiten Zuhause.

Robert fand hier alles, was er sich wünschte. Willige Mädchen, auch wenn man diesen Willen vergüten musste, und Ablenkung durch Hochprozentiges. Man musste nur ein bisschen Geld investieren, und schon verlebte man einen aufregenden Abend.

Doris nahm seine Ausflüge schweigend in Kauf. Das Leben im Haus war triste geworden. Robert ergab sich in sein Schicksal, und Doris folgte ihm auf dem Fuß.

Seine Tochter Ramona nahm er gar nicht richtig wahr. Sie wurde ein kleines dickes Pummelchen mit stämmigen Beinen und hatte das Haar so frisiert, wie ihre Mutter es trug. Ramona wuchs in einem Haus auf, in dem es keine Liebe, keine Ordnung und keine Bildung gab. Sobald sie einigermaßen selbstständig war, blieb sie ganz auf sich alleine gestellt. Keiner brachte am Abend ein liebevoll gekochtes Essen auf den Tisch, keiner las ihr eine Gutenachtgeschichte vor, und niemand nahm sie in den Arm, wenn sie weinte. Sie zog sich früh in sich selbst zurück und lebte fortan in einer anderen Welt.

Sobald sie in die Schule kam, lernte sie, wie grausam andere Kinder sein konnten. Von Anfang an wurde sie gehänselt und geschlagen. Alleine, weil sie unförmig war, konnten ihre Mitschüler sie nicht leiden. Sie war dem beißenden Spott ausgeliefert, und selbst die Lehrer zeigten keine Neigung, sich ihr zu widmen. Die einzigen Menschen, die sie ein wenig ernst nahmen, waren ihre Großeltern aus dem Nachbarort. Dorthin ging sie, wenn es ihr möglich war. Der Bauernhof des Großvaters war ihr eigentliches Zuhause. Hier konnte sie durch Heu und Stroh toben, und es gab dort kleine Schweine und Katzen, die durch Feld und Wiese streunten. Eine Menge Hühner bewohnten einen eigenen Stall, und es machte Ramona Spaß, zusammen mit ihrem Opa die gelegten Eier einzusammeln.

Einige Zeit später wurde Robert arbeitslos. Sein Chef und einziger Freund starb unverhofft.

Die kleine Tischlerei gab es nicht mehr, und Robert wurde der Boden unter den Füßen weggezogen. Jener Mensch, dem er nach dem Tod seiner Mutter vertraut hatte, der war von ihm gegangen. Robert schrieb einige Bewerbungen an verschiedene Schreinereien, aber niemand benötigte einen Tischler. So blieb ihm nichts weiter übrig, als Arbeitslosengeld zu beziehen. Er versuchte eine Zeit lang, sich mit diversen Nebenjobs über Wasser zu halten, aber das war mehr ein Zeitvertreib als ein guter Verdienst.

Robert saß oft gedankenverloren im verwilderten Garten und dachte über sein gestrandetes Leben nach. An nichts hatte er Interesse, und selbst die Besuche im irdischen »Paradies« wurden zur Seltenheit, weil es ihm an den finanziellen Mitteln fehlte. Lediglich zweimal im Jahr gönnte er sich diese Auszeit aus seinem öden Alltag.

Die Reparaturen im Haus häuften sich, aber er hatte weder Lust noch das Geld, sie zu erledigen. So wurde das, was er einst mit so viel Liebe errichtet hatte, nach und nach zu dem, was es nun war: ein kleines, altes und verkommenes Haus, das dringend einen Anstrich brauchte.

Doris trug den Rest zum Verfall des Haushaltes bei, sie war absolut unbrauchbar. Der Abwasch türmte sich in der Küche, deren Wände mittlerweile mit Fett bespritzt waren und nie einen Putzlappen sahen. Sie schliefen in ungemachten Betten, und die Kacheln im ehemals weiß glänzenden Badezimmer wurden stumpf.

»Mensch Doris, wie kann man nur so faul sein?«

Ab und zu wagte Robert einen Einwand, doch wenn dann die Tränen flossen, suchte er das Weite. So nahm er alles nur zur Kenntnis, war aber nicht mehr imstande, etwas dagegen zu unternehmen. Ausgeträumt.

Als Robert ein paar erträgliche Nebenjobs bekommen hatte, gönnte er sich einen Besuch im »Paradies«. Sein Bedürfnis nach einer Frau war ungebrochen. Er besaß kein Auto mehr, also musste er die zwei Stunden Fußmarsch in Kauf nehmen. Man empfing ihn freudig.

»Hey Robert, schön, dich wieder mal zu sehen. Was macht die Kunst?«

»Tag Rosie, hab mir einen Tag freigenommen. Du weißt ja, dass es nicht mehr so gut läuft. Aber ich brauche mal wieder einen ordentlichen Fick. Scheiß der Hund auf die verdammte Kohle. Ab und zu muss man sich etwas gönnen.«

Rosie nickte.

»Wir sind uns doch bisher immer einig geworden. Wir haben ein paar neue Gesichter hier. Kannst sie ja in Augenschein nehmen. Sind alle jung und geil, darauf kannst du dich verlassen. Gönn dir einen Drink, und dann schau in Ruhe.«

Rosie schob ihn entschlossen vor sich her. Es war nicht viel los. Zwei Männer saßen an den kleinen Tischen mit leicht bekleideten Mädchen und ließen den Sekt fließen. Robert setzte sich erschöpft vom langen Laufen auf einen Barhocker.

Als er sie erblickte, blieb ihm das Herz stehen. Die Blonde stand ein paar Meter weiter an der Bar und drehte gedankenverloren ein leeres Sektglas. Sie hatte goldenes Haar, das ihr bis zum Hintern reichte, war schlank und hatte nicht enden wollende Beine. An ihren makellosen Körper schmiegte sich ein schneeweißer Cat Suit mit weitem Rückenausschnitt. Sie stand auf ihren hohen Pumps etwas unsicher. Spätestens jetzt wusste er, an wen sie ihn erinnerte. Sie lächelte ihn an, und für ihn stand die Welt still. Dieses Mädchen musste er haben, egal, zu welchem Preis. Als er ihr zublinzelte, hielt sie seinem Blick stand. Ihr Gesicht war eine undurchdringliche Maske, und die Freundlichkeit nicht echt, aber das war keine Überraschung. Ihre dunklen Augen waren kalt, nur ihre roten Mundwinkel hatten sich leicht nach außen verzogen.

Seine Knie zitterten, als er auf sie zuging.

»Du stehst alleine hier, darf ich dir was zu trinken besorgen?«

»Sekt, bitte schön«, verlangte sie in gebrochenem Deutsch. Am Akzent merkte er, dass sie Russin war. Er orderte eine Flasche und ließ sich zwei Gläser geben. Nachdem er ihr eingeschenkt hatte, schob er ihr einen Hocker zu. Sie nahm ihr Glas und nippte daran.

»Wie willst du es machen?«, war ihre nächste Frage.

»Nun warte doch ein wenig. Ich möchte dich erst kennenlernen.«

Robert wollte die Situation so lange wie möglich hinauszögern, um möglichst viel über sie zu erfahren. Dass sie eine Nutte war, verdrängte er prophylaktisch.

»Fürs Reden werde ich hier nicht bezahlt«, ließ sie vernehmen.

»Okay, wir können nach nebenan gehen.«

Sie nickte und erhob sich von ihrem Stuhl.

Das Mädchen führte ihn in ein kleines Zimmer, in dem ein französisches Bett stand. Ein überdimensionaler Spiegel bedeckte den Plafond. Als sie die Tür verschlossen hatte, zog sie sich aus. Unter ihrem Cat Suit trug sie lediglich einen Tanga, den sie sich ohne viel Getue abstreifte. Sie legte sich auf das Bett und sah in den Spiegel.

»Was ist?«, fragte sie irritiert, als er unentschlossen davor stand.

»Ach nichts, du bist einfach nur so unglaublich schön.«

Robert zog sich umständlich die Hose aus und ließ sie auf den Boden fallen. Vorsichtig legte er seine Hand auf ihre kleine Brust. Sie erschauerte ein wenig unter seiner Berührung, und ihre Muskeln versteiften sich. Weiter ließ sie sich nichts anmerken. Sie spreizte die Beine und zog ihn auf sich. Als er in sie eindrang, nahm er noch wahr, dass sie absolut nicht bereit war, aber ihn überkam eine solche Lust, dass er nicht darüber nachdachte.

Als er sich aus ihr zurückzog, bemerkte er, dass Tränen in ihren dunklen Augen glitzerten und ihre Wimperntusche zerstört hatten.

»Was ist los, war es nicht gut für dich?«

Sie sah ihn nur an und legte ihm den Zeigefinger auf die Lippen. »Nicht reden, bitte!«, waren ihre einzigen Worte. Robert schwieg und wollte sie nur im Arm halten. Ihre Haut war kalt wie flüssiger Sauerstoff. Vorsichtig streichelte er ihre nackten Arme. Ein paar Sekunden ließ sie sich diese Zärtlichkeit gefallen, dann stand sie auf und zog sich kommentarlos an. Ihre Bewegungen waren geschmeidig wie die einer Katze. Robert konnte seinen Blick nicht von ihr lassen.

Gerne wäre er noch mit ihr zusammengeblieben, doch sie verließ den Raum, ohne sich umzusehen. Robert war nicht böse auf sie, obwohl er eigentlich allen Grund dazu hatte. Schließlich bezahlte er gut und konnte sicher ein bisschen mehr für sein Geld erwarten. Doch irgendetwas faszinierte ihn an ihr. War es ihre kühle, abweisende Art, oder war es die Hilflosigkeit, die er in ihren Augen entdeckt hatte? Eines war ihm klar, freiwillig war sie nicht hier. Er beschloss, der Sache auf den Grund zu gehen. Noch nie hatte er sich um eine Nutte Gedanken gemacht, doch diese Russin stellte sein Innenleben auf den Kopf.

In der Nacht dachte er seit langer Zeit an die Frau, die ihm in seinen Kindertagen das Wertvollste gewesen war. Er bemühte sich, nicht mehr an seine Mutter zu denken, doch dieses feenhafte Mädchen brachte seine Erinnerung zurück. Er lag lange wach und sah in das Gesicht von Doris, die leise schnarchend neben ihm lag. Ihre pausbäckigen Wangen bliesen sich im immer wiederkehrenden Rhythmus ihres Atems auf, bevor sie dann laut schnaufend die Luft entweichen ließen. Wie hatte er sich von ihr nur so täuschen lassen können? Warum hatte er aber auch die Erstbeste genommen, die ihm über den Weg gelaufen war? Mit offenen Augen träumte er in der nächsten Zeit von der einzigen Frau, die ihn begeisterte. Er musste dieses Mädchen, das sich ihm als Nadja vorgestellt hatte, besitzen, für ewig.

ROBERT / 1997

Seit seinem ersten Besuch bei Nadja verschwendete Robert keinen einzigen Gedanken mehr an seine Familie. Dieses Mädchen ließ ihm keine Ruhe. Er war bereit, alles zu tun, um diesem engelhaften Wesen ein sicheres und ausgeglichenes Leben an seiner Seite zu ermöglichen.

Wenn er das erreichen wollte, dann musste er sein Leben von Grund auf ändern, und genau das hatte er vor. Er stand auf, duschte, und begab sich nach einem wortlosen Frühstück mit Doris auf Arbeitssuche.

Diesmal führte ihn sein Weg zu seinem alten Wohnheim, in dem er vor langer Zeit gelebt hatte. Der Leiter, Herr van Schrick, empfing ihn freundlich. Er stemmte gerade mithilfe eines jungen Mannes einen

schweren Schrank die Treppe hinauf.
»Hallo, mein Junge, wie schön, dich hier zu sehen. Wenn du ein bisschen Geduld hast, habe ich gleich Zeit für dich. Setz dich doch in die Kantine. Ich bin in einer halben Stunde bei dir, und dann erzählst du mir, wie es dir ergangen ist.«

Robert klopfte seinem Betreuer dankbar auf die Schulter, holte sich einen Kaffee und ließ sich an einem der Tische nieder. Er sah zum Fenster hinaus und dachte zurück an die Tage, die er hier verbracht hatte. Er hoffte, dass van Schrick ihm helfen konnte. Er sah Nadja bildhaft vor sich, und die quälende Sehnsucht nach ihr machte ihm zu schaffen. Er musste unbedingt Geld auftreiben, egal wie.

Ein paar Jungs, die anscheinend nichts Besseres zu tun hatten, lungerten Karten spielend an den Tischen herum. Als der Heimleiter kurz darauf in die Kantine kam, herrschte Stille. Die Jugendlichen zollten ihm Respekt. Er schob sich einen Stuhl zurecht und ließ sich rittlings darauf nieder. Sein Blick war streng.

»Was ist, Robert? Irgendwelche Probleme? Du siehst schlecht aus. Und der Bauch, der macht dich auch nicht schöner.«

Jens tätschelte kritisch den Speck über Roberts Gürtel.

»Also lass mich wissen, wo der Schuh drückt.«

Robert räusperte sich verlegen und suchte nach Worten.

»Es ist nicht alles so gelaufen, wie ich es mir damals vorgestellt habe. Ich brauche dringend einen Job.«

»Ich habe gehört, dass dein ehemaliger Chef verstorben ist. Tut mir echt leid, war ein feiner Kerl. Was hast du danach gemacht?«

Jens zündete sich eine Zigarette an.

»Ach, außer ein paar Gelegenheitsjobs konnte ich nichts aufreißen. Wer hat denn hier Arbeit für einen Schreiner? Du weißt selbst, dass hier der Hund begraben ist. Ich suche was Vernünftiges. Ich hoffe, dass du mir dabei helfen kannst.«

»Würde ich ja gerne tun, aber die Zeiten sind beschissen. Außer Arbeit in der Fabrik fällt mir auf Anhieb auch nichts ein. Aber was ist denn mit der alten Schreinerei? Soviel ich weiß, steht die doch leer. Vielleicht kannst du mit der Witwe reden, und sie lässt dich dort arbeiten. Ein paar Aufträge könnte ich dir besorgen, daran soll es nicht scheitern. Hast du schon an so etwas gedacht? Ist zwar nicht einfach, aber einen Versuch ist es wert.«

Jens zog an seiner Zigarette.

»Was machen eigentlich deine Frau und deine Tochter? Du hast doch ein Mädchen, nicht wahr?«

»Ach, hör auf. Mit denen habe ich mir keinen Gefallen getan. Die beiden haben mein ganzes Leben verpfuscht. Ich hätte mir niemals träumen lassen, dass eine Frau mich so runterziehen kann, und Kinder waren nie meine Sache. Eigentlich bereue ich alles, was ich bisher gemacht habe. Doch der Gedanke an einen Neuanfang gefällt mir.«

»Ja, stimmt, du hast ja die Tochter des alten Neukirchen geheiratet, der oben auf der Höhe den Hofladen hat. Von der hat man nichts Gutes gehört. Wurde oft als die Matratze von Kyllburg bezeichnet. Ist fast mit jedem ins Bett gegangen, dem es nicht gelang, rechtzeitig den langen Schuh zu machen. Unglaublich, dass sie es geschafft hat, dich an sich zu binden. Da hätte ich dir Besseres gegönnt. Aber es ist so, wie es ist. Eine Familie muss versorgt werden, und zumindest muss dir doch deine Tochter am Herzen liegen.«

Robert nickte unentschlossen. Er hatte nicht vor, seinem ehemaligen Betreuer alle Details auf die Nase zu binden. Erst recht nicht, dass er vorhatte, das Herz einer Nutte zu gewinnen.

»Du hast recht, ich werde über deinen Vorschlag nachdenken. Am besten gehe ich heute noch zu der Witwe und frage sie. Danke auf jeden Fall, war schön, mit dir zu quatschen.«

»Keine Ursache, und lass dich nicht unterkriegen. Denk daran, dass du die Verantwortung für ein Kind hast. Dazu solltest du stehen, und hör mit dem Saufen auf.«

Jens drückte im Aufstehen die Hand von Robert.

»Du weißt, ich habe es stets gut mit dir gemeint, und man sieht, dass du gern trinkst.«

»Geht klar, ich werde es mir merken. Bis bald.«

Robert beschloss, den Ratschlag zu beherzigen. Voller Optimismus wollte er sein neues Leben beginnen, auch wenn er den Appell an seine Verantwortung nicht hören wollte.

Die alte Schreinerei war sein nächstes Ziel. Elisabeth, die Witwe, empfing ihn herzlich, musterte ihn jedoch ebenso kritisch wie Jens van Schrick. Bange fragte sie:

»Was ist denn aus dir geworden?«

»Ach, was soll schon aus mir geworden sein? Seit Jürgens Tod habe ich den Halt verloren. Wir waren eine so eingeschworene Gemeinschaft. Ich habe seinen Tod nie verkraftet. Seitdem geht alles schief. Wie sehr wünschte ich mir die alten Zeiten zurück!«

Elisabeth zog Robert in die Küche.

»Komm, mach mir die Freude und setz dich zu mir.«

Wie selbstverständlich holte sie ein zweites Gedeck aus dem Schrank und füllte ohne zu fragen Roberts Teller mit Bratwurst, Kartoffeln und frischem Gemüse.

»Du hast doch sicher Hunger, oder nicht?«

Er aß schweigend, während Elisabeth ihn beobachtete.

Erst, als er sich gestärkt hatte, brachte er den Mut auf, mit seinem Vorhaben herauszurücken. In einigen wenigen Sätzen schilderte er seinen Wunsch, in der verlassenen Schreinerei zu arbeiten. Doch entgegen seiner Befürchtungen war Elisabeth begeistert von seiner Idee.

»Das wäre wunderbar, wenn hier wieder Leben in die Werkstatt käme. Wenn Jürgen diesen Moment erleben könnte, der würde aufspringen vor Freude. Für ihn wäre es das Tollste, was er sich vorstellen könnte, wenn ausgerechnet du sein Lebenswerk fortführen würdest. Und ich wäre nicht mehr so allein. Wenn du hier arbeiten würdest, könnte ich mittags für dich kochen. Ich wäre tatsächlich glücklich über diese Lösung. Seit Jürgens Tod kann ich für niemanden mehr sorgen.«

Die Höhe der Miete würde sich nach seinem Gewinn richten. Elisabeth war nicht anspruchsvoll. Ihr ging es mehr um die Sache selbst, als um pekuniäre Belange.

Als Robert am Abend neben Doris lag, sah er einen Lichtblick am Horizont. Mit ein bisschen Glück würde er genug Geld verdienen und die Möglichkeit haben, seine Nadja, von der er mittlerweile besessen war, für sich zu gewinnen. In den nächsten Tagen würde er seine letzten Kröten zusammenkratzen und ihr einen Besuch abstatten.

Darja, alias Nadja, plagten jedoch zu dieser Zeit andere Sorgen. Sie hatte keinen Gedanken mehr an den jungen Mann verschwendet, den sie so beeindruckt hatte. Ihre Gedanken drehten sich nach wie vor um Oleg, den Mann, der sie verraten und verkauft hatte. Sie wusste nicht, wie sie aus dieser Situation jemals wieder herauskommen sollte. Sie besaß weder einen Pass, noch genug Geld, um aus dem »Paradies« zu fliehen. Das Wenige, was Rosie ihr hin und wieder zukommen ließ, reichte gerade für ein paar Kleinigkeiten, und in dem Umschlag, den Oleg ihr gegeben hatte, war nichts außer Papier gewesen. Nur ganz oben lag eine Ein-Dollar-Note – so hatte er den Eindruck erweckt, sie könne ihm vertrauen. Tränen der Wut stiegen in ihr hoch, als sie daran dachte, wie Rosie ihr den Umschlag gegeben hatte. Wo sollte sie hin? Sie kannte niemanden hier. Die Mädchen, die hier mit ihr arbeiteten, waren ihr fremd. Sie kamen aus verschiedenen Ländern, und die Verständigung war denkbar schlecht. Eine Freundin hatte sie unter ihnen nicht gefunden.

KOMMISSAR MICK LEHMINGER 2007

Selbst wenn man schleicht, erreicht man irgendwann sein Ziel – sogar noch vor der Spurensicherung. Die junge Frau saß auf ihrem Designersofa und nippte an einer Tasse Tee. Sie zitterte und blickte starr vor sich hin. Sie war es, die das Skelett auf dem Dachboden entdeckt hatte. Mein

Gott, was war das Mädchen wegen der paar Knochen aus dem Häuschen! Nur gut, dass es keine frische Leiche war.

»Erzählen Sie, wie Sie das Skelett gefunden haben«, bat Mick.

»Was soll ich da erzählen? Ich wollte meine Koffer auf den Dachboden bringen, da stand ich plötzlich vor ihr. Von der Leiche sind nur noch die Knochen übrig. Es war furchtbar. Wieso muss so etwas ausgerechnet mir passieren? Ich heiße übrigens Josy.«

»Mick. Mick Lehminger, Kripo Trier. Regen Sie sich nicht unnötig auf. Wenn der oder die Tote nur noch aus Knochen besteht, muss dieser Vorfall Jahre zurückliegen. Ich werde jetzt erst einmal dort oben nachsehen. Sie bleiben bitte hier. Ach ja, wenn die Leute von der Spurensicherung kommen, schicken Sie sie bitte rauf.«

Bevor Mick den Aufstieg in Angriff nahm, genehmigte er sich noch einen Schluck aus seinem Flachmann, den er bei sich trug.

Die alte Holzleiter war noch heruntergelassen. Diese Josy hatte also fluchtartig die obere Etage verlassen. Gut, das war ihr nicht zu verdenken. Das Skelett war schwer auszumachen, kein Wunder, dass es so lange niemand entdeckt hatte. An den knöchernen Füßen hingen die Reste brauner Lederstiefel, deren Farbe allerdings nur noch mit viel Fantasie auszumachen war. Die Stiefel hatten relativ hohe Absätze, also schien es sich um eine Frau zu handeln, folgerte er daraus. Um ihn herum war es dämmrig und stickig. Überall lagen Unrat und Dinge, die seit Jahren vor sich hingammelten.

Als er die Treppe herunter kam, standen drei Männer in Plastikoveralls im Hausflur und hörten sich die Erklärungen von Josy an.

Mick kannte alle und begrüßte sie mit einem kurzen Nicken.

»Eher was für Archäologen, als für euch Blindgänger.«

»Bevor du wieder abhaust, vergiss nicht, ich habe dir gestern einen Fünfziger geborgt.«

Das hatte Mick tatsächlich vergessen. Widerwillig zog er seine Geldbörse und gab dem Kollegen das Geld.

»Den hatte ich eigentlich schon abgeschrieben«, lachte der und verschwand in Richtung Speicher.

»So, aber jetzt beginnt unsere Arbeit. Wir werden uns erst einmal oben umsehen«, wandte er sich an Josy.

Der Kommissar ging zu seinen Kollegen auf den Speicher. Die hatten sich schon ein erstes Bild gemacht und den Schauplatz in grelles Scheinwerferlicht getaucht. Wolfgang Ramrath, der Gerichtsmediziner, hatte sich über die Leiche gebeugt und mit den ersten Untersuchungen begonnen.

»Hallo Wolle! Erkenntnisse?« Mick klopfte dem Mediziner im Vorbeigehen auf die Schulter, bevor er selbst in die Hocke ging.

»Ach, der Lehminger, lange nichts gehört. Geht's gut?«
»Alles im grünen Bereich. Wie sieht es aus?«
»Schwierige Situation. Der Tod ist vor Jahren eingetreten. Bei der Toten handelt es sich um eine jüngere Frau. Sie hat zwar ein schmales Becken, aber trotzdem, ich behaupte, die Leiche ist weiblich. Keine Abnutzung des Knochengerüstes an den exponierten Stellen. Slawische Wangenknochen, was heutzutage nichts sagen muss. Wir werden das übliche Prozedere durchführen. Nach einer Kontrolle mit Luminol wissen wir mehr.«
»Kann man schon sagen, ob das auch der Tatort ist?«
»Vermutlich nicht. Der Kollege hat alte Schleifspuren auf dem Holzboden ausgemacht. Sehr wahrscheinlich hat man sie post mortem hergebracht. Nach genauer Inspektion des ganzen Hauses wissen wir mehr. Nach so langer Zeit allerdings ...«
Der Mediziner hatte sich erhoben.
»Gott, ist das warm unter dem Dach«, er öffnete den Reißverschluss seines Overalls.
»Ich kann hier nichts mehr tun. Werde mich mal um die Frau kümmern. Sie scheint mir durch den Wind zu sein.«
Breitbeinig stieg Mick die schmalen Stufen hinunter. So fit wie früher war er nicht mehr. Vor ein paar Jahren hätte er diese Treppe in zwei Sätzen genommen.
Josy saß immer noch wie angewurzelt auf ihrem Platz, als er das Wohnzimmer betrat und sich ihr gegenübersetzte.
»Ich werde jetzt, wenn Sie einverstanden sind, Ihre Personalien aufnehmen und Ihnen ein paar Fragen stellen.«
Er zückte seinen Block, und Josy nickte. Wie konnte eine Frau nur solch wundervolles Haar haben? Bewundernd sah er auf ihre wallende, lockige Mähne. Doch er wusste auch, dass bei rothaarigen Frauen Vorsicht geboten war. Sie neigten zur Hysterie und manchmal auch zum Jähzorn. Das hatte er sich auf jeden Fall so sagen lassen.
Bereitwillig erzählte Josy ihm den Hergang des heutigen Tages. Ein Blick auf ihre Knie zeigte ihm, wie sehr sie doch mitgenommen war. Sie hatte ihre Füße zwar fest auf den Boden gesetzt, trotzdem konnte sie ein Zittern der Beine nicht verbergen.
Nach einer Stunde wusste er alles, was er wissen musste. Sie hatte ihm viel erzählt, doch kaum etwas von Belang für seine Ermittlungen. Geduldig hatte er ihren Wortschwall über sich ergehen lassen.
»Was soll ich tun? Ich kann und ich will hier nicht bleiben.«
Josy sah ihn Hilfe suchend an. Sie schien Angst zu haben.
»Sie brauchen sich nicht zu fürchten. In wenigen Stunden wird das Skelett abtransportiert, und alles wird sein wie zuvor. Uns ist klar,

dass Sie mit der Sache nichts zu tun haben, aber halten Sie sich bitte für eine weitere Befragung bereit. Der Tod der jungen Frau liegt wahrscheinlich zehn Jahre oder noch länger zurück.«

»Werden Sie mich über den Fortgang der Ermittlungen in Kenntnis setzen? Schließlich möchte ich wissen, um wen es sich bei dem Opfer handelt, und auch die Todesursache würde mich interessieren.« Josy hatte sich erhoben, um den Kommissar zu verabschieden.

»Selbstverständlich werde ich anrufen, sobald ich etwas weiß.«

DARJA, DEUTSCHLAND / 1997

Darja wusste genau, worauf es ankam. Sie musste jemanden finden, der ihr zur Flucht verhalf. Sie wollte, nein, sie musste raus aus diesem Drecksloch. Immer wieder grübelte sie, wie sie jemanden dazu überreden könnte, ihr zu helfen. Noch nie hatte man davon gehört, dass eines der Mädchen hier bei Rosie so eine Bekanntschaft gefunden hätte und so aus diesem Puff entkommen wäre. Ab und zu fand man einen übel zugerichteten Restkörper auf Müllkippen – vermutlich stand auch ihr so ein Ende bevor. Sie war bereits so ausgebrannt, dass sie bei diesem Gedanken nicht traurig wurde, geschweige denn, dass ihr die Tränen kamen.

Man wachte hier mit Argusaugen über jede Bewegung der Mädchen. Lediglich, wenn sie ein neues Outfit für ihren Job benötigten, durften sie in Begleitung von Rosie in die Stadt. Aber das war bisher bei Darja nur ein einziges Mal vorgekommen. Bei diesem kurzen Ausflug konnte sie nicht einmal feststellen, wo genau sie sich befand. Sie sprach nur wenig Deutsch, und niemand beherrschte Russisch. Zwar waren zwei ihrer Kolleginnen auch russischer Herkunft, aber ein allzu enger Kontakt zwischen den Mädchen wurde nicht geduldet. Sie standen unter ständiger Beobachtung, und es wurde sofort eingegriffen, wenn zwei Frauen sich mehr als nur ein paar belanglose Worte zu sagen hatten.

Es gab zwei Männer im Hintergrund, die alles im Griff hatten. Es waren Typen der übelsten Sorte, behangen mit teuren Schmuckstücken und tätowiert bis unter den Haaransatz. Überfüttert mit Anabolika ließen sie unter ihren dünnen Shirts die Muskeln spielen. Darja verachtete sie abgrundtief. Bisher hatten sie sie in Ruhe gelassen. Es hieß, solange sie ihren Job machen würde, hätte sie nichts zu befürchten. Sie wäre das beste Pferd im Stall. Das gewährte ihr Schutz.

Ruckartig setzte sie sich im Bett auf, als ihr eine Idee kam. Sie öffnete den Kleiderschrank und stieß auf ihre braunen Lederstiefel, die Rosie ihr beim letzten Besuch in der Stadt gekauft hatte. Vorsichtig stach sie mit dem kleinen Messer, das noch vom Abendessen auf dem Tisch lag, ein winziges Loch in das hellbraune Innenfutter, direkt unterhalb des Stiefelschaftes. Gerade so groß, dass sie mit dem kleinen Finger hineinlangen konnte. Sie nahm die Serviette vom Teller und riss ein kleines Stück davon ab, bevor sie mit klammen Fingern den Kuli aus der Handtasche zog.

»Bitte, finden Sie Olga Saizewa aus Sormova, Russland, verschwunden im April 1997 in Polen«, schrieb sie in ungelenken Buchstaben auf den kleinen Papierfetzen, bevor sie diesen zusammenrollte und vorsichtig in die präparierte Öffnung des Stiefels schob. Sie drückte den Stoff mit der Messerspitze wieder unter die Naht und betrachtete ihr Werk.

»Ausgezeichnet, man kann nichts sehen«, sprach sie sich Mut zu. Nachdem sie alles wieder an Ort und Stelle verstaut hatte, ließ sie sich auf das knarrende Bett fallen. Irina war tot. Daran zweifelte sie nicht.

Tage später kam Robert in die Bar. Ihr fiel auf, wie er sie anstarrte. Beim zweiten Hinsehen erkannte sie ihn, ihre Erinnerung war keineswegs angenehm. Schließlich war er einer der Freier, deren einziges Kommunikationsmittel der Schwanz war. Sie hatte gehofft, noch eine Weile Ruhe zu haben. Doch er setzte sich auf den Hocker neben sie.

Widerwillig drehte sie sich um und blickte ihm direkt in die Augen. Er sagte zunächst nichts, sah sie nur eindringlich an.

»Was ist, willst du Liebe machen oder nur schauen?«, fragte sie in holprigem Deutsch. Der junge Mann war unsicher. Rosie hatte bereits eine Flasche Sekt mit zwei Gläsern auf die Theke gestellt. Darja goss die Gläser voll, schließlich musste sie die Kunden nicht nur zum Vögeln, sondern auch zum Saufen von teuren Getränken animieren.

Robert hob sein Glas und prostete ihr zu. Sie nippte nur. Alkohol war nicht ihr Ding. Die besoffenen Kerle verlangten oft Dinge von ihr, von denen sie noch nie gehört hatte. Es gab keine Körperöffnung, die bei diesen Monstern tabu war.

»Ich will heute nicht mit dir schlafen«, erklärte Robert. Darja verstand nicht, was er damit meinte.

»Was ist los?«, fragte sie und musterte ihr Gegenüber ungläubig.

»Ich will nur reden mit dir. Verstehst du? Nur sprechen.«

Robert war entschlossen, das Vertrauen von Darja zu gewinnen.

»Komm, lass uns in ein Zimmer gehen, wo wir beide alleine miteinander sein können.«

Robert sah Darja aufmunternd an und war gerührt von ihrem hilflosen Blick. Schließlich zuckte sie mit den Schultern, erhob sich und zog Robert an der Hand hinter sich her. Während Robert in der Tür stehen blieb, zündete sie ein paar Kerzen an.

»Wirst schon in Stimmung kommen«, meinte sie, indem sie ihr kurzes Röckchen öffnete und über ihre langen Schenkel nach unten zog. Sie trug nur noch einen schwarzen Stringtanga und hatte ihre weiße Bluse bereits geöffnet, sodass er ihre kleinen Brüste sehen konnte. Mit der rechten Hand versuchte sie, seine Hose zu öffnen. Seine Erregung war offensichtlich, und sie hoffte wie beim letzten Mal auf ein schnelles Geschäft, damit sie sich wieder an der Bar niederlassen konnte. Doch Robert schien es nicht eilig zu haben. Er nahm ihre Hände und legte sie auf seine entblößte Brust. Dabei sah er sie nur an und streichelte ihr leicht über die Oberarme. Darja war irritiert von seiner Zärtlichkeit, doch dafür hatte sie eigentlich nichts übrig – nicht hier im Puff. Sie wollte es nur so schnell wie möglich hinter sich bringen.

»Was ist, willst du Liebe oder nicht?«, drängte sie gereizt.

»Ja schon, aber nicht so, wie du denkst. Heute möchte ich nur mit dir reden. Komm, wir legen uns hin, und du erzählst mir etwas aus deinem Leben. Ich möchte alles über dich wissen.«

Robert ließ sich auf die Felle fallen und zog Darja zu sich.

»Ich werde nicht fürs Reden bezahlt«, ließ sie ihn wissen und legte sich trotzdem bereitwillig hin.

»Heute schon. Mach dir keine Sorgen. Ich habe genug gezahlt, und was wir beide miteinander treiben, geht schließlich keinen was an.«

»Was soll ich sagen?«

Darja wurde ungeduldig. Sie würde Ärger bekommen.

»Wo kommst du her, Nadja?«, wollte Robert wissen.

»Russland.«

»Hab ich mir gedacht, aber von wo? Wie bist du hier gelandet?«

»Ich darf darüber nicht sprechen, also was willst du von mir?«

»Du kannst mir alles sagen. Ich verspreche dir, niemand wird etwas von mir erfahren. Vertrau mir!«

»Warum willst du so viel wissen?«

Darja war von ihm abgerückt. Sie hatte den Kopf in ihre Hand gestützt und sah ihn an.

»Du gefällst mir, und ich möchte an deinem Leben teilhaben und dich nicht nur benutzen. Das heißt nicht, dass ich nicht gerne mit dir schlafen würde, doch das ist nicht so wichtig. Du kannst mir glauben, dass ich dir nichts Böses will. Wenn ich kann, werde ich dir helfen.«

»Helfen? Wobei denn? Mir kann keiner helfen.« Darja sah Robert verzweifelt an, und plötzlich schimmerten Tränen in ihren Augen. Robert nahm sie in den Arm. Sie ließ es zögernd geschehen.

»Was willst du von mir? Männer sind alle gleich.«

»Nein, glaub mir, wenn du unfreiwillig hier bist, werde ich mich um dich kümmern. Mir wird etwas einfallen, wenn du es auch willst.«

»Warum soll ich dir glauben?« Darja hatte mittlerweile heftig zu weinen begonnen, und Robert strich unbeholfen über ihren Rücken.

»Ich habe mich beim ersten Mal in dich verliebt, Nadja. Wenn du es willst, hole ich dich hier raus. Du musst mir bloß Zeit lassen.«

»Du meinst es ehrlich, ohne mich zu kennen? Wie willst du wissen, was Liebe ist?«

»Glaub mir Nadja, ich spüre genau, wie unglücklich du bist. Ich habe es schon bei meinem ersten Besuch bemerkt. Du musst mir vertrauen. Ich werde dich von jetzt an regelmäßig besuchen, und wenn ich genug Geld zusammen habe, werde ich dich freikaufen. Wie hört sich das an? Ich kann für dich sorgen, und wenn du mich auch ein bisschen magst, können wir zusammen leben. Ich kann es mir auf jeden Fall vorstellen.«

Robert hatte ihr ein Taschentuch gereicht, und sie putzte sich umständlich die Nase und trocknete ihre Tränen.

»Gut, ich versuche, dir zu glauben. Jetzt musst du gehen. Komm wieder, wenn du es ehrlich meinst. Sonst bleib weg.«

Robert musste lächeln, als sie ihn so entschlossen ansah.

»Ich komme bald wieder. Halte durch bis dahin! Ich hoffe, es dauert nicht zu lange, bis ich eine Möglichkeit für uns gefunden habe.«

Er nahm ihren Kopf in die Hände und küsste sie sanft auf den Mund, bevor er sich erhob und das Zimmer verließ.

Darja blieb noch eine kurze Zeit nachdenklich sitzen. Erst als Rosie laut an die Tür klopfte, erwachte sie aus ihrer Lethargie.

»Was ist, Nadja? Beeil dich. Ausruhen kannst du dich heute Abend, wenn der letzte Kunde gegangen ist.«

DARJA UND ROBERT / DEUTSCHLAND / 1997

Auf dem Heimweg verspürte Robert eine bislang nie gekannte Euphorie. Er war besessen von der Idee, dieses Mädchen für sich zu gewinnen. Alle seine Gedanken rankten sich ausschließlich um sie. Aber wie er es auch drehte und wendete, er brauchte Zeit – und Geld. Seine Besuche bei der Russin waren teuer. Einerseits würde er gerne jeden Tag bei ihr sein, andererseits benötigte er die Kohle für Nadjas Befreiung. Vorsichtig hatte er sich in der Szene umgehört, welche Ablösesummen die Zuhälter verlangten – vorausgesetzt, sie waren bereit, ein Mädchen gehen zu lassen. Unter der Hand wurden ihm Beträge von 20.000 Mark und mehr genannt. Es würde eine Ewigkeit dauern, bis er so viel Geld zusammen hatte, und er musste höllisch aufpassen, dass er von den Luden nicht über den Tisch gezogen wurde. Es war kein Geheimnis, dass bei derartigen Geschäften Fair Trade ein Fremdwort war. Dann wäre er nicht nur sein Geld, sondern auch das Mädchen los, und er würde sich – wenn er diesen Deal überhaupt überlebte – irgendwo zusammengeschlagen wieder finden.

Daran wollte er im Moment nicht denken. Zu Tode gefürchtet, ist auch gestorben. Sein oberstes Ziel musste es sein, das Geld zu besorgen. Dann konnte er mit den Männern in Verbindung treten. Bis dahin durfte keinesfalls irgendjemand von den Plänen wissen.

Trotz dieser Schwierigkeiten war ihm leicht ums Herz, als er aus dem Bus stieg. Schließlich hatte sie sein Angebot nicht abgelehnt. Er deutete ihre Zustimmung als den Beginn einer wunderschönen Zeit. Das erleichterte das ganze Vorhaben.

Als er die Haustür aufschloss, hörte er schon auf dem Flur den Fernseher. Es war früher Nachmittag, und es bot sich ihm der vertraute Anblick. Doris lag angesäuselt auf dem Sofa, vor ihr salutierte eine Batterie Bierflaschen. Sie schlief, und ihr Mund stand offen. Ein kräftiger Hauch von Bier sowie kalter Zigarettenrauch aromatisierten den Raum. Sie trug eine einst hellblaue, schmuddelige Leggins mit knallrotem T-Shirt, auf dem die Reste des letzten Essens klebten. Ihre ausgeprägten Milchdrüsen hoben sich unter ihren Atemzügen. Das T-Shirt war hochgerutscht und gab den Blick auf einen schwammigen Bauch frei. Ihm wurde übel. Man sollte sie aus dem Weg schaffen. Wenn man ihm aber auf die Schliche käme, würden sich seine Pläne mit Nadja in Luft auflösen. Er war bereits in Versuchung gekommen, ihr ein Kopfkissen auf die Visage zu drücken, so lange, bis der letzte Funken Leben in ihr erlosch.

Er ließ sich auf den Sessel fallen und zog die Schuhe aus. Als er diese lustlos in die nächste schmutzige Ecke warf, wurde Doris wach. Aus verschleierten Augen sah sie ihn an.

»Wo warst du?«, fragte sie. Er hatte keine Lust, zu antworten.

»Wo bist du gewesen, habe ich gefragt?«, rügte sie ihn.

»Was geht es dich an? Du interessierst dich doch sonst auch nicht dafür, woher die Kohle kommt, die du versäufst.«

»Da meldet sich der Richtige! Das Bier von gestern ist weg.«

Sie griff nach einer Zigarette.

»Wie wäre es, wenn du Rauchen und Saufen endlich einstellen würdest? Ich erwarte von dir, dass du, wenn du schon sonst nichts tust, wenigstens sparsamer lebst.«

Robert dachte an das ganze Geld, was er ohne sie sparen würde.

»Ach leck mich am Arsch. Kümmere du dich um deinen Kram.«

Doris blies den Rauch heftig durch die Nase und griff nach dem Öffner, um eine Flasche zu öffnen. Nachdem sie den ersten langen Schluck genommen hatte, griff sie nach der Fernbedienung und zappte sich gelangweilt durch die Programme.

Robert schüttelte den Kopf. Er musste hier schnell raus.
Seine Sehnsucht nach dem russischen Mädchen wurde intensiver und stieg ins Unermessliche.
An einem Samstagmittag hielt er es nicht länger aus. Sorgsam verstaute er sein letztes Geld in der Jackentasche, als er sich auf den Weg machte. Zumindest das Geld für den Bus wollte er sparen. Auf der langen Strecke über die Felder zermarterte er sich den Kopf, wie er seine Situation ändern könnte, aber es war einfach keine Lösung in Sicht. So sehr er auch grübelte, es blieb bei lächerlichen 200 Mark.
Als er im »Paradies« ankam, empfing ihn Rosie erfreut.
»Was ist, Robert? Lust auf unsere Nadja?« Robert nickte nur.
»Ich muss dich leider enttäuschen. Nadja hat einen Gast, und das kann länger dauern. Er hat sie für zwei Stunden gebucht.«
Robert wich alle Farbe aus dem Gesicht. Der Gedanke an einen anderen Mann machte ihn rasend. Er stellte sich vor, was die beiden gerade miteinander machten, und diese Vorstellung erfüllte ihn mit Wut. Mit der Faust schlug er gegen die Holzverkleidung der Bar. Immer und immer wieder, so lange, bis seine Knöchel bluteten.
»Nun mach mal halblang. Das Mädchen gehört dir schließlich nicht. Sie hat einen Job zu erledigen und kann sich ihre Kunden nicht aussuchen. Wir haben auch andere Mädchen. Wie wäre es mit Eva? Schau, sie steht da drüben und ist genauso scharf.«
»Ich denke gar nicht daran. Ich werde auf Nadja warten.«
Er rieb sich die schmerzenden Knöchel und versuchte mühsam, seine Wut in den Griff zu bekommen.
»Gut, wenn du unbedingt willst, dann warte eben. Aber verhalte dich ruhig, sonst muss ich dich rauswerfen. Ich werde dir einen Drink mixen, und du hältst in der Zeit den Ball flach. Ich hoffe, wir haben uns verstanden. Beim nächsten Mal rufst du vorher an. Dann kann ich dir dein Mädchen reservieren.«
Er ließ sich den Drink kommen und wartete.
»Schön, dass du da bist«, flüsterte sie ihm ins Ohr, und alle seine Bedenken waren ausgelöscht. Sie hatte wie er dem Wiedersehen entgegen gefiebert. Sie nahm sein Glas und führte ihn in einen Raum, in dem in der Mitte ein kleiner Whirlpool eingelassen war.
»Komm, lass uns zusammen ein Bad nehmen.«
Sie streifte den hautengen Anzug wie eine zweite Haut vom Körper. Als sie so vor ihm stand, konnte Robert alles um sich her vergessen. Mit spitzen Fingern öffnete sie ihm Hemd und Hose, faltete seine Sachen und legte sie über eine Stuhllehne. Dann stieg sie voran in das Wasser. Robert ließ sich neben ihr nieder und berührte vorsichtig ihre Schenkel, bevor er seinen Kopf in ihren Haaren vergrub.

»Ich habe lange gewartet«, beschwerte sie sich.
»Wann machst du Versprechen wahr?«
»Schon bald. Wie ich es dir versprochen habe.«
Sie drückte ihren Körper nahe an den seinen, und sein Blut rauschte im Kopf, als er sie im Wasser an sich zog und vorsichtig in sie drang. Diesmal war sie bereit für ihn, und er vergaß alle Vorsichtsmaßnahmen. Die Packung mit den Kondomen lag unangerührt neben dem Pool, aber das war ihm egal. Auch sie schien sich darüber keine Gedanken zu machen, denn sie warf den Kopf in den Nacken und gab sich ganz seinen immer schneller werdenden Bewegungen hin.

Aufgewühlt betrat er in dieser Nacht sein Haus, und es kam zu dem Vorfall, den er eigentlich hatte vermeiden wollen. Doris empfing ihn im Nachthemd und überhäufte ihn mit Vorwürfen über sein spätes Nachhausekommen. Als sie immer weiter keifte und ihm keine Ruhe ließ, schlug er zu. Die Nase von Doris war nicht mehr ganz im Lot, und ein Zahn hatte seine Stellung aufgegeben. Nicht, dass er bis dahin ein zart besaiteter Mann gewesen wäre, aber an ihr hatte er sich noch nie vergriffen. Doch jetzt gingen ihm einfach die Nerven durch. Er schlug immer und immer wieder zu, bis sie laut wimmernd auf dem Sofa lag. Sie drohte ihm mit der Polizei, und er konnte sie nur mit Mühe und Not davon abbringen. Das war knapp gewesen.

»Es tut mir leid, ich verspreche dir, dass so etwas nie wieder vorkommen wird. Aber wenn ich sehe, wie du dich jeden Tag mehr gehen lässt, macht mich das wütend. Sieh dir an, was aus dir geworden ist! Kein Wunder, dass einem da die Sicherung durchbrennt.«

Doris hob schniefend den Kopf und sah schuldbewusst drein.
»Du hast ja recht, es wird Zeit, dass wir beide uns ändern. Schließlich haben wir uns doch einmal geliebt, und ich liebe dich immer noch. Sag, dass es auch bei dir so ist!«
»Natürlich liebe ich dich auch.«

Diese Worte kamen ihm schwer über die Lippen, und er streichelte ihren Atombusen mechanisch. Sie war zahm und drängte sich an ihn.
»Komm, lass uns miteinander schlafen«, forderte sie ihn auf und zog ihn an der Hand ins Schlafzimmer.

»Mein Gott, was für eine Situation«, dachte er nur noch, bevor sie ihren schweren Körper über ihn schob. Doch so sehr ihre Zunge sich auch wand, der Schwellkörper streikte beharrlich. Er war zu keiner Regung fähig, obwohl Doris nichts unversucht ließ. Schließlich gab sie ihre Bemühungen auf und sah ihn traurig an.

»Wenn ich abnehme, wird es dann zwischen uns wieder so sein wie früher?« – Er sah ihren bangen Blick, und sie tat ihm leid.

»Ich denke schon«, konnte er nur noch frustriert antworten, bevor er sich demonstrativ zur Seite drehte und sie zum Teufel wünschte. Aber er war froh, sie heute Abend besänftigt zu haben. Er durfte sich nie wieder so gehen lassen, sonst würde sich seine Situation noch verschlimmern. Der Druck im Schädel verstärkte sich, und er lag noch viele Stunden lang grübelnd da, während Doris längst eingeschlafen war und ihren Schenkel besitzergreifend über seine Hüfte gelegt hatte.

Für einen weiteren Besuch bei Darja fehlte es an allen Ecken. So sehr er sich auch bemühte, er brachte nicht einmal die 200 Mark für einen Abend mit ihr zusammen, geschweige denn eine größere Summe. Er bat Rosie um einen Kredit, doch die hatte ihn abserviert.

»Ohne Moos nix los«, beschied sie ihm knapp, bevor sie ihn freundlich, aber bestimmt zur Tür schob. Dort stand er noch einige Minuten im Regen. Er war nass bis auf die Haut, und sein Hass auf diese verdammte Situation raubte ihm den Verstand. Mit zusammengeballten Fäusten war er nach Hause gegangen und hatte sich ein paar Stunden in der Garage eingeschlossen.

Vergeblich wartete Darja auf ein Lebenszeichen von ihrem Retter. Eines Tages geschah, womit sie am wenigsten gerechnet hatte. Ihre Periode blieb aus. Zuerst hatte sie sich nichts dabei gedacht. Ihr Körper bereitete ihr nach den schweren Verletzungen in der besagten Nacht noch häufig Schmerzen und Blutungen. Doch diesmal war alles anders. Sie spürte es einfach. Ihre Brüste spannten, und die Berührung eines Kunden war ihr noch unangenehmer als sonst. Ihre Befürchtungen beunruhigten sie. Nachts wälzte sie sich schlaflos in den Kissen. Eine Schwangerschaft war die schlechteste Voraussetzung für ihre Pläne, auch wenn sie es sich eigentlich ganz gut vorstellen konnte, irgendwann einmal Mutter zu werden. Sie überlegte, wie das passiert sein konnte. Ihr fiel das letzte Zusammensein mit Robert ein. Sie erinnerte sich daran, dass sie kein Kondom benutzt hatten, obwohl das in ihrem Gewerbe oberstes Gebot war. An diesem Tage hatte sie sich darüber keine Gedanken gemacht, zumal sie ihrem geschundenen Körper niemals eine Schwangerschaft zugetraut hätte.

Nachdem sich auch in den nächsten Tagen keine Blutung einstellte, gelang es ihr, ein Mädchen zu überreden, ihr bei einem Besuch in der Stadt einen Schwangerschaftstest zu besorgen. Unter dem Vorwand, Kopfschmerztabletten zu kaufen, hatte die Kollegin tatsächlich einen Test ergattert und ihn unter ihrer Jacke zu Darja geschmuggelt. Eine Heldentat, denn Rosie war in der Nähe gewesen. Darja hoffte auf die Verschwiegenheit der jungen Dänin. Sie ahnte, dass man sie zur Abtreibung zwingen würde, falls ihr nicht Schlimmeres drohte.

Juni war es geworden, und Darja hatte Robert sechs Wochen lang nicht mehr gesehen. Sie konnte sich nicht erklären, warum er nicht mehr kam. Doch war er ihre einzige Hoffnung, und so klammerte sie sich an den Gedanken, dass er an einer Möglichkeit arbeitete, ihre Befreiung vorzubereiten. Einmal hatte Rosie durchblicken lassen, dass er nach ihr gefragt hatte.

Nun stand sie da und hielt das weiße Stäbchen des Schwangerschaftstests unschlüssig in ihren Händen. Ihr fehlte der Mut, das Unheil bringende Teil in den bereitstehenden Urin zu tauchen. Schließlich hielt sie es nicht länger aus. Sie musste Gewissheit haben. Während sie bang zwischen Armbanduhr und Stäbchen hin und her blickte, färbte sich eines der Testfelder langsam, aber sicher in ein zartes Blau. Schon bevor die Zeit abgelaufen war, konnte sie das Ergebnis ablesen. Sie war schwanger. Mit zitternden Händen ließ sie noch den Rest der fünf Minuten verstreichen, aber an dem Resultat änderte sich nichts. Sie warf sich auf ihr Bett und weinte bitterlich. Wie viel Unglück musste sie eigentlich noch ertragen? Sie starrte die Zimmerdecke an und überlegte, wie es jetzt weitergehen sollte. Nach ein paar Stunden beschloss sie, zunächst einmal abzuwarten. Unbedingt musste sie Robert über die Tatsache der Schwangerschaft informieren. Sie wusste zwar nicht, wie er darauf reagieren würde, aber ihm würde bestimmt etwas einfallen. Zuletzt fand sie den Gedanken gar nicht mehr so schlecht. Die Zuhälter würden einem Verkauf zustimmen, denn schwanger war sie in diesem Gewerbe nicht mehr zu gebrauchen. Mit dieser Hoffnung schlief sie schließlich ein.

Robert hatte Darja nicht aufgegeben. In einer Nacht- und Nebelaktion hatte er im Ort einen Zigarettenautomaten geknackt. Es war vier Uhr morgens, und die Straßen waren menschenleer. Mit der Dunkelheit als verschwiegenem Komplizen wagte er es. Schließlich weidete er den Automaten aus, wie ein Jäger sein Wildbret. Zwar war wenig Bargeld darin, aber wenn er die erbeuteten Zigaretten verkaufen konnte, würde es für einen Besuch im irdischen »Paradies« reichen. Er benötigte noch ganze zwei Wochen, um das nötige Geld zusammenzubringen. Dann war es endlich so weit. Mit 200 Mark in der Hosentasche machte er sich auf den Weg. Rosie empfing ihn freundlich, aber reserviert.

»Dein Interesse für Nadja gefällt mir nicht, Robert. Sie scheint sich auch für dich zu interessieren. Ich muss euch warnen, hier keine Geschichte zu veranstalten. Das würde uns allen Ärger einbringen. Ich würde vorschlagen, dass du dir ein anderes Mädchen aussuchst.«

Doch Robert ließ sich nicht beirren.

»Ich bleche zwei Hunderter. Das ist verdammt viel Geld für eine Nummer. Wenigstens will ich bestimmen, mit wem ich es treibe.«

»Okay, ich sage nur, keine Geschichten, die hier nicht hingehören. Nun nimm sie dir schon, wenn du so scharf auf sie bist.«

Robert ließ Rosie einfach stehen. Darja stand hinter der Theke und goss einem Gast Sekt ein. Wortlos sah er sie an. Er übersah geflissentlich ihren Blick und ließ sich ein Getränk kommen. Kein persönliches Wort und auch kein aussagekräftiger Augenkontakt.
»Ich habe dich gebucht. Wie lange muss ich warten, oder hast du jetzt schon Zeit?«, fragte er so unverfänglich wie möglich, während er Rosies Blick im Nacken spürte. Darja begriff.
»Ein bisschen Geduld musst du noch haben. Mein Thekendienst endet in einer halben Stunde, dann kann es losgehen.«
Sie wandte sich wieder dem anderen Gast zu, der ihr großzügig einen Zehner in den Ausschnitt schob. Robert merkte, wie die Wut seine Hirnwindungen zusammenzog. Er musste sich beherrschen, sonst hätte er diesem impertinenten Kerl eine aufs Maul gegeben.
Diesmal entführte Darja ihn in einen anderen Spiegelsaal. Ein großes Doppelbett stand in der Mitte des ansonsten leeren Raumes, jedoch unzählige riesige Spiegel an den Wänden und an der Decke ließen das Geschehen hundertfach auf die Akteure wirken. Doch Darja war nicht nach Sex. Sie wollte einfach nur in Ruhe mit Robert reden. Sie stellte die Musik an und zog ihn neben sich auf das Bett.
»Wo warst du? Ich habe gewartet und geweint. Habe gedacht, du hast dein Versprechen vergessen.«
Vorwurfsvoll blickten ihre nassen Augen auf Robert.
»Wie könnte ich das vergessen? Ich denke Tag und Nacht an dich. Es ist nicht so einfach. Die Angelegenheit ist sauteuer, und ich weiß ehrlich gesagt nicht, wo ich die ganze Kohle hernehmen soll.«
Robert hatte Darja die engen Hotpants aus schwarzem Leder abgestreift und ihr das kurze Top über den Kopf gezogen. Mein Gott, wie sündhaft schön das Mädchen war. Im Moment wollte er nicht Rechenschaft ablegen. Das Blut rauschte in seinem Kopf, als er ihr zwischen die Beine griff, doch sie nahm seine Hand einfach weg.
»Lass das, sag mir zuerst, wie es weitergeht. Ich brauche Hilfe, und du hast gesagt, du kannst mir helfen. Also, was machen wir?«
Robert schüttelte resigniert den Kopf.
»Ich werde dir helfen, mein Schatz. Du musst mir Zeit geben. Ich brauche noch ein paar Monate, um das Geld zu beschaffen.«
Robert glaubte zwar selbst nicht so richtig an das, was er sagte, aber er wollte sie auf jeden Fall bei Laune halten.
»Ich kann nicht warten, Robert. Ich bekomme ein Kind von dir.«
Flehentlich hatte sie ihm beide Hände auf die Brust gelegt und sah ihn eindringlich an, doch Robert war leichenblass geworden.
»Was sagst du da?« Seine Lippen waren zu Strichen geworden, und Darja spürte, wie seine Haut grob wie Sandpapier wurde.

»Es ist beim letzten Mal passiert. Wir haben kein Kondom benutzt, und ich bin im dritten Monat. Bitte hilf mir und dem Kind.«
Robert war aufgesprungen und sah auf Darja hinunter wie auf ein fremdes Wesen. Alles drehte sich in seinem Kopf. Er sah sich als kleiner Junge im Bett seiner Mutter, die Realität war eine andere: Jeden Abend lag die schnaufende Doris neben ihm – seit ihr ein Zahn fehlte, blubberten die Lippen beim Ausatmen zusätzlich. Bei aller Liebe, aber ein weiteres Kind passte nicht in seine Träume.

»Lass es abtreiben, und zwar bald, bevor es zu spät ist!«

Seine Worte waren hart und bestimmend und duldeten keinerlei Widerspruch. Schon sah er die ersten Tränen in Darjas Augen blitzen, doch diesmal ließen sie ihn kalt.

»Mach dieses Kind weg«, zischte er zwischen zusammen gepressten Zähnen mühsam hervor. Plötzlich ertrug er Darjas hilflosen Blick nicht mehr. Mit der Faust schlug er verzweifelt auf die Matratze.

»Nein, das werde ich nicht tun. Wie stellst du dir das vor? Weißt du, was mich hier erwarten würde? Du musst mich hier herausholen, bevor jemand davon erfährt. Ich will dieses Kind mit dir haben, verstehst du? Nicht nur ich habe Schuld, auch du.«

»Nadja, so geht das nicht. Niemals im Leben will ich ein Kind haben. Das war nicht abgemacht. Du hättest besser aufpassen müssen. Ihr Frauen wisst doch sicher, wie man verhütet. Oder habt ihr so etwas in Russland nicht gelernt?«

Roberts Worte waren abwertend. Wütend stand er vor dem Bett und hielt seine geballten Fäuste vors Gesicht, damit nicht noch Schlimmeres passierte. Er versuchte, seine Stimme zu zügeln, damit er kein Aufsehen erregte, doch sein Herz raste.

»Ich gebe dir eine Chance, meine Liebe. Lass dieses Kind wegmachen. Wer weiß, ob es überhaupt von mir ist, bei der Vielzahl der Männer, die hier jeden Tag über dich rutschen. Du kannst mir viel erzählen! Hast mich kommen sehen und gedacht – den Trottel schnappe ich mir. Wenn ich das nächste Mal wiederkomme, ist die Sache erledigt, sonst vergiss mich, so schnell du kannst.«

Robert schmiss das Geld auf die Bettdecke und knöpfte sein Hemd zu. Er warf noch einen letzten Blick auf die Frau, die ihm alles bedeutet hatte. Das Mädchen weinte, aber ihre Tränen berührten ihn nicht. Er dachte einen Augenblick an Vera, sie war die Einzige, die es ehrlich mit ihm gemeint hatte. Ohne ein weiteres Wort verließ er das Zimmer, zahlte seinen Drink bei Rosie und verschwand.

Auf dem Weg über die sommerlichen Felder versuchte er, einen klaren Kopf zu bekommen. Alles war sinnlos geworden, und mit jedem Schritt wurde sein Bedürfnis, sich zu betrinken, stärker. Als er die

Haustür aufschloss, führte sein erster Weg zum Kühlschrank. Mit dem Öffner in der linken und der Bierflasche in der rechten Hand ließ er sich auf dem Sofa nieder und starrte ins Leere. Doris lag im Bett. Vermutlich war sie betrunken. Ramona führte in ihrem Zimmer Selbstgespräche. Er hörte ihre Wortfetzen durch die Tür. Sehr wahrscheinlich probte sie für ihre große Karriere. Er ließ den Flascheninhalt ohne zu schlucken in sich hinein laufen. Das hatte er früher mit einem Freund geübt. Irgendwann, es muss Stunden später gewesen sein, war er auf dem Sofa umgefallen und eingeschlafen.

Darja hingegen lag wach und weinte still vor sich hin. Was sollte jetzt aus ihr werden? Hatte sie doch geglaubt, endlich einen Mann gefunden zu haben, dem sie vertrauen konnte! Nun war ihre Situation eine andere. Ab jetzt hatte sie Verantwortung. Sie wollte da sein für dieses Kind, das hier bei diesen schrecklichen Menschen ungewollt gezeugt wurde. Der einzige Mensch, dem sie ihr Herz schenken wollte und konnte, wuchs in ihrem Bauch heran. Für ihr Baby wollte sie weiter existieren. Für das Baby und für den Glauben, ihre Schwester Olga noch einmal wiederzusehen.

Als sie am nächsten Morgen aufstand, begann sie, ihre Flucht vorzubereiten. Sie wollte nicht nur von hier fliehen, nein, sie wollte auch, dass Robert, wie versprochen, für sie sorgen würde. Zumindest hatte er dafür Sorge zu tragen, ihr und dem Kind einen Start in ein selbst bestimmtes Leben zu ermöglichen – das musste er. Einen anderen Gedanken ließ sie nicht zu. Es gab nur diesen Weg. Als Rosie eines Tages nach dem Genuss von ein paar Drinks mit einem Kunden den Schlüsselbund achtlos auf dem Tresen liegen ließ, überlegte Darja nicht lange. Unbemerkt ließ sie ihn in ihre Tasche gleiten und versteckte ihn anschließend in einem kleinen Loch, das sie ein paar Tage zuvor in die Unterseite ihrer Matratze geritzt hatte. Das Chaos war groß, als der Verlust der Schlüssel bemerkt wurde. Rosie bezog eine anständige Abreibung, und die Mädchen wurden bis auf die Unterwäsche durchsucht, doch Darjas Versteck blieb unentdeckt. Nachdem ein paar Tage lang nichts geschehen war, ließ die strenge Überwachung wieder nach. Man beschloss aber, überall im Gebäude neue Schlösser einbauen zu lassen. Die Zeit drängte, nicht nur wegen der neuen Schlösser, sondern auch, weil es bereits Ende Juli war, und ein kleines Bäuchlein unter Darjas hautengen Outfits nicht mehr zu übersehen war. Sie war jetzt im vierten Monat und versuchte, durch möglichst sparsames Essen ein weiteres Zunehmen zu unterbinden.

Als ein Freier sie auf ihre Rundungen ansprach, wusste sie, dass der Tag gekommen war. Obwohl sie Angst hatte, musste sie es wagen. Von Robert hatte sie nichts mehr gehört. Doch immer noch hoffte sie, dass er sich besinnen würde, wenn sie erst einmal bei ihm wäre. Schließlich hatte er einmal von Liebe gesprochen, und an diese klammerte sie sich, wider besseres Wissen nach ihrer Erfahrung mit Oleg.

Der Abend des 10. August 1997 war ein idealer Tag für ihr Vorhaben. Tagsüber war es draußen glühend heiß gewesen – also würde auch die Nacht lau sein. Rosie hatte den ganzen Abend mit zwei Freiern an der Bar ein intensives Lebertraining absolviert und war als Letzte zu Bett gegangen. Sorgfältig hatte sie gegen zwei alle Fenster und Türen verschlossen und war schon kurz darauf in einen tiefen Schlaf gefallen. Nachdem alles ruhig war, stand Darja auf und zog sich an. Sie trug die Jeans, die Oleg ihr geschenkt hatte, auch wenn der Knopf an dem engen Hosenbund sich nicht mehr schließen ließ. Sie schlüpfte in ihre braunen Stiefel und nahm sich ein einfaches T-Shirt aus dem Schrank, das sie ewig nicht mehr getragen hatte. Ihr bisschen Bargeld versteckte sie in der Hosentasche, bevor sie den Schlüsselbund aus seinem Versteck holte.

Sie musste all ihren Mut zusammennehmen, als sie leise ihre Zimmertür hinter sich schloss und sich durch die dunklen Räume, vorbei an Rosies Zimmer, zum Eingang schlich. Vorsichtig steckte sie den Schlüssel ins Schloss und drehte ihn langsam um. Sie horchte noch einmal angespannt, bevor sie nach draußen schlüpfte. Die Nacht hatte kaum Abkühlung gebracht. Immer wieder zurück schauend, ging sie eilig den nächsten Feldweg entlang auf ein kleines Waldstück zu. Kurz bevor die Dunkelheit des Waldes sie verschluckte, fing sie an zu rennen. Die trockenen Hölzer knackten unter ihren Stiefeln, doch sie ließ sich nicht mehr beirren und lief immer weiter, so lange, bis ihre Lungen schmerzten und sie einfach nicht mehr konnte.

Sie war jetzt eine Stunde unterwegs und hatte keine Ahnung, wo sie sich befand. Die Sinfonie der Nacht hörte sich befremdend an. Vögel und andere Tiere verursachten Geräusche, die sie ängstigten. Schließlich blieb sie erschöpft stehen und sah sich um. Sie musste auf den nächsten Morgen warten, um hier herauszufinden. Sonst lief sie womöglich im Kreis. Erschöpft ließ sie sich am Fuße eines alten Baumes nieder. In diesem Moment fühlte sie die zaghaften Bewegungen ihres Babys. Sie legte die Hände auf ihren Bauch und war sicher, das einzig Richtige getan zu haben. Sie wusste zwar nicht, was ihr außerhalb des Puffs bevorstand, aber zumindest war es eine minimale Chance, sich und das Leben des Babys zu retten.

Ein paar Stunden blieb sie sitzen und lauschte in den Wald hinein, der ihr mit der Zeit vertrauter wurde. Sie hoffte, dass sie in den Morgenstunden den Weg nach Kyllburg ohne große Umwege finden würde. Zuerst wollte sie bei Robert Zuflucht suchen. Er hatte ihr von seinem Haus erzählt, und sie war zuversichtlich, es zu finden. Wenn sie nicht auffallen würde, hatte sie eine Chance, zu überleben. Robert würde sich sicher bereit erklären, sie bei sich zu verstecken.

Als es grau wurde, erhob sie sich mit steifen Gliedern. Am Vormittag erreichte sie Kyllburg. Der Weg war mühselig, und ihre hochhackigen Stiefel machten ihr das Laufen schwer. Die ersten Blasen bildeten sich an ihren Fersen. Dabei versuchte sie, sich so unauffällig wie möglich zu geben. Ohne sich umzusehen, ging sie die Straße entlang. Sie fragte eine ältere Dame am Gartentor, die sie musterte, wo der Schreiner Robert wohnte. Die Frau wusste sofort, wen sie meinte, und beschrieb ihr den Weg, aber die Neugier war ihr anzusehen. Endlich hatte sie das Haus, auf das die Beschreibung passte, erreicht. Sie öffnete den verblichenen Gartenzaun und trat auf die Haustür zu. Hoffentlich war er zuhause, sonst blieb ihr nichts anderes übrig, als sich ein anderes Versteck zu suchen.

Ohne zu zögern, mit einem vorsichtigen Blick über die menschenleere Straße, drückte sie schließlich die Klingel. Der laute Klang erschreckte sie. Es schien eine Ewigkeit zu dauern, bevor sie schlurfende Schritte vernahm, die sich der Haustür näherten. Die Türe wurde einen Spalt breit geöffnet, und Darja sah in das verschwitzte Gesicht eines dicken Mädchens, dessen fettiges, dünnes Haar zu zwei trostlosen, kleinen Zöpfen geflochten war.

MICK / 2007

Auf der Rückfahrt vernichtete Mick eine Currywurst mit Fritten rot-weiß und desinfizierte die Speiseröhre mit einem angemessenen Schluck. Dann war der Flachmann leer. Zurück auf dem Revier tippte er ein Protokoll, ordnete eine Teambesprechung an und bereitete eine Presseerklärung vor. Nachdem er das erledigt hatte, gönnte er sich einen halbstündigen Blick aus dem Fenster. Währenddessen jagten zahllose Dateien über den Bildschirm. In der umfangreichen Datenbank des Innenministeriums hoffte er Infos über verschwundene Mädchen zu finden. Sein Rechner schaffte die Aufgabe in wenigen Minuten, das Sortieren der Ergebnisse allerdings würde Stunden beanspruchen.

Nach zwei Stunden sortierte das elektrische Gehirn immer noch. Zwar hatte das Programm einige Fälle aufgelistet, aber Brauchbares war nicht dabei. Dutzende ungeklärte Fälle – aber kein passender. Es würde ihm also nichts anderes übrig bleiben, als die für morgen angesetzte gerichtsmedizinische Untersuchung abzuwarten.

Mick beschloss, den Arbeitstag zu beenden. Irgendwie lähmte eine schwere Müdigkeit seine Knochen. Vielleicht ein Infekt, der sich ankündigte, oder die Folgeerscheinungen von zu wenig Sauerstoff in Verbindung mit seinem Freund, dem Flachmann. Kurz spielte er mit dem Gedanken, Veronikas Schambeingegend zu inspizieren, aber als er in sich hinein hörte, fehlte ihm die dazu erforderliche Motivation. Immer öfter ertappte er sich dabei, dass ihn ihre Spielchen abstießen – ihre Praktiken verlangten nach einer extrem großzügigen Hemmschwelle. Doch er war ehrlich genug, zuzugeben, dass, wenn sie einmal bei der Sache waren, auch er unglaublich geil war. Der Reiz des Verbotenen.

In der Nacht tauchte eine andere Gestalt in seinen Träumen auf, Josy, die Frau vom Vortag. Er hatte von einem Fußballspiel des Kölner FC geträumt. Gemeinsam sah er sich mit der jungen Frau Hand in Hand auf einer der Bänke sitzen – lachend und lärmend wie alle anderen. Dann sah er sie vor sich, wie sie ihre Beine zwischen seine gestellt hatte, und wie die Innenseiten seiner Oberschenkel ihre Knie berührten. Ihr Kopf war nach vorn gebeugt, und ihre roten Locken fielen über sein Gesicht. Die Sonne schien, und ihr Licht brach sich im Glanz ihres Haares. Er spürte die Berührung ihrer Wange, die warm und weich an seiner lag. Sie waren ein Gedanke und ein Körper. Er hatte seine Hände unter ihre Jacke geschoben und ihre schmale Taille umschlungen. Alles um sie herum versank.

Als er schweißgebadet hochkam, stellte er fest, dass er noch zwei Stunden Schlaf gut hatte – es war dreiviertel fünf. Er konnte nicht mehr einschlafen, dieser Traum beschäftigte ihn. Er griff in die Nachttischlade und fand mit schlafwandlerischer Sicherheit, was er suchte – einen kleinen Schluck gönnte er sich. Er schwang die Beine aus dem Bett, schlüpfte in seine Hausschuhe und ging im Dunkeln die Treppe hinunter bis zu der Garderobe, an der seine Lederjacke hing. Er nahm seinen Notizblock heraus und betrat die Küche. Er schaltete das Licht an, kramte eine Zigarette heraus und setzte sich auf den Stuhl. Er schlug das Notizbuch auf und las die Notizen des Vortages.

- Josy Wingen
- geb. 16.05.1980, in Köln-Lindenthal
- Familienstand: getrennt lebend
- Anschrift: Am Sonnenweg 35, 54655 Kyllburg;

Mick suchte verbissen nach einer weiteren Zigarette, doch die Packung war unwiderruflich leer. Was war mit dieser Frau? Wie hatte sie es fertiggebracht, sich in seine Träume zu schleichen? Das verwirrte ihn. In keiner Weise hatte sie Ähnlichkeit mit seiner verstorbenen Frau.

Der Gerichtsmediziner Wolfgang war bei der Knochenarbeit, im wahrsten Sinne des Wortes. Auf einem chromglänzenden Tisch in der Pathologie lagen die Überreste der Toten aneinandergereiht wie Perlen an der Kette. Jeder Knochen lag in der richtigen Position, bloß die alten

Stiefel fehlten. Sie befanden sich in einer anderen Abteilung.

»Gibt es schon Erkenntnisse?«

»Du bist lästig wie eine Zecke, Mick. Du erfährst es, wenn es etwas zu erfahren gibt. Übrigens, weil wir gerade unter uns sind – du siehst beschissen aus. Ich frage dich nicht, warum, aber das sehe nicht nur ich. Man spricht darüber – auch Leute, die dir gewogen sind. Frag mich nicht, wer das sein könnte, mir fiele auf die Schnelle keiner ein.« Der Medizinmann lachte tückisch über seinen eigenen Jux.

Beschämt inspizierte Mick die Bodenfliesen. Später trat er an den Obduktionstisch. Die bleichen Knochen rochen nicht mehr. Sämtliches Gewebe hatte sich buchstäblich in Luft aufgelöst, was die Untersuchung der Leiche verzögerte. Das Wichtigste an dieser Toten war das Gebiss. Mit dem Abdruck der Zähne gab es eine geringe Chance, die Identität des Opfers herauszufinden, vorausgesetzt natürlich, es bestanden irgendwo auf der Welt die dazu passenden Aufnahmen eines Zahnarztes.

»Wie ich gestern erwähnte, und damit hatte ich recht, das Opfer ist weiblich und kaukasischer Herkunft. Vermutlich zwischen 16 und 20 Jahre alt, so genau kann man das nicht sagen. Der Zahnzustand ist unauffällig, sodass wir wenig Zuversicht haben, über das Gebiss Genaueres zu erfahren. Was wir jedoch gefunden haben, und jetzt halt dich fest, ist jede Menge Blut am Fundort. Und die Frau war schwanger, im fünften Monat, würde ich sagen.«

»Bei einem alten Skelett stellt ihr eine Schwangerschaft fest?«

»Tja Mick, auch ein Fötus hat Knochen.«

Er ließ seine Worte wirken, und Mick sah ihn polemisch an.

»Erzähl ruhig weiter, ich bin ganz Ohr.«

»Der Fundort ist nicht der Tatort, das hatten wir bereits vermutet. Das Mädchen muss stark geblutet haben, vermutlich aus dem Unterleib. Die Blutspur ließ sich mit Luminol verfolgen. Quer über den halben Dachboden, die baufällige Holzleiter hinunter bis in die Küche, dort verloren sich die Spuren. Wahrscheinlich hat man das Holzparkett frisch abgeschliffen. Aber es sieht ganz so aus, als wäre die Küche der Tatort gewesen, und man hat sie dann auf den Dachboden getragen, beziehungsweise geschleift. Die Spurensicherer werden das genau aufzeigen.«

»Kann man etwas über die Todesursache sagen? Handelt es sich um ein Gewaltverbrechen?«

»Ja, eindeutig; sie ist einem Verbrechen zum Opfer gefallen.«

Der Pathologe schüttelte den Kopf, um sich gleich darauf wieder über den Knochenhaufen zu beugen.

»Außerdem kam es zeitgleich zu einem Bruch des Oberschenkelhalses, das kann aber beim Transport auf den Dachboden passiert sein. Des weiteren haben wir eine Fraktur im rechten Handwurzelknochen. Vermutlich hat die verletzte Frau sich gewehrt. Tut mir leid, mein Freund, mehr kann ich zum jetzigen Zeitpunkt nicht sagen. Die Untersuchung der DNA wird noch dauern.«

Mick vermied es, dem Arzt in die Augen zu sehen.

»Nicht sehr üppig. Mal sehen, was sich damit anfangen lässt. Ich habe einige Programme durchlaufen lassen, aber dieses Mädchen wurde in dem besagten Zeitraum nirgends vermisst. Wir haben keinerlei Anhaltspunkte, wo sie verschwunden sein könnte.«

»Was ist mit den Vorbesitzern des Hauses?«

»Der ehemalige Besitzer des Hauses war ein gewisser Mike Meyer. Ein Zuhälter der harmloseren Sorte. Ihn könnte man mit dem Geschehen zwar in Verbindung bringen, doch das ist ziemlich unwahrscheinlich. Der lebt seit Jahren in der Karibik. Wir werden ihm noch genauer auf den Zahn fühlen – falls wir ihn in die Finger kriegen.«

»Was ist mit der neuen Besitzerin, dieser Josy Wingen, kann die etwas wissen?«, hakte der Arzt noch nach.

Mick bemerkte, wie sich ihm bei der Erwähnung des Namens der Puls beschleunigte, und bemühte sich, es nicht zu zeigen.

»Nein, das halte ich für unwahrscheinlich. Sie ist erst vor ein paar Tagen eingezogen. Kommt aus Köln und hatte bisher keinerlei Verbindung zu dem Haus. Der Verkauf lief über einen Makler. Sie hatte keinen Kontakt zum vorherigen Besitzer.«

»Scharfer Feger, nicht wahr?« Wolfgang kramte ein Papiertaschentuch aus seiner Kitteltasche, schnäuzte sich hörbar die Nase und begutachtete den Erfolg dieser Aktion ausgiebig.

»Geht so, ist nicht mein Typ.«

Mick überging den Seziervorgang im Taschentuch großzügig.

»Meiner schon«, erwiderte der Arzt und wandte sich schmunzelnd wieder dem Schädel der Toten zu.

»Gut, dann werde ich mich mal wieder an die Arbeit machen. Wir werden uns die Nachbarschaft vorknöpfen. Vielleicht kann sich jemand erinnern, was in dem Haus abgegangen ist.«

JOSIES HAUS

Sie trafen sich erstmals im Geschäft mit dem Namen: Toms Visionen – die oft zitierte Liebe auf den ersten Blick. Josy und Thomas waren erst seit drei Jahren verheiratet, als sie erkannten, dass es keine gemeinsame Zukunft gab. Sie hatten früh geheiratet. Josy war 23 gewesen, und Thomas sieben Jahre älter. Sie kannten sich kurz, als sie relativ bald nach ihrem ersten Date den Bund der Ehe schlossen. Josy war groß und schlank, mit einer Figur, mit der sie alles tragen konnte, was die Modewelt produzierte. Sie hatte einen gut bezahlten Job in einem Kölner Bankhaus. Thomas, ein Fotograf, besaß ein eigenes Geschäft.

Bereits bei der Vernissage, bei der sie sich zum ersten Mal sahen, tauschten die beiden erwartungsvolle Blicke, und zwei Stunden später, bei der Ansicht der Bilder und einem Glas Sekt, wurde das Date fixiert. Selten hatte Tom eine attraktivere Frau vor der Kamera gehabt, und die Aussicht auf eine gemeinsame Zukunft ließ ihn jubilieren. Josy erging es ähnlich. Sie war nicht nur beeindruckt von der künstlerischen Vielfalt dieses Fotografen, nein, auch der Mann selbst ließ sie absolut nicht kalt.

»Mann, sieht der gut aus«, dachte sie schon beim Entree. Tom, groß und mit muskulösem Körper war tadellos in Form. Die lässige, gepflegte Kleidung rundete sein Erscheinungsbild ab. Sein Haar trug er etwas länger, und seine Augen ließen sie an Terence Hill denken.

Von Beginn an verstanden sie sich prächtig, und nach diesem Tag war ihnen klar, dass sie zusammengehörten. Drei Monate später beschlossen sie, die Zukunft gemeinsam zu verbringen. Sie erwarben eine Eigentumswohnung in Köln. Die Stadt, mit all ihren Geschäften und der geschichtsträchtigen Altstadt direkt am Rhein ließ keine Wünsche offen.

Josy hatte allerdings nicht gewusst, dass ihr Herzblatt ein Partylöwe war. Wenn es nach ihm gegangen wäre, hätte das Leben nur aus Partys bestanden. Sie jedoch sehnte sich nach Zweisamkeit und wollte eine Familie gründen. Als sie mit diesem Wunsch den Herrn Gemahl wiederholt nervte, kam es zu Auseinandersetzungen, die mit der Zeit das übliche Maß sprengten. Als Tom sogar mit Scheidung drohte, kam es zur befürchteten Explosion. Ein Wort gab das andere, und eine saftige Ohrfeige katapultierte die Beziehung unwiderruflich ins Aus.

Der einzige Mensch, der sie in ihrer Entscheidung bestärkte und dem sie vertraute, war ihre Schwester Angela, die zusammen mit ihrem Mann Daniel einen Reiterhof in der Eifel betrieb. Mit ihr führte sie endlose Telefonate. Angela war ebenso entsetzt.

»Ich fasse es nicht! Wie konntest du auf so einen Blender hereinfallen? Du bist mit einem gesunden Menschenverstand ausgestattet, und die Eltern haben uns immer angehalten, den Menschen zuerst zu prüfen, bevor man sich mit ihm einlässt. Du kanntest diesen Kerl gar nicht.«

Josy schwieg betreten. Sie wusste, dass die Schwester recht hatte, aber nun war es für gute Ratschläge zu spät.

»Josy, du musst weg aus der Stadt. Diese Umgebung, in der du immer wieder an ihn erinnert wirst, tut dir nicht gut. Wie wäre es, wenn du in unsere Nähe ziehen würdest? Du hast sicher noch Geld aus dem

Erbe, oder hat dein lieber Mann das alles für sich verbraucht?«
»Nein, natürlich nicht. Für einen bescheidenen Start würde es bestimmt reichen, und ich könnte mir ein Leben in einer etwas ruhigeren Gegend gut vorstellen.« Josy war nach dem Gespräch optimistischer.
Sie zögerte deshalb nicht, als ihre Schwester ihr ein paar Tage später von einem Haus erzählte, das in Kyllburg zum Verkauf stand.
»Du musst unbedingt kommen und es dir ansehen. Hier wirst du alles finden, was dich glücklich macht. Das Haus ist zwar heruntergekommen und muss renoviert werden, aber dafür ist es preiswert. Die Umgebung ist einfach märchenhaft. Glaub mir, Schwesterherz, es ist wie für dich geschaffen, und wir könnten uns jederzeit sehen. Kyllburg ist von uns aus zu Fuß erreichbar.«
»Das ist Peking auch!«, unterbrach Josy lachend.
»Doch ansehen kann ich es mir ja trotzdem. Ich werde am Wochenende kommen, und wir können es besichtigen. Einverstanden?«
Die Schwester stimmte begeistert zu.
Kyllburg war ein kleiner, lieblicher Ort mitten im Herzen der Südeifel. Dort, wo andere ihren Urlaub genossen, ließ es sich zweifellos gut leben. Langsam fuhr sie die kleinen Straßen entlang und nahm den ersten Eindruck dieses Örtchens in sich auf. Am Sonnenweg hieß ihre voraussichtlich neue Adresse, und der Name ließ Positives vermuten.
Als sie jedoch am Objekt angekommen war, blieb ihr die Luft weg. Der Wagen ihrer Schwester stand schon vor einem baufälligen Jägerzaun. Das Unkraut im Garten wucherte hüfthoch, und eine alte Garage mit einer windschiefen Holztür sah aus, als müsste sie abgerissen werden. Das Haus selbst war gar nicht mal so schlecht. Zwar heruntergekommen, doch die Bausubstanz war solide, und der rotbraune Klinker ließ es warm und gemütlich aussehen. In einem jedoch hatte Angela recht. Die Aussicht war phänomenal. Weite Felder, in denen verstreute Weiler ein abseitiges Dasein fristeten, sowie mehrere Waldstücke ermöglichten einen herrlichen Panoramablick. Die Nachbarhäuser vermittelten einen überaus gediegenen Eindruck. Hier schien die betuchte Klientel zu wohnen.
»Lass dich von dem ersten Eindruck nicht täuschen«, rief die Schwester vorbeugend von weitem. Die Frauen umarmten sich.
»Ach komm, Josy, du hast immer alles selbst gemacht, und wir werden dir dabei helfen. Daniel hat diesbezüglich nützliche Kontakte. Diese Leute arbeiten für wenig Geld. Verlass dich drauf, das wird alles kein Problem sein. Jetzt komm herein und schau dir alles an. Ich habe von dem Makler den Schlüssel bekommen, und wir können uns in Ruhe umsehen. Das Haus steht seit langem leer, und der letzte Bewohner hat mit Sicherheit keinen großen Wert auf Sauberkeit gelegt. Aber da-

für stimmt der Preis. Du kannst es für 70.000 Euro haben, und das ist allein das Grundstück wert.«

Skeptisch betrat Josy über eine abgetretene Marmortreppe den unteren Bereich. Eine gemusterte Blumentapete hing an verschiedenen Stellen von den Wänden, und die Luft roch abgestanden. Die Zimmer waren leer, nur ein gusseiserner Herd stand noch vor einer von Fettspritzern gebräunten Küchenwand. Josy verzog angewidert das Gesicht, aber ihre Schwester ließ sich nicht abschrecken.

»Schau den Fußboden an, echtes Schifferparkett, und das findest du in jedem Zimmer. So etwas kostet ein Vermögen, wenn du es dir neu anschaffen müsstest.«

Im Wohnzimmer befand sich ein Panoramafenster mit Blick in den üppigen Garten, in dem alte Obstbäume eine natürliche Grenze zum Nachbargrundstück bildeten.

»Na, was sagst du jetzt? Ist es nicht traumhaft hier? Wart ab, bis du erst oben warst. Dort hast du Fernsicht.«

Zaghaft betraten sie über eine Holztreppe, die noch in einem guten Zustand war, das Obergeschoss. Hier war die Luft noch schlechter als unten. Josy riss alle Fenster auf. Die Zimmer waren gut geschnitten, und es gab ein zweites Bad mit einer Toilette.

»Oben könntest du dir ein Schlafzimmer herrichten und aus den unteren Räumen ein Wohnzimmer machen. Du müsstest zwei Wände herausreißen. Daniel hat versprochen, dass er das übernimmt.«

Angela hatte recht. Hier im Obergeschoss könnte sie ein Schlafzimmer, ein separates Kinderzimmer und noch ein Arbeitszimmer einrichten. Im Geiste sah sie sich schon ein paar Jahre weiter. Alles würde frisch tapeziert sein, und bunte Farben würden Leben vermitteln. Im unteren Bereich könnte sie, mit all ihren noch vorhandenen teuren Möbeln, ein helles, freundliches Wohnzimmer einrichten. Nach und nach sprang die Begeisterung ihrer Schwester auf Josy über, und je länger sie diese noch fremde Umgebung auf sich wirken ließ, desto stärker wurde ihr Entschluss, dieses Haus zu erwerben.

»Du könntest sogar das Dachgeschoss ausbauen, ich meine, wenn du erst einmal einen neuen Mann gefunden hast. Ich bin zwar noch nicht oben gewesen, aber der Dachboden ist sicher riesig. Da lässt sich bestimmt ein großes Spielzimmer für zukünftige Kinder herrichten.«

Angela sah Josy erwartungsfroh an.

»Nun halt aber mal die Luft an. Zum Ersten habe ich von Männern vorerst die Nase voll, und über Zuwachs denke ich nicht mal im Traum nach. Das Einzige, was ich mir wünschen würde, wäre ein kleiner Hund. Ich brauche nichts weniger, als einen Kerl im Haus.«

Angela schüttelte lachend den Kopf.

»So ein Quatsch, bei deinem Aussehen werden die Männer ohnehin Schlange stehen. Du willst doch wohl keine Perlen vor die Säue werfen und dich auf Ewigkeit verweigern, nur weil einer dich enttäuscht hat.« Josy lachte nun auch aus vollem Halse.

»Deine Sorgen möchte ich haben. Wenn ich hier mit dem Umbau jemals fertig sein sollte, bin ich ohnehin alt und grau und habe Schwielen an den Händen. Dann hat sich die Sache mit dem Mann von selbst erledigt. Erst einmal muss ich sehen, dass ich aus dieser Ruine hier ein bewohnbares Haus mache. Was waren das für Menschen, die hier gehaust haben? Wie kann man so etwas derart verkommen lassen? Die Arbeit hier wird bis an mein Lebensende reichen, und das ist noch untertrieben.«

Dieser Ausspruch ließ Angela jubeln.

»Das heißt also, du machst es?« Begeistert klopfte sie der jüngeren Schwester auf die Schulter.

»Na ja, wenn ihr mir tatsächlich helfen wollt, dann könnte ich mich mit dem Gedanken anfreunden. Die Gegend hier ist zu schön, und nach Köln kann ich immer noch zurück, wenn ich älter bin.«

»Jeah, ich wusste es doch. Auf dich ist Verlass. Wir werden ein traumhaftes Leben führen, und wenn du einen Job suchen solltest, wüsste ich etwas. Du siehst, ich habe alles durchdacht. In Bitburg gibt es eine große Gemeinschaftspraxis mit vier Ärztinnen. Die suchen eine Sekretärin. Das ist zwar nicht dein Metier, aber als gelernte Bankkauffrau wird das kein Problem sein. Am besten stellst du dich nächste Woche dort vor.«

Josy war baff. Anscheinend verplante ihre Schwester ihr weiteres Leben bis ins kleinste Detail, und sie hatte nichts mehr zu sagen.

So raffte sie sich am Mittwoch auf, um sich tatsächlich in besagter Arztpraxis vorzustellen. Zuerst brauchte sie ein gesichertes Einkommen, dann konnte sie die Sache mit dem Haus in Angriff nehmen.

Zwei Stunden später mit dem unterschriebenen Arbeitsvertrag auf dem Weg zurück nach Köln, war es ihr doch etwas mulmig zumute. Zu viele Veränderungen stürmten auf sie ein. Was würde ihr die Zukunft bringen? War es richtig, dass sie sich soviel auf einmal zumutete? Aber sie hatte A gesagt, also musste sie auch B sagen.

Die Zeit verging schnell, und am 11. September war es soweit. Der Umzugswagen stand vor ihrer Tür in Köln, und eifrige Möbelpacker luden ihr Hab und Gut auf den LKW. Die letzte Nacht verbrachte sie auf einer Matratze. Draußen regnete es in Strömen, und noch lange stand Josy an ihrem gardinenlosen Fenster und schaute auf die menschenleeren Straßen. Ein bisschen Wehmut schlich sich in ihr Herz. Wie viele Träume hatten sie und Thomas noch vor drei Jahren gehabt, und nun war all das vorbei.

Am nächsten Morgen stand Angela mit ihrem kleinen Toyota vor der Haustür, und Josy war mit Feuereifer auf Umzug programmiert.

»Ich freue mich, dass du endlich da bist. Diese letzten Stunden waren nicht gerade der Hit. Ich bin froh, wenn ich hier weg bin. Soll Köln mit allem Drum und Dran mir doch den Buckel runter rutschen.« Angela umarmte die Schwester.

»So ist es richtig, nur keine trübsinnigen Gedanken. Ein neues Leben erwartet dich.«

Josy schaute nicht zurück. Sie saß da und blickte nach vorn.

Als sie Kyllburg erreichten, hatte es aufgehört zu regnen, und die ersten Sonnenstrahlen bahnten sich ihren Weg durch die Wolken. Auf dem Grundstück ihres neuen Heimes ging es emsig zur Sache. Im Garten arbeiteten zwei unbekannte Männer, die in einem ersten Angriff versuchten, dem allgegenwärtigen Unkraut den Garaus zu bereiten. Die Haustür stand offen, und auch drinnen hasteten fleißige Helfer herum. Daniel begrüßte sie überschwänglich.

»Willkommen zu Hause!«, rief er ihr von weitem zu. In der Hand hielt er drei Gläser, und er zauberte eine Flasche Eiswein herbei. Josy kamen die Tränen vor Rührung, als sie das Glas an die Lippen setzte.

»Jetzt lass uns erst einmal auf deine Ankunft trinken.«

Daniel spiegelte die Zuversicht seiner Frau wider, und Josy fühlte sich in ihrem Vorhaben bestärkt. Es vergingen Stunden, bis sie endlich alleine war. Schweigsam hatte sie den ganzen Trubel über sich ergehen lassen. In der Küche waren die Schränke aufgehängt worden, und der Rest ihrer Möbel stand an Ort und Stelle. Alles wirkte sehr ansprechend. Was so ein paar Möbel und ein neuer Wandanstrich doch ausmachten! Die Ruine wandelte sich zum Lustschloss. Trotzdem wartete noch viel Arbeit auf sie, und Angst bemächtigte sich ihrer auch. Die erste Nacht in dieser ungewohnten Einsamkeit.

Sie werkelte noch einige Zeit vor sich hin und war geschafft, als sie sich auf dem Sofa niederließ. Zwar müde, aber zufrieden mit dem, was sie umgab. Die leeren Koffer und Kisten standen noch herum, aber das konnte sie morgen angehen. Sie würde das Zeug auf den Dachboden bringen.

Als sie erwachte, schien die Sonne durchs Fenster. Alles sah friedlich aus, und sie beschloss, sich nicht weiter in ihre Ängste zu steigern. Schließlich war sie nicht die einzige Frau auf der Welt, die auf dem Land alleine lebte. Daran würde sie sich gewöhnen. Voller Elan schwang sie die Beine aus dem Bett und machte sich an die Arbeit. Zu tun gab es genug. Als Erstes würde sie die Koffer und Kisten auf den Dachboden schaffen, damit sie hier unten Platz hatte. In der Küche setzte sie Kaffee auf. Der konnte inzwischen durchlaufen, und wenn sie wieder herunterkam, würde sie frühstücken.

Mit zwei Koffern machte sie sich auf den Weg nach oben. Bei der Luke angekommen, stellte sie die Koffer ab und versuchte, unter Zuhilfenahme der Stange den Verschluss zu öffnen. Nach ein paar Versuchen konnte sie das Schloss hochdrücken, und die kleine Leiter glitt quietschend nach unten. Hoffentlich war sie stabil. Die alten Holzstufen sahen ziemlich morsch aus. Vorsichtig betrat sie die unterste Stufe, den ersten Koffer vor sich her schiebend. Die Treppe hielt, und nach ein paar Schritten konnte sie den Kopf durch die Luke stecken. Oben war es schmutzig und stickig. Die Luft stand in dem seit Jahren nicht mehr benutzten Raum. Zuerst einmal sah sie sich um. Mein Gott, wie sah es hier aus! Altes Gerümpel überall. Sie würde einen weiteren Container bestellen müssen, um das alles wegzuschaffen. Erst einmal wollte sie einen Rundgang vornehmen. Vorsichtig, Schritt für Schritt, bahnte sie sich ihren Weg. Links hatte ein alter Schrank seine Ruhestätte gefunden. Auf seiner Ablage lag eine längst vergessene Puppe aus grauer Vorzeit. Eine große Kiste mit alten Klamotten säumte ihren Weg. Vorbei an alten Brettern und ebenso alten Koffern stieß sie sogar auf einen Fernseher, der seine besten Zeiten schon ewig hinter sich hatte.

In einer kleinen Ecke lagen ein paar aufeinandergestapelte Bretter. Hier fanden die Koffer Platz. Sie packte das erste Brett, um es beiseite zu schieben. Es gab nach, rutschte nach unten und ließ die anderen Dielen krachend auseinanderfallen. Josy machte einen Satz nach hinten, bevor sie einen erstickten Schrei von sich gab. Auf dem Boden, direkt vor ihren Augen, lag ein menschliches Skelett. Die Knochen waren grau, von einer dicken Staubschicht bedeckt und hatten alles Menschliche verloren.

Ein Paar mit Schimmelflecken übersäte, halbhohe Lederstiefel sowie die Reste einer Jeanshose bedeckten teilweise das armselige Knochengerüst. Josy schloss kurz die Augen, aber der Anblick blieb beinharte Realität. Josies Mund entwich ein Stöhnen, als sie in die leeren Augenhöhlen des farblosen Schädels stierte, bevor sie Hals über Kopf, mit zitternden Knien, fluchtartig den Speicher verließ.

Sie rannte die Treppe hinunter und hörte in der Küche die Kaffeemaschine leise vor sich hin plätschern. Oh Gott!! Mit fahrigen Fingern kramte sie ihr Handy aus der Handtasche und wählte die Nummer ihrer Schwester. Nach dem vierten Schellen meldete sich diese.

»Na Josy, wie war die erste Nacht?«

»Angela, du musst sofort kommen!«, rief Josy hysterisch in den Hörer. »Bei mir auf dem Dachboden liegt eine Leiche!«

MICK

Er schlenderte über den Parkplatz der Pathologie und beschloss, erst nach Kyllburg und später ins Präsidium zu fahren. Er konnte mit der Befragung der Nachbarn beginnen und vielleicht kurz der Zeugin, die eigentlich keine war, seine Aufwartung machen.

Er startete den Motor, als ihm zum Glück im letzten Augenblick einfiel, dass um halb elf eine Besprechung in der PD anberaumt war. Nach einem Blick auf die Uhr war klar, dass er die Befragung der Nachbarschaft und den Besuch bei Josy verschieben musste.

Sein Vorgesetzter hatte ihn beauftragt, eine Sonderkommission zu bilden, um den alten Mordfall schnellstmöglich abzuschließen. Es gab Wichtigeres als ein paar alte Knochen eines Menschen, den seit mehr als zehn Jahren niemand vermisste.

In Trier war auf der Hauptstraße die Stein-Apotheke überfallen worden. Der Besitzer, ein einflussreicher Mann, hatte dabei einen Herzinfarkt erlitten und lag auf der Intensivstation. Der oder die Täter mussten so rasch wie möglich eruiert werden, damit das Ansehen der Polizei in der Stadt keinen Schaden nahm.

Die Soko war schnell auf die Beine gestellt. Sie bestand lediglich aus drei jungen Beamten, die unter Micks Leitung mit den Ermittlungen beauftragt waren. Einer wurde abgestellt, um Mike Meyer zu finden, die anderen sollten vor Ort recherchieren.

Mick schmiss seinen alten Packard Bell an, der sich mühsam Stufe für Stufe in die Datenbank einloggte. Es dauerte eine Zigarettenlänge, bis der Bildschirm mit den Daten endlich zum Leben erwachte.

Der Kommissar grenzte die Suche von gestern weiter ein, indem er voraussichtliche Herkunft, Alter und Größe des gesuchten Mädchens eingab. Doch auch diesmal blieb er erfolglos. Selbst in Russland wurde zu diesem Zeitpunkt und unter diesen Kriterien keine junge Frau vermisst.

Es verschwanden jährlich zahlreiche Russinnen, deren Spuren sich irgendwo in Europas Rotlicht verloren. Das Schicksal der meisten blieb ungeklärt. Es bestand auch wenig Interesse an ihrem Verbleib. Das Geschäft mit diesen jungen Frauen boomte auf der ganzen Welt, und man konnte unmöglich alle Spuren verfolgen. Hier in Deutschland war das zum Glück noch etwas anders. In den meisten Fällen hatte man wenigstens Zugriff auf die Familien der Opfer, doch dieses Häufchen Knochen, das jetzt in der Pathologie auf dem Tisch lag, schien nirgends vermisst zu werden. Mick wusste schon jetzt, dass dieser Fall wahrscheinlich bald zu den Akten gelegt werden würde. Missmutig schrieb er die wichtigsten Erkenntnisse auf einen Flipchart. Viel kam nicht zusammen.

SOKO „Unbekanntes Mädchen"
Leiche, weiblich, ca. 16-20 Jahre alt
Tatort: vermutlich Am Sonnenweg 35 in Kyllburg
Hautfarbe: weiß
Größe: 173 cm.
Todeszeitraum 1995-1999
Todesursache: noch unbekannt (Gewaltverbrechen)
Herkunft: möglicherweise Osteuropa

Das plärrende Telefon riss Mick aus seinen Überlegungen.
»Lehminger«, brummte er gereizt in den Hörer.
»Hallo, Herr Kommissar, hier spricht Josy Wingen.«
»Guten Tag, Frau Wingen, sind Sie etwas zur Ruhe gekommen?« Mick setzte sich auf die Ecke seines Schreibtisches und schaltete den »Ton« von gereizt auf einschmeichelnd. Es dauerte, bis sie antwortete.
»Nein, das lässt mir keine Ruhe. Ich habe heute Nacht kein Auge zugetan. Es ist schrecklich, wieso musste ausgerechnet in meinem Haus so etwas geschehen?«
»Tut mir leid, dass Sie diese Sache so mitnimmt.«
»Ja, ist schon in Ordnung. Ich wohne vorübergehend bei meiner Schwester und werde zunächst einmal hier bleiben. Gott sei Dank ist Platz genug. Ich denke nicht, dass ich dort«, sie machte eine kleine Pause,»in diesem Mordhaus noch länger wohnen kann. Haben Sie denn schon erste Hinweise auf den Täter, und wer das Opfer ist?«
»Ich kann Ihnen nicht viel sagen. Wir wissen lediglich, dass es sich bei der Toten um eine junge Frau handelt, die vor zirka zehn Jahren Opfer eines Gewaltverbrechens geworden ist.«
»Wie alt ist sie denn gewesen?«
»So ungefähr zwanzig Jahre alt.«
»Mein Gott, wie furchtbar. Dann war sie ja fast noch ein Kind. Wer tut so etwas?« Mick hörte, dass Josy mit den Tränen kämpfte.
»Leider geschehen solche Dinge immer wieder. Dagegen sind wir machtlos, aber wir lassen nichts unversucht, um den Täter zu finden.«
»Bitte, Herr Lehminger, finden Sie den Mörder. Wenn Sie etwas Neues wissen, lassen Sie mich doch sicher nicht im Unklaren, oder?«
»Eigentlich darf ich Ihnen vorab nichts erzählen, aber ich werde Sie trotzdem informieren. Vergessen Sie aber nicht, dass ich Ihnen nicht mehr sagen kann als der Presse. In manchen Dingen unterliegen wir der Schweigepflicht. Wenn Sie einverstanden sind, komme ich in den nächsten Tagen einmal bei Ihnen vorbei.«

»Wieso, stehe ich etwa unter Verdacht?« Josies Stimme hob sich.
»Nein, so habe ich das nicht gemeint.« – Blöder Idiot, wie konntest du so dämlich sein? Mick ärgerte sich über diese ungeschickte Vorgangsweise, aber jetzt war es zu spät. Es gab keinen dienstlichen Grund für einen Besuch, das war der »Zeugin« sofort klar gewesen.
»Ich möchte nur kurz nach Ihnen sehen, wenn Sie erlauben.«
»Gehört das zur Polizeiarbeit?«
Jetzt fiel Mick erst recht keine Antwort ein. Sie hatte ihn ertappt, und er begann, vor Aufregung zu schwitzen.
»Nein, nicht direkt, aber irgendwie doch. Schließlich sind Sie in gewisser Weise auch ein Opfer, ich meine indirekt.«
So hatte er doch noch die Kurve gekriegt, er atmete auf.
»Da haben Sie recht. Kommen Sie ruhig vorbei, wenn Ihnen danach ist. Meine Schwester kocht einen hervorragenden Kaffee, und schließlich will ich wissen, wie es weiter geht.«
Der Kommissar wollte noch etwas sagen, aber Josy hatte schon aufgelegt. Na toll, diese Tour hatte er ordentlich vermasselt.
Sein Blick fiel auf die Uhr, Feierabend. Als er sein Büro verließ, brannte unter Günters Tür noch Licht. Er saß noch immer über einen großen Aktenstapel gebeugt, vermutlich der Apothekenüberfall. Mick wollte sich schon wieder zurückziehen, als der Kollege ihn bemerkte.
»Ach hallo, machst du Feierabend? Wenn du willst, höre ich auch auf, und wir könnten auf ein Bier in die Eckkneipe gehen.« Günter hatte die Akte schon geschlossen, ohne auf die Antwort gewartet zu haben.
»Nein, nett von dir. Ein anderes Mal gerne, doch heute ist mir nicht danach. Ich möchte nur noch einen Spaziergang machen.«
Günters Gesicht tauchte hinter der hellen Schreibtischlampe auf.
»Was möchtest du machen? Seit wann gehst du spazieren?«
»Seit heute, mir ist danach.« Was war Besonderes an einem Abendspaziergang? Günter sah ihn verständnislos an.
»Geht dir dieser Fall so sehr an die Nieren, dass du frische Luft brauchst? Du bist doch sonst nicht so empfindlich.«
»Nein, das ist es nicht. Vermutlich brüte ich eine Erkältung aus. Ich weiß auch nicht so genau, was mit mir los ist. Schon letzte Nacht habe ich tierisch geschwitzt. Ich glaube einfach nur, dass spazieren gehen jetzt das Richtige für mich ist.«
Günter lachte laut, als hätte er einen tollen Witz gehört.
»Na dann mal zu, und viel Vergnügen.«
Resigniert schlug er seinen Ordner wieder auf.
Mick startete seinen Volvo, der wieder einmal erst nach dem dritten Versuch zögernd ansprang. Er wollte nachher wirklich einen Spaziergang machen. Er musste unbedingt den Kopf freibekommen. Seit

Katharinas Tod hatte er keinen Meter mehr als nötig an der frischen Luft verbracht, und wie immer hatte er auch heute ein paar Schluck intus und zu wenig gegessen.

Sein Wagen bewegte sich wie ein altes Brauereipferd von selbst in Richtung Kyllburg. Er benutzte einen Umweg über spärlich befahrene Landstraßen und ließ den Volvo am Ortseingang stehen. Als er ausstieg, war es kühl, und er zog den Reißverschluss seiner Lederjacke hoch. Das alte Haus stand einsam und dunkel da. Die Haustür war mit einem Polizeisiegel verschlossen. Erst wenn die Spurensicherung ihre Aufgabe beendet hatte, würde der Zugang wieder freigegeben werden. Lange stand er vor dem Gartenzaun und sah sich um. Direkte Nachbarn gab es nicht. Die einzelnen Häuser lagen jeweils ein gutes Stück auseinander und waren durch Gärten voneinander getrennt. Was war hier vor sich gegangen?

Er trat durch das Gartentor in den Vorgarten und ging zu der alten Garage, die ebenfalls abgesperrt war. Vorsichtig stieg er über das Band und öffnete die knarrende Tür. Drinnen war es stockdunkel. Die zwei kleinen Fenster an der Längswand waren blind und ließen kein Licht durch. Überall stand Unrat. Hier konnte er nichts ausrichten.

Er war auf dem Rückweg zu seinem Wagen, als ihm ein älterer Herr mit Hund begegnete. Hund und Besitzer schienen gleich alt zu sein. Beide schlichen mit gekrümmten Rücken daher, vermutlich Arthrose. Mick blieb stehen und ließ den Mann näher kommen.

»Entschuldigen Sie, darf ich Ihnen eine Frage stellen?«

Der Alte sah ihn nur missmutig an. Fremde wurden hier voller Misstrauen betrachtet, und man sah es nicht gerne, wenn sie sich hierher verirrten. Die Kyllburger waren ein seltsames Volk.

»Ich komme gerade vom Sonnenweg. Sie haben doch sicher davon gehört, dass dort vermutlich vor Jahren ein Mord geschehen ist.«

»Hmhm« war alles, was der Alte hervorbrachte, und Mick ahnte, was bei der Befragung der Nachbarschaft herauskommen würde.

»Können Sie mir sagen, wer zuletzt in diesem Haus gewohnt hat?«

»Niemand.« Eine ergiebige Antwort, dachte der Kommissar. Schon wollte er sich für das Gespräch bedanken, als der Alte doch auftaute.

»Hier hat immer nur Pack gewohnt. Kein Wunder, dass da Leichen gefunden werden.« Er zog an der Leine des Hundes und wollte schon weiter gehen, doch Mick beschloss, noch nicht locker zu lassen.

»Was meinen Sie damit? Kannten Sie die vorherigen Bewohner?«

»Nein danke, so etwas will man nicht kennen. Zuletzt hatte ein Landstreicher sich hier niedergelassen, aber das ist auch schon wieder eine Weile her. Seitdem hat sich keiner mehr hierher getraut.«

»Und was war davor?« Mick versuchte, noch ein paar Sätze aus dem alten Mann herauszubekommen, doch der hatte das Interesse an dem Gespräch verloren.

»Was weiß ich? Fragen Sie doch die Polizei.«

Schon hatte er sich umgedreht und zog den widerstrebenden Hund, der gerade noch sein Bein heben wollte, hinter sich her.

Schlecht gelaunt betrat Mick sein Haus, in dem er die Heizkörper noch immer nicht auf die nun kühleren Abende umgestellt hatte. Daher war es kalt. Ohne die Jacke auszuziehen, öffnete er die Bar und griff sich die erstbeste Flasche. Keine schlechte Wahl, Johnny Walker, noch dreiviertel voll. Das war genau das, was er jetzt brauchte – Wärme. Er nahm ein Wasserglas aus der halb vollen Spülmaschine, aus der ein unangenehmer Geruch wehte, spülte es kurz ab und goss einen Fingerbreit ein. Er zog den Trainingsanzug an, legte die Füße auf den Wohnzimmertisch, nahm sich eine Decke und stellte den Johnny Walker in Reichweite.

Irgendwann musste er eingeschlafen sein. Beim Erwachen fiel sein Blick auf die Flasche – sie war reif für die Mülltonne. Mit schwerem Kopf saß er eine Weile da und philosophierte. Was wollte er eigentlich? Der Alkohol umnebelte sein Gehirn. Der Gerichtsmediziner hatte ihn mit seiner Anspielung tiefer getroffen, als er sich eingestehen wollte. Und Josy – die geisterte nicht nur in seinem Kopf herum – bescherte ihm ein ungewohntes Gefühl in der Magengegend.

Josy hatte ebenfalls die ersten schlaflosen Stunden hinter sich gebracht. Sie konnte sich nicht mit dem Gedanken anfreunden, nach dem Ende der Ermittlungen wieder in den Sonnenweg zu ziehen. Viel zu sehr beschäftigte sie das Schicksal dieses jungen Mädchens, das dort gestorben war. Nie würde sie in diesem Haus zur Ruhe kommen, zumindest so lange nicht, bis der Mörder gefasst war. Immer wenn sie einschlief, sah sie Gesichter verschiedener Mädchen vor sich. Hübsch und unschuldig, so wie man sich Mädchen in diesem Alter vorstellt, dann grausam entstellt, blutüberströmt und nicht zu erkennen. Josy kannte solche Träume nicht. Bis auf die paar Ohrfeigen von ihrem Ex war sie noch nie direkt mit Gewalt in Berührung gekommen. Nie hätte sie geglaubt, in einen Mord verwickelt zu werden. Ihre Schwester und deren Mann hatten ihr Mut zugesprochen und sie glauben machen wollen, dass sie diesen Vorfall vergessen würde. Aber konnte man so etwas aus dem Kopf bekommen? Sie war froh, als es endlich hell wurde. Vielleicht würde der Kommissar Licht ins Dunkel bringen, und dann würde man weiter sehen.

Der große Labrador ihres Schwagers begrüßte sie schwanzwedelnd, als sie die Treppe herunterkam. In der Küche duftete es nach frischem Kaffee. Wie sehr Josy doch ihre Schwester beneidete, ohne es ihr zu missgönnen. Dieser Reiterhof mit all den Tieren, ihre glückliche Ehe, und vor allen Dingen bewunderte sie ihre Unbekümmertheit und fröhliche Natur.

»Josy, da bist du ja endlich! Der Kaffee wird kalt, du alte Schlafmütze. Ich habe auf dich gewartet, und wenn du Lust hast, kannst du mir gleich bei der Stallarbeit helfen. Daniel ist schon draußen und hat mit dem Misten angefangen. Wenn du willst, kannst du mir helfen, die Pensionspferde auf die Weide zu bringen?«

»Was heißt Schlafmütze? Wenn ich ehrlich sein soll, ich habe kein Auge zugetan, sondern nur von Mord und Totschlag geträumt.«

»Ach, du Arme, lass doch endlich die Toten ruhen! Du machst sie auch nicht wieder lebendig. Die Polizei wird die Sache bestimmt aufklären, und danach wird es dir besser gehen.«

»Meinst du wirklich?« Josy klang nicht sehr überzeugt.

»Na klar! Und jetzt beeil dich, die Pferde warten nicht gerne.«

»Wir müssen überlegen, wie es weiter gehen soll. Schließlich muss ich bald meinen neuen Job antreten, und danach steht mir im Moment nicht der Sinn, nach dem, was geschehen ist.«

»Papperlapapp, das wird sich alles finden. Bis dahin bist du wieder die Alte. Ich habe dir da hinten ein Paar Gummistiefel hingestellt. Draußen ist es schmutzig, aber du wirst sehen, unsere Pferde gefallen dir. Wir werden uns, so gut es geht, eine schöne Zeit machen. Ich werde dich schon auf andere Gedanken bringen, glaub mir.«

Wider Erwarten hatte Josy großen Spaß an der Arbeit auf dem Hof. Sie war zwar aus der Großstadt, doch Angst vor Pferden hatte sie nicht. Im Gegenteil, als Teenager war sie selbst geritten und hatte sogar einmal für ein Jahr ein eigenes Pflegepferd gehabt. Sie hatte früher viele Stunden in einem Reitstall in Junkersdorf verbracht. Rückblickend war es eine schöne Zeit gewesen, und sie war sofort wieder in ihrem Element. Pferdeaugen sahen sie unter dichten Mähnen an, und ihre Jackentaschen wurden nach eventuell mitgebrachten Leckereien durchsucht.

Die Zeit im Stall verging wie im Flug, während die Schwestern begeistert Geschichten von früher aufwärmten. Sie hatten sich schließlich draußen vor dem Stall auf einen Strohballen gesetzt und die Beine mit den Gummistiefeln weit von sich gestreckt. Eine kleine schwarze Katze strich neugierig um Josies Beine, als in der Einfahrt ein Auto hielt. Kommissar Lehminger stieg aus.

»Der Kommissar, was will der denn hier?«

Josy sah verwundert hinüber zu seinem klapprigen Volvo.

»Oh Gott, wie ich aussehe! Ich bin ja so dreckig.«

Mick war ausgestiegen und trat umständlich seine Kippe im Kies aus. Was wollte er eigentlich hier? Ach ja, er wollte Josy von dem Landstreicher erzählen, der für längere Zeit in ihrem Haus Zuflucht gesucht hatte. Vielleicht könnte man durch ihn eine neue Spur finden. Als Mörder kam er rein zeitlich nicht infrage, aber wer weiß?

Die Information für Josy war zwar dürftig, aber schließlich war der Kommissar nicht nur deswegen hierher gefahren. Er hatte einfach das Verlangen, diese Frau zu sehen. Nicht mehr und nicht weniger. Das gestand er sich ehrlich ein.

Er sah sie schon von weitem und spürte seinen brummenden Schädel. Warum hatte er gestern auch wieder so viel gesoffen?

Die beiden Frauen waren aufgestanden und kamen ihm entgegen.»Gibt es Neuigkeiten?«

»Na ja, nicht viel, aber unsere Soko arbeitet auf Hochtouren.«

»Ich lasse Sie dann mal mit meiner Schwester allein. Wenn Sie wollen, kann ich Ihnen einen frischen Kaffee herausbringen, oder wollen Sie ihn lieber im Haus trinken?« Angela hatte sich umgedreht.

»Das Wenige, was ich zu sagen habe, kann ich auch hier draußen berichten, aber ein Kaffee wäre toll.«

Das war jetzt genau das, was er gebrauchen konnte, um seinen Kreislauf wieder auf Vordermann zu bringen.

»Kommen Sie, setzen wir uns in die Sonne.« Josy zeigte auf den Strohballen, auf dem sie eben mit ihrer Schwester gesessen hatte.

»Erzählen Sie mir bitte, was Sie wissen. Das Schicksal des Mädchens lässt mir keine Ruhe.«

Mick ließ sich neben Josy nieder und kramte mit den Händen in seiner Lederjacke nach einer Packung.

»Sie rauchen ziemlich viel, Herr Kommissar. Ich muss Sie doch nicht auf die gesundheitlichen Risiken aufmerksam machen?«

Josy lachte verschmitzt und ließ sich neben Mick nieder.

»Ja, ich weiß, schlechte Angewohnheit. Ich werde mir bei Gelegenheit mal Gedanken über einen Entzug machen, aber in meinem Job kann man die Nerven oft nur mit Nikotin beruhigen.«

»Und mit Alkohol?«

Mick fühlte sich ertappt. Hatte sie etwa seine Fahne gerochen?

»Ich bin gestern versackt. Kommt aber nicht jeden Tag vor. Im Grunde meines Herzens bin ich ein solider Mensch, aber gestern war mir nach ein paar Gläschen zumute. Ich hoffe, Sie verzeihen mir.«

Er hielt sich die Hand vor den Mund und wandte beim Sprechen den Kopf zur anderen Seite. Toller Eindruck, den er da auf sie machte. Er schob zumindest die Zigaretten zurück in seine Jacke.

»So schlimm ist es nun auch wieder nicht, und außerdem geht es mich nichts an.« Josy übersah das kleine Feuerzeug, das er jetzt zwischen Daumen und Zeigefinger unentwegt hin und her drehte. Zitterte die Hand, oder täuschte sie sich? Der arme Mann war genauso durch den Wind, wie sie selbst. Ob ihm dieser Fall auch so sehr an die Nieren ging?

Mick berichtete in kurzen Sätzen über sein gestriges Gespräch mit dem nicht sehr auskunftsfreudigen Dorfbewohner.

»Was werden Sie jetzt tun? Gibt es eine Möglichkeit, mehr über diesen Landstreicher herauszufinden? Vielleicht ist er der Mörder.«

»Ich werde heute noch eine Anzeige im »Kyllburger Wochenblatt« aufgeben. Vielleicht kann sich jemand an diesen Mann erinnern. Er wird ja wohl eine Identität haben, und die muss sich herausfinden lassen. Währenddessen sucht die Spurensicherung immer noch nach Hinweisen. Wie wir bis jetzt feststellen konnten, ist der Mord aller Wahrscheinlichkeit nach im Erdgeschoss des Hauses verübt worden. Die Blutspuren ließen sich vom Dachboden aus dahin verfolgen.«

»Mein Gott, wie schrecklich. Dort hatte ich mich doch schon so gut wie häuslich niedergelassen.«

Josy war ganz blass geworden bei dem Gedanken.

»Meine Kollegen stellen alles auf den Kopf. Irgendwo muss es Hinweise auf das Geschehen geben. Auch die Obduktion der Leiche ist nicht abgeschlossen. Es stehen einige Untersuchungen aus.« Die winzigen Babyknochen verschwieg er ihr bewusst, die hätten ihr den Rest gegeben.

Angela hatte eine Kanne mit zwei Tassen herausgebracht und den beiden heißen Kaffee eingeschenkt.

»Danke, das ist sehr aufmerksam von Ihnen. Ich habe Ihrer Schwester erzählt, dass ich gestern ein bisschen über den Durst getrunken habe. Ihr Kaffee wird mir wahrscheinlich das Leben retten.«

Dankbar hatte Mick die dampfende Flüssigkeit genommen.

»Wenn ihr mich braucht, ich bin im Stall.« Angela entfernte sich.

»Wissen Sie, Herr Lehminger, mir tut dieses Mädchen leid. Sie ist noch jung gewesen, und der Gedanke an ihr Schicksal geht mir einfach nahe. Zu gerne würde ich wissen, wer sie war und wo sie herkommt. Vielleicht hat sie ja sogar noch Angehörige, die nichts über ihren Verbleib wissen. Bitte versprechen Sie mir, dass Sie diesen Fall aufklären werden. Erst wenn ich ein Gesicht und eine Geschichte zu dieser armen Person habe, werde ich wieder ruhig schlafen können.«

»Ich werde Sie natürlich weiter informieren, und wenn ich Näheres weiß, melde ich mich. Ich werde alles daran setzen, dass es Ihnen wieder besser geht und Sie Ihr Haus wieder bewohnen können.«

Er straffte den Rücken und nahm all seinen Mut zusammen.

»Vielleicht darf ich Sie einmal zum Essen einladen?«
Gespannt sah er auf seine Schuhspitzen, die ohne sein Zutun kleine Kreise im Kies zeichneten.
Josy schwieg. Er hatte die Hoffnung schon aufgegeben, als sie sich erhob, um das Gespräch zu beenden. Welch ein Idiot er doch war!
»Ich komme gerne auf Ihr Angebot zurück, auch wenn ich mir geschworen habe, nie wieder mit einem Mann auszugehen. Sie können mich also nur positiv überraschen, und schließlich habe ich ein großes Interesse an diesem Fall.«

Zwei Tage später erschien der Aufruf der Polizei im örtlichen Wochenblatt und in allen Tageszeitungen der Umgebung.

»DIE POLIZEI SUCHT NACH EINEM OBDACHLOSEN, DER SICH IM LETZTEN JAHR IN KYLLBURG AUFGEHALTEN HAT. SEINE ZEUGENAUSSAGE IST IM ZUSAMMENHANG MIT DEM MORDFALL IM SONNENWEG UNBEDINGT ERFORDERLICH. SACHDIENLICHE HINWEISE NEHMEN DIE KRIMINALPOLIZEI TRIER SOWIE ALLE ANDEREN POLIZEISTATIONEN ENTGEGEN.«

RAMONA - IRRUNGEN 2007

Ein lautes Wummern reißt mich aus dem Schlaf. Hier kannte man keine Rücksicht. Es dauert eine Weile, bis mir bewusst wird, dass jemand gegen meine Zimmertür hämmert. Es muss eine Ewigkeit her sein, seit jemand zu mir wollte. Kontakte pflege ich nicht. Wer will etwas von mir – jetzt, mitten in der Nacht? Der Wecker auf dem Nachttisch zeigt 2.45 Uhr. Ich glaube, ich habe geschlafen, aber genau kann ich mich nicht erinnern. Es kann auch sein, dass ich gerade erst nach Hause gekommen bin. Meine Kleidung liegt zusammengewürfelt neben meinem Bett, die Schuhe achtlos in zwei verschiedenen Ecken.

Wo bin ich denn gewesen? Ich weiß es nicht mehr. Oder doch? Plötzlich sehe ich ein kleines Mädchen vor mir. Sie muss drei oder vier Jahre alt sein. Sie sieht traurig aus, und ich kann diese Trauer nachempfinden. Sie sitzt allein in einem Zimmer und wartet. Ich sehe es an ihrem Blick. Ihre Augen sehen immer wieder zur Tür. Aus dem Nachbarraum kommen Stimmen. Sie sind laut, und vieles, was gesagt wird, ergibt keinen Sinn für die Kleine, und immer wieder diese schrecklichen Schreie. Doch dann wird gelacht. Offensichtlich hat jemand großen Spaß. Jetzt weiß ich wieder, worauf sie wartet. Ihr Papa befindet sich hinter der verschlossenen Tür. Es müssen Stunden vergangen sein, seit er sie hier zurückgelassen hat. Es gibt wie immer nichts zum Spielen, nicht einmal ein Bilderbuch zum Anschauen. Sie tut mir so entsetzlich leid, dass mir die Tränen in die Augen steigen. Ich spüre ihre Ängste, ihre Einsamkeit und Verzweiflung und vor allem ihre Resignation. Aber ich kann dem Kind nicht helfen, nur durch das blinde Fenster schauen und sie beobachten. Ich habe keinen Schlüssel zu dem Haus. Ich komme oft hierher, um ihr nahe zu sein. Ich kenne sie nicht, aber irgendwie ist sie mir vertraut. Vielleicht, weil sie genau so traurig ist wie ich. Sie braucht Hilfe.

Wieder dieses Hämmern. Ich werde nicht öffnen. Bestimmt nicht. Es ist Nacht. Es wäre besser gewesen, wenn ich noch eine Weile an dem Fenster stehen geblieben wäre. Vielleicht wäre mir diesmal etwas eingefallen, um ihr zu helfen.

»Nun mach endlich die Tür auf, du sollst dich nicht einsperren.«

Jetzt habe ich die Stimme erkannt und weiß, wer gekommen ist. Ich schleppe mich aus dem Bett, um den Stuhl, den ich unter die Türklinke gestellt habe, wegzuschieben. Ich benutze den Stuhl, denn ich kann nicht abschließen.

»Na, meine Kleine, hast du dich mal wieder verbarrikadiert? Du weißt doch, dass du das nicht tun sollst.«

Er tritt ein, ohne mich eines Blickes zu würdigen. Mit seinem Arm schiebt er mich einfach beiseite und betritt mein ärmliches Zimmer. Wäre ich doch nur bei der Kleinen geblieben! Draußen in der Kälte war es unangenehm, aber immer noch besser als hier. Ich weiß, was jetzt kommen wird. Er wird mir wehtun. Es läßt sich nicht mehr abwenden. Duldsam strecke ich ihm meine Arme entgegen. Die Striemen von seiner letzten Züchtigung sind noch nicht ganz verheilt, und mir graut vor den nächsten Schlägen. Doch er läßt sich Zeit.

»Komm, Ramona, zeig dem guten Gregor, ob du wenigstens heute etwas gegessen hast. Dein Zimmer ist wieder nicht aufgeräumt. Sieh mal hier, deine Wäsche liegt unordentlich auf dem Boden. Wie oft haben wir schon besprochen, dass sich das ändern muss. Du musst dich einer gewissen Ordnung unterziehen, sonst ist ein Zusammenleben mit anderen nicht möglich.«

Er hat sich mir gegenüber auf den Stuhl gesetzt, der jetzt in der Mitte des Raumes steht. Was soll das werden? Warum tut er nicht einfach seine Pflicht? Zögernd neige ich den Kopf. Sollte es heute glimpflich ausgehen? Ich beschließe, ihm keine Antwort zu geben. Eigentlich habe ich ihm noch nie geantwortet - zumal er nur blöde Fragen stellt. Es gibt nur eine Person, mit der ich spreche, und die ist schon lange nicht hier gewesen. Also starre ich ihn nur an. Mit Sicherheit kann er die Angst in meinen Augen sehen. Er behauptete sogar einmal, dass er meinen Angstschweiß riechen würde, wenn er seinen Riemen durch die Luft schnalzen ließ.

»Wir wollen deine Gefühle wecken, nicht wahr?«, fragt er mich dann immer. »Dafür bist du doch schließlich hier, oder nicht?«

Mit einem fragenden Blick schaut er mich an und wartet auf meine Reaktion. Doch diesen Gefallen werde ich ihm nie tun. Ich muss einfach machen, was er will. Mit ein bisschen Glück lässt er dann schnell von mir ab. Auch wenn er Schritte auf dem Flur hört quält er mich nicht mehr. Doch heute ist alles still. Kann er nicht wenigstens tagsüber kommen, wenn ich die Chance habe dass jemand auf mich aufmerksam wird? Abwartend sehe ich auf die Schuhspitzen seiner schweren Stiefel. Er wippt auf und ab und lässt die Peitsche immer wieder leicht auf den Boden schlagen. Die davon aufgewirbelten Staubflusen tanzen im Licht der Deckenleuchte. Vorsichtig lasse ich den Blick nach oben schweifen. Er trägt schwarze Jeans, die an den Knien durchgescheuert sind und somit einen Blick auf seine behaarten Knie zulassen. Sein kariertes Flanellhemd sitzt wie angegossen, und man kann seine harte Bauchmuskulatur darunter erahnen. Seine nun angespannten Oberarmmuskeln lassen den Stoff fast zerreißen und zucken bei jeder Bewegung des Armes bedeutungsvoll. Irgendwann hat er mir erzählt, dass er früher einmal Boxer war. Seine breite Nase mit den riesigen Nasenlöchern hat in der Mitte einen Knick. Er besitzt ein sehr ausgeprägtes Kinn, auf dem allerdings nur spärlicher Bartwuchs zu sehen ist. Die Augen sind zwei schmale Schlitze, die nur Vermutungen über seine Augenfarbe zulassen. In diesem Moment hat er sie fest geschlossen, und er summt ein Lied vor sich hin. Oder summe ich es? Was will er? Ich lasse meinen Blick über seinen rasierten Schädel gleiten, auf den ein schwarzes Kreuz tätowiert ist. Seine kräftigen Nackenmuskeln bewegen sich unter der Haut, und vom rechten Ohr bis hinunter zum Schlüsselbein ist er ebenfalls tätowiert. Ein nacktes Mädchen rekelt sich dort, und dessen Konturen verziehen sich merkwürdig, wenn er sich bewegt. Nun sieht er mich wieder an. Ich warte.

»Ok, ok, ich werde dich heute verschonen. Für morgen ist eine ärztliche Untersuchung angesetzt. Wenn du brav bist und dein Zimmer in Ordnung bringst, hast du für heute Glück gehabt. Sollte der Zimmerdienst morgen früh etwas auszusetzen haben, werde ich dich besuchen. Du weißt, ich bin verantwortlich für die Ordnung hier.

Also tu gefälligst, was ich dir sage. Verstanden?«

Er hat sich erhoben, und sein eiskaltes Gesicht ist jetzt ungefähr einen Kopf über mir. Er sieht auf mich hinunter und hat seine riesige Hand unter mein Kinn gelegt. Ich bin gezwungen, ihn anzusehen. Mit der anderen Hand hat er mein Haar ergriffen und mir hart den Kopf in den Nacken gezogen. Ich bemerke, wie sich in meiner Muskulatur ein Krampf ankündigt, und versuche, mich aus dieser Zwangshaltung zu befreien, indem ich leicht den Kopf drehe. Er jedoch deutet das als Widerspruch. Er lässt mein Kinn los, und im nächsten Moment klatscht seine flache Hand auf meine Wange. Die brennt daraufhin wie Feuer, und gedemütigt senke ich den Blick. Dann lässt er mich los. Ein kurzer Hieb mit dem Riemen auf meine nackten Unterarme, und schon ist er verschwunden, als wäre das alles nicht geschehen. Mit meiner kalten Hand reibe ich mir die Wange und stelle fest, dass ich friere. Müde, aber erleichtert lasse ich mich auf mein Bett fallen und ziehe die Decke über den Kopf, um mich aufzuwärmen. Doch mein Bett ist ausgekühlt, weil wieder einmal die Heizung nicht funktioniert. Ein wenig habe ich mir auch die Unterhose nass gemacht. Das ist mir schon des Öfteren passiert, wenn Gregor bei mir zu Besuch war. Aber darauf kommt es jetzt wirklich nicht an. So liege ich zitternd und frierend bis zum nächsten Morgen.

Eigentlich habe ich mir meine Situation selbst zuzuschreiben. Schließlich bin ich nicht umsonst hier. In einem früheren Leben, das mir schon eine Ewigkeit her zu sein scheint, war ich Polizistin gewesen. Sogar eine recht gute. Ich besaß eine Dienstwaffe, eine chromfarbene Glock, die ich lässig um meine Hüften geschnallt hatte, wenn ich mich im Einsatz befand. Diese Waffe liebte ich. Sie lag leicht und sicher in meiner Hand. Nachts hatte ich sie unter meinem Kopfkissen in meiner kleinen, aber schicken Wohnung. Man konnte nie wissen, was einer alleinstehenden, jungen Polizistin passieren konnte. Vor allem, wenn man tagsüber unabsichtlich irgendeinem Ganoven zu nahe getreten war. Nie hätte ich gedacht, dass mir die Waffe einmal schaden würde.

Ich erinnere mich noch genau an diesen unheilvollen Abend, an dem es in Strömen goss. Ich hatte Dienst, und es war nach Mitternacht, als der Notruf einging. Eine junge Frau war in der Leitung und behauptete, Einbrecher in ihrer Wohnung gehört zu haben. Sie litt unter Todesangst, und ihre verzweifelte Stimme war kaum zu verstehen. Nur mit Mühe konnte sie mir ihre Anschrift mitteilen. Die Wache war zu dieser Zeit nur schwach besetzt, und es stand mir lediglich ein junger, unerfahrener Polizist zur Verfügung, der bis dahin rauchend an seinem Schreibtisch gesessen hatte. Sofort begab ich mich mit ihm auf den Weg zu der angegebenen Adresse, nicht ohne vorher Verstärkung anzufordern. Wir stürzten auf die Straße und ließen uns eilig in die Sitze meines Audi TT-Dienstwagens fallen, den ich glücklicherweise unmittelbar vor der Wache geparkt hatte. Während ich startete, griff ich mit der linken Hand hinter mich und platzierte das Blaulicht auf dem Dach. Sofort schrillte lauter Alarm durch die nächtlichen Straßen, und mit quietschenden Reifen näherten wir uns auf regennasser Fahrbahn schlingernd unserem Ziel. Der Audi gehorchte mir aufs Wort, und ich registrierte noch die bewundernden Blicke des jungen Kollegen, der sich etwas ängstlich mit den Händen unter dem Beifahrersitz festkrallte.

Die Bremsen kreischten laut, als wir vor dem angegebenen Haus zum Stehen kamen. Vorsichtig schlichen wir zur Haustür, die wir nur angelehnt vorfanden. Fast lautlos betraten wir das völlig im Dunkeln liegende Haus. Ich hatte die Waffe gezogen, und mein Begleiter schaute sich unsicher, fast ängstlich um. Wie konnte man einen so unsicheren jungen Mann von der Polizeischule in den Polizeidienst entlassen? Zögernd folgte er mir die Treppe hinauf ins Obergeschoss. Hinter einer Tür war ein leises Geräusch zu hören, und wir steuerten geradewegs darauf zu. Dann ging alles blitzschnell. Plötzlich stieß jemand von innen die Tür auf. An alles, was danach geschah, kann ich mich bis heute nicht wirklich erinnern. Doch der junge Kollege berichtete bei der nachfolgenden Untersuchung, was aus seiner Sicht geschehen war. Fast wäre ich durch den Zusammenprall ins Straucheln geraten. Ohne zu zögern hätte ich abgedrückt, und wie in Zeitlupe wäre der in der Tür aufgetauchte Kollege in sich zusammengesackt. Jede Hilfe seinerseits war unmöglich. Mir war klar, dass ich zuerst auf die Beine hätte zielen müssen, aber die bedrohliche Situation ließ mir keine Zeit zum Nachdenken, sonst hätte ich es getan. Polizisten müssen schnell handeln. Aus der Bauchwunde des Getroffenen sickerte Blut, das sah ich noch vor mir, und erst beim zweiten Blick sah ich, dass der Einbrecher eine Polizeiuniform trug. Kein übler Trick.

Ich wurde, nachdem die Leiche abtransportiert war, in Handschellen abgeführt. Man erzählte mir, ich hätte einen Kollegen erschossen, der schon geraume Zeit vor mir am Tatort war. Ich konnte mir nicht vorstellen, wie das sein konnte, aber die Staatsanwaltschaft blieb dabei. Angeblich hatte der Einbrecher die Wohnung bereits verlassen, ohne der jungen Frau ein Haar gekrümmt zu haben. Eine vorbeifahrende Streife hatte die offen stehende Haustür bemerkt und daraufhin nach dem Rechten gesehen. Man warf mir einen schwerwiegenden Fehler und absolut unangebrachtes Verhalten vor. Ich hätte niemals meine Waffe benutzen dürfen, ohne mich vorher von den Gegebenheiten zu überzeugen. In den nachfolgenden Verhandlungen glaubte man mir unverständlicherweise kein Wort mehr, und ich verstrickte mich immer tiefer in diese Geschichte, bis ich letztendlich selbst nicht mehr wusste, was wirklich geschehen war, und einfach nur noch wie unbeteiligt schwieg. Ich wurde verurteilt und landete schließlich hier. Fakt blieb, der Mann war tot, und ich hatte ihn umgebracht.

Irgendwann bin ich doch eingeschlafen, und ich träume, wie fast in jeder Nacht, von dieser schrecklichen Geschichte, und sollte sie sich tatsächlich so zugetragen haben, wie man mir einzureden versucht, so lastet dieser Mord an dem armen Kollegen schwer auf meiner Seele. Ich bin ein guter Mensch, und niemals im Leben bin ich in der Lage, einem Unschuldigen etwas Böses anzutun. Immer wieder holen mich all diese Vorwürfe ein, und langsam glaube ich selbst daran. Ich bin eine Mörderin.

»Frau Sebald, bitte nehmen Sie Platz. Wir wollen uns ein bisschen unterhalten, und es ist wirklich nicht schön, wenn Sie einfach nur so in der Ecke stehen.«

Die etwas ältere Psychologin meint es gut, als sie mich an diesem Morgen so freundlich in ihr Sprechzimmer bittet. Ich kenne sie nun geraume Zeit. Sie ist der einzige Mensch hier in diesem Haus, mit dem ich hin und wieder ein Wort wechsle. Zwar hat es lange gedauert, bis ich ihr vertraute, aber irgendwann einmal habe ich beschlossen, nicht so streng zu ihr zu sein. Schließlich tut sie nur ihre Pflicht. Manchmal sage ich aber auch gar nichts und sehe sie einfach nur an. Immer dann, wenn ich keine Lust zum Reden oder wenn ich schlecht geträumt habe. Auch wenn ich in der Nacht davor erst spät von dem Fenster des Mädchens zurückgekommen war, stand mir der Sinn nicht nach Gesprächen. Keiner kann verstehen, warum gerade ihr Schicksal mich so sehr berührt, wo ich noch nicht einmal weiss, wer sie überhaupt ist. Doch schließlich bin ich Ärztin, und eine gute Ärztin muss sich für alle ihre Patienten interessieren.

»Wie haben Sie heute Nacht geschlafen? Erzählen Sie mir etwas über die letzte Nacht. Haben Sie wieder Ihre kleine Freundin besucht? Wie geht es ihr?«

»Wenn ich ihr doch helfen könnte! Sie hat außer mir doch keinen Menschen auf der Welt, und ihr Vater ist ein Scheusal. Ein widerlicher Dreckskerl.«

»Warum ist der Vater ein Dreckskerl? Was wissen Sie über ihn?«

Ich seufze tief und denke verzweifelt: »Mein Gott, wie oft will sie mich das noch fragen? Schließlich bin ich keine Psychologin, sondern eine einfache Ärztin. Soll sie doch herausfinden, was mit dem Kerl nicht stimmt. Ich fühle nur für das kleine Mädchen. Sie ist hier das Opfer, nicht dieser blöde Wichser.«

»Ich kann leider nicht viel dazu sagen. Das müssen Sie doch langsam wissen. Den Vater habe ich noch nie gesehen. Ich kenne ihn nicht. Nur die Kleine ist meine Patientin, aber ich habe sie schon lange nicht mehr untersuchen können. Die Tür ist doch immer abgeschlossen. Ich fühle mich so hilflos. Warum können Sie mich nicht verstehen? Kommen Sie doch einmal mit und überzeugen Sie sich selbst, in welch schrecklichem Zustand dieses Kind ist. Wenn ihm nicht bald geholfen wird, wird es sterben. Wenn Sie mir nicht bald glauben, werden wir es verlieren. Ich kann es nicht allein regeln, warum helfen Sie mir nicht, warum hilft mir niemand?«

Ich sehe die Psychologin böse an. Warum kapiert sie nicht, dass auch sie Verantwortung trägt? Ich dachte immer, Psychologen sind intelligente Menschen. Ich will nicht unfreundlich sein, aber dieser Blick und die ewig gleichen Fragen bringen mich zur Raserei. Warum begreift hier keiner den Ernst der Lage?

»Gut, Frau Sebald, ich werde sehen, was ich tun kann. Wenn dieses Mädchen wirklich unsere Hilfe braucht, soll sie die natürlich bekommen. Aber zuerst muss ich mehr darüber wissen. Erzählen Sie mir, wie Sie sie gefunden haben.«

»Ich habe sie bei einem Spaziergang gefunden, das wissen Sie doch. Es ist nun fast zwei Jahre her, und seitdem betreue ich sie. Wenn man mir nicht so viele Schwierigkeiten bereiten würde, wäre sie längst gesund. Mir sind als Ärztin die Hände gebunden, und daran tragen auch Sie schuld. Zu der Krankengeschichte des Kindes kann ich Ihnen nicht viel sagen. Vermutlich typische Kinderkrankheiten - Masern, Mumps und Keuchhusten, das Übliche halt. Ich habe sie, wie schon gesagt, lange nicht mehr untersucht.«

»Haben Sie noch mehr solcher Patienten? Ich meine Leute, denen Sie nicht helfen können, weil Sie festgehalten werden. Erzählen Sie mir von anderen Fällen.«

»Es gibt andere Fälle. Ich kann Ihnen bei Gelegenheit einmal Akteneinsicht gewähren. In meiner nun vierjährigen Laufbahn als Ärztin hat sich da so einiges ange-

sammelt. Die meisten sind Kinder, schließlich bin ich Kinderärztin.«
Ich sehe die Psychologin verzweifelt an. Ich darf nicht mehr praktizieren, seit ich hier bin, obwohl ich nur einmal im Leben einen Kunstfehler begangen habe. Eine junge Mutter war mir während der Geburt einfach weggestorben. Ich konnte ihre Blutungen nicht stillen. Ich erinnere mich noch genau an diesen Moment. Überall war plötzlich Blut, ihre ganze Hose hatte sich dunkel verfärbt, es ging alles so schnell. Aber wie immer war ich mal wieder alleine im Kreißsaal. Ich weiß nicht mehr, ob ich laut geschrien oder gerufen hatte, oder ob es ein stummer, verzweifelter Schrei war. Das Blut lief immer weiter. Niemand kam zu Hilfe. Man hatte mir damals die Approbation entzogen, weil ich angeblich alles falsch gemacht hätte. Ärztin bin ich immer noch. Eine hilflose Ärztin, die helfen will und nicht kann.

»Wie alt sind Sie jetzt, Frau Sebald?«
Meine Akte liegt auf ihrem Schreibtisch. Sie muss nur hineinsehen.
»Zweiundzwanzig.«
»Wie kann es sein, dass Sie in diesem Alter schon promoviert haben?«
Meint sie diese Frage ernst? Ich habe ihr doch schon unzählige Male von meinem Werdegang berichtet.

»Ich war ein Überflieger, schon in der Schule nicht zu bremsen. Ich konnte zwei Klassen überspringen und war somit die jüngste Abiturientin, die auf diesem Gymnasium ihren Abschluss gemacht hatte. Selbst mein Studium konnte ich verkürzen, und den Rest kennen Sie ja.«

Ich sehe selbstgefällig zu ihr hinüber und begutachte ihre rot lackierten Fingernägel, als sie eifrig Notizen in meinem Krankenblatt macht.

»Haben Sie mir nicht letzte Woche erzählt, Sie hätten eine glänzende Karriere als Polizistin hinter sich? Wie passt das zusammen?«

»Da müssen Sie sich irren. Schauen Sie doch bitte noch einmal genau nach. Schließlich haben Sie noch mehr Patienten. Vielleicht verwechseln Sie mich.«

Wieder macht sie sich Notizen auf dem Papier. Ich schiele hinüber und versuche, etwas von dem zu lesen, was sie schreibt, aber ich sehe nur Strichmännchen. Sie malt doch tatsächlich Strichmännchen auf das Papier. Kein Wunder, etwas Neues über mich konnte es kaum geben. Man kennt mich hier in- und auswendig. So langsam wird mir die Sache zu dumm. Das Gespräch fängt an, mich zu langweilen. Ich beschließe, es für heute gut sein zu lassen und von jetzt an zu schweigen. Ich sehe einfach durch sie hindurch. Es dauert noch ein paar Minuten, bis sie meinen Gemütswandel bemerkt. Sie stellt noch ein paar Fragen und sieht mich dabei hilflos an. Als ich nach einer Viertelstunde immer noch schweige, darf ich gehen.

Der Alltag hier ist trist und eintönig. Auf meinem Zimmer steht das Essen bereit. Es gibt klebrigen Reis mit etwas darüber, das als Hühnerfrikassee bezeichnet wird. Für mich ist es nur die übliche Pampe, die es immer gibt – Einheitsgeschmack. Aber was das Essen anbetrifft, so bin ich nicht sonderlich verwöhnt. Ich schlucke einfach alles hinunter. Nur ab und zu verweigere ich eine Mahlzeit. Meistens an den Tagen, an denen ich zuvor von Gregor besucht wurde. Doch kein Mensch bemerkt, was *die Ursache ist. Es interessiert niemanden.*

Am Nachmittag setze ich mich in den großen Fernsehraum, um mir die gängigsten Talkshows anzusehen. Hier kann man etwas lernen. Ich versuche, mir die Souveränität der Darsteller einzuprägen. Den einen oder anderen Spruch merke ich mir auch. Ich werde ihn später in einem weiteren Gespräch mit der Psychologin anwenden. So verblöde ich wenigstens nicht vollkommen.

Drei weitere Patienten sitzen mit mir gemeinsam vor dem Fernseher. Wir sehen eine Gerichtsshow. Eigentlich eine gute Idee. Sollte ich jemals wieder hier herauskommen, werde ich Jura studieren. Es muss endlich mehr Recht gesprochen werden auf diesem verkommenen Planeten. Ich habe mich schon immer für die Schwächeren eingesetzt, das war von klein an mein Lebensziel. Auch hier helfe ich, wo ich kann. Die Menschen um mich sind krank und oft hilflos und tun mir leid. So wie jetzt wieder. Der ältere Mann, der zwei Stühle neben mir sitzt, stöhnt laut auf und beginnt plötzlich, mit dem Kopf wie verrückt auf die Tischplatte zu hämmern. Ich kenne das schon. Ich schlüpfe in meine Pantoffeln und setze mich neben ihn. Langsam und bedächtig streiche ich ihm immer wieder über seine Glatze. So lange, bis er sich beruhigt hat. Das kann mitunter Stunden dauern, aber ich habe Zeit. Mechanisch führe ich meine Bewegungen aus und falle dabei in eine Art Trance. Die Stimmen im Fernsehen werden leiser und undeutlicher, und alle Details der Sendung schwimmen ineinander. Ich schließe die Augen und gebe mich ganz dem glücklichen Gefühl hin, wieder gebraucht zu werden.

In der Nacht kommt er wieder, Gregor. Ich bin schon darauf vorbereitet und habe den Stuhl unter der Türklinke eingeklemmt. Diesmal klopft er noch nicht einmal. Er rappelt wie verrückt an der Tür und tritt mit dem Fuß dagegen. Ich habe schon geschlafen. Diese Nacht war ich nicht bei dem kleinen Mädchen gewesen. Es geht mir nicht so gut. Ich habe am Vormittag eine ärztliche Untersuchung über mich ergehen lassen müssen, und man hat, ohne mich um Erlaubnis zu fragen, meine Medikation geändert. Ich bekam ein paar neue Pillen, die ich von nun an dreimal täglich schlucken sollte. Sie sind knallrot, und das gefällt mir. Was so lebensfroh aussieht, muss doch helfen. Sollten sie anschlagen, werde ich sicher bald entlassen werden und kann mich auf mein Jurastudium konzentrieren. Die Pillen haben unangenehme Nebenwirkungen. Sie bringen meine Füße zum Zucken. Das hört sich harmlos an, ist es aber nicht. Wer kann schon mit zuckenden Füßen einschlafen? Immer wieder kommt es zu diesen unkontrollierbaren Bewegungen, und dabei kribbeln mir die Zehen. Ich liege stundenlang wach und versuche, diese Gefühle zu unterdrücken, aber es hilft nichts.

Als ich dann Gregors schwere Stiefel gegen die Türe poltern höre, bin ich für einen Moment sogar erleichtert, aufstehen zu können. Ohne weitere Gedanken daran, wie ich seinen Besuch vielleicht doch noch hätte verhindern können, schiebe ich den Stuhl beiseite und lasse ihn eintreten. Er sieht wütend aus, sein Gesicht ist knallrot. *Das kann ja heiter werden.* Sofort verspüre ich den unheimlichen Drang, mich auf der Toilette zu erleichtern, aber dafür ist es jetzt zu spät. Bedrohlich steht er vor mir, und *ich bemerke, wie mir mein Urin warm und vertraut die Beine hinunter läuft. Natürlich bleibt ihm das nicht verborgen.*

»Was ist los, du kleines Ferkel? Kannst du dich mal wieder nicht beherrschen? Muss ich dich etwa auf das Töpfchen setzen, wie ein kleines Baby, und dir anschließend Windeln anziehen? Das wollen wir doch sicher beide nicht, oder?«

Ich sehe ihn schuldbewusst an, sage jedoch kein Wort. Beschämt blicke ich auf den Boden, auf dem sich eine kleine Pfütze gebildet hat.

»Bück dich! Heute kommst du mir nicht davon, du kleine Schlampe.«

Ergeben beuge ich mich nach vorn, als er mir schon mit beiden Händen das Nachthemd hochzieht. Meine alte, löchrige Unterhose hängt nass an meinen Oberschenkeln und rutscht immer tiefer. Doch Gregor kennt kein Mitleid. Er holt weit aus und lässt den Lederriemen erst ein paar Mal durch die Luft kreisen. Der erste Schmerz ist immer der Schlimmste. Danach spürt man kaum noch etwas. Ich zucke zusammen, und die ersten Tränen tropfen von meinen Wangen und vermischen sich mit der Pfütze unter mir. Ich will doch nicht weinen! Es scheint eine Ewigkeit zu dauern, doch irgendwann ist er verschwunden, und ich bin wieder allein. Ich sehe, dass er meine Klamotten, die vorher über dem Stuhl gehangen haben, in die Pfütze am Boden geworfen hat. Aber das ist mir jetzt auch egal. Ich schleppe mich zum Bett und lasse mich auf die stinkende Matratze fallen, die ebenfalls beißenden Uringeruch verströmt. Ich versuche, mich zusammenzurollen und drehe mich zur Wand, von der eine unangenehme Kälte ausgeht. Morgen werde ich einen Termin bei meiner Ärztin machen und ihr endlich sagen, was dieser gemeine Kerl mir regelmäßig antut. Genau das werde ich tun. Persönlich werde ich dafür sorgen, dass er seinen Job verliert und auf der Straße landet.

Es muss Stunden später sein, als ich einschlafe. Meine Gedanken entfernen sich immer weiter von mir, und ich tauche ein in die Welt meiner Träume.

Das Haus ist still und dunkel, und ich bin allein. Wie schon so oft verspüre ich diesen unheimlichen Drang. Ich raffe mich auf, verlasse mein Bett und mache mich wieder einmal auf den Weg. Ich steige die Treppe hinauf, um im dunklen Schein des blassen Mondes nach meiner jungen Patientin zu sehen, die dort oben auf meine Hilfe wartet. Gestern schon sah sie nicht gut aus. Zur Sicherheit nehme ich Wimsti mit, meine einzige und beste Freundin.

MICK / PFLEGEHEIM St. ANDREAS IN HÜRTH-GLEUEL

Ein paar Tage, nachdem die Soko »Unbekanntes Mädchen« gegründet worden war, konnte die Polizei den unbekannten Landstreicher identifizieren. Es waren nicht viele Obdachlose in diesem eisigen Winter unterwegs gewesen, und man war sich schnell sicher, den Richtigen gefunden zu haben. Ein Kyllburger Nachbar hatte ausgesagt, dass Wilbert eine ganze Zeit lang Am Sonnenweg 35 gehaust hätte. Die Metzgersfrau im Ort, bei der Wilbert seine letzte Mahlzeit bekommen hatte, bestätigte anhand der Beschreibung, den gesuchten Mann zu kennen. Nun brauchte man nur noch seine Spur weiter zu verfolgen, und schon bald hatte der geheimnisvolle Landstreicher einen Namen mit dem dazu passenden Gesicht. Wilberts Aufenthalt war relativ schnell ermittelt, und so hielt Mick schon kurz darauf die Adresse eines Gleueler Pflegeheimes in der Hand.

Mick war schnell klar, dass Fassbender nicht infrage kam. Trotzdem musste er ordnungshalber auch diese Person überprüfen, genau wie alle anderen, die in unmittelbarer Beziehung zu der Mordfalladresse standen. Anhand der vorliegenden Daten konnte er höchstens 50 Jahre alt sein. Seltsam, dass er sich in diesem Alter bereits in einem Pflegeheim befand.

Entschlossen griff Mick zum Telefon und wählte die Nummer des Altenheimes »St. Andreas« in Gleuel.

»Vollmer«, meldete sich eine unpersönliche Frauenstimme.

»Guten Tag, Frau Vollmer, hier ist Kommissar Lehminger von der Kripo Trier. Es geht um einen Ihrer Bewohner, Herrn Wilbert Fassbender. Können Sie mir über diesen Mann Auskunft geben?«

»Leider dürfen wir Außenstehenden keine Informationen über unsere Patienten geben, es sei denn, sie haben die Einwilligung der Angehörigen.« Frau Vollmer spulte diesen Satz wie ein Tonband ab.

»Es geht um eine Ermittlung der Kriminalpolizei, und wir hätten einige Fragen an Herrn Fassbender. Wann können wir ihn besuchen?«

»Da muss ich Sie leider enttäuschen. Herr Fassbender wird Ihnen keine Hilfe sein. Er ist nicht ansprechbar.«

»Was soll das heißen, nicht ansprechbar?«

Mick merkte, wie in ihm die bekannte Ungeduld aufflammte.

»Da müssen Sie sich schon selbst ein Bild machen. Ich darf Ihnen keine näheren Auskünfte geben. Wenden Sie sich zwecks eines Besuchstermins an die Heimleitung. Tut mir leid, auf Wiederhören.«

Der Kommissar wollte noch etwas sagen, doch die Dame hatte bereits aufgelegt. Er beschloss, der Sache selbst auf den Grund zu gehen und am nächsten Tag einen Besuch in Gleuel zu machen.

Er saß noch eine Weile unentschlossen an seinem Schreibtisch, bevor er wieder zum Hörer griff. Genug neue Informationen, um sich wieder bei Josy zu melden. Schließlich hatte er ihr versprochen, sie auf dem Laufenden zu halten. Stundenlang hatte er darüber nachgedacht, wann er seine Einladung zu einem gemeinsamen Essen aussprechen sollte. Heute schien ihm der richtige Moment gekommen zu sein. Ihre Telefonnummer lag griffbereit unter der Schreibtischunterlage, und er fühlte, wie ihm das Herz bis zum Halse schlug, als er dem Klingelton auf der anderen Seite lauschte.

»Guten Tag, Sie haben den Anschluss von Daniel und Angela gewählt. Leider sind wir zurzeit nicht zu ...« Mick wollte schon enttäuscht auflegen, als es in der Leitung knackte.
»Wingen!«, ihre Stimme klang atemlos, als wäre sie gelaufen.
»Lehminger, hallo Frau Wingen, ich freue mich, Ihre Stimme zu hören, und hoffe, ich störe Sie nicht.«
Josy presste den Hörer fest ans Ohr.
»Gibt es Neuigkeiten?«
»Ja, eine Einzige. Wir haben den Landstreicher gefunden.«
Mick war etwas enttäuscht darüber, dass sie sich nur für den Fall interessierte, aber er ließ sich nichts anmerken.
»Kann er mit dem Mord zu tun haben?«
»Das glaube ich kaum, aber er könnte immerhin etwas wissen, und wir müssen schließlich jeder Spur nachgehen.«
Eine kurze Weile schwiegen beide.
»Und jetzt?«, ergriff Josy wieder das Wort.
»Naja, ich habe mir Folgendes überlegt: Sie haben mir doch mehr oder weniger ein gemeinsames Essen versprochen, und ich dachte mir, morgen wäre der richtige Tag dafür.«
»Wieso ausgerechnet morgen?« Josies Ohr begann zu glühen, und so richtig konnte sie sich nicht erklären, warum sie so aufgeregt war.
»Ich hatte die Idee, dass wir beide nach Gleuel fahren und diesen Ausflug mit einem Essen kombinieren könnten. Was meinen Sie?«
»Ja schon, aber wo um Himmels willen ist denn Gleuel? Davon habe ich noch nie gehört.«
»Gleuel liegt ganz in der Nähe Ihrer letzten Heimat, und unser Gesuchter ist dort Bewohner eines Altenheimes. Man sagte mir zwar, er wäre nicht vernehmungsfähig, aber ich würde mir gern selbst ein Bild machen. Was ist, haben Sie Lust, mich zu begleiten und ein bisschen Detektiv zu spielen?«
Josy versuchte, ihre Begeisterung etwas im Zaum zu halten.
»Ich habe nichts vor, und eine Abwechslung wird mir gut tun.«
Micks Herz machte einen gut gelaunten Hüpfer. Zwar hatte er sich etwas mehr Begeisterung versprochen, aber immerhin war sie einverstanden.
»Ich freue mich. Wenn Sie nichts dagegen haben, hole ich Sie um zehn ab. Wir werden dann am Nachmittag wieder zurück sein.«
»Ich werde fertig sein, bis Morgen.« Mick lauschte noch eine Weile in den Hörer, aber die Leitung war tot. Wie gerne würde er das Herz dieser fast unnahbaren Frau erobern, doch sie hatte anscheinend wenig Interesse an seiner Person. Er sinnierte noch eine Weile vor sich hin. Seit Katharinas Tod war Josy das erste Mädchen, das ihm wirklich ge-

fiel, und nach langer Zeit hatte er wieder das Bedürfnis, mit einem Menschen den Alltag zu teilen.

In der Nacht schlief er schlecht, obwohl er sich ein paar Gläser Rotwein genehmigt hatte – den Flachmann mied er. Er war erleichtert, als gegen sieben der Wecker klingelte, und die Nacht vorüber war. Er gönnte sich eine ausgiebige Dusche und putzte sich gründlich die Zähne, um die Spuren des Abends zu kaschieren.

Als er die Auffahrt des Reiterhofes passierte, war es zehn, und Josy stand vor der Eingangstür. Sie trug eine witzige, schwarze Latzhose und eine kurze Jeansjacke über einem weißen T-Shirt. Ihr widerspenstiges Haar hatte sie zurückgebunden, und schon von Weitem konnte er feststellen, dass sie sich leicht geschminkt hatte. Mick rieb sich seine feuchten Hände an der Hose ab und musste über seine eigene Nervosität lächeln.

»Nur die Ruhe, alter Junge«, sagte er zu sich, während er ausstieg, um Josy die Beifahrertür zu öffnen. Überraschenderweise sprang der Volvo beim ersten Versuch an, und der Kommissar legte krachend den Gang ein.

Eine Weile fuhren sie schweigend. Josy sah aus dem Fenster und beobachtete die vorbei fliegende Landschaft.

»Soll ich das Radio einschalten, oder wollen wir ein bisschen quatschen?«

Er sah sie an, und das erste Mal blickte sie ihm in die Augen.

»Was möchten Sie denn wissen?«, fragte sie ihn förmlich.

»Nichts Bestimmtes. Erzählen Sie mir einfach etwas aus Ihrem Leben.« Mick beschleunigte das Auto, als er auf die Autobahnauffahrt Richtung Köln fuhr. Seinen Blick heftete er fest auf die Straße, um Josy nicht zu irritieren. Eine Weile saß sie noch unschlüssig da, bevor sie zu reden anfing. Die Sätze flossen einfach und unkompliziert aus ihrem Mund, und nach einer halben Stunde hatte sie ihm fast ihr ganzes Leben erzählt. Er hörte zu, ohne sie auch nur ein einziges Mal zu unterbrechen. Nachdem sie geendet hatte, war sie anscheinend über sich selbst erschrocken.

»Warum habe ich das eigentlich alles erzählt?«

Sie zog die Augenbrauen hoch und sah ihn verlegen an.

»Keine Ahnung, vielleicht hatten Sie einfach das Bedürfnis. Ich bin auf jeden Fall froh, dass ich derjenige bin, den Sie in Ihr Vertrauen gezogen haben, und es tut mir echt leid, was Sie so alles erlebt haben. Keine schöne Geschichte, die mit Ihrem Exmann.«

Sie hatte die Hände locker gefaltet auf dem Schoss liegen, als sie sich ihm wieder zuwandte.

»Jetzt erzählen Sie. Wie kommt es, dass ein Mann wie Sie mit mir

125

herumkutschiert? Haben Sie keine Frau, die über Sie wacht?«
»Meine Frau ist vor ein paar Jahren verstorben. Krebs!«
»Oh, das tut mir leid. Wenn Sie darüber sprechen wollen, ich bin eine gute Zuhörerin.«
Sie blickte dabei aus dem Fenster und tat ganz unbeteiligt.
»Seit Katharinas Tod ist es mir nicht so gut gegangen. Ich habe eine schwere Zeit hinter mir, und wenn ich ehrlich sein soll: Heute ist der erste Tag, an dem ich froh bin, dass eine Frau neben mir sitzt.«

Er sah sie von der Seite an. Sie schwieg, erwiderte jedoch seinen Blick. Plötzlich hob sie ihre Hand und strich ihm behutsam mit dem Zeigefinger über sein rechtes Handgelenk, das auf dem Lenkrad lag. Dieser Moment war kurz, jedoch lang genug, um ungeahnte Gefühle in ihm zu wecken.

Als Mick die Geschwindigkeit drosselte, um die Autobahn zu verlassen, war Josy sogar ein bisschen traurig darüber, dass sie ihr Ziel fast erreicht hatten. Sie hatte die Fahrt sehr genossen und stellte fest, dass sie sich in der Gegenwart des Kommissars durchaus wohlfühlte.

Das Altenheim St. Andreas lag in einer Grünanlage am Ortsausgang. Sie ließen den Wagen stehen und gingen zu Fuß.

»Was versprechen Sie sich von diesem Besuch?«

»Eigentlich nicht viel. Ich glaube nicht, dass dieser Fassbender uns helfen kann, doch ich möchte mich überzeugen. Wenn Sie wollen, können Sie mitgehen. Ich würde vorschlagen, dass wir nach dem Besuch essen gehen. Es gibt ein Steakhaus. Mögen Sie Steaks?«

»Steaks sind mir lieber als ein fetter Schweinebraten, und mir knurrt jetzt schon der Magen, wenn ich nur darüber nachdenke.«

»Okay, dann sind wir uns in dieser Hinsicht einig.«

Mick hielt Josy die Tür auf und ließ sie vor ihm eintreten. An der Pforte saß ein Zivildienstleistender mit langem Haar und Vollbart.

»Kripo Trier, wir hätten gerne die Heimleitung gesprochen.«

Mick zückte seinen Dienstausweis, worauf der junge Mann zum Hörer griff. Es dauerte zwei Minuten, bis ein älterer Herr auf sie zukam.

Der Kommissar wiederholte seine Vorstellung. Die junge Frau an seiner Seite wurde nicht beachtet, und man führte sie zu einem Lift.

»Meine Herrschaften, leider kommen Sie zu spät. Herr Fassbender ist vor ein paar Minuten verstorben.«

»Hat das mit unserem Besuch zu tun? Hat ihm jemand gesagt, dass die Polizei mit ihm sprechen möchte?«

»Ganz sicher nicht, wir haben sein Ableben erwartet.«

Mick wandte sich zur Seite, stützte sein Kinn einen Moment in die rechte Faust und überlegte. Dieser Zeuge war verloren, daran war nichts zu ändern. Eher routinemäßig fragte er:

»Was ist mit seinem Nachlass? Gibt es überhaupt etwas?«
»Das kann ich klären, warten Sie bitte einen Augenblick.«
Der Heimleiter ging weg. Ein paar Minuten später kam eine Pflegerin und brachte Mick einen blauen Plastiksack mit den Worten:
»Das ist alles ... Sie müssen es nicht quittieren.«
Die letzte Bemerkung sollte wohl besagen, dass der Verstorbene kein Mensch im herkömmlichen Sinne war.

Das »Vermögen« Wilberts landete vorerst einmal im Kofferraum von Micks Volvo.

Auf der Fahrt zum Steakhaus waren die beiden aufgewühlt – aus unterschiedlichen Gründen. Sie standen an einem beschrankten Bahnübergang, und Mick hatte seine Hand auf die von Josy gelegt. Sie ließ es geschehen und erwiderte den Druck seiner Finger.

Das gemeinsame Essen verlief recht schweigsam. Das Ereignis dieses Tages hatte Spuren hinterlassen, und jeder hing seinen Gedanken nach, doch ihre Blicke trafen sich immer wieder, und diese Blicke sprachen mehr als viele Worte.

Es war fünf, als sie wieder auf dem Reiterhof ankamen. Auf der Rückfahrt hatten sie leise Musik gehört und die stille Fahrt genossen.

»Versprich mir, dass wir uns wiedersehen«, sagte er, bevor er ausstieg, um ihr die Autotür zu öffnen.

»So schnell wie möglich«, war ihre Antwort gewesen. Sie drehte sich um und verschwand bald darauf in der Eingangstür.

Als Mick am nächsten Morgen ausgeschlafen und gut gelaunt auf dem Kommissariat ankam, herrschte rege Betriebsamkeit. Günter, sein Kollege, stürmte ohne anzuklopfen in sein Büro.

»Hallo Micky, tut mir leid, dass ich stören muss, aber es gibt Neuigkeiten im Mordfall.«

»Lass hören. Ich bin arbeitswütig wie noch nie.«

Günter sah seinen Partner etwas erstaunt an, legte aber sofort los.

»Die Kollegen haben herausgefunden, wer vor dem Landstreicher Am Sonnenweg gewohnt hat. Zwar ist das Haus jahrelang leer gestanden, aber zu dem von dir angegebenen Zeitpunkt war eine gewisse Familie Sebald dort gemeldet. Doris Sebald, ihr Mann Robert, und soviel ich weiß eine Tochter namens Ramona. Sie müssen sich aber irgendwann getrennt haben, denn keiner von denen ist auf Anhieb aufzufinden. Wir recherchieren, wo die Drei abgeblieben sind.«

»Was ist mit diesem Mike Meyer? Habt ihr da etwas erfahren?«

»Ja, aber der hat ein wasserdichtes Alibi. Er war seit über einem Jahrzehnt nicht mehr in Deutschland. Zum Todeszeitpunkt der jungen Frau kann er also gar nicht hier gewesen sein. Sein letzter Kontakt nach hier war der Verkauf des Hauses an deine Frau Wingen.«

»Es ist zwar nicht meine Frau Wingen, aber es ist trotzdem nett, dass du es so ausdrückst.«

»Schon gut, ich wollte dir nicht auf den Schlips treten. Sag mir trotzdem, was du weiter zu tun gedenkst.« Günter sah Mick erwartungsvoll an.

»Ich werde mich nachher darum kümmern, den Wohnsitz dieser Personen herauszufinden. Wie weit seid ihr mit den Ermittlungen am Tatort? Irgendetwas Brauchbares?«

In diesem Moment klingelte das Telefon.

»Lehminger.«

»Gerichtsmedizin, mein Name ist Pauly. Ich grüße Sie, Herr Kommissar. Ich glaube, wir haben etwas Wichtiges gefunden.«

Herr Pauly hielt inne und gönnte sich eine spannende Pause.

»Was ist, lassen Sie mich an Ihrem Wissen teilhaben?« Lehminger zwang sich, seine Ungeduld im Zaum zu halten.

»Wir haben uns die Stiefel der jungen Frau noch einmal genauer vorgenommen und im Innenfutter einen Zettel gefunden.«

»Nun sagen Sie schon, was steht drauf?«

Mick presste den Hörer ans Ohr.

»Die Botschaft klingt wie ein Hilferuf. Vielleicht hatte man das Mädchen irgendwo versteckt, und das war ihre letzte Möglichkeit, sich bemerkbar zu machen. Sie dürfte damit gerechnet haben, dass man sie umlegt.«

»Spannen Sie mich bitte nicht länger auf die Folter! Was habt ihr gefunden?« Der Kerl trieb ihn zum Wahnsinn mit seinem Herumeiern. Jetzt kam es wie aus der Pistole geschossen: »Bitte finden Sie Olga Saizewa aus Sormova, Russland, verschwunden in Polen.«

Erst schwieg Mick, dann sagte er besänftigt:

»Warum nicht gleich so?«, und legte auf.

Mick sah zu Günter, der noch vor seinem Schreibtisch stand.

»Russland und Polen. Schau mal im Internet, wo Sormova liegt, und schick gleich ein Telex an die Behörden dort – viel verspreche ich mir nicht, aber schaden kann es nicht. Sieht so aus, als wenn endlich etwas Licht in die Sache kommt. Mach du hier weiter, ich werde mich um diese Familie Sebald kümmern. Ich werde auf dem Meldeamt vorbei fahren. Ach Günter, noch etwas, kann ich deinen Wagen haben? Meiner ist mal wieder nicht angesprungen, aber bevor du dich aufregst, ich habe ihn für morgen in der Werkstatt angemeldet.«

Günter lächelte nachsichtig.

»Wie wäre es, wenn du dir mal einen Neuen zulegst? Die alte Gurke lässt dich doch immer wieder im Stich.«

»Wenn du für mich eine Gehaltserhöhung beantragst, werde ich darüber nachdenken.«

Mick warf sich seine Jacke über, nahm die Autoschlüssel entgegen und verließ das Büro, bevor Günter noch etwas sagen konnte. Der murmelte: »Musst dir ja nicht gleich einen Porsche anschaffen.«

Er parkte in der Nähe des Rathauses und rauchte eine Zigarette, bevor er schließlich ausstieg. Auf dem Einwohnermeldeamt musste er eine Nummer ziehen und sich in die Warteschleife einreihen. Er verzichtete darauf, seinen Ausweis zu zücken. Es dauerte eine Weile, bis seine Nummer erschien. Er trat durch die Tür und begab sich an den Schalter, hinter dem ihm ein junger Mann unaufgeregt entgegen sah.

»Was kann ich für Sie tun?«, fragte dieser ohne großes Interesse und biss dabei ungeniert in ein Brötchen.

»Guten Tag erst einmal. Mein Name ist Lehminger von der Kripo Trier, und ich hätte gerne einige Auskünfte über eine gewisse Familie Sebald, die vor etwa zehn Jahren in Kyllburg gemeldet war.«

Mick klappte seinen Dienstausweis auf und hielt ihn dem Mann ohne Aufforderung unter die Nase. Der Beamte lächelte nun und ließ einen kurzen Blick über den Ausweis gleiten. Rasch begann er kurz darauf mit der Eingabe des angegebenen Namens und Wohnortes in seinen Computer. Innerhalb weniger Sekunden erschien die gewünschte Datei auf dem Monitor.

»Ich habe hier tatsächlich einen Eintrag über die von Ihnen gesuchte Familie. Robert, Doris und Ramona Sebald haben bis zum September 1997 dort gewohnt. Der Vermieter des Hauses war ein gewisser Michael Meyer. Jetzt ist das Haus umgeschrieben auf eine Frau Josy Wingen.«

»Können Sie herausfinden, was aus diesen Sebalds geworden ist, haben Sie irgendwelche aktuellen Anschriften?«

Der junge Mann ließ wiederum seine Finger über die Tastatur gleiten, während er ein weiteres Mal in das Brötchen biss. Mick übersah diese kleine Unhöflichkeit und beugte sich interessiert vor.

»Einen gemeinsamen Wohnsitz haben die Drei nicht mehr. Mal sehen, ob ich herausfinden kann, wo sie abgeblieben sind.«

Kauend machte er sich wieder an die Arbeit.

»Es gibt hier einen Robert Sebald, gemeldet in einem Männerwohnheim etwas außerhalb von Kyllburg. Die Adresse schreibe ich Ihnen gleich auf. Frau Doris Sebald hat ihren Wohnsitz anscheinend nie geändert. Hier steht immer noch Am Sonnenweg 6. Schöne Schlamperei, werde mich nachher drum kümmern. Eine Ramona Sebald kann ich hier gar nicht finden. Wird weiter weggezogen sein. Auch das dürfte herauszufinden sein, schließlich haben wir die Geburtsdaten der beiden Frauen.«

Er schob sein Frühstück zur Seite und kritzelte die oben erwähnte Anschrift des Männerwohnheimes auf ein Blatt Papier.

»Vielleicht reicht Ihnen das ja erst einmal. Wenn Sie uns einen offiziellen Suchauftrag geben, werde ich mich für die beiden anderen Personen interessieren. Aber das kann natürlich dauern.«

Der Beamte hob entschuldigend die Schultern und reichte Mick das kleine Zettelchen über den Tisch.

»Gut, dann zeigen Sie mal, was Sie können.«

Der Kommissar legte seine Visitenkarte auf den Schreibtisch.

»Rufen Sie mich an, wenn Sie mehr wissen.«

Mick erhob sich, nickte dem Mann zu und trat den Rückweg an. Im Auto sitzend betrachtete er den Zettel mit Sebalds Anschrift.

»Allmählich kommen wir der Sache doch näher«, sagte er zu sich selbst, während er langsam vom Parkplatz rollte. Schon heute Nachmittag würde er diesem Robert einen Besuch abstatten. Es müsste mit dem Teufel zugehen, wenn der nichts wusste. In diesem Augenblick fiel ihm der Flachmann unter dem Sitz ein. Kurz entschlossen hielt er an, holte ihn hervor und goss den Inhalt auf die Straße. Eine alte Frau, bewaffnet mit zwei Plastiktaschen und einem Pudel, beobachtete ihn und brummte kopfschüttelnd etwas in seine Richtung. Dann war sie mit dem Hund beschäftigt, der mannhaft versuchte, sich loszureißen, um die Flüssigkeit zu inspizieren. Die Alte behielt das Kommando.

Später gönnte er sich an einem Kiosk eine Currywurst mit Pommes. Es wurde Zeit, dass er mal wieder etwas kochte. Plötzlich kam ihm eine Idee. Er würde Josy zu sich nach Hause einladen und etwas Fernöstliches kochen! Der Gedanke gefiel ihm immer besser, und gut gelaunt machte er sich schließlich auf den Weg zu diesem Robert.

»Guten Tag, Kripo Trier. Kann ich hier Herrn Sebald antreffen?«

Der Angesprochene sah flüchtig auf den Dienstausweis und beugte sich unmittelbar wieder über seinen Farbeimer.

»Ja, der Robert wohnt hier, aber jetzt müssen Sie in die Kneipe »Zur alten Post« gehen – sein wahres Zuhause.«

Der Mann ließ den Pinsel eifrig über das Geländer gleiten.

»Vielleicht sollten Sie zuerst mit dem Heimleiter sprechen. Der weiß mehr, zweiter Stock.«

Mick begab sich in die zweite Etage. Am Ende des Flures kam er zu einem Büro, dessen Tür offen stand.

»Heimleitung« stand auf dem Schild, und Mick klopfte höflich an.

»Nur herein spaziert«, kam die Antwort. Hinter dem Schreibtisch saß ein bärtiger Mann, der an einer Zigarre paffte.

»Hallo, eigentlich wollte ich zu Herrn Sebald, aber man sagte mir, dass ich mich zuerst an Sie wenden soll.«

Der Bärtige wies mit der Hand auf einen Stuhl.

»Nehmen Sie Platz und sagen Sie, was ich für Sie tun kann.«

Sein Händedruck war fest, und er sah Mick freundlich an.

»Mein Name ist Michael Lehminger. Ich arbeite für die Kripo und habe ein paar Fragen, die einen Mordfall in Kyllburg betreffen.«

»Was, ein Mord? Was soll denn Robert damit zu tun haben?«

»Herr Sebald hat einmal ein Haus Am Sonnenweg bewohnt. Dort hat man jetzt das Skelett eines Mädchens gefunden.«

Van Schrick sah erschrocken aus. Er legte die Zigarre im Aschenbecher ab und beugte sich interessiert vor.

»Lieber Gott, das ist ja eine Ewigkeit her. Aber Sie haben recht, Robert hat vor langer Zeit mit seiner Familie in diesem Haus gewohnt. Er war einmal ein anständiger Junge und hat eben Pech gehabt im Leben. Ich hatte mir eigentlich mehr von ihm versprochen. Niemals hätte ich mir träumen lassen, dass er einmal so wird, wie er jetzt ist.«

Micks Interesse war nun endgültig geweckt.

»Wie ist er denn jetzt?«

»Leider ist er total dem Alkohol verfallen. Was auch immer ich versucht habe, er lässt sich einfach nicht helfen. Irgendetwas Schlimmes muss ihm passiert sein, dass er so den Halt verloren hat. Aber er hat nie mit mir darüber gesprochen. Früher haben wir uns einmal gut verstanden. Ich kenne ihn, seit er sechzehn war. Damals hat seine Mutter sich das Leben genommen, und er wurde vom Jugendamt hier untergebracht. Ich habe ihm wieder auf die Beine geholfen, und eine ganze Zeit sah es so aus, als wenn aus ihm etwas werden würde.«

Der Bärtige sah traurig aus. Anscheinend hatte er Robert wirklich gemocht, und Mick traf die Sache mit dem Alkohol ins Herz.

»Sein Problem war die eigene Familie. Als er Doris damals kennenlernte, wusste eigentlich jeder, dass das nicht gut gehen konnte. Und dann haben sie noch ein Kind bekommen. Sie müssen wissen, Robert wollte nie Kinder. Er muss als Kind Schlimmes erlebt haben. Oft ist es dann so, dass diese Männer selbst nicht Väter werden wollen.«

Van Schrick strich sich mit beiden Händen über den Bart.

»Ich habe ihn damals nach der Trennung von Doris aus Mitleid wieder hier aufgenommen und hatte die Hoffnung, er würde sich wieder fangen. Aber alles ist nur noch schlimmer geworden. Wenn ich ehrlich bin, er hat eigentlich nie wieder über seine Probleme gesprochen. Normalerweise dürfte ich ihn gar nicht hier behalten, aber solange ich hier noch das Sagen habe, werde ich hinter ihm stehen.«

»Haben Sie eine Ahnung, was aus seiner Familie geworden ist? Ich meine, wo sind die Frau und die Tochter abgeblieben?«

»Das kann ich Ihnen wirklich nicht sagen. Wie schon erwähnt, er hat nie wieder von den beiden gesprochen, und ich bin nicht sehr zuversichtlich, dass Sie mehr aus ihm heraus bekommen.« Van Schrick räusperte sich verlegen.

Mick erhob sich.

»Vielen Dank für Ihre Auskunft. Wo kann ich den Mann finden?«

»Da müssen Sie zum Gasthof »Zur alten Post« gehen, dort befindet er sich immer zu dieser Zeit. Aber erwarten Sie nicht zu viel.«

Van Schrick sah auf die Uhr.

»Er dürfte jetzt schon »vorgeglüht« sein. Meistens sitzt er alleine an der Theke. Freunde hat er keine mehr, außer mir natürlich. Aber auch meinen freundschaftlichen Gefühlen sind Grenzen gesetzt, und die überschreitet er regelmäßig. Trotzdem ist er ein guter Kerl.«

Mick verabschiedete sich freundlich. Dieser van Schrick war ihm sympathisch. Ein Mann, der ehrlich und kompromisslos hinter dem stand, was er tat.

Bis zum Gasthof waren es nur ein paar Minuten. Als er hineinging, schlug ihm stickige Luft entgegen. Einige Männer standen an der Theke. Robert erkannte er sofort und schätzte ihn auf Anfang bis Mitte vierzig. Sein blondes Haar war in der Mitte schon etwas licht und stand ungepflegt vom Kopf ab. Seine Haut war fahl, und er hatte dunkle Balken unter den Augen. Das Gesicht war aufgedunsen.

Mick schob einen Barhocker in Roberts Nähe und bestellte ein Bier. Der Wirt sah ihn misstrauisch an, bevor er ihm wortlos das Glas vor die Nase stellte.

Robert beachtete ihn nicht. Er saß bloß da.

»Was glotzt du so?«, kam es nach einer Weile.

»Entschuldigung, ich wollte nicht stören, aber ich suche einen gewissen Robert Sebald, und die Beschreibung passt ganz gut auf Sie.«

Robert schenkte dem Kommissar einen widerwilligen Blick und widmete sich dem Bier. Er ließ die Flüssigkeit ohne zu schlucken in seinen Magen laufen. Als das Glas leer war, stand bereits ein neues vor ihm.

»Was willst du?«

Robert kramte umständlich nach einer Zigarette, ohne Mick eines weiteren Blickes zu würdigen. Der Kommissar griff in seine Jackentasche und ließ sein Feuerzeug aufschnappen. Zögernd nahm Robert das Angebot an und sog den Rauch gierig in seine Lungen. Seine Hände zitterten, während er rauchte. »Wie lange wird es dauern, und ich werde so sein wie er?«, fragte sich Mick, der mit dem Penner Mitleid hatte.

Robert zeigte keinerlei Reaktion und schwieg.

»Sie haben Am Sonnenweg gewohnt, nicht wahr?«

»Na und?«

»Soviel wir erfahren konnten, sind Sie im September 1997 von dort weggezogen, stimmt das?«

»Wenn Sie es schon wissen, wieso fragen Sie dann? Wer sind Sie überhaupt?«

Mick nahm einen Schluck Bier.

»Mein Name ist Michael Lehminger von der Kripo Trier, und wir müssen einen Mord aufklären, der sich ungefähr zu dieser Zeit dort zugetragen hat. Die Überreste der Leiche wurden erst vor ein paar Tagen gefunden. Unsere Aufgabe ist es, zu recherchieren, was sich zu dieser Zeit dort zugetragen hat.«

»Was hab ich damit zu tun?« Roberts Blick war ebenso gleichgültig wie am Gesprächsbeginn. Er zog ein weiteres Mal an seiner Zigarette und glotzte dabei unbeteiligt in den Aschenbecher.

»Herr Sebald, ein junges Mädchen ist damals vermutlich in Ihrem Hause zu Tode gekommen. Sie könnten uns allen die Arbeit erleichtern, wenn Sie uns erzählen würden, was Sie wissen.«

»Ich kenne kein junges Mädchen, und mit diesem Haus und allem, was darin stattgefunden hat, will ich absolut nichts mehr zu tun haben. Und jetzt verpiss dich.«

Robert stand auf, rückte den Barhocker ein paar Meter weiter und drehte sich demonstrativ in die andere Richtung. Er leerte den Rest seines Glases in einem Zug und hob den Finger in Richtung Wirt, der sofort eine weitere Flasche öffnete.

»Eine Frage habe ich noch. Was ist aus Ihrer Familie geworden?«

»Ist mir scheißegal. Finde es doch heraus, du alter Wichser! ... und jetzt lass mich in Ruhe!«

In dem Augenblick war Mick glücklich über den Umstand, dass er den Flachmann vor ein paar Stunden so mutig entsorgt hatte. Auf der Rückfahrt nach Trier wählte er Angelas Nummer. Nach dem dritten Läuten wurde abgehoben.

»Hallo?«, klang die atemlose Stimme aus dem Lautsprecher.

»Hier ist Lehminger, kann ich bitte Frau Wingen sprechen?«

Mick sah auf die Uhr. Nach diesem frustrierenden Gespräch mit Robert hatte er Sehnsucht nach Josy.

»Natürlich, Herr Kommissar. Sie ist bei den Pferden. Wenn Sie einen Moment Geduld haben, rufe ich sie.«

»Ja, vielen Dank. Ich warte.«

Mick stand am Straßenrand und hatte den Motor abgestellt. Er wollte sich eine Zigarette anstecken, als er die erhoffte Stimme hörte.

»Wingen!«

»Hallo Josy, ich bin es. Ich darf doch Josy sagen nach unserem Ausflug gestern, oder nicht?«

»Das geht in Ordnung, Mick.« Josy lachte unbekümmert in den Hörer, und Micks Herz schlug einen Tick schneller.
»Hast du heute Abend schon etwas vor?«
»Worum geht es denn? Gibt's was Neues bei den Ermittlungen?«
»Ja, aber in erster Linie möchte ich dich wiedersehen. Du hast selbst gesagt, so schnell wie möglich.«
Josy schwieg verlegen. Hatte sie das wirklich gesagt?
»Wenn du willst, hole ich dich heute Abend ab. Ich dachte, ich könnte uns was Schönes kochen. Hast du Lust?«
Sie überlegte lange – zu lange. Doch dann sagte sie zu.
»Gut, ab acht habe ich Zeit. Aber kannst du denn überhaupt kochen?« Josies Frage klang erstaunt.
»Lass dich überraschen. Du wirst begeistert sein, ich bin ein Künstler. Du musst nur sagen, was du möchtest, Fleisch oder Fisch.«
»Wenn das so ist, dann möchte ich lieber Fisch.«
»Das hätte ich dir aber auch geraten. Ich bin ein Fischfanatiker.«
»Abgemacht!« Josy machte eine kurze Atempause.
»Ich freue mich«, flüsterte sie leise in ihren Hörer.
Dieser letzte Satz verursachte ein Dauerlächeln in Micks Gesicht, und beschwingt machte er sich auf den Weg nach Trier, um dort die Zutaten einzukaufen. Er entschied sich für ein thailändisches Gericht mit Garnelen, Basmatireis und Mangochutney. Dazu wollte er Jalapeno-Baguettes aufbacken, die man vorgebacken und tiefgefroren kaufen konnte. Zum Nachtisch plante er eine Mascarpone-Creme mit geeisten Pfirsichen und zur Abrundung des Ganzen einen leichten Wein. Gut gelaunt ließ er die Zutaten in seinen Einkaufswagen gleiten und verstaute die Tüten im Kofferraum – dabei sprang ihm der blaue Sack ins Auge.
»Gleich morgen werde ich das Zeug anschauen«, brummte er, um danach ohne Umwege nach Hause zu fahren.
Josy wühlte in ihrem provisorischen Kleiderschrank, den Daniel ihr vom Dachboden geholt hatte. Sie entschied sich für ein schwarzes kurzes Kleid. Dazu wählte sie ein Paar halbhohe Schuhe und band ihr frisch gewaschenes Haar mit einem blauen Band locker zurück. Zufrieden mit sich selbst drehte sie sich vor dem Spiegel. Angela hatte recht, eigentlich konnte sie mit ihrem Anblick zufrieden sein. Sie wählte einen glänzenden, fast farblosen Lippenstift.
Als sie die Treppe herunterkam und wie immer über den Hund des Hauses steigen musste, pfiff Daniel anerkennend durch die Zähne.
»Na, wenn dieser Anblick nicht sämtliche Polizisten des Landes schwach macht, dann falle ich vom Glauben ab.«
Josy boxte ihren Schwager liebevoll gegen die Schulter.

»Übertreib nicht immer so.«
»Tu ich doch gar nicht.«
Als sie neben Mick saß, konnte der den Blick kaum noch von ihr abwenden. Der leichte Duft ihres Parfums machte ihn angenehm schwindelig, und er strich sich verlegen über seinen Dreitagebart, der mittlerweile eher schon zu einem Fünftagebart geworden war. Doch Josy schien das nicht zu stören.
»Ich habe den Mann identifiziert, der Am Sonnenweg gewohnt hat«, sagte er, um sich von ihrem Anblick loszureißen.
»Könnte er der Mörder sein?« Josy war gespannt.
»Momentan ist er der einzig wirklich Verdächtige. Allerdings sehr vage, die Geschichte. Außerdem ist er ein dubioser Typ. Viel gesagt hat er nicht. Aber das macht nichts. Wir werden ihn offiziell vorladen und ihn in die Zange nehmen. So wie er aussieht, hat er Dreck am Stecken.«
»Wirst du ihn verhören?«
»Ja, was Verhöre angeht, kann ich ein richtig scharfer Hund sein.« Er lächelte sie von der Seite an.
»Kann ich mir gar nicht vorstellen.« Josy blickte versonnen auf Micks Hände, die locker auf dem Lenkrad lagen. Er hatte feingliedrige, schlanke Finger. Sein Handgelenk war kräftig, und seine Unterarme leicht behaart. Er stellte fest, dass sie ihn beobachtete.
Josy hatte fast nicht wahrgenommen, dass Mick vor seinem Haus angehalten hatte. Er war ausgestiegen und öffnete ihr die Autotür.
»Schönes Haus. Gehört es dir?«
»Ja, seit ein paar Jahren. Ich habe viel Arbeit hineingesteckt, aber seit dem Tod meiner Frau habe ich es etwas vernachlässigt. Ich hoffe, du fühlst dich trotzdem wohl.«
Josy betrat den Hausflur und ging weiter in die Küche, nachdem Mick ihre Jacke an die Garderobe gehängt hatte. Der Tisch war liebevoll gedeckt, und auf dem Herd standen einige Töpfe, aus denen es angenehm duftete. Es war warm und gemütlich.
»Ich hoffe, du hast nichts dagegen, wenn wir hier essen. Im Wohnzimmer ist es zwar auch schön, aber der niedrige Tisch ist nicht so zweckmäßig. Mach es dir ruhig bequem, ich brauche noch ein paar Minuten. Ich hoffe, du magst Garnelen.«
»Ich liebe Garnelen.«
Mick atmete erleichtert auf.
»Darf ich dir schon etwas zu trinken anbieten? Einen kleinen Aperitif, oder möchtest du lieber etwas Alkoholfreies?«
»Ein Wasser wäre mir im Moment am liebsten.«
»Schau dich nur um.« Mick hatte sich währenddessen eine Schürze umgebunden, und Josy lächelte bei seinem Anblick.

»Du scheinst ja ein richtiger Hausmann zu sein. Ich habe noch nie einen Polizisten mit Schürze gesehen.«

»Ja, auch das soll es geben. Früher habe ich immer gern gekocht.«

Sie ging eine geschwungene Treppe hinauf und warf einen vorsichtigen Blick in das Zimmer, dessen Tür offen stand. Es war sein Schlafzimmer. Ein eingebauter Kleiderschrank verdeckte die gesamte linke Wand. Ein französisches Bett war der Blickpunkt des Raumes.

Neben dem Badezimmer gab es zwei weitere kleine Zimmer. Es handelte sich um Kinder- oder Gästezimmer. Das eine war mit Büromöbeln ausgestattet, und ein zugeklappter Laptop lag auf dem Schreibtisch.

Aus der Küche hörte sie Teller klappern und Öl brutzeln. Also ging sie wieder nach unten. Neben der Garderobe hing ein Bild von Münzfeld. Es stellte eine riesige Linde und einen Brunnen dar, neben dem eine Holzbank stand. Die Farben leuchteten, und man konnte sich in den Weiten des Himmels verlieren.

»Wenn du möchtest, können wir in ein paar Minuten essen.« Die Stimme aus der Küche riss sie aus ihren Träumen.

Als sie zurückkam, stand er etwas verschwitzt vor dem Herd und schwenkte eine Pfanne mit Garnelen.

»Ich habe uns dazu einen leichten Weißwein ausgesucht und auf Knoblauch verzichtet. Ich hoffe, das ist dir recht so?«

»Warum, willst du mich etwa küssen?« Oh, diese Frage war ihr unabsichtlich herausgerutscht, und sie hielt sich verlegen die Hand vor den Mund. Mick sah sie belustigt an.

»Das war ursprünglich nicht der Grund, aber wenn ich es mir überlege, ist die Idee gar nicht so schlecht.«

»Entschuldige bitte, ich bin immer etwas zu spontan, tut mir leid.« Josy senkte den Kopf.

»Es muss dir nicht leidtun. Erstens liebe ich spontane Frauen, und zweitens kann ich mich an den Gedanken gewöhnen. – Setz dich doch, der Reis ist jeden Moment fertig.«

Josy ließ sich auf den Stuhl fallen und betrachtete unsicher ihre Fingernägel, während der Reiskocher das Ende der Garzeit akustisch ankündigte.

»Das ist Himalajareis. Er ist unverwechselbar, und ich habe immer einen Vorrat.«

Er füllte ihren Teller mit ein paar leicht gebräunten Garnelen. Den Reis und das Chutney stellte er in Reichweite auf den Tisch.

»Nimm dir.«

Josy ließ sich das nicht zweimal sagen. Sie war ziemlich ausgehungert, und ihr Magen knurrte schon eine Zeit lang vor sich hin. Er setzte

sich ihr gegenüber, und eine Weile aßen sie schweigend.
Erst als sie das letzte Reiskorn vom Teller gefischt hatte, legte sie Messer und Gabel beiseite.

»Du bist wirklich ein hervorragender Koch. Ich habe lange nicht mehr so gut gegessen.«

»Freut mich. Beim nächsten Mal kannst du dir etwas aussuchen.« Mick sah sie über den Tisch hinweg an.

»Darauf komme ich zurück.« Josy war aufgestanden und räumte die leeren Teller in die Spülmaschine. Etwas wollte sie auch tun.

»Komm, lass den Rest stehen, ich mache das später. Wir können es uns im Wohnzimmer gemütlich machen.« Er nahm sie bei der Hand, und sie ließ sich von ihm nach nebenan ziehen. Dort drückte er sie in die weichen Kissen des Sofas. Bevor er sich zu ihr setzte, holte er noch die Weinflasche und die Gläser.

»Möchtest du Musik hören?« Sie nickte ihm zu, ließ die Schuhe von den Füßen gleiten und zog die Beine auf das Ledersofa.

»Magst du Simply Red? Sie sind meine Lieblingsband. Wir können natürlich auch etwas anderes hören, aber wenn ich ehrlich bin, habe ich nicht besonders viel Auswahl.«

»Das ist schon okay.«

Mick schob die CD in den Player, und es erklang die markante Stimme seines Namensvetters mit »Something got me started«.

»Das ist ein Stück von seinem Album »Stars«, sozusagen aus der besten Zeit von Mick Hucknall.«

Er lauschte einen Augenblick der vertrauten Stimme, bevor er sich neben Josy niederließ. Eine Weile saßen sie nur versonnen nebeneinander. Mick hatte wie selbstverständlich seinen Arm über die Rückenlehne des Sofas gelegt und berührte mit der Hand leicht ihre Schulter.

»Weißt du Josy, ich habe dich von Anfang an gemocht. Schon bei unserem ersten Treffen war es um mich geschehen. Ich hätte nie gedacht, dass mir so etwas noch einmal passiert.«

Josy sah ihn nicht an. »Eigentlich wollte ich mich nie wieder verlieben.« Ihre Stimme war leise.

Bevor sie noch einen weiteren Einwand loswerden konnte, verschloss er ihren Mund mit seinen Lippen. Sie zögerte einen Moment, doch dann übermannten die Gefühle ihren Verstand, und alles wurde unwichtig. Sein Kuss war tief und leidenschaftlich, und sie überließ sich seinen forschenden Händen.

Etwas später trug er sie auf seinen Armen mühelos die Treppe hinauf, und sie hatte jede Gegenwehr aufgegeben. Vorsichtig ließ er sie auf das Bett gleiten. Sie ließen einfach alles hinter sich. Mord und Totschlag und alle Probleme.

Am Morgen saß Mick glückselig in seiner Küche. Zum üblichen Toast aß er ein Rührei. Das Ei auf seinem Teller wurde kalt, während er seinen Gedanken nachhing. »Mein Gott, ich bin doch keine fünfzehn mehr!«, kommentierte er seine Aufgeregtheit. Keine Frage, es hatte ihn erwischt; und das gründlich.

Doch da keimte im Hinterkopf ein Gedanke: Veronika. Sie hatte es beileibe nicht verdient, jetzt wie ein gebrauchter Putzlappen entsorgt zu werden. Mick überlegte nicht, ob, sondern wie er dieses Problem mit Anstand lösen konnte. Dabei schied ein Anruf mit Sicherheit aus.

»Das kann ich nicht aufschieben!« Sofort machte er sich auf den Weg. Wie ein pubertärer Junge stand er wenig später vor Veronika. Mindestens diesen Abschiedsbesuch war er ihr schuldig. Dass seine Worte genauso verwelkt wie die Blumen in seinen Händen waren, ahnte er. Sie jedoch kam ihm entgegen und lächelte, nachdem er sein »Gedicht« etwas stockend vorgetragen hatte.

»Ich wünsche dir aus ganzem Herzen alles Liebe mit deiner Freundin – du hättest es beileibe wirklich verdient. Ich wusste immer, wie sehr du leidest und wie du zu mir stehst. Deswegen begreife ich dich gut. Danke, dass du den Weg zu mir trotzdem gefunden hast.«

Sie umarmte ihn, wandte sich ab und schloss die Wohnungstür. Mick stand ratlos da und murmelte:

»Wahrscheinlich das erste Mal, dass wir uns nahe waren..., jetzt, wo es aus ist.«

Melancholisch stieg er die Treppen hinunter. Jetzt hatte er erkannt, dass Veronika auch ein Mensch war, sogar ein wertvoller – aber es war nicht mehr zu ändern. Ihre Toleranz beeindruckte in nachhaltig.

Josy saß auch beim Frühstück, und ihrer Schwester Angela reichte ein Blick. Sie sagte nichts und wollte ausnahmsweise auch nichts wissen. Ein Plakat hätte nicht informativer sein können, als Josies Gesichtsausdruck.

Etwas später im Badezimmer fuhr Josy auf einmal der Schrecken durch die Adern. Ihre Periode – sie hatte nicht darauf geachtet. Der letzte Sex mit dem Ex! – es reimte sich sogar. Zwei Stunden später hatte sie Gewissheit: Sie war schwanger. Sie wusste nicht, wie sie Mick das erklären sollte. Er würde an ihrer Aufrichtigkeit zweifeln – und das war nachvollziehbar.

Zur gleichen Zeit holte Mick den Sack mit Wilberts Sachen aus dem Kofferraum und sortierte den Inhalt:

Socken – gewaschen und gebraucht, Unterhosen – drei Stück, ein kleines Stück Seife, ein Nassrasierer gebraucht, ein Plastiketui mit 30 Euro und zwei Videokassetten.

Der Kommissar betrachtete die beiden Kassetten. Es stand nichts darauf. Er konnte lediglich erkennen, dass sie auf einem nicht mehr gängigen System aufgenommen worden waren. Heutzutage wurde alles in VHS aufgezeichnet, Betamax war überholt. Er überlegte, wer die Bänder auf VHS überspielen könnte. Günter – der kannte sich da aus. Gleich rief er ihn auf der Dienststelle an. Der tat das Problem mit einem »Peanuts« ab.

Nachdem Mick aus der Dusche gestiegen war, und der Rest von Josies Duft sich verflüchtigt hatte, konnte er es sich nicht verkneifen, sie anzurufen. Sie freute sich über seine Nachricht. Doch irgendetwas war in ihrer Stimme, das ihn aufhorchen ließ. Zuordnen vermochte er den Unterton allerdings nicht – eigentlich hoffte er, dass es nur Einbildung war.

Der übernächste Tag, ein Samstag, war dienstfrei. Dieses Wochenende wollte er mit Josy verbringen. Sie würden ins Grüne fahren und eine gute Zeit verbringen. Vorher jedoch musste er den Inhalt der Videokassetten sichten. Er hoffte, dass die Aufnahmen brauchbar waren. Günter hatte sich bereit erklärt, bis zum späten Vormittag einen Betamax-Rekorder aufzutreiben. Der Rest war Sache der Spezialisten. Sie konnten fast alles wieder sichtbar machen. Günter empfing ihn mit einer guten Nachricht.

»Stell dir vor Mick, ich habe einen Techniker aufgetrieben, der konnte die Bänder auf VHS überspielen – ich hatte keine Ahnung, dass das machbar ist.«

»Ich wusste immer schon, dass du ein Oberschlaumeier bist.«

Mick begrüßte den Kollegen mit einem leichten Schlag auf die Schulter.

»Wie siehst du überhaupt aus?«, wollte der wissen.

»Abgestürzt? Du wirkst ja völlig durch den Wind.«

Mick betrachtete sein Gesicht im Spiegel über dem Handwaschbecken.

»Du spinnst, ich sehe aus wie das blühende Leben. Es ist nur spät geworden.«

»Aha. Eine Unterleibsgeschichte. Sag mir jetzt nicht, dass du die Rothaarige horizontalisiert hast. Dann falle ich vom Glauben ab.« Günters Augen leuchteten spöttisch.

»Was geht es dich an, mein Lieber? Abgesehen davon: Seit wann hast ausgerechnet du einen Glauben?«

»Die Rothaarige, ich glaube es nicht. Beim nächsten Kneipenbesuch erzählst du es mir genauer. Darauf bestehe ich. Schließlich habe ich deine Fresse jahrelang stumm ertragen. Schon allein dafür habe ich das Verdienstkreuz am Bande verdient.«

Mick lachte, ließ sich auf den Stuhl fallen und warf seine Jacke auf den Schreibtisch. Günter setzte Rekorder und TV-Gerät in Betrieb. Flimmernde Schwarz-Weiß-Streifen zogen über den Bildschirm. Günter schob die erste Kassette ein und ließ sich auf der Schreibtischkante nieder. Gemeinsam blickten sie gespannt auf den Bildschirm. Zunächst geschah nichts, nach ein paar Sekunden tauchte ein verwackeltes Bild auf. Jetzt ertönte die brüchige Stimme eines Mannes, und man erkannte ein Bett. Anscheinend versuchte jemand, ein Stativ aufzubauen. Es krachte laut, und dieser Ton ließ die beiden Männer zusammenfahren.

»Leg dich hin, Schlampe! Tu, was ich dir sage, ich bin gleich da.«

Die Stimme des Mannes klang verzerrt. Es war klar, worum es sich handelte. Ein junges Mädchen kam ins Bild. Sie bewegte sich auf hochhackigen Schuhen unsicher auf das Bett zu. Soweit Mick erkennen konnte, war sie höchstens 16-17 Jahre alt.

Der Film stockte einen Moment, bevor er wiederum das Bett zeigte. Das Mädchen stand davor. Sie hatte dunkles Haar und trug einen roten Rock. Ihre Beine waren ausgemergelt.

»Zieh den Rock hoch und knie dich auf die Matratze. Streck den Hintern hoch und lass deine Fotze sehen.« Den Oscar für die beste Regie würde es dafür nicht geben, aber das war nicht Sinn der Sache.

»Bitte nicht, lass mich einfach wieder gehen. Ich werde auch keinem etwas von dir erzählen.«

»Halt das Maul. Wer so provozierend rum läuft wie du, darf sich nicht wundern. Du bist doch diejenige, die mich angemacht hat. Also tu, was ich dir sage.« Das Mädchen folgte widerstrebend. Sie zog ihren Rock hoch und stieg aus ihrem Slip. Als sie in der gewünschten Stellung kniete, kam der Mann ins Bild. Mick und Günter starrten angewidert auf den Bildschirm. Er trug eine Mütze mit Augenschlitzen und hatte sich bis auf die Unterhose ausgezogen. In der Hand trug er einen überdimensionalen Dildo. Das Mädchen wimmerte, als der Typ ihr dieses Riesenteil in ihren Unterleib stieß.

»Stell dich nicht so an. Wenn du geil bist, werde ich dich persönlich beglücken.« In diesem Moment ertönte eine weitere Männerstimme. Anscheinend hatte jemand den Raum betreten.

»Mach endlich, ich kann sie nicht mehr bändigen.«

Mick und Günter sahen sich fragend an.

»Verpiss dich und lass mich in Ruhe. Du wirst doch wohl in der Lage sein, eine Dreijährige zu beschäftigen.«

Der andere Mann schien sich zu entfernen, denn man hörte eine Tür zuschlagen.

»Scheiße, jetzt kann ich noch mal von vorne anfangen.« Das Mädchen auf dem Bett begann jetzt zu weinen.

»Halt die Klappe und nimm dein Gesicht aus der Kamera! Das Einzige, was ich von dir sehen will, sind Arsch und Fotze.«
Es krachte, und das Band klemmte. Sekundenlang zeigte er das Mädchen als Standbild, bevor der Bildschirm dunkel wurde.
»Scheiße«, sagten Mick und Günter gleichzeitig.
Sie warteten eine Minute, bevor Günter das Band entnahm.
»Kannst du dir einen Reim darauf machen, welches Schwein das sein könnte?« Günter hielt die Kassette mit spitzen Fingern in der Hand, ganz so, als könnte er sich daran infizieren.
»Keine Ahnung, wir müssen Spezialisten hinzuziehen. Ich bin sicher, dass sie das Video retten können. Wir müssen die Aufnahmen deutlicher haben, vielleicht kann man dann ein Gesicht erkennen. Dann haben wir wenigstens etwas.«
Günter nahm die zweite Kassette und schob sie in den Rekorder.
»Vielleicht ist die besser.«
Gespannt setzten sie sich wieder, doch der Rekorder konnte dieses Band gar nicht abspielen.
»So ein Mist, hoffentlich kann man noch etwas retten. Ich werde mich jetzt auf den Weg zu Andy machen.« Mick schnappte seine Jacke, nahm die beiden Bänder entgegen und wandte sich zur Tür.
»Ich lass dich wissen, wann er fertig ist. Wir treffen uns um vier.«
»Alles klar. Wäre doch gelacht, wenn wir diesen Fall zu den Akten legen müssten. Schließlich will deine Prinzessin wissen, warum dieses Mädchen auf ihrem Dachboden gestorben ist, und ich habe die starke Vermutung, dass die Videos ebenfalls damit zu tun haben.«
»Glaube ich nicht, die Kassetten sind bestimmt 20 Jahre alt. Da war unsere Leiche noch ein Kind. Ich habe den Verdacht, dass Sebald dahinter steckt, wenn die Bänder tatsächlich aus seinem Haus stammen. Wir müssen dort alles auf den Kopf stellen.«

»Hey Andy, ich brauche deine Hilfe. Hast du Zeit?«
Der zuckte mit keiner Wimper, sah nicht einmal hoch. Wie auf einem Klavier ließ er seine dicken Finger über die Tastatur gleiten. Eine selbst gedrehte Zigarette – von der Mick zu Recht vermutete, dass es ein Joint war – glühte im Aschenbecher vor sich hin.
»Was gibt es denn, Mick?«
»Schön, dass du wenigstens meine Stimme kennst. Übrigens, du kiffst hier in einem Gebäude, das zur PD gehört, und tust so, als ob du ein Bonbon lutschen würdest ... wenn da einmal der Richtige kommt, dann reißen sie dir den Arsch auf, aber es ist ja dein Arsch.«
»Ich erkenne alle Stimmen, und lass meinen Arsch in Frieden.«
Widerwillig blickte Andy zu dem Stuhl, auf dem Mick mittlerwei-

le Platz genommen hatte.

»Ich lasse mich nicht gern stören. Hat aber nichts mit dir persönlich zu tun. Also raus mit der Sprache, was gibt es? Fass dich kurz.« Andy schob seinen Hocker zurück und legte die Beine über die Schreibtischkante. Er nahm einen maskulinen Schluck aus einer Rotweinflasche und zog umständlich am Joint.

»Ich habe zwei Videobänder, die ziemlich mitgenommen sind. Sie sind alt und kaum spielbar. Die Sache brennt. Es handelt sich hier um eine Sauerei. Hab mit Günter den Anfang gesehen. Wir müssen sie unbedingt deutlicher machen. Es kann sein, dass sie Hinweise in unserem Mordfall enthalten, du weißt schon, den Am Sonnenweg.«

»Die zehn Jahre alten Knochen?« Andys eben noch interessierter Blick drückte nun schon wieder Langeweile aus. »Der Mord liegt doch eine Ewigkeit zurück. Habt ihr sonst nichts zu tun? Denkst du wirklich, jetzt noch Spuren zu finden?«

»Ob du es glaubst oder nicht, wir kommen der Sache näher. Also, siehst du sie dir mal an, oder muss ich jemand anderen fragen?«

»Wen willst du denn fragen?«

»Ich weiß, dass du der Größte bist.«

»Na gib her, ich werde sehen, was ich tun kann.«

Andy nahm die Bänder und betrachtete sie.

»Dürfte kein Problem sein. Weil du es bist, werde ich heute Überstunden machen. Ruf morgen an, vielleicht weiß ich dann mehr.«

Mick war zufrieden. »Morgen habe ich dienstfrei, aber wenn du etwas machen kannst, bin ich sofort hier.«

»Immer wieder gerne.«

Andy tippte mit dem Zeigefinger an seinen Kopf und vertiefte sich in seine Arbeit. Mick ging grußlos.

Draußen regnete es noch. Da er momentan nichts tun konnte, beschloss er, in Trier etwas zu essen. Ein Besuch in Kyllburg würde sich kaum lohnen. Die Spurensicherung war im Haus fertig, nun nahm sie sich die Garage vor. Es konnte bis heute Abend dauern, bis die ersten Ergebnisse vorlagen.

Die Labors, mit denen die Kripo Trier zusammenarbeitete, lagen am anderen Ende der Stadt. Mick rief Günter an und erzählte ihm, dass er eben bei Andy gewesen war und dass der versprochen hatte, die Videos bis zum nächsten Morgen anzuschauen.

»Eines muss ich dich noch fragen, Mick. Wem hast du was versprochen?«

»Ich habe Josy versprochen, den Mörder zu finden. Jetzt weißt du fast alles, du hinterfotziger Schnüffler. Ihr geht das Schicksal des Mädchens zu Herzen, und ich werde alles tun, um mein Versprechen zu halten, denn erstens sind wir alle daran interessiert, und zweitens liebe ich Josy. Ich hoffe, damit ist deine Neugier gestillt.«

»Wusste ich es doch!«

Mick saß Zeitung lesend beim Frühstück. Er hatte am Vorabend mit Josy telefoniert und sich mit ihr für heute verabredet. Er wollte sie nun abholen. Jetzt war er doch beunruhigt, denn der Unterton in ihrer Stimme war nicht verschwunden. Der Regen hatte aufgehört, und die Strahlen einer nicht mehr allzu kräftigen Herbstsonne suchten sich ihren Weg durch die Wolken. Sie wollten ein bisschen spazieren gehen, um anschließend in einem gemütlichen Gasthof zu essen.

Sein Handy klingelte unnachgiebig, als sie im Gasthof gerade die Bestellung aufgegeben hatten. Mick hielt den Hörer ans Ohr und lauschte Andys Stimme, die um ein Treffen bat.

»Das ist ja toll, wie du das hinbekommen hast. Ich werde nachher vorbei kommen. Ich bin gerade beim Mittagessen, aber ich komme.«

Mit dem Nachtisch klingelte das Handy neuerlich. Genervt meldete er sich. Dann hörte er zu, und Josy sah, dass sich seine Gesichtsmuskeln spannten.

»Was? Noch mehr Videos? Wo habt ihr sie gefunden?«

»Ich werde da sein. Bringt sie rüber zu Andy.«

Er drückte das Gespräch weg und sah Josy betroffen an.

»Tut mir echt leid, aber aus unserem Spaziergang scheint nichts zu werden. Die Spurensicherung hat weitere Kassetten in der Garage deines Hauses gefunden. Bis jetzt sieht es so aus, als ob alle Bänder aus dem Sonnenweg stammen. Wahrscheinlich hat Wilbert die ersten zwei mitgenommen. Wir müssen die Sache klären. Wenn dieser Robert die Filme besessen hat, dann habe ich jetzt einige Fragen an ihn. Hab ich mir doch von Anfang an gedacht, dass der Dreck am Stecken hat.«

»Mach dir meinetwegen keinen Kopf. Ich weiß, worauf ich mich eingelassen habe, und keiner ist mehr daran interessiert, den Mörder dieses armen Mädchens zu fassen, als ich. Nur ...«

Ihr Gesichtsausdruck änderte sich,

»Ich weiß nicht, wo ich beginnen soll, aber wie auch immer, ich muss mit dir über etwas reden, eine ernste Angelegenheit.«

»Ich mache dir einen Vorschlag«, Mick ergriff Josies Hand.

»Heute Abend werde ich auf jeden Fall wieder zu Hause sein, und morgen muss ich erst gegen Mittag zum Dienst. Du könntest bei mir übernachten. Meinst du, das wäre möglich? Ich würde mich wahnsinnig freuen, und Platz genug habe ich schließlich auch.«

»Das wäre toll, aber was werden Angela und Daniel denken?«

»Was sollen die schon denken? Dass du ein verruchtes Mädchen bist. Was sonst?«

Trotz aller Zweifel musste sie laut lachen.

»Nein, im Ernst, Josy, meinst du nicht, deine Schwester würde auch mal wieder gerne eine Nacht mit ihrem Mann alleine sein? Mach dir einfach nicht zu viele Gedanken. Schließlich sind wir erwachsen.«

»Vermutlich hast du recht, trotzdem fühle ich mich ein bisschen, naja, nicht schlecht, aber irgendwie komisch dabei. Schließlich kennen wir uns erst kurz.«

»Deswegen müssen wir uns besser kennenlernen.«

Mick sah sie flehentlich an.

»Das ist mein letzter freier Tag für die nächsten zwei Wochen, und du musst bald deinen Job antreten. Lassen wir diese Möglichkeit nicht verstreichen! Das Leben ist kurz.«

»Einverstanden! Aber bis dahin gehst du auf Mördersuche.«

Eine Stunde später betrat Mick Andys Büro. Günter und zwei Kollegen der Spurensicherung standen vor dem großen Monitor, der im Stand-by Modus noch kein Bild lieferte. Andy saß zurückgelehnt auf seinem Stuhl. Sein Aschenbecher quoll über. Ein Zeichen dafür, dass er sich im Ausnahmezustand befand. Neben ihm auf dem Schreibtisch lagen vier Videobänder.

»Gut, dass du kommst!« Andy war der Erste, der sprach. Wiederum raufte er sich mit beiden Händen durch das Haar.

»Ich habe die neuen Bänder natürlich noch nicht gesehen. Aber was du auf diesen hier siehst, wird dir reichen. Ich habe sie gut hinbekommen, aber ich glaube nicht, dass du wirklich wissen willst, was drauf ist. So eine Perversität habe ich schon lange nicht mehr zu sehen bekommen, und glaub mir, ich bin einiges gewohnt.«

Andy startete den Rechner.

»Den Ton lasse ich weg, lasst nur die Bilder auf euch wirken. Dann werde ich den Ton zuspielen.«

Keiner sprach, doch alle wussten, was sie erwartete. Über den Monitor flimmerte das bekannte Bild. Die fünf Männer sahen sich verlegen an, als das Mädchen seine Stellung auf dem Bett einnahm. Mit Abscheu betrachteten die Polizisten die Szene. Das Mädchen warf verzweifelt den Kopf hin und her, während ihr Peiniger immer mehr Gegenstände herbeizauberte, um sie zu damit zu quälen. Schließlich riss er ihren Kopf an den Haaren zurück und nahm sie von hinten. Er trug nichts weiter außer weißen, schmuddeligen Socken und die Mütze mit Augenschlitzen. Als seine Gesäßmuskeln zu zucken begannen, ließ er kurz darauf endlich von ihr ab. Sie wollte den Kopf umdrehen, doch er schlug ihr mit der Faust ins Gesicht. Sie brach daraufhin zusammen und blieb zusammengekrümmt liegen. Aus ihrem Mundwinkel floss Blut.

»Mein Gott, was für ein Arschloch.«

Mick hatte vor Wut die Fäuste geballt. Andy spulte ein Stück zurück und ließ den Film an der Stelle anhalten, an welcher der Mann vom Bett kletterte.

»Das hier ist die beste Einstellung, die ich von ihm habe. Leider kann man sein Gesicht nicht sehen, aber sein Körper ist gut getroffen. Wir sollten uns diesen Anblick einprägen. Vielleicht kann uns das noch einmal eine Hilfe sein.«

Andy drehte ein paar Knöpfe, und das Standbild kam näher und wurde schärfer.

»Hier, er hat unter der rechten Brustwarze einen großen Leberfleck. Den müsst ihr euch merken, falls ihr dieses Schwein kriegt. Jetzt kommt die Stimme. Er spricht zwar nur ein paar Sätze, aber die sind klar und deutlich. Vielleicht könnt ihr damit was anfangen.«

Er spulte zum Anfang zurück und schaltete den Ton dazu. Die schon vertrauten Sätze erklangen, doch diesmal ohne störende Hintergrundgeräusche. Andy hatte wirklich gute Arbeit geleistet.

»Zieh den Fetzen hoch und knie dich auf die Matratze. Streck den Hintern hoch und lass deine Fotze sehen.«

Mehrere Male ließ Andy diesen einen Satz auf die Zuhörer wirken. Mick bemerkte, wie ihm kalt wurde, ein Schauder lief ihm über den Rücken.

»Den nächsten Satz.« Andy spulte das Band vor.

»Halt die Klappe, sonst kann ich für nichts garantieren.« Jetzt hörte der Kommissar genau hin.

»Es ist zwar lange her, doch es könnte die Stimme von Sebald sein. Der Mann hier spricht den gleichen Akzent. Ich bin mir fast sicher. Jetzt die Stimme des anderen Mannes.« Andy tat, wie befohlen.

»Mach endlich voran mit deinem Scheißfilm, die Kleine nebenan wird unruhig«, sprach die Stimme aus dem Hintergrund.

Mick schüttelte den Kopf.

»Welche Kleine? Sie sprechen von einer Dreijährigen. Ich hoffe doch wohl nicht, dass wir auf einem weiteren Film den Missbrauch an einem Kleinkind zu sehen bekommen.«

»Die zweite Kassette ist ähnlich wie die erste. Gleicher Typ, aber ein anderes Mädchen, kein Kind. Obwohl eigentlich doch, denn auch die ist noch jung. Ich schätze sie auf 15-16 Jahre. Die Dreijährige wird nicht wieder erwähnt. Vielleicht musste sie in einem Nebenraum warten, während die Männer filmten. Das herauszufinden, ist eure Sache.«

Andy schob den zweiten Film in das Gerät. Es war so, wie er gesagt hatte, nur dass hier das junge Mädchen brutal verprügelt wurde, bevor der maskierte Mann sich an ihr verging.

Diesmal wurde in einem Stall gedreht, und die Vergewaltigung fand auf aufgestapelten Strohballen statt. Die Stimme des Täters war einwandfrei identisch mit der des ersten Videos.

»Ich bin mir sicher, das ist Sebald. Höchstwahrscheinlich ist er unser Mann. Er wird das Opfer aus Angst vor Entdeckung auf dem Dachboden versteckt haben. Wenn die gefundenen Kassetten aus der Garage denselben Mann zeigen, werde ich Haftantrag stellen. Auf jeden Fall nehme ich mir Robert noch einmal vor. Andy, sag mir Bescheid, wenn du weißt, ob es sich um die gleiche Person handelt.«

»Wie ich dich kenne, möchtest du die Ergebnisse sofort haben.«

»Du hast es richtig erkannt. Ich bin permanent zu erreichen.«

Mick warf zur Sicherheit seine Karte mit der Handynummer auf den Schreibtisch.

»Übrigens, gute Arbeit, Andy. Danke.«

Die vier Männer verließen den Raum.

»Unser Job Am Sonnenweg ist abgeschlossen. Wir haben nichts weiter gefunden. Frau Wingen kann dort wieder einziehen.«

Der Kollege der Spusi klopfte Mick und Günter auf die Schulter.

»Findet diesen Dreckskerl.«

»Worauf du dich verlassen kannst. Übrigens Günter, morgen werde ich diesen Sebald aufs Revier bitten. Ich hätte gerne, dass du ihn heute noch informierst. Es wäre gut, wenn du bei dem Verhör dabei sein könntest. Außerdem würde die Anwesenheit von Andrea ganz gut passen. Sie kann ihn mit Belanglosigkeiten ablenken. Wir wollen ihn möglichst unsicher machen, damit er sich in seiner eigenen Geschichte verstrickt. Nur so können wir herausfinden, ob er lügt oder nicht. Wir werden uns kurz davor noch zusammensetzen und die genaue Taktik besprechen. Wäre doch gelacht, wenn wir ihn nicht weich kochen könnten.«

»Mick, wie sieht es bei dir heute Abend aus?«

»Heute ist eigentlich mein freier Tag, und zumindest der Abend sollte mir gehören. Ich bekomme Besuch.«

»Oh, heiliger Strohsack, kommt deine alte Erbtante?«

Günter grinste.

»Ja, ich habe mir schon Gift aus der Asservatenkammer besorgt.«

»Versteht sich von selbst. Ich werde mich bemühen, euer Tête-à-Tête nicht zu stören. Ich fahre jetzt an diesem Männerheim vorbei, um unseren Kumpel für morgen zu einem Gespräch einzuladen.«

»Wenn du ihn nicht finden solltest, wende dich an Jens van Schrick. Er ist der Heimleiter und so etwas wie ein Freund von Robert. Er wird wissen, wo du ihn findest.«

Die beiden verabschiedeten sich, und jeder ging seinen Weg.

Mick hatte gerade die Tomaten enthäutet und vom Stielansatz

befreit, als es gegen 18.00 Uhr schellte. Durch das Glas seiner Haustür konnte er Josy erkennen. Als er öffnete, umarmte sie ihn und drückte ihre Wange an die Seinige.

Während Mick die Soße kochte, deckte sie den Tisch.

»Ich muss es dir sagen, ich bin in einer furchtbaren Situation.«

»Ja, um Himmels Willen, was ist denn jetzt geschehen?«

Josy wandte sich vom Tisch ab und schaute Mick ins Gesicht.

»Ich bin schwanger.«

Die Stille war hörbar, wie man so schön sagt. Endlich sagte Mick leicht konsterniert:

»So schnell?«

»Mick, ich bin nicht von dir schwanger, sondern von meinem Ex-Mann!«

»Oh du grüne Neune ... jetzt sitzen wir wirklich in der Bredouille ... am einfachsten wäre es, wenn wir einfach sagen, es ist unseres.«

»Das ist wirklich ganz lieb, dass du das sagst. Danke. Ob allerdings das Standesamt auch dieser Meinung ist, wage ich zu bezweifeln ... man muss kein mathematisches Genie sein, um auszurechnen, dass ich zum Zeitpunkt der Zeugung noch verheiratet war.«

Mick nickte und schwieg nachdenklich, das war ein Hammer. Nach einiger Zeit fragte er:

»Hast du ihn schon angerufen?«

Josy schüttelte den Kopf.

»Soll ich es für dich tun?«

»Nein. Das wäre feige, ich weiß ohnehin, was er sagt.«

»Und was wird das sein?«

»Lass es abtreiben.«

»Egal, wie er sich dazu stellt ... ich will dich mit oder ohne Kind, am liebsten aber mit!«

»Mick, überleg dir, was du sagst ... in ein paar Jahren siehst du es vielleicht anders. Das Kind ist nicht deines, und es kann unsere Beziehung zerstören. Bitte denk nach.«

»Ich habe nicht nur eine Frau verloren, ich habe damals auch ein Kind verloren. Niemals würde ich es ertragen, ein Leben wegzuwerfen. Ja, wenn du versucht hättest, mir ein Kind unterzuschieben, aus welchen Gründen immer, und ich würde es merken, das wäre etwas anderes. Doch wie viele glückliche Patchwork Familien gibt es!«

Er wäre fast gestürzt, so stürmisch umarmte sie ihn. Die Tomatensoße verbrutzelte am Herd. Es gab Dinge, die waren wichtiger.

Mick fuhr einen Umweg über Kyllburg, um einen letzten Rundgang durch das Haus Am Sonnenweg zu machen. Die Spurensicherung hatte, so gut es ging, die alte Ordnung wieder hergestellt. Die Absperrbänder sowie die Siegel waren entfernt worden, und das Haus freigegeben. In den nächsten Tagen würde er mit Josy darüber sprechen, wie es jetzt weitergehen sollte. Sie hatte sich nicht begeistert gezeigt, als er ihr in Aussicht stellte, wieder dort einzuziehen. Der Gedanke an die Leiche, die dort zehn Jahre lang gelegen hatte, raubte ihr sämtliche Freude am Haus. Auch er hatte ein beklemmendes Gefühl, als er durch die halb fertigen Räume schritt. Gespenstische Stille, und eine Frau konnte mit so einer Situation noch schlechter umgehen. Schon jetzt spielte Mick mit dem Gedanken, die beiden bei sich aufzunehmen. Platz hatte er schließlich genug, und auch seine Einsamkeit würde damit ein Ende nehmen. Doch sein Verstand sagte ihm, dass es dafür noch zu früh war. Als er gegen 14.00 Uhr auf dem Revier ankam, wurde er schon von Günter und Andrea erwartet.

»Sebald ist hier. Seit einer halben Stunde sitzt er alleine im Verhörraum. Wir wollen ihn noch ein bisschen kochen lassen.«

»Ist er freiwillig mitgekommen?«

»Nein, natürlich nicht. Ich musste ihm ein wenig Druck machen, aber so hat er wenigstens den richtigen Eindruck von mir. Ich habe ihn eben abholen lassen. Wir haben ihm eine Blutprobe entnommen, und außer Restalkohol scheint er auf dem Damm zu sein. Schließlich soll uns keiner nachsagen, er wäre unzurechnungsfähig gewesen.«

»Gut, lassen wir ihn ruhig schmoren. Zuerst möchte ich ihn mir einmal ansehen.«

Sie gingen in den Verhörraum. Mick sah durch die Scheibe, die nur von seiner Seite aus durchsichtig war. Sebald saß am Tisch, auf dem ein leerer Aschenbecher stand. Man hatte ihm jedoch seine Zigaretten abgenommen, weil das Rauchen hier verboten war. Der fensterlose Raum war spartanisch eingerichtet. Es standen nur drei Stühle vor dem Tisch. Das war mit Absicht so arrangiert. Einer der Ermittler würde stehen oder durch ständiges Herumgehen den Befragten aus der Ruhe bringen. Sebald hatte die Hände verschränkt und wippte mit dem rechten Fuß. Zwei Minuten später stand er auf und ging um den Tisch herum, bevor er sich wieder setzte. Er trug Jeans und ein weißes Poloshirt.

»Gut, ich habe genug gesehen. Wir werden folgendermaßen vorgehen. Andrea, du lenkst ihn immer wieder ab. Rede einfach irgendwelche Belanglosigkeiten. Günter und ich werden die wirklich wichtigen Fragen stellen. Achtet auf seine Augenbewegungen und auf seine Hände. Ich will diesen Raum nicht eher verlassen, als bis wir Klarheit haben.«

»Erst wenn er zugänglich wird, werden wir ihm ein paar Annehmlichkeiten bieten. Einen Kaffee aus der Thermoskanne, und wenn er ganz brav ist, darf er sogar eine rauchen.« Mick hatte schon die Klinke in der Hand und riss Tür auf. Die Drei betraten laut redend den Raum.

Sie unterhielten sich über das gestrige Fernsehprogramm. Keiner beachtete Robert, der unmerklich zusammenzuckte.

Mick schob einen Stuhl direkt neben den von Sebald. Er ließ sich laut stöhnend darauf nieder und berührte dabei die Schultern des Mannes. Günter nahm gegenüber Platz. Andrea blieb stehen. Wie auf Kommando schwiegen alle drei und starrten Sebald an. Sebald fing an zu schwitzen. Die ersten kleinen Tropfen bildeten sich auf seiner Oberlippe. Noch saß er still und bemühte sich, Gelassenheit zu zeigen. Die körperliche Berührung des Polizisten an seiner Seite war ihm unangenehm. Er rückte ein kleines Stück zur Seite. Mick rückte nach. Mit dem Knie stieß er gegen Roberts Oberschenkel.

»Irgendjemand Kaffee?«, fragte Andrea belanglos. Die beiden Ermittler antworteten nicht, sie starrten nur auf Sebald. Mitten hinein in diese Stille ließ Mick seine Faust hart auf den Tisch knallen.

»Was soll das?« Robert legte eine selbstgerechte Empörung an den Tag.

»Sie wissen, worum es hier geht, Herr Sebald.«

»Ich habe nicht die geringste Ahnung.«

Seine Unsicherheit war kurz verflogen.

»Was wollen Sie mir unterjubeln? Ich habe eine reine Weste.«

Er versuchte, laut zu werden, woraufhin Mick noch näher rückte. Robert begann wieder, mit dem Fuß zu wippen. Er fummelte in seiner Hosentasche, suchte Zigaretten. Wie auf Kommando ließ Andrea eine Packung Marlboro auf den Tisch fallen, jedoch außerhalb der Reichweite Sebalds. Gierig starrte der die Zigaretten an, doch keiner reagierte.

»Sie schwitzen wie ein Schwein, Sebald.«

Mick sprach laut und provozierend.

»Gibt es einen Grund dafür?«

Robert ballte die Faust.

»Was wollt ihr von mir, ihr Scheißbullen?«

Günter griff ein. Sanft, aber bestimmt, legte er seine Hand auf Sebalds Faust.

»Wir wollen uns nicht im Ton vergreifen. Solange wir freundlich zu Ihnen sind, können wir das gleiche auch von Ihnen verlangen, oder?« Sein Blick war der eines gutmütigen Schafes. Robert entspannte sich.

»Kann ich etwas zu trinken haben? Es ist heiß hier drinnen.«

Er sah flehend zu Andrea, die sich Kaffee genommen hatte.

»Zuerst einmal wollen wir uns ein bisschen unterhalten. Erzählen Sie uns etwas über Ihre Hobbys.«

Günter hatte sich über den Tisch gebeugt und sah sein Gegenüber an. Robert betrachtete seine Hände. Er überlegte.

»Hab keine Hobbys. Ich weiß nicht, worauf Sie hinauswollen.«

»Natürlich hast du ein Hobby, ein ganz besonderes. Nicht wahr?«
Roberts Blick wurde unsicher. Seine Augen fuhren hin und her. Er starrte auf die Kaffeetasse in Andreas Hand. Dass Mick ihn plötzlich duzte, war Absicht. Er wollte ihm klarmachen, welch kleines Würstchen er war, und dass ihm hier keiner helfen würde, kein Anwalt und kein Grundgesetz.

»Müssen Sie mir so dicht auf die Pelle rücken?«

»Ich möchte Ihnen etwas über Ihr spezielles Hobby erzählen. Natürlich nur dann, wenn Sie es nicht selbst tun.« Günter hatte sich zurückgelehnt und die Arme hinter dem Kopf verschränkt. Er wartete. Andrea hatte die Stellung gewechselt. Sie war hinter Robert getreten, sodass er sie nicht mehr sehen konnte. Er hatte seinen Fixpunkt verloren und ließ seine Augen wieder hin und her wandern.

»Da bin ich gespannt!«

Das Schweigen der drei Polizisten machte ihn unsicher.

»Mein Junge, du hast es bestimmt nicht leicht gehabt im Leben, und wir wollen nur dein Bestes.« Mick schmeichelte und rückte ein Stückchen von Robert weg. Der fühlte sich jetzt sicherer. Plötzlich hatte man Verständnis für ihn.

»Darf ich endlich eine rauchen?«

»Natürlich dürfen Sie gleich rauchen, mein Lieber. Aber erst dann, wenn Sie uns gesagt haben, was Sie mit all den Mädchen gemacht haben.« Robert starrte Günter an.

»Was meinen Sie?« Sein Blick flackerte unsicher, und mit der Rechten schnappte er nach den Zigaretten. Günter schlug ihm auf die Finger. Die Freundlichkeit war wie weggeblasen. Er sprang auf, sein Stuhl fiel krachend gegen die Wand, und er kam um den Tisch herum. Dicht über Robert gebeugt harrte er ein Weilchen aus.

»Wir haben nette Filmchen mit Minderjährigen gefunden.«

Robert fiel die Kinnlade herunter, sein Mund stand offen, ohne dass es ihm bewusst war. Sein Blick streifte seinen Widersacher, bevor er sich in der rechten, oberen Zimmerecke verlor. Es war zum Greifen, dass er überlegte, welche Ausflüchte er den Ermittlern jetzt auftischen konnte.

»Damit habe ich nichts zu tun.«

»Aus der Nummer kommen Sie nicht heraus.«

Andrea schob die Zigaretten näher zu Robert.

»Erzählen Sie, wie das so war, als Sie ein junger Mann waren. Was hat Sie veranlasst, kleine Mädchen zu missbrauchen?«

Günter hatte die Packung geöffnet und hielt Robert eine Zigarette hin. Gierig griff der danach. Mick gab ihm Feuer.

»Wir wissen, dass du es warst. Leugnen ist zwecklos.«

Robert zog den Rauch tief in seine Lungen und entspannte sich.

»Gut, ich habe ein paar Pornofilme gedreht. Es ist eine Ewigkeit her und wird nicht verboten sein. Schließlich kann jeder in seiner Freizeit machen, was er will. Aber eines möchte ich klarstellen. Mit einem Mord habe ich nichts zu tun. Das, was Ihr Kommissar«, er sah Mick vorwurfsvoll an,»mir schon vor ein paar Tagen anhängen wollte, ist nicht wahr. Ich habe keinem der Mädchen ein Haar gekrümmt.«

»Vielleicht kein Haar, aber sicher was anderes.«

Günter lachte über seine Einlage, und die anderen stimmten ein. Die Stimmung war nun wieder locker.

Trotzdem glomm in Roberts Augen Hass auf.

»Sind doch alles Dreckstücke. Außer zum Vögeln kann man die doch zu nichts gebrauchen, und selbst dazu sind sie zu blöd. Bitte, Herr Kommissar«, er sah Günter Sympathie heischend an.

»Sie haben doch eben von meiner schweren Kindheit gesprochen. Mein Vater hat sich nie für mich interessiert, er liebte nur meine Schwester. Der einzige Mensch, der für mich da war, war meine Mutter. Ich habe sie vergöttert, doch auch sie hat mich verlassen, hat sich aufgehängt. Auch dann hat Vater mit mir nicht ein Wort gesprochen. Von da an musste ich mich allein durchs Leben schlagen, und von diesem Tag an habe eine Scheißwut auf Weiber.«

»Was ist mit Ihrer Exfrau, Robert? Haben Sie auf die auch eine Scheißwut?« Günter mimte wieder den Verständnisvollen.

»Hören Sie auf mit der, die war die Schlimmste von allen. Hat mich nur tyrannisiert. Diese Heirat war mein größter Fehler, und dann hat sie mir noch das Kind angedreht. Die Alte hätte ich besser wirklich umgebracht, dann wäre wenigstens etwas Sinnvolles geschehen, aber wie ich schon sagte, ich bin zu keinem Mord fähig.«

Robert holte tief Luft, er hatte sich in Rage geredet.

»Hast du einmal ein russisches Mädchen gekannt?«

Micks Frage klang harmlos, aber er beobachtete Sebald genau. Roberts Gesicht zuckte vor Anspannung.

»Warum wollen Sie das wissen?«

»Weil die Tote auf dem Dachboden aller Wahrscheinlichkeit nach Russin war.«

Sebald senkte den Blick. Auf einmal sah er betroffen aus.

»Nein!«, sagte er nach kurzem Zögern.

»Wir wissen, dass du ihr Mörder bist. Kennst du dich mit DNA aus? Warum hast du sie getötet, Robert? Sag es uns.«

Sebald brach schnell zusammen. Seine Schultern kippten nach vorn, kraftlos drückte er seine Zigarette im Aschenbecher aus. Aus seinen Augen war jegliches Leben gewichen.

151

»Also gut, ich habe Nadja gekannt. Sie war so schön wie meine Mutter, und ich habe sie geliebt.«

Sein Blick ging ins Leere, er starrte durch alles hindurch.

»Sie war nicht besser als die anderen Weiber. Ich hätte alles für sie getan. Aber sie wollte mir auch ein Kind andrehen. Da habe ich durchgedreht.«

»Und dann haben Sie sie getötet und auf dem Dachboden versteckt! So ist es doch gewesen.« Günter ließ kein Auge von Robert.

»Nein, nein! Ich habe sie nicht umgebracht. Ich wollte sie verlassen, weil ich mir verarscht vorkam, wegen des Kindes. Als ich mich beruhigt hatte, war sie verschwunden. Ich war wütend, weil sie nicht abtreiben wollte. Gut, habe ich später gedacht, soll sie doch ihren Willen haben. Auch dieses Balg hätte ich groß gezogen. Als ich ihr sagen wollte, dass sie das Kind behalten kann, war sie weg. Vielleicht ist das auch gut so, wer weiß, wie diese Geschichte geendet hätte.«

Robert war zusammengesunken. Mick und Günter sahen sich über den Tisch hinweg an.

»Was geschah dann?«

»Kurz darauf haben Doris und ich uns getrennt. Sie war der reinste Horror für mich. Jetzt, wo wieder einmal mein Leben in Trümmern lag, wollte ich nur noch alleine sein. Zumal dann noch die Sache mit Ramona passiert war.«

»Welche Sache?« Mick war wieder aufmerksam geworden.

»Na, sie ist plötzlich durchgeknallt. Von heute auf morgen hat sie kein Wort mehr gesprochen. Sie hat sich nur noch in ihrem Kleiderschrank versteckt und merkwürdige Dinge getan. Die hatte zwar noch nie alle Tassen im Schrank, aber das war der Gipfel.«

»Und weiter?«

»Ich hab mir die Sache ein paar Tage angesehen, dann ist mir der Kragen geplatzt. Sie reagierte nicht mehr. Ich gebe ja zu, dass ich sie ein paar Mal geschlagen habe, mehr nicht. Selbst das hat sie nicht zur Vernunft gebracht. Sie hat sich die Arme von oben bis unten aufgeschnitten. Alles war mit Blut verschmiert. Dann haben wir sie einweisen lassen.«

Mick sah Robert in die Augen.

»Wo ist sie jetzt?«

»Ich weiß es nicht. Man hat sie in eine Anstalt gebracht. Irgendwo in Rheinland-Pfalz. Ich habe mich nie dafür interessiert. Wenn ich ehrlich sein soll, war ich froh, dass sie weg war.«

Andrea hatte Robert eine Tasse Kaffee eingegossen. Dankbar sah er sie an und nippte daran. Er war jetzt da, wo sie ihn hinhaben wollten. Ein gebrochener Mann saß auf dem Stuhl.

»Und dann, was passierte danach?«
»Wie ich sagte, wir haben uns getrennt. Ich bin ins Männer-wohnheim, wo ich heute noch lebe. Ich konnte die Miete nicht mehr bezahlen. Das habe ich alles dieser Schlampe zu verdanken.«
»Wo befindet sich Ihre Exfrau jetzt?«
»Keine Ahnung, ich will es auch gar nicht wissen. Fragen Sie doch mal ihre Eltern. Die wohnen außerhalb von Kyllburg. Sie sind zwar schon älter, aber die haben bestimmt noch ihren Hof.«
»Auf Ihren lieblichen Filmchen ist von einer Dreijährigen die Rede. Handelt es sich dabei um Ihre Tochter?«
Robert sah Günter an, als verstehe er die Frage nicht.
»Wo sollte ich denn hin mit ihr? Ich wollte mir mit diesen Filmen etwas Geld verdienen. Die Alte hat sich ja nie um Ramona gekümmert, also musste ich sie hin und wieder mitnehmen.«
»Du abartiges Schwein!« Mick war aufgebracht.
»Jetzt sag nicht, dass sie bei euren Produktionen zugesehen hat!«
»Nein, wir haben sie ins Nebenzimmer gesperrt, damit sie nicht stören konnte. Manchmal hat sie gebrüllt, aber was sollten wir tun?«
»Haben Sie niemals so etwas wie Mitgefühl gehabt?«
Robert schüttelte nur den Kopf, möglich, dass er sich schämte.
»Wer hat jemals an mich gedacht? Wer? Nadja war die einzige Frau, die anders war, dachte ich zumindest. Ich wollte ihr gerne so nahe sein wie meiner Mutter Vera.«
»Wie nahe waren Sie Ihrer Mutter? Vielleicht etwas zu nahe?«
Robert sah Mick verständnislos an.
»Meine Mutter hat mich sehr geliebt.«
Sebalds Blicke schweiften erneut in die Ferne. Er hatte einen verträumten Ausdruck im Gesicht, so, als würde er die Zeit mit seiner Mutter ein weiteres Mal erleben.
»Ihre Mutter hat Sie also missbraucht?«
»Nein nein, auf keinen Fall. Wissen Sie, ich war damals verrückt nach ihr. Wie gerne hätte ich ihr mein Ding rein gesteckt, aber so weit hat sie es nie kommen lassen. Sie sagte immer, ich wäre zu klein. Als ich groß war, hat sie sich umgebracht.«
Als die drei Polizisten eine Stunde später erschöpft in Micks Büro saßen, rekapitulierten sie das Gespräch.
»Was hältst du davon? Glaubst du noch, dass er der Mörder ist?«
Andrea hatte sich eine Marlboro angezündet.
»Nein. Ich habe ihn beobachtet, und er hat viele Märchen erzählt, aber in den entscheidenden Momenten hat er nicht gelogen.«
Günter nickte zustimmend.
»Trotzdem bin ich zufrieden. Robert wird auf jeden Fall keine

Mädchen mehr missbrauchen. Wegen dieser Geschichte kriegen wir ihn dran. Wir müssen das Gericht davon überzeugen, dass die Bänder als Beweismittel zugelassen werden, und schließlich hat er ja gestanden. Ich könnte ihm gut und gerne noch ein paar andere Vergehen anlasten, Körperverletzung und die Vernachlässigung von Minderjährigen. Überlegt nur, was er mit seiner Tochter gemacht hat. Das wird ihm ein paar Jährchen einbringen.«

Günter schüttelte entmutigt den Kopf.

»Es ist immer wieder die gleiche Geschichte. Missbrauchte Kinder lernen selten aus ihrer Situation. Sie reflektieren ihre Erlebnisse und meinen, dass sie eine Art Berechtigung haben, das Unrecht, das ihnen widerfahren ist, auf diese Art zu egalisieren oder was auch immer. Ein ewiger Kreislauf. Sie missbrauchen selbst, wenn sie erwachsen sind, und haben nicht das geringste Schuldgefühl. Und ob der Richter ihn wegen seiner Filmleidenschaft ...«

»Du hast recht, er hat seinen Missbrauch selbst nie als solchen gesehen. Die Hauptschuldige ist in diesem Fall Roberts Mutter.«

»Was sollen wir als Nächstes tun, Mick?«

Günter nahm sich eine Zigarette und schlug vor:

»Wir sollten die Mutter finden, diese Doris. Vielleicht kann sie uns weiterhelfen. Eine gute Frau scheint sie mir nicht zu sein. Außerdem müssen wir die Tochter suchen. Andrea, das ist dein Part. Klappere alle Psychokliniken in Rheinland-Pfalz ab. Irgendwo wird Ramona zu finden sein. Vielleicht hat sie sich ja wieder erholt und lebt irgendwo. Wenn Sebald die Wahrheit sagt, muss sie ein wirklich gestörter Mensch sein.«

»Ich kümmere mich darum.« Andrea drückte ihre Zigarette aus.»Aber für heute ist Schluss. Ich brauche ein bisschen Abwechslung.«

»Kümmerst du dich um Doris, Günter? Versuch die Eltern von ihr zu befragen. Wir treffen uns morgen. Mir reicht es für heute.«

Auf dem Heimweg hing Mick seinen Gedanken nach. Vom Büro aus hatte er versucht, mit Josy zu sprechen, doch es war keiner ans Telefon gegangen. Gerne hätte er sie heute Abend noch getroffen und erfahren, wie das Gespräch mit ihrem Exmann gelaufen war.

Irgendwann, es muss nach Mitternacht gewesen sein, wurde Mick durch das Klingeln an seiner Haustür geweckt. Er setzte sich im Bett auf, griff im Vorbeigehen in seine Jacke und holte seine Waffe hervor. Man konnte nie vorsichtig genug sein. Die Polizei war schon immer im Fokus von Hass und Gewalt.

»Was wollen Sie?«, fragte er hinter der verschlossenen Tür.

»Ich bin es«, kam eine weibliche Stimme zurück.

Mick öffnete die Tür, und sofort kehrte das Leben in seinen Körper zurück. Vor ihm stand Josy. Ehe er sich seiner Situation bewusst war, hatte sie sich an ihm vorbeigedrängt und schüttelte ihr volles Haar. Sprachlos stand er hinter ihr.

»Ist etwas passiert?«, fragte er besorgt.

»Es ist was Schreckliches passiert. Ich habe Sehnsucht nach dir!« Sie küsste ihn stürmisch, bevor sie ihre kalten Hände unter seine Schlafanzugjacke schob. Er zuckte zusammen, doch sie ließ ihm keine Zeit zum Überlegen. Zwei Sekunden später zog sie ihm die Jacke über den Kopf und streichelte seine Brust. Er drückte sie fest an seinen Körper. Sie nutzte diesen Zustand und griff beherzt in seine Hose, die kurz darauf auf dem Boden landete. So stand er vor ihr, und sie betrachtete ihn ungeniert. Während ihr Blick ihn nicht mehr losließ, stieg sie langsam aus den Kleidern. Zu seinem großen Entzücken trug sie nur knappe Unterwäsche darunter, und für den Bruchteil einer Sekunde dachte er darüber nach, ob sie nicht gefroren hatte. Doch ihre heiße Haut überzeugte ihn vom Gegenteil. Sie schob und drängte ihn rückwärts die Treppe hoch. Das Bett erreichten sie nicht. Sie sanken auf den Vorleger und vergaßen den Rest der Welt. Die Leidenschaft dieser Frau fällte ihn wie einen Baum, und bereitwillig überließ er sich ihren forschenden Lippen.

»So einen Überfall könnte ich jede Nacht gebrauchen!«, wünschte Mick sich am nächsten Morgen unter der Dusche. Der Exmann von Josy war bereit, auf das Sorgerecht für sein Kind zu verzichten, und damit einverstanden, dass Mick das Kind adoptierte.

»Vermutlich mit dem Hintergedanken, dass er dann keinen Unterhalt bezahlen muss«, hatte Josy vermutet. Ihm war das Motiv egal, wichtig war, dass sie eine Familie sein würden.

Er rief nach Josy, sobald das Frühstück fertig war. Bevor noch etwas „passierte", und er eine Stunde zu spät in die PD kommen würde, machte er auf eilig und fuhr ins Büro.

Heute war er der Erste dort. Als er den Kaffee aufgesetzt hatte, fand er ein Post-it auf seinem Bildschirm. Es war von Andrea.

»Habe eine Antwort auf unsere Anfrage in Russland. Eine gewisse Familie Saizew hat zur damaligen Zeit in Sormova gelebt. Sie hatten drei Töchter. Eine davon hieß Olga. Es könnte sich vielleicht um die gesuchte Person handeln.«

Micks Puls schlug schneller. Sollten sie wirklich auf eine Spur gestoßen sein? Er konnte Andreas Ankunft im Polizeirevier kaum erwarten. Was sie wohl erfahren hatte? Olga Saizewa, immer mehr Namen gaben der geheimnisvollen Geschichte ein Gesicht.

Er war noch in Gedanken versunken, als Andrea sein Zimmer betrat. Selbstzufrieden ließ sie sich auf dem Stuhl ihm gegenüber nieder.

Sie schlug die Beine übereinander und sah Mick triumphierend an.
»Und, was ist? Hast du meine Nachricht schon gelesen?«
»Ja. Ich warte schließlich seit einer Ewigkeit auf dich. Also lass hören, worauf du gestoßen bist.«
»Von 1988 bis 1996 war eine Familie Saizew in diesem Ort gemeldet. Das heißt, zuletzt bewohnten nur die drei Mädchen dieses Haus in der Straße mit einem Namen, den ich nie im Leben aussprechen kann. Aber egal. Eine gewisse Darja, damals gerade 17 Jahre alt, mit ihrer jüngeren Schwester Irina, 15 Jahre alt, und einer weiteren kleinen Schwester, eben dieser Olga. Die war damals erst zwölf. Die Eltern der Mädchen sind 1995 bei einem Autounfall ums Leben gekommen. Von da an war das Jugendamt zuständig. Ich glaube nicht, dass die sich gekümmert haben, denn als alle drei Mädchen im Jahr 1997 plötzlich verschwanden, hat das niemanden interessiert. Man suchte halbherzig im eigenen Land, aber als keine Spuren gefunden wurden, stellte man die Nachforschungen ein. Das Haus wurde von einem Mann, der notariell bevollmächtigt war, verkauft.«

Andrea lehnte sich stolz in ihrem Stuhl zurück und zündete sich eine Zigarette an.

»Jetzt bist du dran, Mick. Wie geht die Geschichte weiter, nachdem die Drei verschwanden?«

Mick überlegte nicht lange.

»Mädchenhändler. Die Mädchen sollten verkauft werden. Immer das Gleiche, und bei drei mittellosen Kindern hatten diese Verbrecher leichtes Spiel. Wahrscheinlich mussten sie nicht einmal Gewalt anwenden. In dem Alter kann man ihnen alles erzählen.«

»Also könnte es möglich sein, dass Irina und Olga hier irgendwo sind. Vorausgesetzt, dass es sich bei unserer Toten um Darja handelt.«

»Nein, auf dem Zettel der Toten stand „verschwunden in Polen".«

»Richtig. Daran habe ich auch gedacht, und deswegen nicht nur nach Russland, sondern auch nach Polen geschrieben. Negativ.«

»Macht ja nichts! Es muss etwas in Polen passiert sein. Wenn unsere Tote Darja ist, denke ich, dass Irina nicht mehr lebt. Denn sonst hätte sie sich um beide gesorgt. Möglich, dass Irina unsere Leiche ist, obwohl die Obduktion von einer 18-jährigen spricht. Aber wer weiß, ob die das so genau feststellen können. Der Körperbau einer 18-jährigen unterscheidet sich vermutlich nicht wesentlich von dem einer 15-jährigen.«

Mick sah Andrea fragend an und zuckte nur mit den Schultern.

»Egal, ich denke, dass Olga überlebt hat. Sie hat Deutschland nie erreicht. Aber die Suche nach ihr wird jetzt einfacher, weil wir einen Namen haben.«

»Danke Mick, aber es sind nur Vermutungen. Es kann genauso sein, dass es zum damaligen Zeitpunkt noch eine weitere Olga S. in Sormova gegeben hat. Wir können uns da nicht sicher sein.«
»Du hast recht, es passt trotzdem. Drei Mädchen werden nach Deutschland gebracht. Auf der Reise geschieht ein Unglück. Ein Mädchen stirbt, eines bleibt lebend zurück, und die Letzte findet hier den Tod. Ich könnte mir vorstellen, dass es so gewesen ist.«
Andrea goss sich einen Kaffee ein.
»Willst du auch?«
»Das bewundere ich an dir. Du weißt immer genau, was ich gerade brauche.«
»Wie sieht dein Plan für heute aus?«
»Ich werde diesen Robert besuchen und ihn fragen, ob seine damalige Freundin Nadja nicht vielleicht Darja hieß. Ich glaube zwar nicht, dass diese Mädchen hier unter ihrem richtigen Namen arbeiten, aber versuchen kann ich es. Außerdem hat er uns nicht gesagt, wo er dieses Mädchen kennengelernt hat. Sollte es sich um eine Einschlägige handeln, sind wir der Sache wieder ein Stück näher. Was ist eigentlich mit der Tochter von Sebald, dieser Ramona? Hast du da etwas herausgefunden?«
»Nein, dazu war es zu spät. Ich erledige das jetzt.«
»Günter soll weiter an Doris dranbleiben. Ich hoffe, er findet sie heute noch.«
Robert saß zusammengesunken im Verhörzimmer. Man hatte ihn vorläufig festgenommen. Unzucht mit Minderjährigen, lautete die Beschuldigung. Mehr konnte man ihm im Moment nicht nachweisen. Er sah kurz auf, als Mick den Raum betrat.
»Ach Sie. Was wollen Sie denn von mir? Ich habe Ihnen gesagt, was es zu sagen gibt. Ich bin kein Mörder!«
»Trotzdem habe ich noch ein paar Fragen, und es wäre gut für Sie, wenn Sie kooperieren.«
»Was wollen Sie?«
»Sagen Ihnen die Namen Irina, Olga und Darja Saizewa etwas?«
Mick hatte sich zu ihm gesetzt.
»Nein, wer soll das sein?«
»Wo haben Sie Ihre Nadja kennengelernt, Robert?«
»Sie war eine Nutte, so wie alle Frauen.«
»Heißt das, dass sie anschaffen ging?«
»Anschaffen ist nicht das richtige Wort. Sie hat im »Paradies« gearbeitet. Nicht ganz freiwillig, wie ich weiß. Ich wollte sie herausholen, aber die Kuh hat alles vermasselt.«
»Habe ich mir gleich gedacht, dass sie eine Hure war. Wissen Sie,

ob sie Papiere hatte?«

»Woher denn, die hat man ihr doch abgenommen. Deshalb war es nicht so einfach, sie freizukaufen. Ich hätte alles neu besorgen müssen. Das hätten diese Kerle sich richtig bezahlen lassen.«

Roberts Gesicht war rot vor Zorn.

»Sie hat also unter falschem Namen gearbeitet. Kann es nicht sein, dass Sie Ihnen gegenüber ihren richtigen Namen benutzt hat?«

»Nein, für mich war sie Nadja.«

»Hat sie einmal erwähnt, dass sie Geschwister hat?«

»Ja, soweit ich sie verstanden habe, hatte sie eine Schwester. Wenn ich sie befreit hätte, wollte sie sich auf die Suche nach ihr machen. Ich hätte ihr gerne geholfen, aber dann kam alles anders.«

»Später wurde mir klar, sie wollte mich gar nicht. Sie wollte nur da raus. Ich habe es nicht wahrhaben wollen. Die Schweine im »Paradies« haben auch nichts gesagt. Die erteilten mir glatt Hausverbot.«

»Hat sie erzählt, was mit ihrer Schwester passiert ist? Warum haben Sie sich nicht an die Polizei gewandt und um Hilfe gebeten?«

Entgeistert starrte Robert auf Mick.

»Sind Sie bei Trost? Ich bin bescheuert, aber nicht lebensmüde!«

Mick wusste, dass er recht hatte. Offensichtlich war er auf der richtigen Spur. Die Geschichte passte zu den Ermittlungsergebnissen.

»Sie hat nicht viel geredet. Außerdem konnte sie wenig Deutsch. Ich habe eh nur die Hälfte von dem verstanden, was sie gesagt hat.«

»Wir sind der Meinung, dass es sich bei unserer Leiche um Ihre Freundin handelt.«

»Ich sagte bereits, dass ich damit nichts am Hut habe. Ich bin kein Mörder.«

»Das»Paradies« ist seit Jahren geschlossen. Haben Sie eine Ahnung, wo der Betreiber geblieben sein könnte? Können Sie uns Namen nennen?«

»Ich kannte nur Rosie, sie war die Betreuerin der Mädchen. Mit ihr habe ich mich gut verstanden. Die hat schon mal ein Auge zugedrückt.«

Es war sechs, als er sich frisch geduscht auf den Weg zum Reiterhof machte. Der Tag hatte nichts ergeben, aber er hatte das Handy an.

Angela und Daniel hatten ihn mit Josy zum Essen eingeladen. Es amüsierte ihn, aber er konnte verstehen, dass sie den Freund von Josy endlich kennenlernen wollten. Er hatte alles getan, das Beste aus seiner Erscheinung zu machen. Den Dreitagebart hatte er abrasiert und die Jeans gegen eine schicke Stoffhose getauscht. Dazu trug er braune Slipper und ein kobaltblaues Hemd. Nur auf seine Lederjacke hatte er nicht verzichtet. Auf dem Weg hatte er für Angela einen Blumenstrauß gekauft und bei einem Abstecher zu Douglas einen Flakon von Josies Lieblingsparfum.

Josy empfing ihn stürmisch. Seit ihrem angenehmen Überfall konnte er es erst recht kaum erwarten, sie in seine Arme zu schließen.

»Schön, dass du da bist.« Sie drückte ihm überschwänglich einen Kuss auf die Lippen und sah umwerfend aus. Zur Feier des Tages hatte sie ein kurzes Kleid angezogen, das im Rücken einen tiefen Ausschnitt hatte. Ausnahmsweise trug sie die Haare offen. Die roten Locken fielen ihr weich über die Schultern.

»Kommen Sie herein. Wir sind froh, dass Sie die Einladung angenommen haben. Josy konnte Sie uns nicht länger vorenthalten.«

Daniel ergriff die Hand des Kommissars und schüttelte sie. Angela ließ es sich nicht nehmen, ihn auf die Wange zu küssen.

»Ich bin so froh für Josy«, flüsterte sie ihm ins Ohr.

»Bitte fühlen Sie sich wie Zuhause. Meine Schwester hat mir verraten, dass Sie ein Freund von guten Steaks sind, und ich kann nur hoffen, dass sie mir auch gelingen. Bestimmt sind Sie ein harter Kritiker. Josy erwähnte bereits, dass Sie hervorragend kochen können. Da kann meine kleine Schwester sicher noch etwas lernen.«

Josy sah Angela strafend an.

»Du sollst hier keine Interna verraten. Wenn ich wirklich will, kann ich auch kochen.«

»Ja, heißes Wasser.« Daniel lachte über seinen eigenen Witz. Die anfängliche Beklemmung war gewichen.

Mick hatte gerade den Rest seines Desserts vernichtet, als sein Handy klingelte.

»Hallo Günter, was gibt's?«

»Entschuldige die Störung, aber ich habe herausgefunden, wo die Tochter von Sebald ist. Ich denke, das wird dich interessieren.«

»Klar!«

»Also, sie ist seit damals in einer psychiatrischen Klinik in Bad Neuenahr untergebracht. Ich habe kurz mit ihrer Betreuerin gesprochen, einer gewissen Frau Dr. Weniger. Ramona bewohnt seit zehn Jahren ein Zimmer in der geschlossenen Abteilung. Mit einer Entlassung ist in absehbarer Zeit auf keinen Fall zu rechnen. Mehr wollte die Ärztin nicht sagen. Aber ich habe uns für morgen zu einem Gespräch mit ihr verabredet. Was ist, kannst du dabei sein?«

Mick war aufgestanden und ging unruhig hinter dem Esstisch hin und her, während die anderen schwiegen.

»Ja. Hat Andrea sich gemeldet? Wegen der Mutter.«

»Ja, auch da sind wir anscheinend ein Stück weiter gekommen. Diese Doris hat wieder geheiratet. Einen gewissen Jochen Born, ganz

übler Bursche, ist uns schon länger bekannt. Er ist Mitglied dieser Rockergang, wie heißen die noch?«
»Etwa die Hells Angels?«
»Ja, genau die. Fährt ein dickes Motorrad und macht einen auf Großkotz. Dabei hat seine Familie kaum etwas zu beißen.«
»Was heißt Familie?«
»Er hat dieser Doris zwei Kinder angedreht und kümmert sich einen Scheißdreck um sie. Hat nur seine Maschine im Kopf und macht mit diversen Typen die Gegend unsicher. Die armen Kinder, diese Doris schaut offensichtlich nicht hin, mit wem sie sich einlässt.«
»Wo ist die Familie gemeldet?«
»Die wohnen in einer Mietskaserne am Rande von Bitburg. Richtiger Slum. Nachts kannst du da nicht auf die Straße gehen.«
»Dann sollten wir den Leuten dort bald einen Besuch abstatten. Was hältst du davon?«
»Einverstanden, Mick. Wir werden uns also morgen Ramona ansehen und uns um die Mutter kümmern. Ich wünsche dir noch einen schönen Abend.«
»Danke, den werde ich haben. Wenn das so weitergeht, muss ich mir demnächst meine Hosen eine Nummer größer kaufen.«
»Wo wir beim Thema sind, wann bekomme ich eine Kostprobe? Eine auf Salzbett gegarte Dorade würde ich mir wünschen.«
»Abgemacht. Wenn wir den Mörder gefasst haben, lade ich dich zum Essen ein.«
»Gibt es was Neues?« Josy zupfte ihn am Hemd, während er noch sinnierend am Fenster stand und auf die Stallungen blickte.
»Ich will es hoffen. Günter und Andrea haben herausgefunden, wo die Tochter ist, und auch der Aufenthaltsort der Mutter ist bekannt.«
Josy legte die Arme von hinten über Micks Schultern.
»Es gibt so viele verantwortungslose Eltern.« Mick nickte.
»Glaubst du immer noch, dass einer der Sebalds der Mörder sein könnte?« Josy massierte Micks verspannten Nacken.
»Ich denke, wir sollten uns auf Doris Born konzentrieren. Wenn sie von der Liaison ihres Mannes wusste, hatte sie ein Motiv.«
»Kann ich mitkommen, wenn ihr sie befragt?«
»Nein, mein Liebling, das geht wirklich nicht.«
Angela räusperte sich.
»Könnt ihr vielleicht morgen weiter fahnden? Wir haben noch Rotwein im Keller, und den sollten wir jetzt aushauchen lassen.«
»Du hast recht, Mick sollte wenigstens für ein paar Stunden an etwas anderes denken.« Josy zog ihn zum Tisch zurück.
Es wurde spät an diesem Abend, und bei einer Karaffe blieb es

nicht. Schließlich war es nicht mehr möglich, noch nach Hause zu fahren, und Mick nahm das Angebot für eine Übernachtung auf dem Reiterhof gerne an. Er lag noch lange grübelnd wach, nachdem Josy in seinem Arm eingeschlafen war.

Verkatert wurde Mick wenige Stunden später wach. Er musste los, obwohl er gerne noch liegen geblieben wäre. Leise erhob er sich aus dem Bett. Im Haus war alles still. Das einzige Geräusch, das durch das geöffnete Fenster drang, war das Rumoren der Pferde, die auf ihr Frühstück warteten. Vor dem Treppenabsatz lag Konrad, der Hofhund. Er schnarchte laut und hob nur leicht den Kopf, als Mick über ihn kletterte.

Es war kurz nach halb acht, als Mick ins Büro kam. Aber er war heute nicht der Erste. Bereits im Treppenhaus hörte er die Kaffeemaschine gurgeln. Günter hatte belegte Brötchen organisiert.

»Morgen!«, raunte Mick ihm entgegen.

»Hallo. Du siehst aus, als ob es gestern spät geworden wäre.«

»Lass deine gehässigen Bemerkungen und gieß mir einen Kaffee ein. Den habe ich nötig. Außerdem hat mich letzte Nacht nicht Josy, sondern eher der Wein entkräftet.«

Günter lachte unbekümmert.

»Na ja, wer es glaubt.«

Mick warf seinen Autoschlüssel in Günters Richtung, doch der duckte sich rechtzeitig.

Kurz vor zehn erreichten sie Bad Neuenahr.

»Hier werde ich meinen Ruhestand verbringen.«

Günter parkte direkt vor dem Klinikeingang.

»Kannst du dir vorstellen, für den Rest deines Lebens hier eingesperrt zu sein?«

»Ich hoffe, dass es bei mir nie soweit kommt. Ich bin gespannt auf diese arme junge Frau.«

Günter schnappte sich seine Aktentasche, und sie betraten die Halle.

Eine Dame nahm sich ihrer an und führte sie in das Vorzimmer der Ärztin. »Psychiatrie, Dr. Renate Weniger« stand an der Tür.

»Bitte nehmen Sie Platz.«

Lautlos betrat die Ärztin den Raum. Sie hatte eine dicke Akte unter dem Arm und ließ sich wortlos hinter ihrem Schreibtisch nieder. Ihr blondes Haar hatte sie streng zu einem Zopf gebunden, aber ihre Augen waren warm und offen.

»Was kann ich für Sie tun, meine Herren? Sie sagten mir ja schon, dass es um Ramona Sebald geht.«

Mick ergriff das Wort.

»Ja, wir ermitteln in einem Mordfall, der sich vor zehn Jahren im Hause der Sebalds zugetragen hat.«

Günter gab der Ärztin den Zettel mit der Befreiung von der Schweigepflicht. Diese warf einen Blick darauf und schob ihn beiseite.

»Gut, was wollen Sie wissen?«

»Erzählen Sie uns einfach etwas über sie. Woran leidet sie?«

Günter nahm einen Notizblock aus der Tasche und hielt einen Kugelschreiber bereit.

»Ramona leidet an einer Persönlichkeitsstörung. Sie lebt sozusagen das Leben verschiedener Personen. Heute ist sie jemand anderes als gestern. Manche dieser Patienten benutzen nur eine weitere Person, doch bei Frau Sebald ist diese Krankheit ausgeprägter. Sie verwendet mehrere Personen, um sich auszudrücken. Deswegen nennt man es auch multiple Persönlichkeitsstörung. Dazu kommt ein massives Borderlinesyndrom. Diese beiden Krankheitsbilder treffen oft aufeinander. Ein Beispiel: Sie erzählt, sie wäre Polizistin, Ärztin oder Juristin. Nur selten ist sie sie selbst. Ihre eigene Person macht ihr Angst. Können Sie mir folgen?«

»Ja, es hört sich zwar unglaublich an, aber wir haben schon davon gehört. Was kann eine solche Krankheit auslösen?«

Die Ärztin schwieg einen Moment.

»Meistens ist ein Trauma die Ursache. Es kann zum Beispiel der Tod eines Angehörigen sein. Meistens hat man diese Symptome bei Gewalterfahrung in der Kindheit oder bei sexuellem Missbrauch. Wir vermuten das Letztere bei ihr. Viel konnten wir über ihre Geschichte nicht herausfinden. In den wenigen Momenten, in denen sie vollkommen klar ist, behauptet sie, schuld am Tod eines Menschen zu sein. Aber auch in ihren anderen Persönlichkeiten ist sie diejenige, die ein gewaltsames Ableben eines Anderen verursacht hat. Wenn sie über ihre verschiedenen Leben spricht, ist sie danach verzweifelt und sucht sich einen Gegenstand, mit dem sie sich verletzen kann. Natürlich tun wir hier alles, um das zu verhindern, aber nicht immer gelingt es. Vor zwei Wochen hat sie sich einen tiefen Schnitt, fast bis zum Knochen, zugefügt. Die Wunde musste genäht werden, woraufhin sie sich zwei Tage später die Fäden aus dem Arm gerissen hat. Dieser Schnitt heilt kaum, weil sie daran herummanipuliert.«

Mick und Günter sahen sich an.

»Könnte es sein, dass sie tatsächlich den Tod eines Menschen verursacht hat? Einen Mord?«

Die Ärztin schüttelt entschlossen den Kopf.

»Als sie zu uns kam, war sie gerade einmal zwölf Jahre alt. Noch ein Kind. Ich meine, es ist nichts unmöglich, aber ich halte das für undenkbar. Ich glaube eher, dass ein gewaltsames Erlebnis ihre Vorstellungen auslöst. Wir haben versucht, mit ihren Eltern Kontakt aufzunehmen, aber die waren nicht bereit, sich zu äußern. Die Familienverhältnisse waren desaströs. Die Eltern interessierten sich nicht für ihren Zustand. Im Gegenteil, die Sebalds waren froh, sie los zu sein. Sie behaupteten, sie wäre immer schon seltsam gewesen.«

»Können Sie sich noch an den Tag ihrer Einlieferung erinnern?« Günter sah Frau Dr. Weniger erwartungsvoll an.

»Ich war leider damals noch nicht hier, aber ich habe ihre Krankengeschichte studiert. Sie war in einem erbarmungswürdigen Zustand. Sie hatte sich Verletzungen an den Armen und Beinen zugefügt. Zwei Monate lang war sie nicht ansprechbar. Die Eltern hatten sie damals einfach hier abgeliefert. Sie sagten, sie wüssten sich nicht mehr zu helfen. Fest steht, dass sie etwas Schreckliches erlebt haben muss.«

»Haben die Eltern jemals wieder Kontakt aufgenommen?«

»Nein, wie gesagt, sie interessierten sich nicht für sie. Nach zwei Jahren haben wir unsere Bemühungen aufgegeben. Frau Sebald steht seitdem unter der Obhut des Staates. Dieser übernimmt auch die Kosten ihrer Behandlung. Eigentlich ist sie austherapiert. Wir hatten den Versuch gemacht, sie in ein betreutes Wohnen zu geben, aber das ging nicht lange gut. Nachdem sie sich wiederholt verletzt hatte, mussten wir sie wieder aufnehmen. Wir gehen davon aus, dass sie den Rest ihres Lebens in einer geschlossenen Anstalt verbringen wird. Ob hier oder woanders kann man jetzt noch nicht sagen. Von einer Besserung ihres Zustandes ist auf jeden Fall nicht auszugehen.«

»Bekommt sie irgendwelche Medikamente?«

Günter machte sich eifrig Notizen.

»Ja, natürlich, die üblichen Psychopharmaka, die in ihrem Zustand angezeigt sind. Wenn es ganz schlimm mit ihr ist, müssen wir sie zusätzlich sedieren. Das lässt sich leider nicht immer verhindern und ist ja auch zu ihrem eigenen Schutz.«

»Könnte es sein, dass sie einmal unfreiwillig Zeugin eines Verbrechens geworden ist und diese Erinnerung mit Gewalt verdrängt?« Mick hatte sich den Sessel näher an den Schreibtisch herangezogen.

»Das könnte eine Erklärung sein, aber genauso gut kann ein anderer Anlass Schuld an ihrem Zustand sein. Wie gesagt, wir vermuten sexuellen Missbrauch. Sie hat ein sehr seltsames Verhältnis zu ihrer eigenen Sexualität.«

Günter schaltete sich ein.

»Was heißt das?«

»Naja, eigentlich ist sie ein asexuelles Wesen. Während einige unserer Patienten mit ähnlichem Krankheitsbild hier öffentlich masturbieren, haben wir so etwas in dieser Art nie bei ihr beobachtet. Sie müssen bedenken, dass sie mittlerweile eine erwachsene Frau ist. Sie zeigt keinerlei Interesse am anderen Geschlecht. Im Gegenteil, Männer sind ihr äußerst suspekt. Sie lässt sich hier nur von Frauen behandeln. Das Schlimme daran ist, dass sie ihren eigenen Körper ablehnt. Als sie in der Pubertät war, hat sie mehrfach versucht, sich an den typischen Stellen zu verletzten. Sie fügte sich Schnitte an der Brust und auch im Schambereich zu. Selbst die Körperhygiene ist ihr zuwider. Freiwillig würde sie sich nie im Genitalbereich waschen. Sie möchte sich einfach nicht berühren. Das sind wiederum Hinweise auf einen Missbrauch, in welcher Form auch immer.«

»Das ist ja entsetzlich.«

»Sie sagen es. Die Pubertät war eine schlimme Zeit für sie. Seit sie erwachsen ist, geht es ihr etwas besser.«

Mick lauschte den Worten der Ärztin.

»Gab es in irgendeinem Gespräch mit ihr einen Hinweis, der uns nützlich sein könnte? Hat sie mal von ihren Eltern erzählt, aus ihrer Kindheit, von ihrem Zuhause oder Ähnliches?«

»Nie, ihre ersten zwölf Jahre hat sie vollkommen ausgeblendet, zum Selbstschutz sozusagen. Das, was sie erlebt hat, muss so schrecklich gewesen sein, dass sie es vollkommen verdrängt hat. Ihre Eltern hat sie nie wieder erwähnt. Es scheint so, als hätte sie nie welche gehabt. Jedoch spricht sie hin und wieder von einem kleinen Mädchen, für das sie verantwortlich ist. In ihrer Persönlichkeit als Ärztin ist sie für ihre kleine Patientin immer da und bittet uns dann um Hilfe. Sie behauptet, die Kleine regelmäßig zu besuchen und zu behandeln. Dieses Kind ist in ihrer Fantasie irgendwo eingesperrt und kann nicht fliehen. Sie ist immer sehr besorgt.«

»Hat sie Namen genannt oder können Sie sich vorstellen, um wen es sich handeln könnte?«

»Wir gehen davon aus, dass es sich bei dem Kind um sie selbst handelt. Vielleicht war sie ja einmal in einer ähnlichen Situation. Einen Namen hat sie nie erwähnt. Aber es kommt oft vor, dass solche Patienten ihr eigenes Schicksal derart reflektieren. Sie erleben schreckliche Momente immer wieder, sind sich aber nicht bewusst, dass es sich dabei um ihre eigene Person handelt.«

Günter drehte den Kuli zwischen den Fingern hin und her.

»Ist Frau Sebald über ihre eigene Person orientiert? Ich meine, weiß sie, wie sie wirklich heißt?«

Frau Dr. Weniger legte die Arme hinter den Kopf und überlegte.

»Sie weiß, dass sie Ramona Sebald heißt, aber in einer ihrer anderen Persönlichkeiten nennt sie sich hin und wieder Nadja.«

Mick und Günter sahen sich an.
Mick ergriff als Erster das Wort.
»Also doch. Sie hat diese Nadja gekannt.«
Die Ärztin warf ihnen einen fragenden Blick zu.
»Klären Sie mich auf, gibt es in dem Fall tatsächlich eine Nadja?«
»Unsere Tote arbeitete unter diesem Namen hier. Ramonas Vater hatte ein Verhältnis mit ihr.«
»Dann haben Sie doch schon den Schuldigen. Wenn Frau Sebald diese Nadja wirklich gekannt hat, ist sie vielleicht sogar Mitwisserin und kennt auch den Mörder.« Frau Dr. Weniger hatte sich erhoben und ging unruhig im Zimmer auf und ab. Der Kaffee, den die beflissene Sekretärin gebracht hatte, war mittlerweile kalt geworden.
»Wir haben den Vater gründlich überprüft. Er ist zwar ein böser Junge, aber mit dem Mord hat er vermutlich nichts zu tun. Obwohl die Geschichte zehn Jahre zurückliegt, war Robert sehr überrascht, als er von der Leiche erfuhr. Und diese Überraschung war nicht gespielt.«
»Wann können wir Frau Sebald sehen? Meinen Sie, es wäre möglich, ihr ein paar Fragen zu stellen?«
Günter hatte seinen Kuli in die Hemdtasche geschoben. Er hatte vorerst genug erfahren und wollte sich selbst ein Bild machen.
»Natürlich können Sie Ramona sehen. Fragen Sie sie ruhig, aber ich glaube nicht, dass Sie etwas herausfinden werden. Bedenken Sie bei allem was sie Ihnen erzählt, dass sie eine kranke Person ist, die zwischen Wahn und Wirklichkeit nicht unterscheiden kann.«
Frau Dr. Weniger hatte die Patientenakte zugeklappt.
»Ich bin mir sicher, dass sie etwas weiß, aber dass sie mit Ihnen kooperiert, halte ich für ausgeschlossen. Bedenken Sie, dass sie in zehn Jahren nichts von einem solchen Fall erzählt hat, und wenn dieser Mord ihr Trauma ist, hat sie es ganz tief in ihrem Herzen verschlossen.«
Die Polizisten hatten sich nach diesen Worten der Ärztin erhoben. Mick drängte es jetzt, mehr von dieser jungen Frau zu erfahren.
»Warten Sie bitte ein paar Minuten, meine Herren. Ich werde die Station kurz informieren, dass wir gleich hinaufkommen.«
Die Ärztin verließ den Raum.
»Was meinst du Mick, sind wir der Sache ein Stück näher?«
Mick nickte angespannt.
»Auf jeden Fall bin ich überzeugt, dass Ramona uns den Mörder nennen kann, wenn es uns gelingt, sie zum Reden zu bringen. Lassen wir es darauf ankommen. Ich bin mir sicher, dass es sich bei unserer Toten um diese Nadja handelt, die mit ziemlicher Gewissheit Darja Saizewa heißt, auch wenn wir es nicht beweisen können.«
»Es sei denn, es bestätigt uns jemand.«

»Genau. Weißt du Günter, diese Doris rückt immer weiter in den Fokus. Wir sollten sie uns morgen unbedingt vornehmen.«

Die Tür wurde geöffnet, und Frau Dr. Weniger forderte die beiden auf, ihr zu folgen.

»Man hat Ramona in ihr Zimmer gebracht. In ihrer vertrauten Umgebung fühlt sie sich am sichersten. Bitte seien Sie behutsam. Wir möchten nicht riskieren, dass sich ihr Zustand verschlechtert.«

Die Ärztin hatte einen Generalschlüssel zu allen Türen. Auf diesem Flur war alles abgeschlossen, was man abschließen konnte. Sie mussten zwei weitere Türen passieren, bevor sie endlich vor dem besagten Zimmer standen. Ein Pfleger kam ihnen entgegen.

»Gregor und ich werden bei dem Gespräch dabei sein, vorsichtshalber, falls irgendetwas geschehen sollte. Eine unvermutete Reaktion oder Ähnliches. Manchmal ist rasches Handeln erforderlich. Man kann nie sagen, wie ein Patient reagieren wird, wenn er Kontakt zur Außenwelt hat.«

Gregor war ein kräftiger Mann. Sicherlich konnte er gut zupacken, wenn eine Situation eskalierte. Er trug ebenfalls einen riesigen Schlüsselbund an seinem Gürtel. Er begrüßte die beiden Polizisten mit einem festen Händedruck.

»Es kommt Ihnen hier sicherlich alles seltsam vor, aber lassen Sie sich nicht beirren. Es handelt sich um reine Sicherheitsmaßnahmen zum Schutz der Patienten. Frau Sebald genießt völlige Freiheit hier auf der Etage. Sie kann fernsehen, Karten spielen, es gibt eine Bastelgruppe und eine Theater-AG, gemeinsame Speiseräume und so weiter. Wir versuchen, so gut es geht, Alltag zu simulieren.«

Gregor drückte die Klinke herunter, und sie betraten ein kleines Zimmer. Das Fenster war zwar vergittert, aber es gab eine bunte Gardine. Ramona saß auf ihrem Bett. Sie sah dem Besuch entgegen, sagte jedoch kein Wort. Mick umfasste ihre Gestalt mit einem Blick und war nicht so erschrocken, wie er befürchtet hatte. Die junge Frau war übergewichtig, aber doch hübsch, und machte einen gepflegten Eindruck. Sie trug Jeans und Turnschuhe und ein weites, weißes T-Shirt. Beim näheren Hinsehen bemerkte er die zahlreichen Narben an ihren Unterarmen. Die letzte Wunde an ihrem Handgelenk war sauber verbunden, aber man sah, dass sie an den Rändern des Verbandes versucht hatte, das Pflaster zu lösen. Ihre Fingernägel waren fast bis an die Nagelhaut abgebissen und zum Teil gar nicht mehr vorhanden. Ihr linkes Knie zitterte leicht. Ihr blondes Haar war kurz geschnitten, und ihr Gesicht von den vielen Medikamenten aufgeschwemmt. Ansonsten machte sie zunächst einen normalen Eindruck.

»Guten Tag, Frau Sebald, ich habe Ihnen Besuch gebracht. Die

Herren möchten Ihnen ein paar Fragen stellen.«
Frau Dr. Weniger hatte gemeinsam mit Gregor zwei Stühle geholt. Die beiden Kommissare setzten sich nur zögernd.
»Hallo Ramona, wie geht es Ihnen heute?«, begrüßte Mick die Frau und bemühte sich um Unverfänglichkeit.
»Es wird auch Zeit, dass Sie endlich kommen. Wissen Sie, wie lange ich schon auf Sie warte?«
Ramonas Stimme war klar und deutlich, ihre Augen blickten erfreut auf die beiden Männer.
»Warum haben Sie auf uns gewartet?«
Günter stellte diese Frage.
»Na ja, warum wohl? Ich hoffe doch sehr für Sie, dass Sie hierhergekommen sind, um mir meine Approbation zurück zu erteilen. Man lässt mich hier einfach nicht meinen Beruf ausüben. Eine Unendlichkeit warten meine Patienten darauf, dass ich wieder zurückkehre.«
Mick sah die Ärztin an, doch die nickte ihm nur aufmunternd zu.
»Warum haben Sie Ihre Approbation denn verloren, Frau Sebald?«
Ramonas Augen wurden schmal.
»Das habe ich denen hier tausendmal erzählt. Seit mir diese junge Mutter auf dem OP-Tisch gestorben ist. Aber ich konnte nichts dafür. Ich war alleine, und keiner war in der Nähe, der mir hätte helfen können. Ohne mich wäre alles noch viel schlimmer geworden. Der armen Frau war wirklich nicht mehr zu helfen. Auch wenn sie die beste Ärztin im Hause an ihrer Seite hatte, aber ich habe nur zwei Hände.«
Stolz blickte sie durch die Runde und betrachtete ihre Hände, bevor sie mit dem Zeigefinger der rechten Hand wieder anfing, an dem Pflaster zu reißen.
»Ramona, lassen Sie doch endlich Ihre Wunde heilen.«
Gregor meldete sich aus dem Hintergrund.
»Ach, halten Sie sich raus. Warum sind Sie überhaupt hier? Ich habe heute noch nicht in die Hose gemacht. Sie müssen mich nicht schon wieder schlagen.«
Ramona hielt Günter ihre Unterarme entgegen.
»Sehen Sie hier, was er immer mit mir macht. Erst letzte Woche hat er mich wieder verletzt, und jetzt will er, dass meine Wunde heilt. Dass ich nicht lache.«
Gregor war unbeeindruckt von dieser Anschuldigung.
»Ramona, wissen Sie, wie lange Sie schon hier sind?«
»Natürlich, man hat mich damals hierhin gebracht, als ich diesen Einbrecher erschossen habe. Sie müssen wissen, dass ich einmal eine sehr gute Polizistin war. Damals hat man mir übel mitgespielt. Man hat behauptet, ich hätte einen Kollegen im Dienst erschossen. Sehen Sie

mich an, als ob ich zu so etwas fähig wäre. Ich wollte nur meinen Job machen, und das eben so perfekt wie immer.«

Ihre Blicke gingen an die Decke und verloren sich an dem weißen Anstrich. Eine Weile schwieg sie, bevor sie sich den beiden Beamten wieder zuwandte.

Mick wusste nicht so recht, wie er dieses Gespräch fortsetzen sollte. Mit so etwas war er noch nie konfrontiert worden. Also beschloss er, aufs Ganze zu gehen.

»Ramona, kennen Sie eine gewisse Nadja, oder sagt Ihnen der Name Darja Saizewa etwas?«

Ramonas Blick verdüsterte sich.

»Was soll das? Natürlich kenne ich Nadja. Die sitzt doch hier vor Ihnen, oder was glauben Sie, wer ich bin?«

»Aber Sie heißen Ramona?« Günters Frage klang ziemlich hilflos.

Ramona sah ihn verständnislos an und grinste ein schiefes Lachen, sagte aber nichts.

Mick schaltete sich ein.

»Was macht eigentlich Ihre kleine Patientin, Frau Sebald?«

»Ach, Sie kennen sie? Ist sie nicht ein zauberhaftes Mädchen?« Plötzlich war ihr Gesichtsausdruck wach und lebendig.

»Es geht ihr immer schlechter. Ich kann ihr nicht helfen, weil man mich meine Arbeit nicht machen lässt. Ich muss sie unbedingt besuchen. Sie ist schon lange Jahre meine Patientin, aber sie will einfach nicht wachsen. Kein Wunder, bei allem, was man mit ihr macht.«

»Was hat man denn mit ihr gemacht?«

»Man hält sie gefangen. Sie darf nicht sprechen. Manchmal fesselt man sie an ihr Bett, dann weint sie leise. Ich beobachte sie durch das Fenster, aber ich kann ihr nicht helfen. Die Türen sind verschlossen. Wenn nicht bald etwas passiert, wird sie sterben.«

»Kann es sein, dass dieses kleine Mädchen Ramona heißt?« Mick war sich nicht sicher, wie sie auf diese Frage reagieren würde.

»Kann schon sein, aber ich glaube nicht.« Ramona war in sich zusammengesunken und fing an, ein Kinderlied zu singen.

»Kennst du die kleine, süße, freche Biene Maja?«, kam es leise über ihre Lippen. Plötzlich hielt sie inne und sah die beiden Männer herausfordernd an.

»Was wollen Sie eigentlich von mir?«

Ihre Augen blickten klar, und ihre Stimme war fordernd.

»Eine letzte Frage noch, Ramona, dann lassen wir Sie wieder allein. Wissen Sie, wo Ihre Eltern sind, Robert und Doris?«

Sie zuckte kaum merklich zusammen.

»Keine Ahnung, von wem Sie sprechen.« Ihre Antwort war deutlich, und Mick hatte den Eindruck, dass sie für ein paar Sekunden tatsächlich Ramona Sebald war. Er sah eine Träne in ihrem rechten Auge schimmern, aber bevor er genauer hinsehen konnte, hatte sie sich umgedreht und kehrte ihnen den Rücken zu.

»Ich denke, Sie sollten jetzt gehen«, sagte die Ärztin in diese plötzliche Stille hinein. Mehr wird sie Ihnen heute nicht sagen. Sie wird sich jetzt vollkommen zurückziehen und die ersten Stunden nicht mehr sprechen. Ich kenne das bei ihr. Wenn Sie wollen, können Sie gerne ein weiteres Mal wiederkommen, aber Sie sehen ja selbst. Viel ist hier nicht zu machen.«

Die Vier verließen den Raum, doch Mick warf noch einen kurzen Blick zurück zu dieser erbärmlichen Gestalt, die wie zu Stein erstarrt mit dem Gesicht zur Wand auf ihrem Bett saß.

Eine Weile noch standen sie vor dem Zimmer beieinander und hörten durch die Tür die Stimme der jungen Frau, die wieder zu singen begonnen hatte.

»Schreckliche Geschichte. In der richtigen Umgebung wäre sie sicherlich eine ganz normale Frau geworden.« Mick schüttelte missmutig den Kopf.

»Gibt es eine kleine Chance, dass sie wieder gesund wird?«

Die Ärztin zuckte unbeholfen mit den Schultern.

»Wenn sie eines Tages über ihr Trauma sprechen könnte, hätten wir eine minimale Chance, sie zu heilen. Aufgrund ihrer Flucht in andere Persönlichkeiten verhindert sie ein Vordringen zu sich selbst. Es gibt viele solcher Geschichten, jede für sich eine Tragödie. Die Psychiatrie ist voll mit solchen Patienten. Aber in Ramonas Fall kommt erschwerend hinzu, dass die ganze Sache schon zehn Jahre her ist. Je mehr Zeit vergeht, desto schwieriger ist eine Heilung. Vielleicht gelingt es ja Ihnen, durch die Aufklärung des Mordes etwas Licht in die Sache zu bringen. Und das wiederum könnte auch unserer Patientin helfen. Unser ganzes Team hier ist Ihnen gerne behilflich. Sie dürfen jederzeit wiederkommen, wenn es um das Wohl von Ramona geht.«

Frau Dr. Weniger schüttelte die Hände der Kommissare.

»Lassen Sie uns auf jeden Fall wissen, wie es weiter geht.«

Die Rückfahrt war von beklemmendem Schweigen begleitet. Günter und auch Mick waren sich einig, dass diese junge Frau ebenfalls zum Opfer in diesem Kriminalfall geworden war, genauso wie die junge Russin. Vielleicht war es besser, gar keine Zukunft zu haben, als eine solche, wie sie Ramona Sebald vor sich hatte.

»Was ist, fährst du schon nach Hause?« Günter reckte seine steifen Glieder, als er aus dem Auto ausgestiegen war.

»Dir reicht es wohl für heute?«

»Ja, das kannst du laut sagen. Aber ich werde nicht untätig sein. Ich werde unser Gespräch für morgen vorbereiten. Diese Doris lässt mir keine Ruhe mehr. Egal, was sie verbrochen hat, hinter Gitter gehört sie allemal. Ich frage mich immer wieder, warum solche Leute überhaupt Kinder in die Welt setzen. Die beiden Kleinen von ihr tun mir jetzt schon leid, obwohl ich sie noch nicht einmal gesehen habe.«
»Lass den Kopf nicht hängen, Mick, wir werden die Richtigen zur Verantwortung ziehen. Damit machen wir die Welt wenigstens ein kleines bisschen besser.«
»Dein Wort in Gottes Ohr.«

Mick traf sich mit Günter im Büro. Sie besprachen die Vorgehensweise für das kommende Gespräch mit Doris und hofften inständig, sie in ihrer Wohnung anzutreffen. Für die Fahrt brauchten sie nicht lange, und eine Stunde später fuhren sie in die allseits bekannten Straßen der „Bitburgkaserne" ein. Man nannte die Häuserblocks seit Jahren so, weil die Menschen dort eher kaserniert waren, als dass man diesen Zustand als wohnen bezeichnen konnte.

Die Haustür von Nr. 16 stand offen, und der Gestank nach Unrat und abgestandenem Rauch schlug ihnen entgegen. Die Glasscheibe war zerbrochen. Doris Sebald, jetzt Born, wohnte im 4. Stock. Sie nahmen die Treppen, da die Aufzüge abenteuerlich aussahen. Sie gingen vorbei an unzähligen Schuhen, die in die Flure geworfen waren, und zerkratzten Wohnungstüren, an denen die meisten der Spione mit Kaugummi zugeklebt waren. Auch die Tür der Familie Born wies Schäden auf. Das Schloss war herausgebrochen und ließ sich nicht mehr schließen. Mick und Günter sahen sich an.

»Na dann mal los.« Günter klopfte an das teilweise zersplitterte Holz, und das nicht zaghaft. Er hämmerte sogar laut mit der Faust dagegen. Mick überprüfte mechanisch die Halterung seiner Waffe und stellte beruhigt fest, dass alles an Ort und Stelle war. In der Wohnung tat sich nichts, nur der Fernseher war zu hören.

»Hallo, ist jemand zu Hause?«, rief Günter nur der Ordnung halber. Als keine Antwort kam, drückte er die Wohnungstür mit dem Fuß auf, und sie betraten die verwahrloste Wohnung. Sie gingen dem Geräusch nach ins Wohnzimmer, wo eine fette Frau im Nachthemd vor dem Fernseher lag. Die Luft war zum Schneiden dick von unzähligen Zigaretten. Vor sich auf dem schmuddeligen Tisch standen eine angetrunkene und zwei leere Bierflaschen neben einem überfüllten Aschenbecher. Im Sessel ihr gegenüber lag ein zirka 8-jähriger Junge, der eine Dose Cola in der Hand hielt. Er hatte die Füße auf den zerschlissenen Cord des Sessels hochgezogen und sah als Erster auf, als die beiden

Männer das Zimmer betraten.

»Was?«, fragte er ungefällig in deren Richtung, noch bevor seine Mutter, die Ähnlichkeit mit dem Jungen war frappierend, die Polizisten bemerkte. Sie hielt es nicht für nötig, sich zu erheben, und sah stattdessen nur wenig erwartungsvoll in ihre Richtung.

»Guten Tag, Kriminalpolizei Trier, wir hätten gerne Frau Doris Born gesprochen. Sind Sie das?«

Die dicke Frau nickte und schob ihren Stummel in den Aschenbecher zwischen die anderen, stand jedoch nicht auf.

»Kripo? Was wollen Sie? Jochen ist nicht da.«

»Wir wollen zu Ihnen, Frau Born. Wäre es möglich, dass Sie den Fernseher ausmachen und uns ein paar Fragen beantworten?«

Doris folgte widerwillig Micks Anweisungen, worauf der Junge ärgerlich mit der Faust auf den Tisch schlug und die Augen verdrehte. Eine Tür neben dem Wohnzimmerschrank öffnete sich, und ein etwa sechsjähriger Junge steckte den Kopf herein.

»Was ist denn los, Mama? Haben wir Besuch?«

Er kam langsam näher und versuchte, auf dem Sofa neben seiner Mutter Platz zu nehmen.

»Das geht dich gar nichts an, Kevin. Mach, dass du wieder in dein Zimmer kommst, und du, Dennis, gehst am besten mit. Lasst mich in Ruhe und schleicht euch.«

Kevin verzog sich wieder hinter seine Tür, und selbst der größere Bruder verließ den Raum, wenn auch nur unter Protest.

»Worum geht es denn?« Doris hatte sich aufgesetzt, worauf ihre dicken, halterlosen Brüste gefährlich hin- und herwankten. Ihr Haar klebte strähnig am Kopf. Erst jetzt bemerkte Mick, dass ihr rechtes Auge blutunterlaufen war, und sie nur durch einen dünnen Schlitz in seine Richtung sah. Auch das Gelenk ihrer rechten Hand, mit der sie sich jetzt eine neue Zigarette aus der Packung nahm, war rot-blau und geschwollen.

»Woher haben Sie diese Verletzungen?«, fragte Günter, um zunächst einmal ein Gespräch zu beginnen, und zeigte auf ihre Hand.

»Ach das, kleiner häuslicher Streit. Hat nichts weiter zu bedeuten. Ist ja sicher nicht das erste Mal, dass Sie so etwas zu sehen bekommen. Deshalb sind Sie doch sicher nicht hier, oder?«

»Nein, Frau Born, aber wir kommen später noch einmal darauf zurück. Erst wollen wir Ihnen ein paar Fragen zu Ihrer ersten Ehe stellen. Haben Sie noch Kontakt zu Robert Sebald?«

Günter hatte sich vorsichtig auf die Kante des Cordsessels gesetzt, war jedoch darauf bedacht, nichts weiter zu berühren. Mick stand am Fenster und sah auf den Innenhof hinaus, von wo aus ein lautes Wortgefecht nach oben drang.

»Nein, von dem habe ich ewig nichts mehr gehört. Warum, hat er was angestellt? Würde ihm ähnlich sehen.«

»Wie meinen Sie das, würden Sie ihm was Schlechtes zutrauen?«

»Dem traue ich alles zu, und wenn ich ehrlich sein soll, freue ich mich auf den Tag, an dem ich seine Todesanzeige lese.«

»Warum so hart, Frau Born? Hat er sich in der Zeit Ihrer Ehe etwas zuschulden kommen lassen?«

»Ja, er hat mein ganzes Leben zerstört, dieser Wichser. Besuchen Sie ihn doch mal, dann sehen Sie selbst, was er für ein Penner ist.«

Günter rückte ein Stück zurück. Der scharfe Schweißgeruch der Frau stieg ihm wie Essig in die Nase.

»Inwiefern hat er Ihr Leben zerstört?«

Mick hatte sich umgedreht und sah Doris aufmerksam an.

»Wie das so ist. Am Anfang wollen sie einen doch nur flach legen, diese beschissenen Kerle, und schwärmen einem was von Liebe vor. So war es auch bei Robert. Natürlich hat er nicht aufgepasst, und schwupps, war ich auch schon schwanger. Glauben Sie mir, so hatte ich mir das nicht vorgestellt. Als er von der Schwangerschaft erfuhr, war es dann schnell mit der Liebe vorbei. Kurz darauf hat er mich nicht mehr beachtet. Natürlich wollte ich das Kind nicht abtreiben lassen. Ein Kind sollte ja schließlich die Krönung einer Liebe sein. Das habe ich mir damals zumindest so gedacht. Wir waren zwar noch jung, aber es war nun einmal passiert, und mein Vater, der sehr streng war, drängte Robert zur Heirat. Ich hatte mich mit der Situation abgefunden, schließlich hatte Robert ein schönes Haus, und ich kam endlich weg von meinen Eltern und der Arbeit auf dem Hof. Dann kam das Kind, und das ganze Elend begann.«

»Welches Elend?«

»Ramona war eben nicht das, was wir uns vorgestellt hatten. Als ich sie das erste Mal im Arm hatte, ekelte es mich schon. Sie schrie dauernd und war auch noch so hässlich dabei! Robert hat sich gar nicht für sie interessiert. Er wandte sich immer mehr von uns ab. Als er dann noch arbeitslos wurde, funktionierte einfach nichts mehr. Als Ramona vier wurde, haben wir bemerkt, dass sie nicht richtig tickte. Auch das noch.«

»Was meinen Sie damit?«

»Sie machte immer noch in die Windeln, und nachts schrie sie stundenlang. Sie war ein grauenhaftes Kind. Der Kindergarten wollte sie auch nicht haben, eben weil sie noch nicht sauber war. Jede, aber auch wirklich jede Nacht hat sie ins Bett gemacht. Ich kann Ihnen gar nicht mehr sagen, ob ich zu dieser Zeit überhaupt geschlafen habe.«

»Haben Sie Ramona geschlagen?«
Günter sah gelangweilt aus, als er diese Frage stellte.
»Natürlich habe ich sie hin und wieder geschlagen. Irgendwie musste ich sie doch erziehen, und Prügel haben noch keinem Kind geschadet. Es wurde jedoch nicht besser mit ihr, und dann haben wir uns eben mit diesem Zustand abgefunden. Sie wollte einfach nicht hören, da kann man dann nichts mehr machen.«
»Wie hat Robert reagiert?«
»Der hat sie auch geschlagen, und nicht zu knapp, das können Sie mir glauben. Irgendwann hat auch er aufgegeben und sie einfach in Ruhe gelassen. Sie hat wenig gesprochen.«
»Wo ist Ramona jetzt?« Mick hatte sich wieder eingeschaltet.
»Ach kommen Sie, als ob Sie das nicht wüssten. Sie haben bestimmt herausgefunden, dass sie in der Klapse ist. Es konnte ihr keiner mehr helfen, und dort ist sie gut untergebracht.«
»Wann haben Sie sie zum letzten Mal gesehen?«
»Das weiß ich nicht mehr. Es geht mich auch nichts an. Sie ist erwachsen genug, um sich um sich selbst zu kümmern. Wie Sie sehen, habe ich eine neue Familie. Meine Jungs sind zwar auch nicht die hellsten, aber es sind gute Jungs.«
»Können Sie sich noch erinnern, was den Ausschlag für Ramonas Einweisung gegeben hat?« Mick kramte eine Marlboro aus seiner Jackentasche, zündete sie jedoch nicht an. Doris überlegte ein paar Minuten, und Mick entging nicht, dass sich die Schweißränder unter ihren Achseln vergrößert hatten.
»Eines Tages war sie total daneben. Sie sprach nicht mehr, da haben wir den Arzt gerufen. Der hat sich dann um alles Weitere gekümmert. Seitdem ist sie weg, und wenn Sie es genau wissen wollen, ich bin froh darüber.« Sie genehmigte sich einen Schluck Bier.
»Hat sich Ihre Situation mit Robert danach verbessert? Immerhin war der Störfaktor Ramona doch aus dem Weg geräumt?«
»Sagen Sie, warum sind Sie eigentlich hier? Wenn etwas mit ihr ist, dann sagen Sie es doch einfach. Diese blöde Fragerei nervt mich langsam.« Doris war aufgestanden, um sich eine neue Flasche zu holen. Es schien ihr nichts auszumachen, sich im Nachthemd vor den Polizisten zu zeigen.
»Erzählen Sie uns doch einfach von Robert. Was hat er gemacht, als Ramona fort war?«
»Wir haben uns noch in der gleichen Woche getrennt. Ich habe anfangs auch gedacht, jetzt würde alles besser werden. Doch er war unausstehlich zu dieser Zeit. Ich konnte einfach nicht mehr mit ihm unter einem Dach leben.«

»Frau Born, wissen Sie, ob Robert fremdgegangen ist?«

Doris sah sich bei dieser Frage noch nicht einmal um. Sie hatte sich gebückt, um ein Bier aus dem Kasten zu nehmen. Mick sah ihre dicken, weißen Schenkel und schauderte.

»Natürlich ist er fremdgegangen. Was denken Sie denn? Ich sagte Ihnen doch eben schon, dass er mein Leben zerstört hat.«

Mick räusperte sich.

»Frau Born, kennen Sie eine Nadja Saizewa?«

Doris verharrte eine Sekunde länger als nötig in ihrer Haltung.

»Was weiß ich, wie seine Nutten hießen. Meinen Sie etwa, er hätte mir Bericht erstattet?«

»Doris, wir haben unter dem Dach Ihres damaligen Hauses die sterblichen Überreste einer jungen Russin gefunden. Eben diese Nadja Saizewa. Kann es nicht sein, dass sie die Geliebte Ihres Mannes war? Als sie ihm zu lästig wurde, hat er sie dann beiseite geschafft. War es so?«

Mick benutzte diese persönliche Anrede absichtlich und spielte mit dieser Frage Doris den Ball zu, den sie prompt annahm.

»Sie hat sich mir als Darja vorgestellt.« Doris bemerkte ihren Fehler und verzog in einer unbewussten Reaktion den Mund.

»Sie kennen sie also?« Mick zündete endlich seine Zigarette an.

»Nein, natürlich nicht. Ich wusste nichts.«

Doris hatte sich umgedreht. Ihr Gesicht war knallrot, und sie wusste, dass sie in eine Falle getappt war.

»Frau Born, es hat jetzt keinen Zweck mehr, zu lügen. Wenn Ihr Mann ein Mörder ist, müssen Sie uns jetzt die Wahrheit sagen. Also, woher kennen Sie diese Darja?«

»Sie war ein einziges Mal bei mir, ich schwöre es. Nur ein einziges Mal. Was danach aus ihr geworden ist, kann ich Ihnen nicht sagen.«

»Was wollte sie von Ihnen?«

»Was wollte sie? Was wollte sie? Natürlich wollte sie Robert, diese Schlampe. Sie erzählte mir, dass sie ein Kind von ihm erwartete, und verlangte, dass er zu seiner Verantwortung stand. Ich bot ihr an, Geld für eine Abtreibung zu beschaffen, und ihr behilflich zu sein, aus Deutschland zu fliehen. Doch diese Kuh wollte nicht.«

Doris schwieg und ließ die Schultern hängen.

»Robert war nicht da an diesem Vormittag, und ich versuchte, sie zu überzeugen, dass es ihre einzige Chance war, aus Deutschland zu verschwinden. Ich erklärte ihr, dass Robert keine Kinder mag, aber sie wollte es nicht glauben. Sie erzählte mir schreckliche Geschichten über das, was Robert ihr alles versprochen hatte. Glauben Sie mir, das Leben, das er ihr bieten wollte, davon hatte ich immer geträumt.«

»Dann haben Sie sie also ermordet?« Mick war aufgesprungen und hatte sich vor Doris aufgebaut.

»Nein, so war es nicht. Sie ist dann wieder gegangen. Sie hat mich beschimpft, und ich war schrecklich wütend auf sie, aber sie ist gegangen. Ich schwöre es.«

»Wo war Robert zu diesem Zeitpunkt?«

»Weiß nicht, ich war mit Ramona allein, und als er kam, habe ich ihn gefragt. Er hat es nicht abgestritten, von großer Liebe gefaselt. Er hatte eine Wut im Bauch wegen des Kindes. Robert maulte vor sich hin, dass er wieder von einer Frau hereingelegt worden wäre. Dann schlug er mich, mich und Ramona. Ich bin davon überzeugt, dass er diese Darja am Tag danach umgebracht und anschließend mit Ramonas Hilfe auf den Dachboden geschleppt hat. Als ich nach Hause kam, war alles voll mit Blut, die Küche, die Treppe, einfach alles. Sie muss also da gewesen sein. Ich habe keine Fragen gestellt. Er hat auch nichts gesagt. Ich hatte richtig Angst vor ihm. Verstehen Sie, Todesangst hatte ich.«

»Was ist dann passiert?«

»Er hat sauber gemacht, aber nicht darüber geredet. Ramona hat von da an nicht mehr gesprochen. Sie ist wahnsinnig geworden.«

»Warum haben Sie Ihren Mann nicht angezeigt, Frau Born?«

»Weil ich Angst hatte, ich wollte nur weg. Ich bin für ein paar Wochen zu meinen Eltern gezogen, nachdem Ramona in der Klinik war. Denen habe ich erzählt, dass meine Ehe gescheitert war, und sie haben mich für kurze Zeit aufgenommen. Ich habe dann gehört, dass Robert ins Männerwohnheim gezogen ist. Von einer Leiche hat nie jemand was gesagt. Nach ein paar Wochen dachte ich, ich hätte mir das Ganze eingebildet. In den Zeitungen hat nichts gestanden, also habe ich selbst auch nicht mehr daran geglaubt. Vielleicht haben die beiden ihr ja gar nichts getan, habe ich mir eingeredet. Was weiß ich.«

»Glauben Sie wirklich, dass ihre Tochter mit der Sache zu tun hatte? Sie war damals erst zwölf Jahre alt. Kann es nicht sein, dass sie nur Zeugin war, und dass dieser Umstand sie so traumatisiert hat?« Mick sah Doris zweifelnd an.

»Kann sein. Ich weiß nur, dass sie verrückt ist. Schon seit Beginn. Ihr traue ich alles zu, aber ich bin unschuldig.«

»Wissen Sie, was ich glaube, Frau Born? Sie lügen. Ich bin überzeugt, dass Darja Saizewa an diesem Morgen Ihr Haus nicht mehr verlassen hat.«

Günter hatte sich erhoben.

»Halten Sie sich für weitere Befragungen zu unserer Verfügung. Wir werden Ihre Tochter ein weiteres Mal verhören. Die Ärztin machte uns den Vorschlag, sie unter Hypnose zu befragen, ob sie den Mörder kennt.«

Doris zuckte mit den Schultern, doch man sah ihre Anspannung. Die beiden Polizisten wandten sich zur Tür.

»Übrigens, Frau Born, kann es sein, dass Ihr Mann Jochen Ihnen diese Verletzungen zugefügt hat? Machen Sie keinen Fehler, zeigen Sie ihn an, bevor es zu spät ist.«

»Nein, Jochen ist ein guter Mann. Er tut alles für mich und die Kinder. Das hier«, sie zeigte auf ihre Augen, »ist bei einem kleinen Streit mit meinem Ältesten passiert, nicht weiter schlimm.«

»Dann sollten Sie sich in Zukunft besser in acht nehmen.«

Günter zog die Tür so gut es ging hinter sich zu, und die beiden Kommissare befanden sich wieder in dem schmutzigen Treppenhaus.

»Was meinst du, Mick?«

»Ich denke, sie lügt.«

»Genau, das denke ich auch.«

Sie nahmen wiederum die Treppe nach unten und bemühten sich, nicht an das Geländer zu fassen.

»Jetzt brauche ich erst einmal eine Dusche mit Sagrotan, vorher bin ich zu keinem klaren Gedanken fähig.«

Mick rieb sich die Hände an den Hosenbeinen ab, bevor sie ins Auto stiegen.

»Übrigens, der Gedanke mit der Hypnose ist gar nicht schlecht. Meinst du, dass Frau Dr. Weniger das zulassen würde?«

»Wir werden sehen. Wir müssen uns auf jeden Fall um Ramona kümmern, bevor diese Doris auf ihre Weise aktiv werden kann.«

»Was hältst du von morgen früh?«

»Ist gebongt.«

Am Abend nahm Mick sich eine Stunde Zeit, um Josy zu besuchen. Obwohl es schon recht spät war, genossen die beiden diese Minuten.

»In den nächsten Tagen werden wir uns wenig sehen können. Ich stecke mitten in der Aufklärung dieses Falles und darf jetzt keine Zeit verlieren.«

Der Kommissar berichtete vom Verhör.

»Stell dir vor, diese Schlampe schreckt nicht davor zurück, ihre eigene Tochter in diesem Mordfall zu belasten, während sie selbst die Unschuld vom Lande spielt.«

»War es nicht so, dass diese kranke junge Frau tatsächlich des Öfteren fantasiert hat, sie hätte jemanden umgebracht?« Josy hatte den Worten ihres Geliebten zugehört und machte sich ihre eigenen Gedanken. »Kann es nicht sein, dass sie es doch gewesen ist?«

»Ach Josy, dieses Mädchen war damals gerade mal zwölf Jahre alt.

Ich würde sie als Mörderin ausschließen. Warum auch sollte sie das getan haben?«

»Vielleicht ist sie gezwungen worden.«

»Möglicherweise, aber mein Bauchgefühl sagt etwas anderes.«

»Was sagt denn dein Bauch?«

»Diese Doris lügt. Sie weiß mehr, als sie zugibt. Ramona dagegen weiß alles, wir müssen es nur aus ihr herausbekommen. Da liegt das Problem. Ihr derzeitiger Zustand lässt uns diesbezüglich keine große Hoffnung. Günter hat Frau Dr. Weniger gebeten, sie in Hypnose aussagen zu lassen.«

»Hat die Ärztin zugesagt?«

»Ja, hat sie. Sie wird morgen im Beisein eines Arztes und Rechtsanwaltes die Hypnose durchführen lassen. Aber selbst wenn sie etwas preisgeben sollte, ist das kein Beweismittel.«

»Wäre es möglich, dass dieser Mordfall nie aufgeklärt wird?«

»Da kennst du meine Beharrlichkeit nicht. Ich habe es dir doch versprochen, und wenn der Fall geklärt ist, werden wir Olga suchen. Das habe ich dem toten Mädchen geschworen.«

»Du meinst, wir beide zusammen?«

»Ja natürlich, wer denn sonst? Du und deine kleine Spürnase werden mir bei der Suche helfen, einverstanden?«

»Und ob!« Josy kratzte sich verlegen an der Stirn.

»Mick, ich habe da noch ein Problem.«

»Sag es mir!«

»Ich will nicht mehr zurück in dieses Haus, egal, wie dieser Fall auch ausgeht. Ich kann dort nicht mehr leben. Verstehst du das?«

»Schon klar, mein Schatz. Wir werden eine Lösung finden. Was ich hiermit wieder einmal verspreche. Nach all dem werden wir uns eine gute Zeit machen. Das haben wir verdient.«

Sie standen unter dem Mistelzweig an der Haustür und küssten sich zum Abschied.

»Na, wenn das mal kein gutes Zeichen ist.«

Mick zeigte auf die gelb gewordenen Zweige.

»Jetzt aber los, an die Arbeit, mein Romantiker. Zum Küssen haben wir noch Zeit genug.«

Josy schob ihn sanft, aber bestimmt in Richtung Auto.

DIE HYPNOSE

Mick war seit fünf Uhr auf den Beinen, gegen sechs wollte Günter ihn abholen. Die Hypnose war für halb neun angesetzt. Günter hatte auf dem Weg zwei Coffee to go sowie belegte Brötchen gekauft.
»Gut geschlafen, Alter?« Günter reichte ihm eine Tasse Kaffee.
»Geht so! Richtig zur Ruhe gekommen bin ich nicht, wenn ich ehrlich sein soll. Mir geht diese Doris nicht mehr aus dem Kopf, und ich hoffe, dass der heutige Tag etwas bringt.«
»Lassen wir uns überraschen.« Günter startete den Motor und bog in Richtung Autobahn ab. Die ersten Herbstnebel waberten über die Felder und tauchten die erwachende Natur in Zwielicht. Die Ernte war eingefahren, nur die Zuckerrüben fristeten noch ein kurzes Dasein neben bereits umgepflügten Äckern. Das Vieh stand noch auf den Wiesen, doch auch für Kühe und Schafe würden bald die letzten Tage in freier Natur kommen. Die Polizisten schwiegen. Jeder hing seinen Gedanken nach und hoffte auf die baldige Lösung des Falles.
Es war bereits hell, und eine rotgoldene Sonne hatte die ersten Herbstboten vertrieben. Sie stand noch tief am Himmel, versprach jedoch schönes Wetter, als die beiden vor der Klinik in Bad Neuenahr anhielten.
»Haben wir Zeit für eine Zigarette?« Mick wartete die Antwort nicht ab, er hatte bereits sein Feuerzeug gezündet. Günter kramte auf dem Rücksitz seine Unterlagen zusammen. Die Klinik lag noch still da. Nichts deutete auf irgendeine Aktivität im Inneren hin. Der Kurplatz war menschenleer.
Zu ihrer Überraschung erwartete sie Frau Dr. Weniger in Begleitung von Gregor bereits im Empfangsbereich. Die Sekretärin fuhr den ersten von drei Rechnern hoch und starrte erwartungsvoll auf den zum Leben erwachenden Bildschirm.
Die Ärztin und der Betreuer machten einen aufgeregten Eindruck. Sie waren blass um die Nase und gingen vor dem Empfangstresen hin und her. Mick bemerkte, dass hier etwas nicht stimmte.
»Was ist passiert?«, fragte er unvermittelt.
Dr. Weniger nahm ihn am Arm und führte ihn beiseite.
»Diese Doris war gestern Abend noch hier. Der Empfang war nicht besetzt, daher hat keiner gesehen, wie sie auf die Geschlossene gekommen ist.«
Entschuldigend hob sie die Schultern und sah sich hilflos um.
»Unter dem Vorwand, ihre Tochter besuchen zu wollen, hat sie sich bei einer neuen Stationsschwester Einlass verschafft. Sie gab vor, es gehe um einen Sterbefall in der Familie.«

»Scheiße!«, stieß Günter hervor.
»Was hat sie mit Ramona gemacht?«
»Wir wissen es nicht. Sie war 15 Minuten in ihrem Zimmer, danach ist sie verschwunden.«
»Hat Ramona etwas dazu gesagt? Sie ist doch nicht verletzt?«
»Nein, keine Sorge, es geht ihr soweit gut. Gesagt hat sie noch gar nichts. Sie sitzt ganz ruhig auf ihrem Bett und starrt vor sich hin. Sie hat nicht randaliert und uns auch nicht beschimpft. Sie ist völlig apathisch und hat unter sich gemacht. Das ist länger nicht mehr vorgekommen.«
»Vielleicht ist es richtig, sie gerade jetzt unter Hypnose zu setzen. Die Ereignisse sind noch frisch, vielleicht können wir ja etwas erfahren, bevor sie es wieder in ihrem Inneren vergräbt.«
»Allerdings muss sie uns ihre Einwilligung geben. Ohne die läuft nichts. Darüber müssen Sie sich im Klaren sein.«
»Das sind wir, und wir tun nichts, womit sie nicht einverstanden ist. Kommen Sie bitte, wir sollten keine Zeit verlieren.«
Die Ärztin betrat den Lift. Die anderen folgten.
»Sie wissen, dass es sich hier um eine Schlamperei handelt. Das hätte nicht passieren dürfen.« Günter war immer noch außer sich.
»Ich weiß es, Herr Kommissar. Wer rechnet mit so etwas? Die Schwester wird natürlich zur Rechenschaft gezogen. Sie ist erst seit ein paar Tagen bei uns, was natürlich keine Entschuldigung sein soll.«
Es war, wie die Ärztin gesagt hatte. Ramona saß bewegungslos auf ihrem Bett und sah die Wand an. Die Decke unter ihr war nass, aber das schien sie nicht zu stören.
»Guten Morgen, Frau Sebald. Fühlen Sie sich nach dem Besuch Ihrer Mutter in der Lage, uns ein paar Fragen zu beantworten?« Mick hatte beschlossen, direkt mit der Tür ins Haus zu fallen und nicht lange zu fackeln. Er wollte Ramona keine Gelegenheit für lange Überlegungen geben. Sie zuckte kaum merklich zusammen und sah ihn aus zusammengekniffenen Augen an.
»Erzählen Sie uns, was Ihre Mutter von Ihnen wollte«, forderte er sie auf. Sie verharrte noch einen Moment, hielt jedoch mit ihren Augen seinem Blick stand.
»Vertrauen Sie uns, Ramona, wir sind hier, um Ihnen zu helfen. Sie brauchen sich nicht zu fürchten.«
»Sie können mir nicht mehr helfen, dass wissen Sie doch. Schon wieder hat ein Mensch durch mich sein Leben verloren. Jahrelang habe ich daran gezweifelt, doch meine Mutter hat mir gestern alles erzählt. Meine junge Patientin, diese wunderschöne Frau mit den langen blonden Haaren, ist tot. Ich habe es immer geahnt, wollte es nur nicht wahrhaben. Jetzt weiß ich endlich, wie es wirklich war. Ich habe sie getötet,

aber es war ein Unfall. Das müssen Sie mir glauben. Immer habe ich alleine die Verantwortung, nie steht mir jemand zur Seite. Das hätte alles nicht passieren müssen.«

Sie schüttelte verzweifelt den Kopf.

»Sie scheint überraschenderweise relativ klar zu sein«, flüsterte Günter der Ärztin zu. Diese wischte sich nervös mit dem Handrücken über die Stirn. Mick rückte etwas näher an Ramona heran und sah ihr fest in die Augen.

»Erzählen Sie mir ganz ruhig, was passiert ist.«

»Ich wusste nicht, wer sie war, als sie damals bei uns klingelte. Doch jetzt erinnere ich mich, dass ich sie getötet habe. Mutter hat es mir gestern gesagt. Deshalb hat sie mich auch die ganzen Jahre nicht mehr besucht, weil ich eine Mörderin bin. Genau das sagte sie zu mir. Jawohl, eine Mörderin. Sie will mir helfen, hier herauszukommen, wenn ich die Tat gestehe, sagte sie. Einen guten Anwalt will sie mir besorgen, der beweisen kann, dass ich es nicht absichtlich getan habe. Sie hat mir versprochen, dass alles wieder gut wird. Ich dürfte nicht weiter lügen, hat sie gemeint. Das wäre schlecht für mich.«

»Können Sie sich erinnern, wie Sie sie getötet haben?«

»Nein, ich kann mich nur an das Blut erinnern. Überall war Blut auf dem Fußboden. Ich habe heute noch den Geruch in der Nase. Es roch nach rostigem Eisen. Und an ihren Blick kann ich mich erinnern. Sie hat mich erstaunt angesehen. Ich hatte Mitleid mit ihr. Sie war so unglaublich schön.«

»Warum haben Sie es getan, Ramona?«

»Sie hat unsere Familie zerstört, hat Mama mir gestern gesagt.«

»Was haben Sie mit ihr gemacht, als sie tot war?«

»Keine Ahnung, man hat mich danach ins Bett geschickt.«

»Ramona, Sie waren damals zwölf Jahre alt. Kann es nicht doch anders gewesen sein? Vielleicht hat Ihre Mutter sie getötet.« Mick ließ nicht nach, er bohrte unnachgiebig in der Seele der jungen Frau.

»Nein, nein!«, schrie sie und fing an, mit den Füßen zu wippen. »Sie war es nicht, auf gar keinen Fall.«

»Wo war Ihr Vater an diesem Morgen?«

»Er war nicht da, er war zu dieser Zeit nur selten zu Hause.«

Ramona blickte auf den Kommissar. Ihre Augen waren ganz klar.

»Jetzt will ich Ihnen mal meine Version erzählen, Frau Sebald, auch wenn Sie sie nicht hören wollen.«

Mick rückte mit dem Stuhl ein Stück zurück und legte die Unterarme auf seine Oberschenkel. Ramona steckte sich beide Zeigefinger in die Ohren und schüttelte wild mit dem Kopf. Frau Dr. Weniger wollte eingreifen, doch Günter hielt sie davon ab.

Mick unterdessen fuhr fort:»Ich denke, man hat Sie belogen. Damals und gestern. Sie sind keine Mörderin. Sie waren ein unglückliches, hilfloses Kind. Man hat Sie für diese Sache missbraucht. Diese Darja war die Geliebte Ihres Vaters. Als sie schwanger wurde, ist sie Ihrer Mutter unbequem geworden. Sie musste sie loswerden, damit sie Ihren Vater nicht an sie verliert. Als Darja tot war, versuchte Ihre Mutter, Ihnen den Mord unterzujubeln. Anschließend hat sie das tote Mädchen auf den Dachboden geschafft. Sie wusste, dass Sie labil sind und die Schuld auf sich nehmen würden. Sie hat Ihnen versprochen, nichts zu verraten, wenn Sie schweigen würden. Und das haben Sie dann getan, bis jetzt.«

Ramona schüttelte wieder vehement den Kopf.

»Sie ist es nicht gewesen.«

»Frau Sebald, sind Sie damit einverstanden, wenn wir Sie unter Hypnose befragen? Natürlich wird Ihnen dabei nichts passieren. Sie brauchen keine Angst zu haben. Diese Untersuchung ist vollkommen harmlos. Wir werden Ihr Unterbewusstsein befragen, und dann wird endlich die Wahrheit ans Licht kommen. Danach haben Sie nichts mehr zu befürchten. Der Mörder wird gefasst werden, und Sie können sich endlich von Ihrer Schuld befreien. Sie werden sehen, danach wird es Ihnen besser gehen. Es ist Ihre und unsere einzige Chance. Denn wir glauben an Sie. Sie sind ein guter Mensch, und das wollen wir Ihnen beweisen. Dürfen wir?«

Ramona schwieg eine Weile. Sie hatte jedoch mit dem Wippen der Beine aufgehört und dachte nach. Es dauerte ein paar Minuten, bis sie wieder sprach.

»Wenn Sie mir versprechen, dass Sie mir nicht wehtun und dass danach alles wieder gut wird.«

Mick sah ihr in die Augen.

»Ich verspreche es!«

Die Ärztin schüttelte verständnislos mit dem Kopf.

»Es ist einen Versuch wert«, flüsterte Günter ihr zu.

»Ramona, gleich wird ein Arzt mit einem Rechtsanwalt zu Ihnen kommen. Wir sind alle bei Ihnen, es kann gar nichts passieren. Sie werden ein bisschen müde werden, und wenn Sie wieder aufwachen, ist alles gut.«

Ramona war einverstanden.

Gregor ging, um den bereits wartenden Arzt und den Rechtsanwalt zu holen.

»Legen Sie sich ganz ruhig auf das Bett und entspannen Sie sich.« Der Hypnosearzt legte die Hand auf Ramonas Augen, als alle Beteiligten Platz genommen hatten.

»Sie werden jetzt schlafen, und wenn Sie erwachen, werden Sie sich ausgeruht fühlen.«

Der Arzt sprach langsam und beschwörend auf seine Patientin ein, und es dauerte nicht lange, bis Ramona die Augen schloss. Sie lag da, als wenn sie schliefe, nur ihre Augenlieder zuckten ein wenig.

»Sie können jetzt mit der Befragung beginnen. Aber bitte sprechen Sie leise und langsam. Wenn ich Ihnen ein Zeichen gebe, müssen wir abbrechen. Zum Beispiel dann, wenn die Patientin zu unruhig wird. Wir wollen ihr auf keinen Fall Angst machen.«

Mick trat an Ramonas Bett und sah sie eine Zeit lang nur aufmerksam an. Noch nie hatte er jemanden in diesem Zustand befragt, und er wusste nicht so richtig, wie er beginnen sollte. Der Arzt nickte ihm aufmunternd zu.

»Ramona, können Sie sich an Ihre Kindheit erinnern? Erzählen Sie mir etwas über Ihre erste Erinnerung.«

Sie schwieg kurz, schien zu überlegen, dann begann sie zu reden.

»Das kleine Mädchen ist wieder da. Sie ist noch ganz klein und nimmt noch einen Schnuller. Ihr Vater ist böse, er macht immer schlimme Sachen.«

»Was macht er für Sachen?«

»Er nimmt das Mädchen mit in ein düsteres Zimmer, und manchmal fesselt er es ans Bett. Sie muss dort auf ihn warten, während im Nebenzimmer Frauen schreien.«

Ramonas Augenlider zucken wild hin und her.

»Was macht er mit den Frauen?«

»Ich weiß es nicht. Er spricht nie darüber, aber das kleine Mädchen hat Angst.«

»Wissen Sie, wie das kleine Mädchen heißt?« Mick sprach leise.

»Ja, sie heißt Ramona Sebald.«

»Sind Sie das Mädchen?«

»Ja.«

Mick warf einen kurzen Blick zu Günter.

»Haben Sie auch eine schöne Erinnerung an Ihre Kindheit, Ramona?«

Ein Lächeln umspielte Ramonas Mundwinkel.

»Ich hatte mal eine Katze, sie war schwarz mit weißen Pfoten. Ich wollte sie behalten und versteckte sie auf dem Dachboden. Meine Eltern durften nichts davon wissen.«

Das Lächeln verschwand, und sie zuckte wieder mit den Augen.

»Sie starb. Ich konnte sie nicht versorgen. Es tut mir so leid.«

»Was ist passiert?«

»Ich habe die tote Frau gesehen. Sie hatte so einen unheimlichen Blick. Ich hatte Angst vor ihr. Von da an habe ich mich nicht mehr zu dem Kätzchen getraut. Dann ist es gestorben.«

Ramonas geschlossene Augen füllten sich mit Tränen, die jetzt langsam über ihre Wangen flossen.

»Wissen Sie, wie die tote Frau auf den Dachboden kam?«

Ramona fing an, mit den Händen über die Bettdecke zu reiben.

»Mama hat sie dort hinauf getragen, nachdem sie so geblutet hat. Als sie nichts mehr sagen konnte, hat sie sie dorthin gebracht. Ich habe mich furchtbar erschrocken, als sie sich nicht mehr bewegte.«

»Hat Ihre Mutter dieses Mädchen getötet?«

Mick hielt die Luft an. Diese Frage würde über alles entscheiden, aber er wollte sie nicht länger hinausschieben.

»Nein, aber Mutter hat ihn dazu gezwungen.«

Günter räusperte sich im Hintergrund.

»Wen hat sie gezwungen, ihren Vater?« Micks Stimme war lauter geworden, und der Arzt gab ihm Handzeichen, leiser zu werden.

»Vater war nicht da. Er wusste nicht, dass seine Freundin uns besuchen wollte.«

»Wer hat sie umgebracht, Ramona?«

Ramonas Füße zuckten heftig, und sie warf den Kopf hin und her. Mick hatte Angst, dass der Arzt die Hypnose abbrechen wollte.

»Sagen Sie uns, wer es war!«

Ramonas Körper versteifte sich.

»Es war Jochen. Mutter wollte es so.« Der Atem der jungen Frau ging jetzt stoßweise, und Frau Dr. Weniger machte einen besorgten Eindruck. Mick sah Günter sprachlos an.

»Wer ist Jochen? Sagen Sie es uns.«

»Mutters Freund!« Ramona hatte zu schwitzen begonnen, ihre Bewegungen wurden heftiger.

»Wie lange kannte Ihre Mutter diesen Jochen?«

Mick bedeutete dem Arzt, die Befragung zu beenden, nachdem er dessen besorgten Blick sah.

»Jochen kam schon immer zu Mama, seit Papa das erste Mal eine Freundin hatte. Sie hat immer auf das gehört, was Jochen sagte. Aber er ist böse. Auch mich hat er immer geschlagen. Wenn ich irgendetwas verraten würde, müsse er mich umbringen, hat er gesagt. Doch diesmal hat er auf Mama gehört. Sie hat ihm gesagt, er solle dieses Mädchen töten. Sie hat ihn angebrüllt, immer wieder, und dann hat er es getan. Er hat ihr mit einem Messer in den Bauch gestochen, und Mutter hat ihn weiter angestachelt. Als ich geweint habe, musste ich ins Bett gehen. Wenn ich den Mund nicht halten würde, wäre ich tot, haben sie gesagt. Ich habe dann nicht mehr gesprochen. Ich hörte nur, wie die beiden die junge Frau auf den Dachboden schleppten. Ich habe mich nicht getraut, etwas zu unternehmen. Jochen konnte so böse sein. Am nächsten Tag konnte ich mich nicht mehr so richtig erinnern. Ich hatte geträumt, versuchte ich, mir einzureden. Dann habe ich in einer Mülltonne mein Kätzchen gefunden. Ich wollte es auf dem Dachboden verstecken. Als ich oben ankam, sah ich sie wieder. Die tote Frau. Sie hat mich so seltsam angesehen. Danach konnte ich nie wieder dort hochgehen. Es tut mir so leid.«

Die Tränen flossen jetzt in Strömen über Ramonas Gesicht. Ihre Wangen waren leichenblass, und sie zitterte heftig.

»Wir müssen jetzt abbrechen, meine Herren. Ich hoffe, Sie haben erfahren, was Sie wissen wollten. Ich muss Frau Sebald aufwecken, bevor sie uns kollabiert. Bitte verlassen Sie den Raum. Ich gebe Bescheid, wenn sie wieder wach ist. Doch zuerst muss ich ihren Zustand überprüfen.«

Mick erhob sich, und zu dritt verließen sie den Raum, um den Arzt mit dem Anwalt und der Patientin alleine zu lassen.

Mick zog Günter am Arm zur Seite, in die Ecke des Flures. Plötzlich hatte er es sehr eilig.

»Günter, gib einen Fahndungsbefehl nach diesem Jochen Born raus. Er ist unser Mann. Beeil dich. Ich bin davon überzeugt, dass er Vorkehrungen trifft für den Fall, dass Ramona ihr Schweigen bricht.«

Günter zog sich hastig die Jacke an.

»Wie kommst du nach Hause?«

»Das ist nicht so wichtig. Ich muss auf jeden Fall abwarten, wie Ramona reagiert, wenn sie wach wird. Schnapp du dir den Kerl.«

Günter ließ die Ärztin und Gregor ohne Abschiedsgruß stehen und eilte den Flur hinunter zur Treppe. Er ließ sich noch nicht einmal mehr Zeit, den Aufzug zu nehmen.

Es dauerte noch eine lange Stunde, bevor Ramona wieder ansprechbar war. Als Mick zu ihr gelassen wurde, lag sie im Bett und weinte stumm. Man hatte ihre Laken gewechselt und ihr frische Kleidung angezogen. Frau Dr. Weniger saß neben ihr und streichelte ihre Hände. Sie erhob sich, als der Kommissar den Raum betrat.

»Machen Sie sich keine Sorgen, es geht ihr gut. Ich denke, sie hat den Durchbruch geschafft. Sie kann sich wieder an die Ereignisse von damals erinnern. Ihr Unterbewusstsein hat den Kampf aufgegeben. Ich hätte niemals für möglich gehalten, dass sie nach der Hypnose ein anderer Mensch sein wird. Ich glaube jetzt daran, dass sie wieder gesund wird, auch wenn sie noch jahrelange Therapie benötigt.«

Ramona blickte auf, ihre Augen waren rot. Sie nahm ein Taschentuch und putzte sich die Nase. Ihre Stimme war laut und deutlich, als sie endlich sprach.

»Ich bin froh, dass ich nun weiß, wie alles gewesen ist. Ich habe mich die ganzen Jahre umsonst gequält. Schon als Kind haben die beiden, ich meine Doris und Jochen, mir eingeredet, ich wäre schuld an Darjas Tod. Wie kann man nur solch eine Mutter haben? Warum konnten meine Eltern nicht so sein, wie die von anderen Kindern? Ich glaube, sie haben mich nie gemocht.«

Wieder füllten sich Ramonas Augen mit Tränen. Mick hatte neben ihr Platz genommen und ließ sie reden. Der Damm war gebrochen, und die ganze Geschichte sprudelte aus ihr heraus.

»Wissen Sie, mein Vater hatte andere Frauen. Er war nie glücklich in seiner Ehe. Mutter gab mir die Schuld dafür, dass er sie wieder und wieder zurückwies. „Du warst ein schreckliches Missgeschick", hatte sie mir damals des Öfteren gesagt. „Sieh dir an, was aus mir geworden ist, seit ich mit dir schwanger war. Du hast mir die ganze Figur vermasselt, und nun verdirbst du mir auch noch den Rest meines Lebens. Ich wünsche, du wärest tot." Auch das sagte sie mir regelmäßig. „Ich wünsche, du wärest tot." Können Sie sich vorstellen, wie ich mich gefühlt habe?«

Betroffenheit bei allen, und keiner fand die richtigen Worte.

»Als Vater wieder einmal fremdgegangen war, hat sie sich aus Rache diesen Jochen geangelt. Ich glaube, damals wusste sie nicht, welch schlimmer Finger er war, schlimmer als mein Vater. Wenn er sie besucht hat, war ich ein Störfaktor. Er hat mich geschlagen, und sie hat zugesehen. Nie hat sie ihn zurechtgewiesen oder sich auf meine Seite gestellt. Die beiden haben mich zum Schweigen gezwungen, obwohl ich meinem Vater sowieso nie etwas gesagt hätte. Denn er hat mich genauso schlecht behandelt. Hätte ich geredet, wäre das mein Ende gewesen. Also habe ich geschwiegen, denn schließlich war ich ja die Schuldige an dieser Misere. Hätte es mich nicht gegeben, wäre sicherlich alles anders gewesen.«

»Sie haben an gar nichts irgendeine Schuld, Ramona. Darüber müssen Sie sich im Klaren sein. Sie haben noch viele gute Jahre vor sich. Wenn Sie wieder gesund sind, werden Sie ein ganz normales Leben führen können. Nicht wahr, Frau Dr. Weniger?«

Die Ärztin stimmte zu.

»Sie müssen Geduld haben, aber eines Tages wird Ihre Seele sich erholen. Heute ist der Tag, an dem Ihr neues Leben beginnt.«

Mick glaubte selbst nicht so richtig an seine Worte, und auch Ramona lächelte stoisch.

»Dafür ist zu viel geschehen. Ich glaube nicht, dass ich diese Dinge jemals vergessen kann. Man hat mein Leben zerstört. Meine Mutter hat es zerstört. Sie in erster Linie, das kann und will ich nicht vergessen.

Sehen Sie mich doch an.« Sie sah an sich herunter, auf die abgebissenen Fingernägel und die zerschnittenen Arme.
»Diese Narben werden nie heilen. Meine Eltern haben sie mir zugefügt.« Sie strich sich mit dem Finger über die noch frische Wunde.
»Außerdem musste dieses Mädchen sterben. Wie konnte sie nur so dumm sein und sich in meinem Vater verlieben? Hatte die denn keine Augen im Kopf? Schade, dass sie nicht mehr lebt, ich hätte mich sicher gut mit ihr verstanden.«
Ramona blickte traurig auf ihre Hände.
»Wir werden dafür sorgen, dass dieser Jochen Born gefasst wird, und Ihre Mutter wird wegen Beihilfe und Anstiftung zum Mord verurteilt werden. Glauben Sie mir, die beiden werden eine gerechte Strafe bekommen. Sie sollten nur noch an sich selbst denken. Lernen Sie wieder, zu leben, dann werden Sie auch die schönen Seiten des Daseins wieder genießen können.« Unbeholfen strich Mick Ramona über den Arm.
»Die schönen Seiten des Daseins? Wo soll ich die denn finden?« Ramona schüttelte resignierend den Kopf.
»Wäre ich jetzt noch Ärztin, dann könnte ich mir vielleicht selbst helfen.«
Mick sah Frau Dr. Weniger betroffen an.
»Wir sollten Ramona jetzt alleine lassen. Sie muss sich unbedingt ein bisschen ausruhen.« Die Ärztin war aufgestanden und schob ihren Stuhl zurück. Ramonas Blick war jetzt verschwommen, und sie starrte teilnahmslos an die Zimmerdecke.
»Kann ich Sie alleine lassen, Frau Sebald?« Mick war die Wandlung der Patientin nicht entgangen. Sie war wieder abgedriftet in den Körper einer von ihr erfundenen Person. Es würde ein langer, schwieriger Weg werden, bis sie sich erholt hatte.
»Ja, gehen Sie, aber wenn Sie das nächste Mal kommen, denken Sie bitte daran, mir die Zulassung für meine ärztliche Tätigkeit mitzubringen. Ich habe so viel Hoffnung in Ihren Besuch gesetzt, und Sie wissen ja, dass ich hier raus muss. Ich muss dem kleinen Mädchen helfen, bevor es stirbt. Viel zu lange bin ich nicht mehr da gewesen. Aber trotzdem danke ich Ihnen, es war nett, mit Ihnen zu plaudern.«
Ramona hatte die Augen geschlossen und den Kopf zur Wand gedreht. Sie befand sich wieder in ihrer eigenen Welt.
»Glauben Sie, dass sie es schafft?«, fragte Mick die Ärztin, als sie Ramonas Zimmer verlassen hatten.
»Ich denke schon, irgendwann vielleicht. Aber ein Traumapatient bleibt ein Traumapatient. Es wird lange dauern, bis sie imstande ist, einigermaßen selbstständig zu leben. Wenn überhaupt!«

Frau Dr. Weniger schüttelte bedauernd den Kopf.

»Leider kann ich Ihnen nicht mehr sagen. Jeder Mensch ist anders. Wenn sie stark genug ist, gibt es wieder eine Hoffnung.«

Die beiden schüttelten einander die Hände, und als Mick das Gebäude verlassen hatte, stand er noch lange vor der Klinik und rauchte, bevor er zum Bahnhof ging.

Der Regionalexpress befand sich kurz vor Trier, als Mick durch das aufdringliche Klingeln seines Handys aus seinen Gedanken gerissen wurde. Bevor er sich melden konnte, hörte er Günters aufgeregte Stimme.

»Wo steckst du? Bist du schon an St. Thomas vorbei?«

»Nein!« Mick bemerkte seine Hektik.

»Steig da aus, ich hol dich am Bahnhof ab.«

Noch ehe er antworten konnte, war die Leitung tot. Der Zug rollte aus, und Mick hatte nicht viel Zeit. Er hatte seine Schuhe ausgezogen, und noch während er damit befasst war, sie sich wieder überzustreifen, hatte der Zug gehalten. Mit hängenden Schnürsenkeln sprang Mick auf den Bahnsteig. Von weitem sah er Günter winken. Er stand neben seinem Dienstwagen und wippte auf den Fußspitzen.

»Wo brennt es denn?«

»Die Fahndung nach Born läuft seit ein zwei Stunden. Wir haben einen ersten Hinweis bekommen, dass er sich hier auf dem einzigen, großen Bauernhof ab und zu mal was dazu verdient. Jemand hat ihn heute dort gesehen und uns benachrichtigt. Wenn wir Glück haben, erwischen wir ihn noch. Steig ein!«

Günter warf die Sirene auf das Autodach. Mit einem Knopfdruck schaltete er den Ton ab und schloss die Autotür. Die Reifen ließen den Schotter des Weges aufspritzen.

Nach wenigen Minuten Fahrt über einen holprigen Feldweg erreichten sie den beschriebenen Hof. Günter ließ das Fahrzeug hinter einer Scheune ausrollen. Vorsichtig betraten sie das Gelände.

»Nach der Beschreibung hat er langes Haar und einen Schnauzer. Es wird ja wohl nicht viele geben, auf die diese Beschreibung passt. Wenn er nicht informiert wurde, haben wir vielleicht Glück.«

Günter zeigte mit dem Finger auf ein etwa 100 Meter entferntes Rübenfeld, auf dem drei Männer arbeiteten. Einer davon hatte langes Haar. Er befand sich in leicht gebückter Haltung und hatte die Beamten noch nicht bemerkt. Erst kurz bevor sie ihn erreichten, wandte er den Kopf. Er richtete sich auf, schob seine Baseballkappe von der Stirn und sah die Polizisten gespannt an.

»Guten Tag, sind Sie Herr Jochen Born?« Mick war dicht an den Mann herangetreten.

»Kommt darauf an. Was wollen Sie?« Der Angesprochene hatte stahlblaue, kalte Augen. Im Oberkiefer fehlte ihm der linke Schneidezahn, und über seine Stirn verlief eine gezackte, ältere Narbe.
»Dürfen wir bitte Ihre Papiere sehen, Herr Born?«
»Warum das, wer sind Sie überhaupt?«
»Kripo Trier.« Günter zückte seinen Dienstausweis und hielt ihn dem Mann unter die Nase.
»Okay, habe ich etwas verbrochen? Ich kann mich an nichts erinnern.« Born schien noch unbeeindruckt, jedoch hatte sich seine Gesichtsfarbe leicht verändert. Er steckte die Hände in die Taschen seiner blauen Arbeitshose und gab sich betont lässig.
»Nehmen Sie die Hände heraus und heben Sie die Arme.«
Der Mann tat, wie ihm geheißen, und streckte die Arme aus.
»Was erlauben Sie sich?«, fragte er in Micks Richtung, als Günter ihn von oben bis unten abtastete.
»Keine Waffen, Sie können die Arme wieder herunternehmen.«
»Wird es nicht langsam Zeit, dass Sie mir sagen, was das Ganze hier soll? Ich habe nichts getan.« Born wurde lauter.
»Wir werden Ihrer Erinnerung gleich auf die Sprünge helfen.«
»Da bin ich aber mal gespannt.« Der Mann grinste schief und ließ sein schlechtes Gebiss sehen.
»Herr Born, Sie sind vorläufig festgenommen wegen Verdacht des Mordes an Darja Saizewa im August 1997 in Kyllburg. Ich werde Sie jetzt über Ihre Rechte informieren und bitte Sie dann, uns aufs Revier zu begleiten.« Mick zückte die Handschellen, und ehe Jochen sich versehen hatte, schnappten sie hinter seinem Rücken zu.
»Ich glaube, ihr habt nicht mehr alle Tassen im Schrank. Das ist ja mehr als zehn Jahre her. Da soll ich jemanden umgebracht haben? Das ist lächerlich.«
Die beiden Polizisten antworteten ihm nicht mehr. Sie führten ihn ab und schoben ihn wortlos auf den Rücksitz des Polizeiwagens.

Zeitgleich wurde Ramona nach einem unruhigen Schlaf in ihrem Zimmer wach. Sie hatte einen furchtbaren Albtraum gehabt. Sie zögerte jedoch keine Sekunde, stand auf, streifte sich den verschwitzten Schlafanzug ab, ging an den Kleiderschrank und nahm eine alte Jeans heraus. Sie zog sich den Besucherstuhl heran und legte ihn verkehrt auf den Boden. Sie lockerte das rechte Stuhlbein. Sie bewegte es hin und her. Nach ein paar Minuten und einem letzten, kräftigen Tritt hielt sie es endlich in der Hand. Sie lauschte einige Minuten in die Stille, doch anscheinend hatte sie niemand gehört. Sie wusste, dass Schwester Natalie Dienst hatte. Diese war jung und schmächtig und dürfte kein großes Hindernis sein.

Nach einer kurzen, letzten Überlegung drückte sie entschlossen den roten Knopf an der Tür. Es war Abendessenszeit, und die Station war schwach besetzt. Als sie die trippelnden Schritte Natalies über den Flur herbeieilen hörte, wappnete sie sich zum Angriff. Mit einem Splitter ihrer mit Stolz erworbenen Waffe hatte sie sich einen Schnitt in den Oberarm geritzt. Die Wunde blutete, und fasziniert sah sie auf das Blut, das ihr bis auf den Ellbogen lief. Das Stuhlbein hatte sie unter die Bettdecke gelegt, und sie selbst hatte sich diese Decke über die Beine gezogen. Schon öffnete sich die Zimmertür, und Natalie betrat froh gelaunt den kleinen Raum.

»Was gibt es denn?«

Ramona hielt nur ihren Arm hoch, blieb jedoch sitzen.

»Mein Gott, was haben Sie gemacht? Ich muss wirklich mit Ihnen schimpfen. Sie wissen doch, dass Sie das nicht tun sollen.«

Die Schwester wandte sich zur Tür, um Verbandszeug zu holen.

»Warten Sie bitte, Natalie!«

Natalie drehte sich um und blickte erneut auf Ramonas Arm.

»Es tut mir leid. Ich wollte das nicht. Bitte sagen Sie nichts.«

»Aber die Wunde muss verbunden werden.«

»Ich weiß, aber es liegt noch Verbandsmaterial in meiner Nachttischschublade. Bitte tun Sie mir den kleinen Gefallen und nehmen Sie es heraus. Dann braucht keiner etwas zu erfahren.«

Natalie öffnete bedenkenlos den Nachttisch und drehte Ramona den Rücken zu, als diese angriff. Sie zog das Stuhlbein in Sekundenschnelle aus seinem Versteck und knallte das dicke Holz hart auf Natalies Kopf. Ein letzter erstaunter Blick in Ramonas kalte Augen, dann brach sie bewusstlos neben dem Tischchen zusammen. Jetzt musste es schnell gehen. Ramona knöpfte den weißen Kittel der Schwester auf und zog ihn ihr aus. Sie schlüpfte hinein und nahm das Stethoskop, das sie sich um den Hals hängte. Sie drehte die Bewusstlose auf den Bauch und schob sie halb unter das Bett. Der Kittel war etwas knapp und ließ sich nicht schließen. Sie warf einen letzten Blick auf die stark blutende Kopfwunde, die quer über den Schädel der Schwester verlief. Irgendwer würde sie sicher bald finden, dachte sie noch, bevor sie leise ihre Zimmertür öffnete. Beinahe hätte sie einen Fehler begangen, doch sie bemerkte noch früh genug, dass sie den dicken Schlüsselbund aus der Hosentasche der Schwester mitnehmen musste. Sie steckte ihn in ihren Kittel und blickte vorsichtig rechts und links den Flur hinunter. Gott sei Dank war niemand zu sehen. Sie eilte den Gang entlang, der dritte Schlüssel passte. Sie nahm den Weg durchs Treppenhaus. Sie hörte, wie die Tür der geschlossenen Abteilung mit einem leisen Plopp hinter ihr zufiel. Im Empfangsbereich stand ein junger Arzt mit einem ihr fremden Pfleger. Sie nickte kurz in deren Richtung. Die beiden nickten zurück und dachten sich zum Glück nichts. Sie drückte einen weißen Kippschalter an der Wand, und die Eingangstür der Klinik öffnete sich automatisch.

Draußen hatte es zu dämmern begonnen, und sie bemerkte, dass sie in dem dünnen Kittel zu frieren begann. Sie lief die Straße entlang, bog um zwei Ecken und blieb an einer Straßenkreuzung stehen. Sie wusste nicht, wo sie war, aber ihr Instinkt ließ sie in die richtige Richtung laufen. Nach ein paar Minuten hatte sie gefunden, was sie suchte. Sie betrat die Telefonzelle und zog den Kittel aus. Den musste sie hier lassen, sonst würden die Passanten auf sie aufmerksam werden. Sie knüllte ihn zusammen und stopfte ihn mitsamt Stethoskop in ein kleines Fach, in dem früher einmal Telefonbücher zu finden waren. Aus ihrer Hosentasche kramte sie zwei 50 Cent Stücke und warf sie in den dafür vorgesehenen Schlitz. Die Handynummer ihrer Mutter hatte sie am Tag zuvor auswendig gelernt. Doris hatte sie ihr gegeben, für den Fall, dass sie mit ihr kooperieren würde. »Ruf mich an, wenn du den Mord gestanden hast und meine Hilfe brauchst«, hatte sie gesagt. Sie drückte die Tasten des abgenutzten Telefonapparates und hoffte inständig, dass das alte Teil funktionsfähig war. Doch das Glück blieb ihr treu. Es klingelte eine Weile, bevor Doris den Anruf entgegennahm.

»Ja bitte«, hörte Ramona die vertraute Stimme, und Hass machte sich in ihrer Brust breit.

»Hallo Mama«, Schweigen am anderen Ende.

»Hörst du mich, ich habe getan, was du von mir verlangt hast. Ich weiß jetzt, dass ich eine Mörderin bin, aber mit viel Glück bekomme ich mildernde Umstände. Wir müssen uns unbedingt treffen, damit wir besprechen können, wie es weitergeht. Wenn du zu deinem Wort stehst und denen sagst, dass es ein Unfall war, habe ich vielleicht noch eine Chance. Wo bist du jetzt?«

»Du bist ein ganz braves Mädchen, und ich tue natürlich alles, um dich zu entlasten.«

Doris Stimme war falsch und verlogen, und Ramona wusste das.

»Wir müssen uns beeilen, gleich ist mein Geld aufgebraucht. Können wir uns noch einmal sehen? Ich habe heute ein letztes Mal Ausgang, und es liegt mir am Herzen, dir zu danken.«

»Gut, mein Kind. Ich bin heute noch in Bad Neuenahr. Wenn du darauf bestehst, können wir uns treffen, bevor ich zurückfahre. Aber nur, wenn du bei deiner Aussage bleibst.«

Ramona zog hörbar die Luft ein.

»Ich bleibe dabei, unter der Bedingung, dass du auch kommst. Wir treffen uns gegen zehn unten an der Ahr. Also wenn du aus der Klinik kommen würdest und stehst vor dem Haupteingang, dann gehst du die Straße links hinunter, vielleicht einen Kilometer. Da kommt eine Brücke. Du findest sie leicht. Ich warte dort.«

»Gut, bis gleich«, hörte Ramona Doris noch sagen, bevor das Gespräch beendet wurde.

Siegessicher griff Ramona in den Bund ihrer Jeans. Sie legte die rechte Hand über den Griff des Messers, das sie vor einigen Monaten organisiert hatte, für den Fall, dass Gregor sie noch einmal schlagen sollte. Sie strich an der Klinge entlang, und ein zufriedener Ausdruck lag in ihren Augen. Die Klinge fühlte sich gut an. Sie war scharf und kalt, und sie würde ihre Aufgabe erfüllen. Dann würde endlich die längst fällige Gerechtigkeit herrschen.

Gegen Abend saß Jochen Born noch allein in dem Verhörzimmer der Kripo Trier. Noch war niemand bei ihm gewesen. Seit zwei Stunden wartete er. Langsam wurde er unruhig. Er war des Öfteren auf und ab gegangen. Man hatte ihm nichts da gelassen, weder ein Getränk noch Zigaretten. Der Nikotinentzug setzte ihm zu, und Jochen bemerkte einen leichten Tremor in seinen Händen. Noch fühlte er sich sicher. Er glaubte nicht, dass man ihm nach so langer Zeit noch einen Mord anhängen konnte. Es waren schließlich keine Beweise mehr vorhanden. Oder etwa doch? Je mehr Zeit verging, desto unsicherer wurde er. Er ahnte nicht, dass die Kommissare ihn beobachteten und ihn mit Absicht warten ließen. Gegen neun hielt er es nicht länger aus. Er trommelte mit den Fäusten gegen die Tür und schrie seinen Zorn in Richtung des großen Spiegels, vor dem er jetzt stand. Doch niemand hörte ihn. Es schien noch eine Ewigkeit zu dauern, bis jemand den Raum betrat. Drei Männer nahmen um ihn herum Platz und sahen ihn an. Die beiden Kommissare kannte er, der andere Mann war neu für ihn.

Mick und Günter waren mittlerweile 15 Stunden im Dienst, doch sie hatten sich vorgenommen, diesen Abend nicht ohne Borns Geständnis zu beenden, und sie wollten es so schnell wie möglich.

»Herr Born, wissen Sie, wo Ihre Frau jetzt ist?« Günter hatte sich neben den Verdächtigen gesetzt und sah ihn von der Seite an.

»Woher soll ich wissen, wo die Schlampe steckt? Ich bin ja schließlich heute noch nicht zu Hause gewesen. Dank Ihnen!«

»Aber wir wissen, wo sie ist.« Mick lief eine Runde um den Tisch herum und blieb vor Born stehen.

»Ach was! Das ist ja interessant. Glauben Sie mir, es ist mir ziemlich egal, wo sie sich befindet. Die Alte interessiert mich einen Dreck.« Born war laut geworden und schlug zur Unterstreichung seiner Worte mit der Faust auf den Tisch.

»Herr Born, wie lange kennen Sie Doris schon?«
Er überlegte eine ganze Weile.
»Kurz bevor wir geheiratet haben, traf ich sie das erste Mal in einer Kneipe.«
»Das ist gelogen, Sie kennen sich ein paar Jahre länger. Doris war damals noch mit Robert zusammen. Die Tochter hat ausgesagt, dass Sie schon lange Zeit Gast im Hause Sebald waren. Heimlicher Gast.«
Jochen schob den Unterkiefer vor und biss sich auf die Lippen.
»Woher will die blöde Kuh das denn wissen?«
»Sie hat uns noch ganz andere Sachen erzählt, aber die würden wir lieber von Ihnen hören.« Mick kippelte mit seinem Stuhl und sah sein Gegenüber unverwandt an.
»Der können Sie nichts glauben. Wie Sie wissen, hat sie nicht mehr alle Latten am Zaun. Dafür muss man kein Psychiater sein. Sie wissen so gut wie ich, dass ihre Aussage keinen Pfifferling wert ist.«
Er glaubte, sicher zu sein. Egal, was Ramona erzählte, sie befand sich in der Geschlossenen, und kein Mensch würde ihr glauben.
»Sie irren sich, Ramona hat unter Hypnose glaubhaft ausgesagt, dass Sie damals die Freundin ihres Vaters getötet haben.«
»Und aus welchem Grund sollte ich das tun? Ich war froh, dass dieser Penner eine Andere hatte. Warum sollte ich sie aus dem Weg schaffen? Sie war doch der Grund, warum Doris Robert verlassen wollte. Erst nach dieser Trennung würde der Weg für mich frei sein.«
»Also wussten Sie doch, dass es dieses Mädchen gab. Eben noch sagten Sie, Sie hätten Frau Sebald erst nach der Trennung von ihrem Mann kennengelernt.«
Mick ließ die Vorderbeine seines Stuhls auf die Erde knallen und beugte sich weit über den Tisch zu dem Verdächtigen.
»Na und wenn schon! Ich wollte Doris für mich haben, und es war ein Glücksfall, dass dieses blonde Ding aufgetaucht ist. Endlich hatte ich eine Chance. Sie zu töten, wäre kontraproduktiv gewesen. Wenn ich gekonnt hätte, hätte ich Robert zu dieser Beziehung geraten. Darja hat mir doch den Weg erst freigemacht.«
»Sie können sich also an ihren Namen erinnern.«
»Sie haben ihn doch eben selbst genannt.« Jochen war unsicher geworden und kratzte sich wiederholt am Kopf.
»Woher wissen Sie denn, dass sie blond war? Waren Sie zufällig bei Doris zu Hause, als diese Darja vorbei gekommen ist?«
»Doris sagte, dass sie blond ist. Ich kannte sie nicht persönlich.«
»Das wird ja immer interessanter, Herr Born. Doris hat sie nämlich an dem Mordtag auch zum ersten Mal gesehen.«
»Woher wollen Sie das wissen?« Jochens Augen wurden schmal.

»Weil sie es uns gesagt hat.«

»Dann lügt sie!«

Mick hatte sich eine Zigarette angezündet und blies genussvoll den Rauch durch die Nase.

»Herr Born, was meinen Sie, was wir gemacht haben in den letzten zwei Stunden?«

Jochen sah erstaunt auf. »Sagen Sie es mir.« Er hatte jetzt zu schwitzen begonnen und strich sich mit den Fingern die ersten kleinen Schweißperlen aus dem Schnauzer.

»Ihre Frau sitzt nebenan. Wir haben sie zwei Stunden lang verhört. Diese zwei Stunden, in denen Sie freundlicherweise so nett auf uns gewartet haben. Was meinen Sie wohl, was sie uns gesagt hat?« Mick war diese Lüge leicht von den Lippen gegangen. Er wusste genau, dass Ramonas Aussage alleine nicht ausreichen würde.

Born reagierte heftig. Er sprang vom Stuhl auf und packte Mick über den Tisch am Kragen.

»Du verdammter Bulle. Was hast du mit ihr gemacht?«

Günter war sofort zur Stelle, und auch der dritte Polizist reagierte. Gemeinsam packten sie Jochen an den Armen und stießen ihn auf den Stuhl. Günter legte ihm Handschellen an und schloss eine davon um das dicke Tischbein. Jochen rüttelte noch einen Moment heftig daran, bevor er sich wütend in sein Schicksal ergab.

»So nicht, mein Junge! Sag mir, warum du plötzlich so nervös wirst.« Mick sprach leise und rauchte unbeeindruckt weiter.

»Diese verdammte Schlampe. Was hat sie Ihnen erzählt?«

»Wollen Sie es uns nicht sagen, Herr Born?«

Mick war wieder zum Sie übergegangen und stellte damit den Abstand zu dem Verdächtigen wieder her.

»Ich habe nichts gemacht. Sie ist es gewesen. Sie hat dieses Mädchen getötet. Sie hat ihr das Messer in den Bauch gerammt.«

»Das ist interessant. Wie kommt es, dass Ramona und Doris das Gegenteil behaupten und Sie beschuldigen? Herr Born, es gibt keinen Ausweg mehr für Sie. Ich kann Ihnen sagen, wie es war. Doris hat uns alles haarklein erzählt. Sie haben den Mord aus reiner Profitgier begangen. Sie haben sich etwas davon versprochen, stimmt's?«

Jochen brauste auf, und der Tisch kam ins Wanken, als er heftig an seiner Fessel rüttelte.

»Sie hat mir alles versprochen, dieses verlogene Weibsbild. Alles sollte ich bekommen, wenn ich tue, was sie sagt.«

»Sie hatte doch nichts, oder warum wohnen Sie mit Ihren beiden Kindern in einer Sozialwohnung?« Günter war neben Jochen getreten und legte ihm beruhigend die Hand auf die Schulter.

»Sie hat Sie schwer an der Nase herumgeführt, Herr Born. Ich kann verstehen, dass Sie wütend auf sie sind.«

Günters Stimme klang lieblich und er redete sanft auf ihn ein.

»Erzählen Sie uns, was sie Ihnen versprochen hat.«

Jochen ließ den Kopf sinken und schloss für ein paar Sekunden die Augen, bevor die Wut erneut in ihm aufflackerte.

»Sie hat mir viel Geld versprochen, sonst hätte ich sie doch gar nicht geheiratet. Den Hof ihrer Eltern sollte ich bekommen. Angeblich waren sie sterbenskrank und hatten nicht mehr lange zu leben. Sie besitzen ein großes Gut, und sie war die Erbin. Sie wollte mir den Hof überschreiben, wenn ich ihr diesen letzten Gefallen tun würde.«

»Das Mädchen zu töten?«

»Ja, an diesem Morgen hat sie mir angedroht, ihr Versprechen wieder zurückzunehmen, wenn ich es nicht machen sollte. Wissen Sie eigentlich, wie viele Jahre ich darauf gewartet habe, dass ihre Alten endlich krepieren? Was ich alles in Kauf genommen habe? Sehen Sie sich meine Frau doch an! Dachten Sie, ich wäre all die Jahre aus Liebe mit ihr zusammen gewesen?«

»Sie haben doch zwei Kinder mit ihr bekommen.«

»Ja, das war auch so nicht vorgesehen. Aber die Schlampe hat doch nie die Pille genommen. Aber als sie einmal da waren, mochte ich meine Jungs sogar. Sie sind wie ich, und darauf bin ich stolz.«

Mick rückte seinen Stuhl zurecht und warf einen kurzen Blick auf seine zwei Kollegen.

»Erzählen Sie uns, was an diesem Morgen genau passiert ist. Vielleicht gibt es ja doch noch eine Möglichkeit, Sie wenigstens ein bisschen zu entlasten.«

Jochen schwieg ein paar Minuten unentschlossen, bevor er dann doch zu reden begann.

»Ich war Am Sonnenweg, als es an der Haustür schellte. Robert war wie immer nicht da, und Ramona öffnete die Tür. Dann kam dieses Mädchen herein und behauptete, ein Kind von Robert zu erwarten. Er würde sie lieben, hat sie damals gesagt, und sie wolle mit ihm zusammen weggehen. Doris wurde unheimlich wütend. Nicht, dass es seine erste Affäre gewesen wäre, nein, er ist schon immer fremdgegangen. All die Jahre hatte er immer wieder Beziehungen zu anderen Frauen. Doris wusste das, aber diesmal war alles anders. Da stand diese junge, wunderschöne Frau und faselte in gebrochenem Deutsch etwas von großer Liebe. Doris war außer sich. Sie schrie und wurde vollkommen hysterisch. Doch diese kleine Russin wollte nicht aufgeben. Immer wieder sagte sie die gleichen Sätze. Robert hatte ihr wer weiß was versprochen. Ich dachte: Na Gott sei Dank, wenn er endlich eine feste Freundin hat, würde Doris sich scheiden lassen. In diesem Moment wurde mir jedoch klar, dass sie das gar nicht wollte, und ich bemerkte, leider zu spät, dass sie mich nur benutzt hatte. Sie war verrückt nach diesem Robert, und ich sah meine Chance auf ihr Erbe schwinden. Es kam zu Handgreiflichkeiten zwischen ihr und Darja. Doris schlug wie verrückt auf sie ein. Sie trat ihr in den Bauch, immer und immer wieder. Darja hatte keine Chance gegen sie. Sie war schmal und zerbrechlich, Doris dagegen war ihr schon rein körperlich überlegen.«

»Was geschah dann?«

»Plötzlich fing das Mädchen zu bluten an, Sie wissen schon, unten herum. Ihre Jeans färbte sich rot, und sie begann wie verrückt zu weinen. »Mein Baby, mein Baby«, schrie sie immer wieder und schlug Doris mit letzter Kraft ins Gesicht. Da ist ihr dann endgültig der Kragen geplatzt. »Bring sie um, Jochen!«, sagte sie plötzlich ganz ruhig zu mir. Ich war vollkommen durcheinander. Diese blutende junge Frau schrie immer lauter und krümmte sich über dem Küchentisch zusammen. Doris rannte zum Schrank, holte ein Messer heraus und gab es mir in die Hand. Bring sie endlich um, sonst bekommst du gar nichts von mir. Wir werden sie gemeinsam wegschaffen, ich weiß auch schon, wohin. Wenn ich geschieden bin, werden wir heiraten, und du bekommst endlich den Hof. Nun mach schon, forderte sie mich auf. Ich wusste nicht, was ich tun sollte, aber dann habe ich mir gedacht: Was soll's, sie ist eine russische Nutte. Dann habe ich es getan. Ich habe sie mit dem Messer erstochen.«

Jochen ließ den Kopf auf die Tischplatte sinken und schlug mit der Stirn auf das harte Holz. Mick sah ihm ohne Mitleid zu.

»Wo befand sich Ramona zu diesem Zeitpunkt?«

»Sie war die ganze Zeit bei uns in der Küche. Sie stand hinter der Tür und hat uns beobachtet. Wir hatten sie ganz vergessen. Als Darja nicht mehr schrie, haben wir Ramona in ihr Zimmer geschickt.«

»Wenn du etwas sagst, bringe ich dich um«, zischte Doris ihr zu.

»Daraufhin ist sie verschwunden. Wir haben die Leiche auf den Dachboden geschleppt. Dort würde nie jemand nachsehen, und bis man sie finden würde, wären wir längst fort, sagte Doris, und ich sah ein, dass das die beste Lösung war. Danach haben wir alles geputzt. Doris küsste mich zum Abschied. Nun wird alles gut, ich werde Robert verlassen. Das hätte er mir nicht antun dürfen. Ich bin gegangen und habe meine Wohnung nicht mehr verlassen. Es dauerte nur drei Tage, bis Doris nachkam. Sie hatte sich tatsächlich von Robert getrennt. Ramona hatte nichts gesagt, sie sprach kein Wort mehr, und Doris hat sie in die Klinik einweisen lassen. Den Rest kennen Sie ja.«

»Soviel wir wissen, Herr Born, leben Doris Eltern immer noch. Al-

so ist aus Ihrem Erbe nichts geworden.«
»Darauf warte ich heute noch. Sollte ich einmal hier raus kommen, mach ich Doris kalt. Das schwöre ich hier und jetzt. Ich habe nichts mehr zu verlieren.«
»Dazu wird es nicht mehr kommen, Herr Born, denn die nächsten Jahre werden Sie hinter Gittern verbringen, und Ihre Frau auch, wegen Anstiftung und Beihilfe zum Mord. Wir werden sie finden.«
Mick nickte Jochen zu und erhob sich.
»Ich denke, sie sitzt nebenan.«
»Kleiner Scherz von mir, Herr Born. Aber doch sehr effektiv, wie Sie zugeben müssen.«
Born trat gegen den Tisch, doch Mick und Günter hatten den Raum verlassen.
»Führen Sie ihn ab«, sagte Günter noch zu dem dritten Kollegen.
Doch auch jetzt war den Kommissaren noch kein Feierabend vergönnt. Sie saßen gerade in Micks Büro und hatten sich einen Kaffee eingegossen. Es war 23.30 Uhr, und sie wollten das Gespräch mit Born noch kurz Revue passieren lassen. Kaum hatten sie auf ihren Stühlen Platz genommen, als das Telefon klingelte.
»Lehminger!«, raunte Mick müde in den Hörer. Er lauschte eine Weile und stöhnte dann laut auf.
»Nein!«
»Was ist los?«, fragte Günter missmutig.
»Ramona ist aus der Klinik geflohen. Man hat eine Suchmeldung rausgegeben, aber so, wie es aussieht, ist sie seit Stunden weg.«
»Wie konnte das passieren?«
»Sie hat eine Schwester niedergeschlagen und deren Schlüssel gestohlen. Wir müssen sie finden, bevor ein Unglück geschieht.«
Wieder einmal machten sich die beiden Polizisten über die nächtliche Autobahn auf den Weg nach Bad Neuenahr. Vom Auto aus rief Mick noch bei Josy an. Es war fast Mitternacht, aber er hatte ihre Stimme heute noch nicht gehört. Schlaftrunken meldete sie sich.
»Hallo, mein Schatz!«
»Mick, wieso rufst du so spät noch an? Ist irgendetwas passiert?« Josies Stimme klang besorgt.
»Ja und nein! Ramona Sebald ist aus der Klinik geflohen. Wir sind schon unterwegs, um sie zu suchen. Wir müssen das Mädchen finden. Ich wollte dich nur darüber informieren, dass meine Nacht sehr lang werden könnte.«
»Gut, aber pass gut auf dich auf. Und komm auf jeden Fall bei mir vorbei, wenn ihr erfolgreich gewesen seid. Ausruhen kannst du dich ja dann bei mir. Versprichst du mir das?«

»Ich kann mir nichts Besseres vorstellen.«
»Gut, bis später. Hoffentlich findet ihr sie.«
Mick konzentrierte sich auf die Autofahrt. Es waren wenige Fahrzeuge unterwegs, und sie kamen zügig voran. Sie waren müde, doch das Adrenalin in ihren Adern verhinderte ein Einschlafen. Ihre Unterhaltung verlief schleppend, und sie waren froh, als sie endlich am Ziel ankamen. Frische Nachtluft schlug ihnen entgegen.
»Mein Gott, ich brauche dringend Koffein«, sagte Günter und streckte seine steifen Beine.
Das Handy in Micks Jackentasche vibrierte, bevor es klingelte.

RAMONA

Ramona war ruhig, als sie auf der Parkbank unten am Fluss, unmittelbar neben der kleinen Brücke, auf ihre Mutter wartete. Das Einzige, was sie fühlte, war die Kälte eines rauen Windes, der auf ihr dünnes Oberteil traf. Sie schlang die Arme um sich. Die Turmuhr in der Nähe hatte zehnmal geschlagen, aber von Doris war noch nichts zu sehen. Langsam wurde Ramona nervös. Sie begann, hin und her zu gehen, und hielt nach allen Seiten Ausschau. Was wäre, wenn sie nicht kommen würde? Es waren erst ein paar Minuten vergangen, doch es kam ihr wie eine Ewigkeit vor, als endlich eine Gestalt aus dem Dunkel auf sie zu trat. Ramona straffte ihren Körper und blieb reglos stehen. Doris trug Jeans und eine Jacke mit Kapuze. Fast hätte Ramona sie nicht erkannt. Sie schien es sehr eilig zu haben und wirkte ungeduldig.
»Hallo Ramona, was ist, bleibst du bei deiner Aussage? Ich habe nicht viel Zeit.«
»Wenn du mir wirklich helfen willst, solltest du schon ein paar Minuten opfern. Komm, lass uns ein Stück am Fluss entlang gehen.«
Doris willigte widerwillig ein.
»Was soll dieses Treffen? Eigentlich haben wir uns doch nichts mehr zu sagen. Ich halte es für unklug, wenn man uns hier sieht.«
»Unser ganzes Leben war doch unvernünftig, oder nicht?«
Ramona hakte sich bei Doris ein.
»Du und Vater, ihr habt doch mein ganzes Leben zerstört.«
»Was soll das denn jetzt heißen? Du warst krank, und wir haben das Beste für dich getan. Und jetzt bin ich schon wieder bereit, für dich zu lügen. Was willst du denn noch?«
Ramona war stehen geblieben und sah ihre Mutter erstaunt an.
»Wieso solltest du für mich lügen? Du weißt selbst, dass ich keine Mörderin bin. Wir wissen, dass Jochen sie erstochen hat. Wieso hast du all die Jahre in Kauf genommen, dass ich weggesperrt werde?«

Doris tat überrascht.

»Ramona, du bist es gewesen. Darüber haben wir gestern gesprochen. Ich bin ja bereit, zuzugeben, dass es ein Unfall war. Aber es bleibt dabei, dass du es warst. Du bist eine verrückte Mörderin, mein Kind. Schon als du klein warst, wurde mir schnell klar, dass bei dir etwas schief gelaufen ist. Erinnerst du dich nicht mehr?«

»Doch Mutter, ich erinnere mich sehr gut an die Geschehnisse an diesem Morgen. Man hat mir die Augen geöffnet.«

»Du redest vollkommenen Unsinn. Aber mach dir keine Gedanken, wenn du vernünftig bist, werde ich dir helfen. Mit ein bisschen Glück wirst du bald ein freier Mensch sein.«

Ramona lachte laut.

»Ich werde nie ein freier Mensch sein, und du würdest alles dafür tun, dass ich für immer und ewig in dieser Klapse eingesperrt bleibe.«

Doris machte sich frei, indem sie Ramonas Arm abschüttelte.

»Was soll das heißen? Du willst doch diesen Unsinn nicht etwa der Polizei erzählen?«

»Das habe ich schon getan!«

Doris holte weit aus, um ihrer Tochter ins Gesicht zu schlagen. Doch Ramona war schneller. Sie hatte mit einem Angriff gerechnet. Blitzschnell packte sie den Arm ihrer Mutter, riss ihn herum und drehte ihn ihr auf den Rücken. Mit dem Knie stieß sie Doris hart in die Nierengegend. Überrascht kam diese zu Fall, und Ramona zögerte keine Sekunde. Sie warf sich auf den Körper der unbeholfenen Frau und drückte sie mit ihrem Gewicht zu Boden. Doris stöhnte laut auf.

»Was soll das? Lass mich los, du Ungeheuer.«

Ramona ließ nicht locker. Mit der rechten Hand zog sie das Messer aus dem Hosenbund, während sie mit der anderen den Kopf der wehrlosen Frau an den Haaren zurückzog.

»Sieh mich an, du Miststück. Schau mir in die Augen, wenn ich dir eine letzte Frage stelle.«

Doris hatte das Messer gesehen und begann zu zittern.

»Das wirst du nie tun.«

»Ich denke, ich bin eine Mörderin. Was soll mir schon passieren?«

Ramona hatte das scharfe, kleine Messer unterhalb des linken Ohrläppchens angesetzt. Sie drückte die spitze Klinge leicht in die weiche Haut, gerade einmal so tief, dass ein kleiner Bluttropfen langsam austrat und bedächtig eine dünne Spur bis hinunter zum Schlüsselbein zog. Doris lag reglos da.

»Sag mir nur noch eines, Mutter. Hat einer von euch beiden mich jemals geliebt?«

Doris schwieg. Ihr Atem ging stoßweise, und sie hatte tatsächlich

Todesangst. Sie versuchte, ihre letzten Kräfte zu mobilisieren, und warf sich auf dem feuchten Weg hin und her. Doch die Klinge kannte kein Erbarmen. Fest drückte Ramona die Schneide herunter.

»Sag es mir!«

»Ja, natürlich, ich habe dich immer geliebt.« Doris wimmerte.

»Gelogen! Wie immer. Wenn du in dieser Minute wenigstens einmal die Wahrheit sagen würdest, aber dazu bist du zu feige.«

Ramona spuckte ihrer Mutter ins Gesicht, bevor sie ohne irgendein Gefühl die Schneide des Messers in einer langsamen, aber doch kräftigen Bewegung von einem Ohr zum anderen führte. Blut spritzte im Takt des schlagenden Herzens aus der perforierten Halsschlagader. Doris konnte nicht mehr sprechen. Aus ihrem weit geöffneten Mund blubberten rote Blasen. Nur ihre Augen blickten erstaunt auf die Fontäne, die sich schnell über ihrer Brust ausbreitete. Ramona sprang auf und riss ihr die Jacke vom Leib, bevor diese vollkommen durchnässt war. Breitbeinig stand sie über dem Körper ihrer Mutter und sah kalt auf sie herunter.

»Das hättest du nicht von mir gedacht, nicht wahr?«

Bedächtig zog sie sich die warme Jacke über und klappte den blutverschmierten Kragen nach innen. Sie stellte den Fuß siegesgewiss auf Doris' Oberschenkel, der nun wild zu zucken begann.

»Das hast du verdient, und jetzt werde ich endlich frei sein.«

Ungerührt beobachtete sie den Todeskampf der Frau, die sie einmal geboren hatte. Als ihre Augen brachen, und sie endlich reglos dalag, warf Ramona die Waffe in den Fluss und ging eiligen Schrittes davon. Sie drehte sich nicht einmal um.

Es war gegen zwei in der Nacht. Mick griff in die Tasche, um den Anruf entgegenzunehmen.

»Ja bitte?«, flüsterte er in den Hörer, als hätte er Angst, hier jemanden aus dem Schlaf zu reißen.

Ein Kollege der Polizei Bad Neuenahr, der mit einigen anderen seit ein paar Stunden nach Ramona Sebald suchte, meldete sich so übertrieben laut, dass selbst Günter das Gespräch mithören konnte.

»Wir haben vor ein paar Minuten die Leiche von Doris Born an der Ahr gefunden.«

»Was? Sind Sie sicher?«

»Sie hatte ihren Ausweis dabei, aus dem hervorgeht, dass es sich eindeutig um die Mutter der Gesuchten handelt.«

»Ist sie ermordet worden?« Micks Stimme hatte sich der Lautstärke seines Gesprächspartners angepasst. Fast brüllte er diese Frage ins Telefon. Günter war näher getreten und hielt sein Ohr ebenfalls an den Hörer.

»Jemand hat ihr die Kehle durchgeschnitten. Selbst wenn wir sie eher gefunden hätten, wäre sie nicht mehr zu retten gewesen.«
»Wo ist Ramona? Gibt es irgendeine Spur von ihr?«
»Nein, die Kollegen haben die Fahndung verstärkt. Immerhin ist sie die Hauptverdächtige.«
»Können Sie etwas zum Todeszeitpunkt sagen?« Mick trat nervös von einem Bein auf das andere.
»Bis jetzt noch nicht, der Gerichtsmediziner und die Spurensicherung sind unterwegs. Ich vermute, dass die Tat vor zwei bis drei Stunden geschehen ist. Die Körpertemperatur ist noch nicht ganz abgesunken. Was ist, können Sie kommen?«
»Ja klar, wir kommen sofort.«
Die beiden Kommissare ließen sich noch kurz den Standort durchgeben, bevor sie in den Wagen sprangen. Mit einem Mal waren sie wieder hellwach.
»Was denkst du, Mick? Ramona?«
»Es sieht ganz danach aus! Scheiße, Scheiße und noch mal Scheiße! Das hätte nicht passieren dürfen. Diese Schlamperei in der Klinik ist wirklich nicht mehr zu überbieten.«
Ein paar Minuten später erreichten sie das Ufer der Ahr. Sie ließen den Wagen am Straßenrand stehen und gingen die letzten Meter zu Fuß. Der Tatort war nicht zu verfehlen. Mittlerweile standen zwei Streifenwagen mit blinkendem Blaulicht an der Böschung. Einige Männer liefen mit Taschenlampen umher, und zwei weitere standen direkt neben der Stelle, an der die Leiche lag. Man hatte das Fernlicht eingeschaltet, um die gespenstische Szene besser zu beleuchten. Als die Kommissare näher traten, sahen sie die Tote. Sie lag halb auf der Seite. Ein großer, tiefer Schnitt hatte ihren Hals fast durchtrennt und eine Unmenge Blut fließen lassen. Eine alte Handtasche lag zwei Meter entfernt. Mick trat dicht an die Leiche heran und sah ihr in das Gesicht. Er erkannte Doris sofort. Sie hatte den Mund weit geöffnet, und ihre Zähne waren blutverkrustet. Der Polizist trat zu ihnen und stellte sich vor.
»Eine alte Dame hat sie gefunden. Sie wohnt dort oben in der Anliegerstraße und konnte nicht schlafen. So ist sie kurz mit ihrem Hund vor die Tür gegangen. Sie sitzt im Streifenwagen und ist außer sich. Ihr Hund hat im Gesicht der Toten herum geleckt, worauf sie sich heftig übergeben hat. Sie steht unter Schock, und wenn wir hier fertig sind, werden wir sie in ein Krankenhaus bringen.«
Mick nickte geistesabwesend.
»Wir müssen sie finden!«, sagte er fast tonlos und sah Günter auffordernd an. »Und zwar schnell.«
»Du hast recht. Wenn die Vermutungen über den Todeszeitpunkt

stimmen, dann dürfte sie seit drei Stunden weg sein.«
Mick sah auf seine Armbanduhr und nickte.
»Wir sollten keine Zeit verlieren, die hier ...« Er zeigte auf die Kollegen aus Bad Neuenahr, »kommen auch ohne uns zurecht, und Doris können wir sowieso nicht mehr helfen.«
Sie verabschiedeten sich kurz.
»Bitte halten Sie uns auf dem Laufenden, was die Suche nach Ramona betrifft. Informieren Sie uns sofort über jede Spur. Wir werden ebenfalls versuchen, etwas herauszubekommen. Als Erstes werden wir uns im Klinikgelände umsehen. Vielleicht ist sie dorthin zurückgekehrt. Vielleicht auch nicht. Wir wollen das Erstere hoffen.«
Der Beamte nickte ihm zu, bevor er sich über die Leiche beugte.
Die Nachricht schien mittlerweile bis zur Klinik vorgedrungen zu sein. Der Eingangsbereich war hell erleuchtet, und Gregor kam ihnen im Laufschritt entgegen.
»Wo ist sie?«, rief Günter.
»Wir wissen es nicht! Ich habe schon das ganze Gebäude nach ihr durchsuchen lassen. Außerdem sind Mitarbeiter dabei, die Gartenanlage zu durchkämmen, aber bis jetzt haben wir keine Spur. Handelt es sich bei der Leiche wirklich um Doris Born?«
»Zweifellos! Und wenn Sie aufgepasst hätten, stände Ramona jetzt nicht unter Mordverdacht!«, brüllte Günter Gregor wütend an.
»Sind Sie denn sicher, dass Ramona es war? Es könnte auch ein anderer Täter infrage kommen.« Gregor wand sich vor Unbehagen.
»Ja? Welche Idee hätten Sie denn?«
»Ich weiß es doch auch nicht. Frau Dr. Weniger ist auf dem Weg hierher. Wir haben sie informiert. Vielleicht kann sie uns helfen.«
»Das ist ja toll!« Mick konnte sich seine Ironie nicht verkneifen.
Ein Polizeibus schoss mit heulender Sirene auf das Klinikgelände. Drei Beamte, die ihre Spürhunde dabei hatten, sprangen heraus, ließen sich kurz informieren und verteilten sich im Gebäude und im anliegenden Park. Mick und Günter ließen den verdutzten Gregor stehen und rannten die Treppe hinauf, um sich Ramonas Zimmer anzusehen. Die schwer verletzte Krankenschwester war weg, aber ihr Blut klebte noch am Boden. Die Tatwaffe lag unberührt auf dem Bett.
»Hier ist sie nicht gewesen. Wie auch? Nachdem diese Penner endlich wach waren, hätte sie nicht ungehindert wieder herein- kommen können. Ich vermute, dass sie längst über alle Berge ist.« Mick sah auf die Uhr über dem Türrahmen. 2.54 Uhr. Wieder war eine Stunde vergangen, und der Vorsprung von Ramona gewachsen.
Dr. Weniger betrat den Raum. So, wie sie aussah, in Jogginghosen und Sweatshirt, wirkte sie unscheinbar. Sie räusperte sich verlegen.

»Ach, die Frau Doktor! Ich glaube, Sie kommen ein bisschen spät«, ließ Günter sich sarkastisch vernehmen. Mick hatte das abgebrochene Stuhlbein in einen großen, durchsichtigen Beutel gewickelt.

»Es tut mir aufrichtig leid, was hier passiert ist, doch Sie können mir persönlich keinen Vorwurf machen. Auch ich habe einmal Feierabend und muss mich ausschlafen. Leider kann ich nicht rund um die Uhr auf meine Patienten aufpassen.«

»Egal, Frau Doktor, hier ist massiv geschlampt worden, und das wird Folgen für Ihr Haus und letztendlich auch für Sie haben.«

Die Ärztin blickte betroffen.

»Gibt es irgendeine Spur von Ramona?«, fragte sie leise.

»Nein, leider nicht, und jetzt mitten in der Nacht werden wir auch mit einer Befragung in der Nachbarschaft kein Glück haben, falls überhaupt jemand sie gesehen haben sollte.«

»Was wollen Sie jetzt tun, ich meine, wo wollen Sie suchen?« Die Ärztin fuhr sich hilflos durch ihr Haar.

»Wir werden so schnell wie möglich eine Suchmeldung übers Radio herausgeben. Aber vor dem Morgen haben wir kaum Hoffnung, auf eine Spur zu stoßen.«

Mick kratzte sich die Bartstoppeln. Die Nacht forderte ihren Tribut.

»Wir können hier nichts mehr tun. Ein paar Stunden Schlaf würden uns jetzt nicht schaden. Ich schlage vor ...«, er sah Günter an, »... wir sollten erst einmal nach Hause fahren und sehen, was die Fahndung dort ergibt.«

Günter nickte. In der Zwischenzeit hatte er Nachricht erhalten, dass auch in Bitburg die Polizei inzwischen nicht untätig gewesen war. Man hatte die Wohnung der Borns untersucht, jedoch nur die beiden Söhne schlafend angetroffen. Sie konnten keinerlei Auskunft über den Verbleib ihrer Mutter geben, und auch sonst war niemand dort aufgetaucht. Das Jugendamt würde sich am nächsten Morgen um die beiden kümmern. Man hatte ihnen die schreckliche Nachricht noch vorenthalten und wollte einen Psychologen mit der Aufgabe betrauen.

»Kann ich noch irgendetwas für Sie tun?«, fragte die Ärztin hilflos.

»In der Tat. Informieren Sie uns sofort, falls Ramona hier in der Nähe der Klinik auftauchen sollte. Und geben Sie auf ihre anderen Patienten Acht, sonst werde ich verdammt noch mal dafür sorgen, dass dieser Saustall hier geschlossen wird.«

Mick nickte, bevor er mit Günter den Raum verließ.

»Mein Gott, dieses arme Mädchen. Jetzt hat sie sich endgültig den Rest ihres Lebens verbaut. Doris ist es nicht wert gewesen.«

»Du hast recht Mick, was meinst du, wo sie jetzt sein könnte?«

»Wenn sie wirklich so verbissen ist, wie es aussieht, wird sie Robert suchen. Keine Ahnung, was sie tun wird, wenn sie ihn nicht findet. Gott sei Dank kennt sie seinen Aufenthaltsort nicht. Er befindet sich auf jeden Fall in Sicherheit. In die JVA wird sie nicht eindringen können. Gut, dass wir ihn hinter Gitter gebracht haben. Wenn du mich fragst, die ganze Sippe gehört schon lange in den Knast. Die haben doch alle Dreck am Stecken, und für die zwei Jungs sehe ich auch keine Chance auf ein Leben ohne Kriminalität. Diese Gene sind ihnen doch bei der Geburt mitgegeben worden.«

Kurz vor Trier kramte Mick sein Handy aus der Tasche.

»Wen rufst du um diese Zeit an?«

»Ich brauche ein bisschen Ruhe und ein paar Streicheleinheiten. Josy hat mir angeboten, den Rest der Nacht bei ihr zu verbringen, und das werde ich auch tun.«

»Was du für ein Glück hast. Ich werde ins Büro fahren und mich dort ein bisschen aufs Ohr hauen. Falls sich etwas ergeben sollte, melde ich mich bei dir.«

Mick drückte die Tasten des Mobiltelefons. Es dauerte keine drei Sekunden, bis Josy sich meldete.

»Was ist, habt ihr sie gefunden?«, fragte sie sofort.

»Nein, wir befürchten, dass sie dabei ist, eine weitere Dummheit zu begehen. Ich hoffe, dass wir bald eine Spur von ihr haben.«

»Mick, wo bist du jetzt?« Josy wirkte etwas atemlos.

»Ich bin gleich bei dir, in etwa zehn Minuten.«

»Bitte beeil dich. Ich warte vor der Haustür auf dich.«

»Wieso das?«

»Ich glaube, ich weiß, wo sie ist!«

Mick stutzte einen Moment. Josies Stimme klang entschlossen.

»Was meinst du damit, du weißt, wo sie ist?«

»Beeil dich, für lange Erklärungen ist jetzt keine Zeit. Ich kann nur hoffen, dass wir rechtzeitig kommen.«

»Drück auf die Tube, Günter. Josy hat eine Idee, und es hört sich verdammt noch mal so an, als wäre sie sich ziemlich sicher.«

Der Wagen hielt kreischend vor dem Reiterhof. Josy stand schon bereit und trat ungeduldig von einem Bein auf das andere. Ohne zu zögern ließ sie sich auf den Rücksitz des Streifenwagens fallen.

»Lasst uns zum Sonnenweg fahren. Hoffentlich kommen wir nicht zu spät.«

»Du meinst, sie hat sich ...?« Mick drehte sich zu ihr um.

»Fahr endlich!«

Günter gab Gas, und wenige Minuten später standen sie vor der Tür des Hauses, das Josy vor kurzer Zeit gekauft hatte. Alles war dunkel, doch auf den zweiten Blick konnten sie sehen, dass die Haustür einen Spalt offen stand.

Kein Licht hinter den Fenstern, alles war so verlassen wie zuvor.

»Du bleibst hier«, raunte Mick seiner Freundin zu.

»Auf gar keinen Fall, das ist mein Haus.« Die beiden Männer schüttelten verständnislos den Kopf. Frauen und ihre Dickschädel.

Günter ging voran und stieß die angelehnte Tür mit dem Fuß auf. Sie quietschte leicht in den Angeln. Vorsichtig betraten sie den dunklen Hausflur, verharrten einen Moment und lauschten angestrengt, doch kein Geräusch drang zu ihnen vor. Schritt für Schritt tasteten sie sich vor und leuchteten die Räume im Erdgeschoss aus. Doch es war nichts zu sehen. Alles sah so aus wie bei ihrem letzten Besuch. Eine Leiter stand an die Wand gelehnt, daneben ein angebrochener Eimer mit weißer Wandfarbe.

»Josy, sie könnte bewaffnet sein. Du bleibst besser hier unten.« Mick war immer noch besorgt.

»Ich glaube nicht, dass sie uns etwas tun würde.« Josy ließ sich nicht beirren und stieg hinter den beiden Männern die Treppe hoch.

Günter sah es als Erster. Die kleine Leiter, die zum Dachboden führte, war heruntergelassen. Micks Herz setzte einen Schlag aus, und er hoffte, nicht das vorzufinden, was Josy vermutete. Langsam und leise setzten sie ihren Weg fort.

Mick hielt Josy am Arm fest, und Günter betrat als Erster den stickigen Bereich. Er schob sich durch die Luke und sah sich erst einmal im Dunkeln um. Hier oben war alles unverändert, aber auch er befürchtete Schlimmes in dieser gottverdammten Stille, die lähmend über dem Gerümpel lag. Dann sah er sie.

»Oh Gott, kommt schnell.«

Mick und Josy kletterten eilig durch die Öffnung. Was sie sahen, ließ ihnen den Atem gefrieren. Dort hinten, unterhalb des kleinen Dachfensters, baumelte Ramonas Körper über dem Fußboden. Beim Wegtreten des alten Fernsehers hatte sie einen Schuh verloren, und ihr nackter Fuß bewegte sich leicht im Luftzug. Günter und Mick stürzten auf sie zu. Mick hatte sie sofort an den Beinen gepackt und hob sie mühevoll ein Stück an, während Günter verzweifelt versuchte, das Seil, mit dem sie sich aufgeknüpft hatte, zu durchtrennen. Josy stand wie versteinert, als der Strick endlich nachgab, und Mick unter dem Gewicht des schweren Körpers einknickte. So gut es ging, ließ er Ramona vorsichtig auf den Boden gleiten. Er fühlte nach ihrem Puls und begann mit einer Herzdruckmassage. Zu spät. Ramona war tot. Ihre Augen waren hervorgequollen, und ihre Zunge hing ihr blau und dick aus dem geöffneten Mund. Günter hielt Mick an der Schulter fest.

»Lass gut sein, du kannst nichts mehr für sie tun.«

Schweißgebadet ließ der Kommissar von der Leiche ab, suchte noch ein letztes Mal den Puls, doch es war kein Leben mehr in den Körper der jungen Frau zurückgekehrt. Verzweifelt schlug er die Hände vors Gesicht und ließ sich auf dem dreckigen Fußboden nieder.

»Warum hat sie das getan?«, fragte er.

Josy war hinter ihn getreten und legte die Hand auf sein Haar.

»Du hättest ihr sowieso nicht mehr helfen können, nach all dem, was geschehen ist.«

Mick blickte zu ihr auf, und sie sah, dass seine Augen feucht waren. Sie empfand eine unheimliche Liebe zu dem Mann, der da so mutlos und enttäuscht vor ihr saß.

Günter hatte bereits sein Handy in der Hand, um die Gerichtsmedizin und die Kollegen zu informieren. Sein Blick blieb an einem kleinen Zettel hängen, der neben dem Fernseher auf dem Boden lag. Er hob ihn auf und gab ihn dann an seinen Kollegen weiter.

Mick las ihn schweigend und reichte ihn Josy.

»Ich habe meine kleine Katze gesucht, aber sie ist leider gestorben. Ich konnte sie nirgends finden. Alles ist schief gelaufen, nicht einmal dem kleinen Tier konnte ich helfen.«

Die Buchstaben waren schief, und die Sätze enthielten einige Rechtschreibfehler, aber sie sagten alles über ihre letzten Gefühle aus.

Ramona trug die Jacke, an der das Blut ihrer Mutter klebte. Keiner konnte ahnen, was sie in den letzten Stunden mitgemacht hatte, und wie sie hierher gekommen war. In der Jackentasche fand man noch ein paar Geldstücke und eine entwertete Fahrkarte der Regionalexpressbahn, die eigentlich Doris gehörten.

»Ich warte unten auf die Kollegen. Lasst euch ruhig Zeit.« Günter nickte Mick und Josy zu, bevor er schweigend und bedächtig die kleine Treppe nach unten stieg.

»Nun ist unser Fall endgültig geklärt, mein Schatz. Die Richtigen sind verhaftet, der Mörder ist gefasst. Nur für Ramona hätte ich mir ein anderes Schicksal gewünscht. Sie hatte noch ihr Leben vor sich.«

Mick hatte Josy in den Arm genommen.

»Nein, das hatte sie nicht. Ihr Leben war von Anfang an zum Scheitern verurteilt, und das weißt du auch. Ich an ihrer Stelle hätte auch nicht anders gehandelt.«

»Deshalb wusstest du auch, wo sie ist. Man sollte doch die fraulichen Intuitionen nicht missachten. Ich sagte doch schon, dass du eine feine Spürnase hast.«

Josy lächelte Mick gequält an.

»Ich hoffe doch, dass meine Nase nächstes Mal schneller reagiert.«

»Wir können uns alle keinen Vorwurf machen. Wir haben getan, was wir konnten.« Mick hob Josies Kinn und küsste sie sanft auf den Mund. Sie hörten die Bremsen mehrerer Fahrzeuge vor dem Haus. Der Gerichtsmediziner und die Spurensicherung waren eingetroffen. Wieder einmal Am Sonnenweg 35.

»Komm, lass uns gehen.«

Mick hakte Josy unter. Ein letztes Mal sahen sie in das Gesicht der jungen Frau, deren Schicksal sie so gerne noch gewendet hätten. Doch anscheinend hatte sie für sich die einzig richtige Entscheidung getroffen, und die sollten sie jetzt respektieren.

Die beiden verließen das Haus Hand in Hand. Mick gab noch ein paar Anweisungen an die eingetroffenen Kollegen.

»Kümmert euch darum, ich werde den Vorfall protokollieren. Aber heute nicht mehr, es ist genug. Günter, fahr du auch nach Hause, es ist Zeit zum Ausruhen. Unser Job hier ist erledigt.«

EPILOG / OLGA

Der einzige Urwald Europas liegt im Dreiländereck Weißrussland, Polen und Litauen. In diesem Urwald las ein polnischer Wildhüter im Frühjahr 1997 ein Mädchen auf. Es war verwahrlost, abgemagert und stumm. Ein verwilderter, halb verhungerter Köter lag auf ihren Füßen. Die Frau des Wildhüters konnte ein wenig Russisch und war in der Nähe von Kaunas geboren. Doch das Mädchen reagierte auf keine dieser Sprachen. Es weinte nicht, und es lachte nicht. Kurz, es war vollkommen apathisch und ließ alles mit sich anstellen. Die Frau wusch sie, kleidete sie und gab ihr zu essen. Das war das Einzige, was sie von sich aus tat. Sie aß, trank und ging auf die Toilette. Aber schon beim Kleiderwechsel musste die Frau helfen.

Irgendwann wurden die Behörden auf das Kind, das es offiziell nicht gab, aufmerksam. Beata, so nannten sie das Mädchen, wurde in ärztliche Obhut gebracht. Es dauerte nicht lange, und man wusste, dass dieses Mädchen das Opfer eines perversen Vergewaltigers geworden war. Und noch etwas stellte sich nach einiger Zeit ein: Sie sprach. Polnisch, bruchstückhaft, aber sie redete.

Therapeuten und aufopfernden Schwestern gelang es, Beata zu einem normalen Leben zu führen. Ein Ehepaar adoptierte sie, und später besuchte sie die Universität. An ihre Vergangenheit, an Russland, ihre Herkunft, die Geschwister und an das schreckliche Ereignis konnte sie sich nie mehr erinnern. Der Hund, den man bei ihr gefunden hatte, wurde für viele Jahre ihr treuer Begleiter.

Über die Autorin:

Birgit Bongers wurde 1958 in Köln geboren. Nach ihrer Ausbildung zur Bürokauffrau ist sie seit nunmehr 20 Jahren als Arztsekretärin in einer großen Praxis für Allgemeinmedizin tätig.»Todesfalle Paradies« ist ihr erster Roman, der bereits unter dem Arbeitstitel»Spätsommerblut« bei einem Schreibwettbewerb auf große Begeisterung traf. Die Idee zu diesem Buch kam ihr bei einer Dokumentation über Mädchenhandel in Osteuropa. Das Schicksal vieler Tausender junger Frauen hat sie sehr berührt. Die hier erzählte Geschichte ist jedoch rein fiktiv, und alle Begebenheiten sind frei erfunden. Die Autorin lebt mit ihrem Mann, ihren Kindern und einem Hund auch heute noch in der Nähe von Köln.

Birgit Bongers schreibt derzeit am Manuskript:

DEIN WILLE GESCHEHE NICHT

Als die erst 19-jährige Petra den 11 Jahre älteren Rolf kennenlernt, glaubt sie an die große Liebe. Sie ahnt nicht, dass sie sich auf einen Psychopathen eingelassen hat.
Erst nach fünfzehn Jahren, geprägt von den Auswirkungen physischer und psychischer Gewalt, wagt sie für sich den Ausbruch aus dieser Misere. Sie weiß nicht, dass der Kampf auf Leben und Tod erst jetzt beginnt.
Doch nicht einmal für einen Tag verliert sie den Glauben an die ganz großen Gefühle.

Dieses Buch erscheint voraussichtlich im Herbst 2012 bei

ESCH VERLAG
Potsdam / Graz